ULLSTEIN

Das Buch

Die Abtei von Canterbury im Jahre des Herrn 1273. Erzbischof Robert Kilwardby, Arzt und dominikanischer Prediger, denkt an seine Jugendzeit zurück, die von der Erinnerung an Myriam erleuchtet wird, seiner großen und einzigen Liebe: Vor fast vierzig Jahren war er zum Theologiestudium nach Paris gekommen und hatte sich dort in die schöne Jüdin, Tochter eines Schulmeisters und Kopisten, verliebt. In den Augen ihres Vaters ein Vergehen gegen den Glauben und so verheiratete er Myriam zwangsweise mit einem viel älteren jüdischen Gelehrten aus der Provence. Seit diesem Tag hatte Robert die Hoffnung niemals aufgegeben, seine Myriam irgendwann einmal wiederzusehen...

Die Tochter des Kopisten schildert Roberts faszinierende Reise von Paris nach Rom und Neapel, durch Dijon, Aix und Marseille, und lässt den Leser eintauchen in einen Strudel von theologischen Disputen, Ketzerverbrennungen, alchemistischen Experimenten und verbotenen Pergamenten. Mit viel Liebe zum Detail wird das Mittelalter vor unseren Augen wieder zum Leben erweckt – eine Zeit der Intoleranz, in der Robert und Myriam durch ihre Freiheit und ihre Menschlichkeit das eine wahre Geheimnis Gottes verkörpern, zu dem der Schlüssel die Liebe ist.

Die Autorin

Hinter dem Pseudonym von Olga Colette verbergen sich zwei international anerkannte Historikerinnen, die ihre Arbeit der Erforschung spiritueller, intellektueller und philosophischer Strömungen des Mittelalters gewidmet haben. Olga Weijers ist Mitglied der *Königlichen Akademie der Wissenschaften* in den Niederlanden. Colette Sirat ist Studiendirektorin an der *École pratique des Hautes Études*.

Olga Colette

Die Tochter des Kopisten

Roman

Aus dem Französischen
von Olaf Matthias Roth

Ullstein

Der Ullstein Taschenbuchverlag ist ein Unternehmen der
Econ Ullstein List Verlag GmbH & Co. KG, München
Deutsche Erstausgabe
2. Auflage 2001

Titel der französischen Originalausgabe: D'encre et de feu
(Éditions JC Lattès, Paris)
Übersetzung: Olaf Matthias Roth
Redaktion: Cornelia Adomeit
Umschlagkonzept: Lohmüller Werbeagentur GmbH & Co. KG, Berlin
Umschlaggestaltung: Bezaubernde GINI, München
Titelabbildung: AKG, Berlin
Gesetzt aus der Sabon, Linotype
Satz: Josefine Urban – KompetenzCenter, Düsseldorf
Druck und Bindearbeiten: Ebner Ulm
Printed in Germany
ISBN 3-548-25033-5

PROLOG

Die Sonne stand hoch am Himmel und drang durch die Glasfenster der Kathedrale von Canterbury. Sie tauchte das Kirchenschiff in mildes Licht und ließ die Flammen der zahllosen Kerzen am Altar verblassen. Es war zu Pfingsten im Jahre des Herrn 1273 und soeben war Robert Kilwardby unter den Augen der jubelnden Volksmenge zum Erzbischof geweiht worden. Um die Schultern das Pallium aus weißer Wolle, in das schwarze Kreuze eingelassen waren und das er von Papst Gregor empfangen hatte, saß der neue Primat Englands auf dem Mamorthron des heiligen Augustinus. In der Hand hielt er den goldenen Bischofsstab seiner Vorgänger, ohne dass ihm die Entbehrungen des dreitägigen Fastens und Wachens anzusehen waren, mit denen er sich auf die feierliche Zeremonie vorbereitet hatte.

Zu seiner Rechten hatte, im Namen des Prinzen Edward und als Vertreter der weltlichen Macht, der Herzog von Gloucester Platz genommen. Zu seiner Linken saß, als Vertreter der Geistlichkeit und im Namen der Bischöfe und Priester, Monsignore William Buttom, Ordinarius von Bath und Wells. Die geistlichen und weltlichen Würdenträger, die sich vor ihnen versammelt hatten, warteten darauf, ihm huldigen zu dürfen. Diese ganze Pracht, dieser Prunk... Was hatte das mit der Bescheidenheit des Ordens zu tun, dem er sein Leben geweiht hatte?

John of Darlington, der Erste in der Reihe der vor ihnen Wartenden, kniete nieder. Robert hielt seinem Freund den Ring zum Kuss hin. »Heute ist ein großer Tag für uns Predigermönche! Euer Wissen und Eure Redlichkeit haben zu Eurer Wahl geführt. Möge Gott es Euch geben, unseren Orden berühmt zu machen.« Dann kniete Robert Burnell nieder und flüsterte ihm ins Ohr: »Der Heilige Vater hat demnach Euch auserkoren und nicht mich. Also verneige ich mich. Beschenke Gott Euch mit dem Gemeinschaftsgeist und der Diplomatie, die nötig sind, um diese Aufgabe zu bewältigen.«

Adlige in kostbaren goldenen und samtenen Roben, Prälaten in bestickten Gewändern, Kanoniker in verbrämten Soutanen, Mönche der verschiedensten Orden, in grobes Sackleinen gehüllt, sie alle wollten ihm etwas zuraunen, eine Bitte vortragen, eine Empfehlung aussprechen, und jedem von ihnen musste er Aufmerksamkeit schenken. Ein Kirchenfürst zu sein erwies sich sogleich als Bürde.

Zu seiner großen Freude sah er seine Schwester und seinen Schwager näher treten, bei deren aufrichtigen Glückwünschen ihm ganz warm ums Herz wurde. Danach kamen die einfachen Leute aus dem Volk, für die Robert seinerzeit ein dem Gebet und dem Studium gewidmetes Leben aufgegeben hatte. Unter Lärmen und allgemeiner Unruhe wechselten Händler, Handwerker und Bauern einander ab. Ein großer, dickbäuchiger Mann, der wie ein angesehener Bürger gekleidet war, nutzte eine Lücke und fiel vor Robert auf die Knie. Er küsste den Ring des Erzbischofs und lächelte ihn beim Aufsehen freundlich an: »Schau, schau, mein Lieber, du hast es ganz schön weit gebracht! Wer hätte das gedacht, damals, während unserer Jugendzeit in Paris!? Weißt du noch?«

»Roger, wie schön, dich heute hier zu sehen!«, rief Robert. Doch da schob bereits eine Matrone seinen Freund beiseite und hielt dem neuen Erzbischof ein Kind hin, damit er es segne. Bei dem Anblick zuckte er zusammen.

Plötzlich war er ganz weit weg, Zeit und Raum verschwammen vor seinen Augen: die Zeremonie, die Menge, die Kathedrale von Canterbury ... Erinnerungsfetzen tauchten wie in einem Strudel vor ihm auf, Paris, die Provence, Rom ... der Unterricht bei Maître Pierre d'Espagne und die Streitgespräche an der Universität, das Gesicht Maître Jacob Anatolios und der Prozess gegen den Talmud ... der nutzlose, erbitterte Kampf gegen Papst und Kaiser. Auf einmal war er nicht mehr der zur Weisheit verdammte Greis, der Gnadenerlässe und Auszeichnungen verteilte und die Wahrheit verkündete. Er war wieder jung, wie damals, als Student, und Myriam war wieder da.

BUCH I

Das Gesetz und die Liebe

Paris 1237

1

Das Blut tropfte erst aufs Kinn, dann auf eine dicke Scheibe Brot. Der Mann biss in ein großes Stück Rindfleisch, das er mit den Händen hielt. Die Tropfen, in denen sich die tanzenden Flammen des Herdfeuers spiegelten, glitzerten wie rote irisierende Perlen. Lange stand das zart gebaute Mädchen unbeweglich an der offenen Tür und sah mit heimlichem Grausen dem Schauspiel zu, dann drehte sie sich mit einem Seufzer um und setzte ihren Weg zum Petit Pont fort. Den Studenten, der ihr nachsah, hatte sie nicht bemerkt. Was für eine hübsche Erscheinung, dachte Robert.

Der Umhang wippte im Rhythmus ihrer flinken Schritte, während sie sorgsam Pfützen und Abfällen auswich. Robert folgte ihr, in der Hoffnung, auf diese Weise zu erfahren, wo sie wohnte. Sie ging auf das linke Ufer zu. Auf dem Petit Pont herrschte dichtes Gedränge. Bürger, Geistliche und Bettler versuchten sich ihren Weg zu bahnen. Kinder rannten zwischen den Beinen der Passanten hindurch, selbst auf die Gefahr hin, sich eine Ohrfeige einzuhandeln. Eine gut gekleidete Frau rief: »Haltet den Dieb!«, doch der Beutelschneider war schon verschwunden und so blieb ihr einzig die Klage; einige der Gaffer, die sich um sie geschart hatten, schimpften, andere lachten.

Das Mädchen war nicht einmal stehen geblieben. Es dunkelte schon. Sie lief noch schneller und bog in die Rue de la Harpe ein. Von der Straßenecke aus sah Robert, wie sie an der Tür eines niedrigen Hauses stehen blieb, die Hand auf den Türrahmen legte und dann den Türklopfer benutzte. Das überraschte ihn und er trat näher. Eine alte Frau hatte seinen Blick verfolgt. »Was interessierst du dich denn für das Judenhaus?«, rief sie ihm zu. »Hast du dein Geld beim Spiel verprasst?«

Robert zuckte zusammen, er war sprachlos. Das Haus eines Juden! Ein Ort, wo Wucherer lebten, jene Ungläubigen, die in Paris ebenso unbeliebt waren wie in seiner Heimat England. Es hatte keinen Sinn, noch länger hier herumzustehen.

Er ging wieder die Rue Saint-Jacques hinauf und bog dann nach links in die Rue de Garlande ein. Kalt war es, es war beinahe schon November. Was er ganz vergessen hatte, als er dem Mädchen gefolgt war. Er zurrte den Gürtel wieder etwas fester und zog den Hut tiefer ins Gesicht. Als er gerade die Place Maubert erreicht hatte, spürte er, wie ihn plötzlich jemand am Arm fasste. Geoffrey stand neben ihm.

»Na, Robert, hast du endlich einmal eine von Maître Pierres Vorlesungen besucht?«

»O ja und es war wirklich beeindruckend, ich muss dir davon erzählen!«

»Wunderbar, komm, lass uns irgendwo einkehren.«

Im Gleichschritt wandten sie sich zur Rue de Bièvre, die unweit ihres Zuhauses lag. Mit seinen von jugendlicher Unbestimmtheit geprägten Gesichtszügen wirkte Robert trotz seiner Größe noch wie ein Kind. Dennoch war er mit seinen siebzehn Jahren einer der Ältesten im ersten Studienjahrgang. Er hatte rote, lockige Haare und sah eher schüchtern aus, während Geoffreys Züge unter dem dunklen Haarschopf markant, ja fast kantig waren. Die hohen Wangenknochen erinnerten an die Wikinger und seine Statur verstärkte noch den Eindruck eines ungestümen Menschen. Die kriegerische Erscheinung passte nur schlecht zur Tonsur. Trotzdem hatte er sich für die Priesterweihe entschieden und wollte eines Tages Kanoniker werden. Die beiden jungen Männer betraten eine bescheidene Taverne mit schmutzigen Wänden. Hier kehrten sie für gewöhnlich ein. Es gab keinen Braten, der sich am Spieß drehte; das Menü bestand aus Kohlsuppe, mit oder ohne Speck, und Graubrot.

Sie fanden Platz am Tisch lombardischer Kaufleute, die sich in einem seltsamen Kauderwelsch unterhielten. Die Wirtin brachte eine weitere Kerze und einen Krug mit Wein. Für Robert war das immer wieder ein Vergnügen. In seiner Heimat trank man Wasser oder Bier. Zwar war der Wein hier oft etwas herb, dafür aber wurde er zu jeder Mahlzeit serviert. Sie erhoben ihre Becher und stießen an.

»Na, wie hat es dir gefallen?«, fragte Geoffrey.

»Maître Pierre d'Espagne kam mit einem ganzen Gefolge von Schülern. Es war gar nicht so einfach, sich ihnen anzuschließen und in die Nähe des Meisters zu gelangen, um hören zu können, was er sprach. Zum Glück waren wir so viele, dass man die Kälte nicht spürte!«

»Und der Meister, was hältst du von ihm?«

»Er sieht prächtig aus, mit seinem schönen schwarzen Haar und der stolzen Haltung. Er wirkt sehr vornehm und ist gar nicht so arrogant, wie man mir erzählt hat.«

»Stimmt. Doch was denkst du über seine These und die Art, sie zu verteidigen?«

»Na ja«, gestand Robert, »darüber kann ich eigentlich nicht viel sagen. Er sprach darüber, ob Vermutungen sich beweisen lassen oder nicht, und damit weiß ich nicht viel anzufangen. Sein Kontrahent war viel jünger, nie hätte ich geglaubt, dass er schon die Universitätsreife hat, und seine Argumente habe ich auch nicht begriffen. Der Opponent war glatzköpfig und sprach so leise, dass ich nichts von dem, was er sagte, verstanden habe, auch wenn ich es hätte begreifen können. Als Maître Pierre wieder das Wort ergriff, konnte man jedenfalls sehen, was für ein weiser Mann er ist, denn jeder Satz oder fast jeder fand die Zustimmung des ganzen Saales.«

»Du bedauerst also nicht, dorthin gegangen zu sein, obwohl du gerade erst mit dem Studium der Logik angefangen hast?«

»O nein! Ich fand es sehr beeindruckend!«

»Ich habe die Logik bereits abgeschlossen und interessiere mich jetzt für Theologie, ihre einzelnen Fächer sind viel spannender. Maître Pierre hat sich einen hervorragenden Ruf erworben auf einem Gebiet, das der wahren Philosophie unterlegen ist. Wie man einen wissenschaftlichen Disput führt, weiß ich. Für mich geht es bei Streitgesprächen jetzt um die Wahrheitsfindung.«

Robert lächelte, ohne etwas zu erwidern. Es stimmte, er war erst seit zwei Monaten in Paris und stand noch ganz am Anfang seiner Studien. Trotzdem hielt er es für ziemlich überheblich, die gesamte Fakultät der Künste so herablassend zu behandeln, zumal Geoffrey sie für das Studium an der theologischen Fakultät eben erst verlassen hatte. Beide wohnten zusammen mit anderen Schülern bei Maître Guillaume, ganz in der Nähe von dem Raum, den dieser in Sainte-Geneviève gemietet hatte, um dort Grammatik zu unterrichten. Robert bedauerte, dass Maître Guillaume ohne große Begeisterung lehrte. Sich bei Pierre d'Espagne einzuschreiben, hätte jedoch viel mehr gekostet, was er unbedingt seinen Eltern in einem der nächsten Briefe klarmachen musste. Die besten Lehrer, die besten Bücher, zu denen auch das neue Traktat über die Logik zählte, von dem alle so schwärmten – für all dies fehlte ihm das Geld.

»Und deine Eltern?«, fragte Geoffrey, als hätte er Roberts Gedanken gelesen, »hast du nun endlich erfahren, was du von ihnen wissen wolltest?«

»Nein, noch nicht. Einer der Lombarden hier könnte der Bote sein, auf den ich warte.«

»Schade, hättest du Geld bekommen, könnten wir uns jetzt ein bisschen um die Mädchen hier kümmern. Gerade habe ich eine gesehen, die mir gut gefiel, und ihre Freundin war wie geschaffen für dich. Eine hübsche junge Blonde vom Land. Es schien, als sei sie einverstanden, erwartet aber bestimmt ein kleines Geschenk. Und die Brünette, die bei ihr war, schien sich ebenso leicht überreden zu lassen.«

Geoffrey musste über Roberts Verwirrung schmunzeln. Bisher hatte sein Cousin immer einen Vorwand gefunden, um ihn auf seinen Streifzügen nicht begleiten zu müssen.

»Wo wir gerade von Brünetten sprechen«, warf Robert ein und errötete, »mir ist da etwas Komisches passiert. Ich ging einem hübschen Mädchen auf der Straße nach und weißt du, wohin sie verschwunden ist? Ins Haus eines Juden!«

»Vielleicht ist sie ja Jüdin. Diese Ruchlosen tragen nicht alle das runde Abzeichen, obwohl unser König es ihnen befohlen hat, damit man sie nicht mit anständigen Leuten verwechselt. Die Wachen sollten sie bestrafen, wenn sie sich nicht eindeutig als das zu erkennen geben, was sie sind.«

»Wer weiß, vielleicht hat sie es ja unter dem Umhang getragen.«

»Sag mal, hat sie dich lange angesehen? Dann könnte sie dich nämlich verhext haben.«

2

Sie sieht ihrer Mutter immer ähnlicher, dachte Maître Davin. Bei Myriams Anblick strahlte er vor Freude. Wie schön sie war! Die Kälte hatte ihre Wangen gerötet und ihre Brust hob und senkte sich von der Anstrengung des Laufens.

Seit dem Tod seiner Frau vor zwölf Jahren waren ihm etliche junge Frauen von den Heiratsvermittlern vorgeschlagen worden, aber er hatte stets abgelehnt. Die Jahre waren ins Land gezogen. Freunde und Verwandte gaben ihre Bemühungen schließlich auf und Maître Davin hatte seine kleine Myriam erzogen, als wäre sie ein Junge. Als sie noch ganz klein war, setzte sie sich in eine Ecke des Klassenzimmers und lauschte still und aufmerksam, so dass er und die Schüler ihre Anwesenheit ganz vergaßen. Er konnte sich noch gut an sein Erstaunen erinnern, als die Jungen eines Tages bei einem neuen Bibelvers stumm blieben, bis Myriam ihn schließlich mit ihrer zarten Stimme vorlas – sie war gerade einmal vier Jahre alt!

Wäre sie ein Junge gewesen, hätte man ihren Eintritt in die Schule mit einem großen Fest gefeiert und in Honig getauchte Pfannkuchen in Form hebräischer Buchstaben gereicht. Doch bei Myriam war alles anders! Ganz aus eigenem Antrieb hatte sie sich für die Tora interessiert. Niemand hatte sie dazu ermuntert, niemand ihr geholfen. Sie lernte wie durch Zauberhand.

Maître Davin wurde durch den Lärm von zwei Jungen, die sich gegenseitig mit ihren Schreibgriffeln bedrohten, aus seiner Träumerei gerissen. Er nahm den Stock zur Hand und verteilte die Hiebe gleichmäßig auf die beiden Streithähne.

Myriam saß vor der Feuerstelle und blies in die Glut, dann hängte sie den Kessel über das zögerliche Feuer aus Astwerk, wusch sich die Hände und machte sich ans Schreiben. Um seine bescheidenen Einkünfte aufzubessern, kopierte Maître Davin auf Bestellung Bücher. Er hatte Myriam die hebräischen Buchstaben beigebracht, und zwar sowohl in Quadrat- als auch in Kursivschrift, und sie hatte es in dieser Kunst schon weit gebracht, vielleicht weiter als er selbst. Die achtzig Bücher der hebräischen Bibel, die er ihr anvertraut hatte, schrieb sie in großformatige Hefte aus Pergament ab, je drei Spalten pro Seite. Natürlich würde sie niemals Schriftrollen, wie sie in der Synagoge verwendet wurden, kopieren, denn eine Schriftrolle war zu heilig, als dass eine Frau sie hätte schreiben dürfen. Wohl aber eine gewöhnliche Bibel für private Studien. Das Gesetz Mose und die Ersten Propheten hatte Myriam bereits fertig abgeschrieben. Trotzdem blieben noch mindestens sechs Monate Arbeit, vorausgesetzt, sie arbeitete mehrere Stunden pro Tag daran.

Die Kinder wurden abgeholt. Sie klappten ihre Schreibtafeln aus Wachs zu und verabschiedeten sich eines nach dem anderen. Myriam blieb allein mit ihrem Vater zurück, eine Kerze auf dem Tisch beleuchtete das Buch in ihrem Schoß.

»Lass es gut sein«, sagte Maître Davin, »sonst verdirbst du dir noch die Augen.«

»Ich möchte noch diese Seite zu Ende schreiben, nur die Großbuchstaben, dafür reicht das Licht noch.«

»Du brauchst dich nicht zu beeilen. Maître Jacob Anatolio ist wieder nach Neapel gereist und voraussichtlich wird er nicht vor dem Sommer nach Paris zurückkehren.«

»Erzähle mir doch noch mehr von ihm, Vater.«

»Er ist ein sehr kluger Mann, mein Kind. Natürlich kennt er etwas andere Sitten als wir, da er aus der Provence stammt. Manchmal versteigt er sich sogar dazu, Aristoteles zu zitieren! Ein Jude, der einen griechischen Philosophen ernst nimmt! Und nicht nur das: Er übersetzt sogar seine Bücher vom Arabischen ins Hebräische! Er kann nämlich Arabisch, und zwar ziemlich gut, wie manche meinen. Er ist der Schwiegersohn Samuel Ibn Tibbons, der Maimonides' *Führer der Unschlüssigen* ins Hebräische übersetzt hat. Seine Frau, die Arme, ist kürzlich gestorben und zum Andenken an sie hat er diese Bibel bestellt, um sie seinem Sohn Samuel zu schenken, der die religiöse Volljährigkeit erreicht hat. Die Dame Bella hatte versprochen, sie selbst abzuschreiben. Denn wahrhaftig, schreiben konnte sie ganz wunderbar, weshalb nach Maître Jacobs Willen auch eine Frau dieses Buch kopieren sollte. Und so ist seine Wahl auf dich gefallen, weil er gesehen hat, was du alles kannst. Das ist eine große Ehre!«

Myriam liebte es, diese Geschichte zu hören. Jedes Mal fügte ihr Vater ein neues Detail hinzu. Dann sah sie jenen schlanken, eleganten Mann vor sich, der ihr so traurig vorgekommen war. In der Gemeinde war viel über Maître Jacobs Besuch geredet worden. Er hatte am Hofe Friedrichs II. gelebt, der Herr segne ihn! Ein wenig neidisch dachte sie an das Leben, das seine Frau Bella geführt hatte. Sie hatte ihr Porträt gesehen, das Maître Jacob bei sich trug – ihr Gewand war herrlich und ihr Gesicht strahlte eine Selbstsicherheit aus, die Myriam nie haben würde. Bella hatte alles gelesen, wonach ihr der Sinn stand. Myriam hingegen besaß nur ein einziges Buch, ihr Gebetbuch, und das war ziemlich alt, ein Erbstück ihrer Mutter. Nicht, dass sie es gebraucht hätte, um die Gebete herzusagen, die konnte sie alle auswendig. Wie gern aber hätte sie jene schönen lateinischen Manuskripte gelesen, die sie im Laden des Vaters von ihrer Freundin Rose gesehen hatte und die mit ihren farbigen und goldenen Verzierungen eine Welt aus Musik und Tanz heraufbeschworen.

Ein solches Leben würde sie niemals führen. Sie seufzte und räumte vorsichtig die Pergamenthefte beiseite. Dann reichte sie ihrem Vater eine Schale Suppe und ein Stück Brot und wartete im Stehen, bis er fertig war, um danach selbst zu essen und sich, nachdem sie ihrem Vater eine gute Nacht gewünscht hatte, in ihre Schlafkammer zurückzuziehen, wo gerade ein Bett und ein Wasserbecken Platz hatten.

»Höre, o Israel«: Heute Abend gelang es Myriam auf ihrem Lager aus Stroh nur schlecht, sich auf den Wortlaut des Gebets zu konzentrieren, und während sie es hersagte, spürte sie, wie sich unbestimmte Wünsche in ihr regten, sie dachte an einen blauen Himmel und einen strahlenden Morgen und träumte von der Liebe, einer Liebe, die endlich ihr Leben verändern würde.

Wie jeden Morgen wachte Myriam noch in der Dämmerung auf. Ihr Untergewand lag auf dem Bett und sie zog es im Liegen an, um nicht nackt sitzen oder stehen zu müssen. Sie befolgte die Anweisungen des Gesetzes, indem sie zuerst den rechten Fuß auf den Boden setzte und den rechten Schuh anzog, aber beim Binden der Schnürsenkel begann sie mit dem linken und wusch sich außerdem die Hände, bevor sie das Gesicht mit Wasser benetzte. Als sie den Hahn krähen hörte, sprach sie: »Gesegnet seist du, o ewiger Gott, dass du dem Hahn die Gabe schenktest, zwischen Tag und Nacht zu unterscheiden.« Dann rezitierte sie die anderen Segenssprüche: »Gesegnet seist du, o ewiger Gott, dass du mich keinem anderen Volke angehören ließest als dem jüdischen; gesegnet seist du, o Herr, dass du mich nicht Sklavin werden ließest; gesegnet seist du, o Herr, dass du mich nach deinem Willen geschaffen hast.«

Der letzte Segensspruch kam Myriam immer nur schwer über die Lippen, hieß es doch in ihrem Buch: »Gesegnet seist du, o ewiger Gott, dass du mich keine Frau werden ließest.« Warum musste man deswegen froh sein? Das hatte sie auch ihren Vater gefragt und die Antwort hatte sie verwirrt.

»Nun«, hatte er ihr erklärt, »die Männer müssen eine große Anzahl göttlicher Gebote befolgen, negative wie positive. Dem Talmud und dem großen Maimonides zufolge sind es insgesamt sechshundertdreizehn verschiedene. Eine Frau hingegen muss sehr viel weniger Gebote befolgen, da sie sich in der Hauptsache um den Gatten und die Kinder zu kümmern hat. Außerdem ist ihr Rang unter den Gläubigen geringer als der des Mannes.«

»Soll das heißen, dass auch ihre Belohnung in der zukünftigen Welt geringer sein wird als die des Mannes? Birgt nicht jedes einzelne Gebot den Schlüssel zu einem bestimmten Teil des Paradieses?«

»Sicher, doch einer gerechten Frau, die ihren Mann dazu anhält, ein Gebot zu befolgen, steht die gleiche Belohnung zu wie ihm und das ist letztlich auch der Grund, warum die gerechten Frauen Anrecht aufs Paradies haben, obwohl sie keine Männer sind.«

Damit war die Debatte beendet.

Das Brot! Sie durfte nicht vergessen, Brot für die kommenden Tage einzukaufen! Um zum Kornmarkt zu gelangen, musste sie die Petit Pont überqueren und auf der Ile de la Cité die Rue de la Juiverie bis zur Kirche Sainte-Marie-Madeleine hinaufgehen. Der Spaziergang ließ sie ihre Fragen vergessen. Auf dem Markt drängten sich viele Hausfrauen bereits um eine Bäckerin, die aus Leibeskräften schrie: »Kommt zu uns, ihr tut gut daran! Unter den Bäckern gibt es einen Haufen Diebe! Bei ihnen ist das Brot zwar nicht teurer, aber leichter, als das Gesetz es vorschreibt. Hier bei uns wiegt das Brot mehr als anderswo!«

Beim Verlassen des Marktes traf Myriam ihre Amme Nicolette. Die Frau des Gärtners Guy hatte sie nicht nur gestillt, sondern war ihr auch später herzlich zugetan. Zärtlich begrüßten sich die beiden mit einem Kuss auf die Wange.

»Ich habe gar keine Zeit, um mit dir zu schwatzen, Nicolette. Ich möchte heute Morgen noch zu Rose.«

»Vergiss deine alte Amme nicht, mein Kind. Dich zu sehen bereitet mir immer große Freude.«

»Keine Sorge, Nicolette, ich komme dich bald besuchen.«

Erst vor kurzem waren Rose und ihre Eltern umgezogen. Bislang hatten sie in der Nachbarschaft gewohnt, in der Rue de la Harpe, wo Juden und Christen friedlich beisammen lebten. Seit frühester Kindheit waren Rose und Myriam eng befreundet und teilten alles miteinander – auch die Liebe zu Büchern. Maître Audry le Musnier war Buchmaler und hatte auch seine Tochter Rose in diesem Metier unterwiesen, während Blanche, Roses ältere Schwester, Kopistin war wie Perrette, des Buchmalers Frau, die diese Kunst wiederum von ihrem Vater gelernt hatte.

Mittlerweile war Maître Audry selbständig und hatte einen Laden in der Rue Saint-Jacques angemietet, nahe des Dominikanerkonvents. Über diese Entscheidung war er sehr froh: »Wir haben ein paar schlechte Jahre durchgemacht«, sagte er nur zu gern, »der Ausstand an den Universitäten hat das akademische Leben gelähmt und etliche Lehrer und Studenten die Flucht ergreifen lassen, doch seitdem mangelt es den Buchhändlern nicht an Kunden. Da gibt es zum einen die Leute, die Studienliteratur bestellen, und zum anderen diejenigen, die sich von einer schön gestalteten Bibel verführen lassen – für den Profit ist also gesorgt.«

Als Myriam den Laden betrat, beugte Rose sich gerade über eine Vignette und war so sehr auf ihre Arbeit konzentriert, auf die Ausführung der feinen, präzisen Striche, dass sie auf die klangvolle, einschmeichelnde Stimme ihres Vaters nicht weiter achtete.

»Schaut nur, junger Mann, was für ein Wunder ich Euch

hier zeige: eine vollständige Bibel, alle Bücher in einem einzigen Band. Fasst das Pergament ruhig an, ist es nicht fein wie Seide? Kein einziger Fleck, keine Nähte, eine einheitliche, äußerst angenehme Färbung. Und hier, die Kapitelanfänge – was für eine Pracht: blau, rot, gold. Und nicht irgendein Gold. Beseht es nur bei Licht, was für ein Glanz!«

»Das stimmt, Maître Audry, es ist ein herrliches Buch. Aber ich bin ein armer Student und möchte lediglich den Bibeltext, und da genügt auch ein günstiges Exemplar.«

»Eben da liegt das Problem! Eine günstige Bibel, na, ich zeige Euch mal eine!«

Aus einer Truhe holte Maître Audry drei schwere Bände.

»Seht Ihr, so hat man vor zwanzig Jahren die Bibel kopiert! Taschenbibeln, die ich Euch soeben gezeigt habe, sind etwas ganz Neues. Man hat den ganzen Text in einem einzigen Band und überdies sind die Kapitel nummeriert, jedes Kapitel ist sogar in Einzelabschnitte unterteilt – eine wirklich großartige Erfindung der Dominikaner! Außerdem findet Ihr darin ein Verzeichnis mit den Titeln der einzelnen biblischen Bücher. Seht her. Ihr öffnet das Buch und der Titel steht oben am Rand der Seite. Nur wenige kennen die Bibel auswendig. Mit dieser Bibel hier spart Ihr Euch das Auswendiglernen, niemand kann Euch mehr etwas vormachen! Ihr könnt Eure Thesen vortragen und werdet alle überzeugen!«

Rose hob den Kopf und erblickte Myriam. Ein herzliches Lächeln überzog ihr Gesicht. Behutsam legte sie den Pinsel auf einen Lappen und stand auf, um die Freundin zu begrüßen.

»Wie geht es dir, Myriam? Ich war so traurig, weil du am letzten Montag nicht kommen konntest, aber jetzt freue ich mich, dich zu sehen. Und dein Vater, was macht er?«

»Es geht ihm sehr gut, Rose, und wie ich sehe Maître Audry und seinem Geschäftssinn ebenfalls!«

»Da hast du Recht. Schau, den Gürtel hier hat er mir geschenkt.«

Auf ihrem einfachen beigen Gewand hob sich der Gürtel wie eine Perle vom sandigen Grund ab. Der Stoff war zartrosa und die pastellfarbene Tönung des Materials wurde von den silbernen Stickereien noch unterstrichen. Myriam gefiel er sehr, zugleich verspürte sie einen leichten Stich im Herzen.

Weder sie noch Rose hatten bislang auf den Lärm geachtet, der von draußen hereindrang, doch nun war das Johlen und Schreien nicht mehr zu überhören.

»Hoffentlich ist es nicht wieder eine Rattenjagd«, murmelte Rose. Ihr graute vor solchen Szenen, wenn es eine ausgehungerte Ratte bei Tageslicht auf die Straße trieb und sich Männer und Hunde sogleich an die Verfolgung machten. Unter Schreien, Hohngelächter und Hundegebell wurde das zu Tode geängstigte und völlig verwirrte Tier dann eingekreist und meistens durch einen Hieb auf den Kopf getötet. Eine Ratte stellte eine Gefahr dar und niemand wollte, dass sein Hund gebissen wurde. Nur die Terrier waren furchtlos und griffen an. Die tote Ratte wurde schließlich von den Hunden, die sich über die extra Fleischration sehr freuten, zerfetzt.

Diesmal war es jedoch keine Ratte, die mit schreckgeweiteten Augen in der Klemme saß, sondern ein weißes Kätzchen. Seine goldfarbenen Augen funkelten wütend und es fauchte verzweifelt. In wenigen Momenten würde sich ein Hund, der mutiger war als seine Artgenossen, darauf stürzen und dem Kätzchen das Genick brechen.

Myriam wurde von einer plötzlichen Wut gepackt. Der Todeskampf einer Ratte war kein angenehmes Schauspiel, doch derjenige einer Katze war unerträglich. Schließlich stellte das Tier keine Bedrohung für ein Kind dar, es war lediglich das Opfer der herzlosen Grausamkeit von Menschen.

Sie bahnte sich einen Weg durch die Menge, ging rasch in

die Hocke, steckte das Kätzchen in ihre Tasche und blickte dann, mit dem Rücken zur Wand, den Gaffern ins Gesicht. Dabei schnaubte sie vor Wut, wie gerade noch das Kätzchen. Sie keuchte ärgerlich und funkelte nun ihrerseits die Männer an, die, um ihr Vergnügen gebracht, enttäuschte Pfiffe und Verwünschungen ausstießen. Die Hunde senkten eingeschüchtert den Kopf und machten langsam kehrt. Nach und nach zerstreute sich die Menge und Myriam blieb allein zurück. Das Kätzchen hatte sich festgeklammert und grub nun seine Krallen durchs Kleid hindurch in ihren Bauch. Sie biss sich auf die Lippen und beugte sich vor. »Ganz ruhig, mein Kleines«, flüsterte sie ihm zu.

3

»Glaub mir, Geoffrey, sie sah wirklich hinreißend aus. Und dann ihr Mut, ihre Selbstsicherheit! Dass ich sie dort durch Zufall wiedergesehen habe, ist ein Zeichen des Himmels. Sie kann unmöglich Jüdin sein! Eine Jüdin hätte niemals die Kühnheit besessen, sich diesen Männern mit ihren Hunden in der Weise entgegenzustellen, wie sie es getan hat. Wahrscheinlich ist sie aus einem bestimmten Grund zu dem Juden gegangen – vielleicht wollte sie Geld leihen. Sie könnte die Tochter des Buchhändlers von gegenüber sein. In den Laden ist sie zusammen mit einem anderen Mädchen, einer Blonden, hineingegangen, als wäre es ihr Zuhause. Was für eine wunderbare Fügung, dass ich sie wiedergefunden habe. Ich kann es nicht fassen. Wenn du Lust hast, gehen wir morgen zusammen zu dem Buchhändler und sehen seine Bücher an.«

Es war der Tag vor Allerheiligen. Da kein Unterricht stattfand, hatte Robert den Laden von Maître Nicola Lombard aufgesucht, der angeblich ein schönes Exemplar von Pierre d'Espagnes *Tractatus* anbieten sollte. Kaum stand er im Laden, als er draußen ein Rufen und Schreien hörte, woraufhin er sogleich wieder hinaustrat, da ihn die besonderen Ereignisse der großen Stadt immer neugierig machten. Und dann hatte er plötzlich wieder der schönen Unbekannten gegenübergestanden, oder jedenfalls beinahe. Er war wie erstarrt, was er Geoffrey in seinem Bericht jedoch verschwiegen hatte.

Gemeinsam steuerten sie nun das Wirtshaus »Zur pissenden Katze« an, eine billige Schenke ganz in der Nähe von Notre-Dame an der Ecke der Rue Saint-Pierre-aux-Bœufs. Daher bekam man dort auch ein schönes Stück Rindfleisch und einen Becher Wein – »umsonst wie in Kana«, sagte der Wirt. Allerdings gab es auch niemals einen freien Platz, weshalb es nicht ohne Handgreiflichkeiten abging. Viele Bürger des Viertels sahen in den Studenten Parasiten, die weder Eigentum noch Anstand respektierten. Kam es nicht immer wieder vor, dass sie auf offener Straße Mädchen küssten oder gegen Haustüren urinierten? Umgekehrt waren die Studenten nur wenig erbaut, wenn sich der Inhalt eines Nachttopfes über sie ergoss, während sie in aller Frühe zum Unterricht eilten.

Robert und Geoffrey gelang es, sich einen Weg durch die Menge der Tafelnden zu bahnen und sich an die Ecke eines Tisches zu setzen. Es herrschte eine äußerst ausgelassene Stimmung. Bei dem Lärmen und dem Grölen von Liedern war es unmöglich, sich zu unterhalten:

Bibit hera, bibit herus
Bibit miles, bibit clerus ...
Trinkt der Bettler mit dem Pfaffen,

Trinkt der Kaiser mit dem Laffen.
Wenn vom Trunke sie berauscht,
scheinen alle Rollen ausgetauscht!

Unterdessen war ein großer magerer Student hereingekommen, dessen hochgewachsene Erscheinung sofort die ganze Versammlung dominierte. Der Klang seiner Drehleier brachte nach und nach alle übrigen Geräusche zum Verstummen und alle baten einstimmig: »Ein Lied, Martin, ein Lied!«

Martin stellte den Fuß auf einen Hocker, hielt die Leier hoch. »Freunde, ein Lied wird im Voraus bezahlt«, verkündete er. »Meine neueste Komposition trage ich euch nur für einen Becher Wein vor.«

Die Versammelten beeilten sich, seinen Wunsch zu erfüllen, und dann erklang wieder Musik, diesmal aber ohne störende Hintergrundgeräusche:

Dank sei dir, o Venus,
Die du mir zugelächelt
Und mir gestattet hast,
Den ersehnten Sieg davonzutragen
Über die geliebte Jungfrau.
Schauen durft' ich sie,
Durft' sie sprechen und berühren,
ja küssen gar;
Doch das größte Liebespfand,
Das besser doch als alle andern,
Blieb mir verwehrt.

Der Wein war ihnen zu Kopf gestiegen und das Fleisch hatte ihre Bäuche gewärmt. In dieser euphorischen Stimmung verließen Robert und Geoffrey das Wirtshaus »Zur pissenden Katze«, um in die Rue de Bièvre zurückzukehren, doch die

Kälte der Nacht ließ sie bald wieder etwas nüchtern werden. Die Petit Pont überquerten sie fast schon in gerader Linie. Der Mond war hinter Wolken verborgen. Sie stützten sich daher mit den Händen an den Mauern der Häuser ab, die sich dunkel vom fahlen Schimmer der grauen Wolken abhoben, bis in der Rue Garlande der Mond endlich wieder hervorkam.

Als sie an der Place Maubert anlangten, hörten sie erstickte Schreie und sahen im Halbdunkel, wie zwei Gestalten eine dritte zu Boden drückten. Einer der Angreifer hielt das sich wehrende Opfer fest, während der andere ihm Stockhiebe versetzte.

Robert stürzte als Erster los, sprang auf den Mann mit dem Stock zu und würgte ihn. Geoffrey schlug auf den Kopf seines Komplizen ein, der seinen Griff lockerte, um zurückschlagen zu können. Da aber erkannten die beiden Gauner, dass es wohl besser war, das Weite zu suchen, und waren rasch entschlüpft, bevor es Robert und Geoffrey gelang, sie zurückzuhalten.

Der Mann am Boden stöhnte, sein weißer, kahl geschorener Schädel glänzte matt. »Ich bin ein Mönch von Saint-Victor«, flüsterte er. Robert richtete ihn vorsichtig wieder auf.

Indem der Mönch sich auf die beiden jungen Männer stützte, ging er mühsam weiter. Offensichtlich hatte der Überfall seine Spuren hinterlassen.

»So werdet Ihr es niemals bis Saint-Victor schaffen«, sagte Geoffrey, »der Weg ist weit und wer weiß, ob diese Diebe nicht anderswo auf Euch warten. Kommt doch mit uns ins Haus von Maître Guillaume, Ihr könnt dort übernachten.«

Der Mann schleppte sich weiter, die Arme hielt er an den Körper gepresst. Endlich kamen sie an der Tür ihrer Unterkunft an.

Kaum waren sie eingetreten, als sie auch schon der fröhliche Lärm ihrer Kameraden empfing. Die Halle war von Kerzen erleuchtet. Maître Guillaume und seine Studenten saßen um den Tisch und leerten einen Becher Wein nach dem anderen. »Endlich kommt ihr, wir haben fast schon alles ausgetrunken, aber ein paar Gläser sind noch da. Das übrigens verdanken wir der Großzügigkeit unseres lieben Anselme. Er hat heute seine Pfründe bekommen und wir helfen ihm gerade dabei, sie ein wenig zu schröpfen, damit sein Leben im Schoß der Kirche gut anfängt!«

»Das ist genau, was unser Freund braucht«, warf Geoffrey ein, »der Arme hat noch Schmerzen von den Schlägen, die zwei gottlose Diebe ihm beigebracht haben.«

Alle blickten den Mönch an, starrten auf seine wenigen, blutverkrusteten Haare und das zerrissene Gewand. Immer noch hielt er die abgewinkelten Arme an den Leib gepresst. Er hatte feine Gesichtszüge, nur schienen seine leicht spitze Nase und das schmale Gesicht nicht recht zu den vollen, sinnlichen Lippen passen zu wollen.

»Ihr seht hier einen Mönch vor euch«, stellte er sich vor, »der eine große Dummheit begangen hat. Diese beiden jungen Männer hier haben ihn gerettet. Ich war gerade auf dem Rückweg zum Kloster, natürlich viel zu spät für einen Mann meines Alters. Die Nacht war mondlos, verlassen lagen die Straßen da.«

»Wie heißt du, ehrenwerter Bruder?«, fragte Maître Guillaume.

»Hugues d'Asnières, ich komme von Saint-Victor.«

»Trink, Bruder, und erhole dich erst einmal von der Aufregung«, sagte Maître Guillaume und schenkte Hugues einen großen Becher Wein ein. »Hier bist du willkommen, wir fühlen uns durch deinen Besuch geehrt.«

Als die Becher bis auf den letzten Tropfen geleert waren,

gingen alle nach oben in ihre Kammern. Hugues dankte nochmals den beiden Cousins: »Meine Freunde, ich danke euch von ganzem Herzen. Keinen einzigen Sou hätten die Diebe bei mir gefunden, aber sie hätten mir meine Bücher abnehmen können und das sind meine kostbarsten Schätze.«

Geoffrey und Robert machten ihm in ihrem Bett Platz. Robert fand keinen Schlaf. Nach so viel Wein und allgemeiner Aufregung ging in seinem Kopf alles durcheinander. Einige Verse von den Liedern aus der Schänke geisterten ihm noch durchs Hirn, während er zwischen den beiden anderen lag und die Wärme spürte, die Hugues ausstrahlte und die ihn irritierte. Er dachte an jene stämmige Bäuerin, die ihn in einer Ecke des Stalls an sich gedrückt hatte, als er gerade erst zehn Jahre alt war. Auch sie hatte diese Wärme ausgestrahlt.

Schließlich, kurz vor dem Einschlafen, tauchte noch das Bild des geheimnisvollen Mädchens vor seinen Augen auf.

Als es Morgen wurde, konnten die beiden jungen Männer nur schwer verbergen, wie neugierig sie auf die Bücher waren, die der Mönch die ganze Nacht an die Brust gepresst hatte. Schließlich holte Hugues zwei in Leder gebundene Bände hervor und legte sie aufs Bett. Er öffnete den prächtigeren von beiden. Der Text wies vier Spalten auf, zwei davon in lateinischer Schrift, so klar und präzise, dass sie den Psalm sofort erkannten: »Lobet den Herrn, alle Heiden! Preiset ihn, alle Völker! Denn seine Gnade und Wahrheit waltet über uns in Ewigkeit. Halleluja!« Die Buchstaben der beiden anderen Spalten ließen sich jedoch nicht entziffern. Zwar hoben sich die einzelnen Lettern deutlich voneinander ab, doch waren ihnen die Zeichen völlig unbekannt. Geoffrey wich kaum merklich zurück. Aber Hugues hatte es gesehen und schloss sofort das Buch. Peinlich berührt, schwiegen plötzlich alle drei, bis Geoffrey schließlich seinen Mantel anzog. »Ich höre mir jetzt in Saint-Jacques die Predigt von Maître Eudes de Châteauroux an«, sagte er. »Ich warte dort auf dich, Robert, du solltest dir diesen Prediger unbedingt anhören. Und Euch, Bruder, wünsche ich alles Gute für den Heimweg.«

Robert indes verging fast vor Neugier und wollte unbedingt wissen, was es mit dem Buch auf sich hatte und weshalb Geoffrey sich so abweisend zeigte.

Der berühmte Hebräischspezialist Bruder Langton war in den Schulen zu bekannt, als dass sein Name mit irgendwelchen Befürchtungen verknüpft gewesen wäre. Außerdem war er als Kardinal gestorben. Geoffrey jedoch schien das nicht recht zu überzeugen. Er hatte schon so viele Geschichten über das Kloster von Saint-Victor gehört. Von Mönchen war da die Rede, die bei Rabbinern das Hebräische erlernten. Dass Maître Hugues dies abstritt, überzeugte ihn nicht. Möglicherweise waren sein und das Seelenheil seines jüngeren Cousins in Gefahr. Besonnenheit war also angebracht. Er wechselte das Thema.

»Was für eine Predigt werdet Ihr denn hören, Bruder Hugues?«

»Ich kehre nach Saint-Victor zurück. Dort predigt heute unser Abt.«

Als sie sich auf der Schwelle des Hauses trennten, bestand Bruder Hugues darauf, den zwei Studenten erneut zu danken.

»Ihr seid stets in unserem Hause willkommen. Meine Brüder werden bald erfahren, wie ihr mich gerettet habt.«

Nun also war Allerheiligen und von überall her drängte die Menge in die dunkle Kirche von Saint-Jacques. Die Sonne war gerade erst aufgegangen und ihr Licht drang noch nicht durch die Kirchenfenster. Robert spürte den starken Geruch der vielen hier versammelten Menschen, die unentwegt miteinander plauderten, bis endlich Maître Eudes auf die Kanzel stieg und allmählich Stille eintrat.

Die Predigt war einem Vers aus der Apokalypse gewidmet: »Ein Engel rief den vier Engeln zu: Tut nicht Schaden der Erde noch dem Meer noch den Bäumen, bis dass wir versiegeln die Knechte unsres Gottes an ihren Stirnen.«

»Diese Engel«, erläuterte Maître Eudes, »sind nicht, was sie zu sein scheinen, in Wirklichkeit sind es Dämonen. Wie die Glosse erklärt, werden die vier gefallenen Engel von vier Tieren dargestellt: dem Löwen mit den Adlerflügeln, dem Bären, dem Leoparden und einem vierten, schrecklichen Tier, von dem wir weder Namen noch Aussehen kennen. Sie schaden auf vier verschiedene Arten: durch die Lüge, die Vorspiegelung des Guten, die Verführung zum Bösen und durch die Gesellschaft der Verderbten.«

Vor Roberts Augen tanzten die blauen Augen des geheimnisvollen Mädchens. Maître Eudes fuhr fort: »Die vier gefallenen Engel versuchen uns drei Erscheinungsformen des Guten zu entreißen: die Früchte der Erde, das heißt die guten Werke, die Früchte des Meeres, nämlich das Wort Gottes und die Heilige Schrift, und schließlich die Früchte des Baumes, also die Heiligen Sakramente.«

Robert wurde schwindelig. Maître Eudes' Stimme klang drohend. »Der Teufel lauert euch auf«, donnerte er, »denn er zeigt euch die vermeintliche Herrlichkeit der irdischen Dinge und gibt euch schlechte Gedanken ein!«

Der schwere Duft des Weihrauchs benebelte die Menge. Seufzer wurden laut und Tränen begannen zu fließen.

»Unsere guten Taten sind vom Bösen befleckt wie das Betttuch einer menstruierenden Frau«, wetterte der Prediger, »und wir ernten die Frucht unserer Schwäche in der ewigen Hölle. Die Teufel, denen wir Gehör schenken und die wir nicht von uns zu stoßen wagen, sondern die wir wie Engel empfangen, diese Teufel werden uns Tag um Tag und Nacht um Nacht schmoren lassen.«

Zerknirscht verharrten die Gläubigen auch dann noch in kniender Stellung, als Maître Eudes geendet hatte. Geoffrey hielt nach Robert Ausschau, der hinter eine Säule getreten war und dem, wie vielen anderen, Tränen übers Gesicht liefen.

4

»Tretet ein, meine Herren, Studenten sind hier stets willkommen. Womit kann ich dienen?«

Bald stapelten sich auf dem Verkaufstisch Bibeln und Stundenbücher, Messbücher und Werke der Kirchenväter, in denen Geoffrey und Robert voller Bewunderung blätterten. Sie fragten jedoch nie nach dem Preis, weshalb Maître Audry allmählich ungeduldig wurde.

Er rief seine ältere Tochter: »Kümmere du dich um die beiden da«, flüsterte er ihr zu. »Ich will sie nicht hinauswerfen, denn aus einem mittellosen Studenten kann ein berühmter Lehrer werden oder er kann einen vermögenden Onkel beerben. Trotzdem übertreiben die zwei da es ein wenig. Einem ehrbaren Handwerker so die Zeit zu stehlen! Und das, wo ich heute Morgen Holzplatten für die Buchbindung bestellen muss!«

Blanche trat näher. Sie war siebzehn Jahre alt und schon ein wenig füllig. Ihr roter, fleischiger Mund deutete auf eine genießerische, sinnliche Natur hin und ihre vor Kälte geröteten Wangen unterstrichen die fast durchsichtige Blässe ihrer Haut und das tiefe Blau ihrer Augen. Unter ihrem Häubchen guckten blonde Zöpfe hervor. Sie war überglücklich, ihre Arbeit unterbrechen und mit den beiden Studenten ein Gespräch führen zu dürfen, vielleicht würde sie ihnen sogar etwas verkaufen. Im Unterschied zu ihrem Vater verfügte sie über eine unerschöpfliche Geduld; die Entscheidung zwischen einer Schreibfeder und einem hübschen Jungen fiel ihr nicht schwer. Gleich beim Hereinkommen waren die zwei ihr aufgefallen. Geoffrey war zwar größer und kräftiger, aber der hübsche Rothaarige, der kaum redete, gefiel ihr noch besser. Lange hatte sie ihn beobachtet, während er behutsam ein Buch nach dem anderen in die Hand nahm, um es dann ebenso vorsichtig anzusehen.

Nur zu gern beantwortete sie daher seine Fragen, als er auf einmal richtig gesprächig wurde.

»Ja, ich bin schon seit geraumer Zeit Kopistin. Das Metier habe ich von meinem Vater gelernt und meine jüngere Schwester Rose auch. Dort drüben sitzt sie und zeichnet Vignetten.«

»Das ist aber ziemlich ungewöhnlich«, mischte Geoffrey sich ein, der noch nie eine Schreiberin gesehen hatte.

»Wir sind nicht die Einzigen. Meine Schwester hat sogar eine Freundin, die Hebräisch schreiben kann!«

»Hebräisch!«, rief Robert. »Ist diese Freundin denn Christin?«

»Nein, Myriam ist Jüdin und war in der Rue de la Harpe unsere Nachbarin. Dann sind wir umgezogen, aber Rose sieht sie jeden Montag, wenn sie hierher zu Besuch kommt.«

»Ihr seid sehr unvorsichtig und eure Eltern sind es noch mehr. Juden sind nicht dazu da, um sie zu besuchen, sondern sie existieren nur, um ihre eigene Verderbtheit unter Beweis zu stellen!«, entgegnete Geoffrey, der aus seiner Missbilligung keinen Hehl machte.

Rose, die mit einem Ohr zugehört hatte, stand behutsam auf und nahm dabei das weiße Kätzchen in den Arm, das in ihrem Schoß geschlafen hatte.

»Meine Freundin Myriam«, warf sie ein, »ist zwar keine Christin, sondern Jüdin, doch das macht uns nichts. Seht nur dieses hübsche Kätzchen; sie war es, die dieses unschuldige Tier vor einem schrecklichen Tod bewahrt hat, während wir Christen tatenlos zusahen! Wie also kann sie eine Verderbte sein? Tierliebe ist doch ein Beweis für Güte!«

Robert war ganz still geblieben; die bittere Gewissheit erschütterte ihn. Natürlich hatte Rose Recht, diese Myriam hatte beherzt gehandelt – aber dennoch war sie Jüdin!

Geoffrey hingegen bemühte sich um eine Erwiderung.

»Habt Ihr denn noch nie von den Fallstricken des Satans gehört? Eine äußere Erscheinung kann täuschen, und wenn alle Juden alt, hässlich und bösartig wären, würden sie keine Versuchung für die Christen darstellen. Leider geben sie sich oft tugendhaft und spiegeln eine Güte vor, die man für echt halten könnte. Ein guter Christ jedoch darf sich nicht mit ihnen unterhalten, weil er Gefahr läuft, verführt zu werden und die Lehre unserer Mutter Kirche anzuzweifeln, ohne dass er es merkt.«

Blanche war wütend auf sich selbst, weil sie Myriam erwähnt hatte. Vor allem aber war sie böse mit Rose, weil sie einfach mit Kunden zu reden angefangen hatte, obwohl sie damit deren Missfallen erregen und sie vertreiben konnte! Daher wandte sie sich unvermittelt an den Rothaarigen, den sie so anziehend fand:

»Habt Ihr schon einmal eine so schöne Kopie der *Bekenntnisse* des Heiligen Augustinus gesehen?«, fragte sie ihn und reichte ihm ein hübsches, in braunes Saffianleder gebundenes Buch. Robert zwang sich, es höflich zu begutachten, doch er war sichtlich abgelenkt. Dem enttäuschten

Geoffrey fiel es daher nicht schwer, ihn zum Gehen zu überreden.

»Die Tochter des Buchhändlers, diese Blanche, hat dir ja wahrhaftig schöne Augen gemacht; hast du gesehen, was für einen feinen Teint sie hat? Und ihr Mund deutet auf ein feuriges Temperament. Mir allerdings gefällt ihre Schwester besser, obwohl sie wirklich unvorsichtig war. Wiedersehen möchte ich sie daher lieber nicht, trotz ihres süßen Gesichts. Du siehst jedenfalls, hübsche Mädchen gibt es genug, du brauchst also gar nicht anderweitig zu suchen und dich von einer Ungläubigen in Versuchung führen zu lassen.«

Robert schwieg. Es war das erste Mal, dass er mit diesem Volk in Berührung kam. Eine Jüdin! Hatte Maître Eudes de Châteauroux denn Recht mit seiner Behauptung, ein anmutiger Körper könne einen schrecklichen Dämon verbergen?

Sicher wusste auch sein Cousin Geoffrey auf diese quälenden Fragen keine Antwort.

»Herr, es ist Zeit
Für ein heißes Bad.
Alles steht bereit,
Folget meinem Rat.«

Die Rufe aus dem Badehaus rissen ihn aus seinen düsteren Gedanken. Geoffrey nutzte den Augenblick, griff Roberts Arm.

»Sag mal, Robert, du bist doch jetzt schon seit zwei Monaten in Paris, oder? Ganz schön lange, wenn man bedenkt, dass du dich bisher nur mit kaltem Wasser gewaschen hast. Was hältst du von einem Bad? Klar, deine Mutter hat dich geschrubbt und entlaust, bevor du nach Frankreich durftest, aber die Läuse haben reichlich Zeit gehabt, sich wieder zu vermehren. Komm, ich kenne ein recht sauberes Badehaus.

Wir sind sowieso zu spät für den Unterricht am Morgen, da können wir uns ebenso gut jetzt etwas Gutes tun.«

Robert fühlte sich in der Tat ziemlich schmutzig und empfand den Gedanken an Wasser als durchaus angenehm. Außerdem war er noch nie in einem öffentlichen Badehaus gewesen.

»Gute Idee, nur haben wir leider im Augenblick ziemlich wenig Geld.«

Das hatte Geoffrey nicht bedacht.

»Hm, das hängt davon ab, was wir wollen«, überlegte er laut. »Zum Bad kommt die Entlausung hinzu und außerdem muss man die Bedienstete zahlen. Und ein Bad ohne Massage ist nur das halbe Vergnügen«, befand er, als er die wenigen Geldstücke musterte, die er aus seinem Beutel hervorgeholt hatte. »Du hast Recht, im Moment sieht es wirklich schlecht aus. Aber vielleicht haben wir Glück und der Lombarde, den deine Eltern gesandt haben, ist bereits in der Stadt? Komm, lass uns nach Hause gehen!«

Die beiden Cousins machten sich auf den Heimweg, jeder mit seinen eigenen Gedanken beschäftigt. Maître Guillaumes Dienerin erwartete sie bereits, ganz aufgeregt wegen der guten Nachricht, die sie für sie hatte. »Kommt rasch, ein Gesandter hat nach euch gefragt. Heute Abend werdet Ihr fürstlich tafeln!« Die alte Frau, stets besorgt wegen der unregelmäßigen Mietzahlungen, war überzeugt, dass Robert diesen Monat die Rechnung beizeiten begleichen würde.

»Und wo ist der Mann, den meine Eltern gesandt haben?«, fragte Robert.

»In der Herberge ›Zum weißen Ross‹, geht nur schnell dorthin!«, antwortete sie.

Das ließen sich die beiden nicht zweimal sagen und machten sich sogleich auf den Weg.

Ein älterer Mann sah sie kommen, erhob sich und ging auf sie zu.

»Ihr müsst Robert Kilwardby und sein Cousin Geoffrey sein. Euer Vater und Onkel hat euch so trefflich beschrieben, beinahe hätte ich euch schon auf der Straße erkannt«, erklärte er.

Er setzte sich wieder und lud sie ein, neben ihm Platz zu nehmen. Dann gab er der Dienerin ein Zeichen und bestellte einen Krug Bier.

Der Lombarde war ein großer, schlanker Mann mit einem blonden Bart, den bereits graue Fäden durchzogen. Seine ganze Erscheinung machte den Eindruck von Kraft und Eleganz. Er trug ein prächtiges und doch einfaches Gewand aus dichtem grauem Samt und aus dem gleichen Stoff ein vollkommen schmuckloses Barett. Die unauffällige Kleidung ließ die humorvollen blauen Augen umso heller strahlen.

»Es geht doch nichts über englisches Bier«, sagte er, »ihr armen Studenten, die ihr Wein trinken müsst!«

Er zog einen ledernen Beutel aus der Tasche und legte ihn auf den Tisch.

»Davon jedenfalls werdet Ihr eine Weile gut leben können! Zählt es nur nach!«

»Gleich«, erwiderte Robert, »erzählt mir nur erst, wie es meiner Mutter und meiner Schwester geht.«

Der Kaufmann blickte ihn nachsichtig an und zog aus einer anderen Tasche ein Pergament.

»Lest, junger Mann, und seid versichert, dass es Eurer Familie glänzend geht.«

Robert nahm den Brief entgegen, brach das Siegel und las vor:

»Mein lieber Sohn, dein Vater und deine Mutter denken stets an dich und berichten dir, dass hier alles zum Besten steht. Pommettes Fohlen hat sich prächtig entwickelt und verspricht ein hervorragendes Reitpferd zu werden. Die Aussteuer deiner Schwester ist fast beisammen und Jeanne hofft, dich und deinen Cousin nächstes Jahr zu Ostern bei ihrer Hochzeit willkommen heißen zu dürfen. Wir schicken dir zwölf Bücher, die dir in den kommenden sechs Monaten genügen sollten. Sei nicht verschwenderisch und studiere mit Fleiß. Deine dich liebenden Eltern.«

»Zählt jetzt bitte das Geld zusammen und unterschreibt mir dann die Quittung hier«, sagte der Kaufmann. »Zwar kehre ich erst im nächsten Jahr nach Leicester zurück, doch müssen meine Bücher in Ordnung sein.«

Robert prüfte den Betrag und bestätigte den Erhalt durch seine Unterschrift auf einem schon vorbereiteten kleinen Stück Pergament, das der Kaufmann anschließend zusammenrollte und in eine bemalte Schatulle legte.

»Wir müssen dieses Geld gut verwahren«, rief Geoffrey. »Was Maître Guillaume zusteht, wollen wir ihm im Voraus geben, und den Rest verstecken wir unter unserer Matratze. Heute Abend wollen wir Wein trinken, aber zuerst nehmen wir ein Bad!«

Das Badehaus war nur durch ein geschnitztes Portal gekennzeichnet. Als man ihnen öffnete, schlug ihnen ein Schwall feuchtwarmer Luft entgegen. Eine große, kräftige Frau ließ sie eintreten und musterte sie von oben bis unten.

»Aha, Studenten«, sagte sie, »könnt ihr denn bezahlen? Das Schwitzbad kostet bereits vier Heller pro Person, Schwitzbad und normales Bad, das macht zusammen acht Heller. Bei zwei Personen berechne ich nur zwölf, aber das Laken kostet noch mal extra und die Massage auch!«

Robert hielt ihr ein glänzendes Silberstück hin und auf der Stelle wurde sie freundlicher.

»Hervorragend, man wird euch die beste Behandlung zukommen lassen, Bad, Schwitzbad, Massage und Süßigkeiten.«

Sie geleitete sie in eine große Halle, in der man kaum die Hand vor Augen sah. Im dichten Wasserdampf erblickten sie undeutlich die Bottiche, in denen die Badegäste hockten. Zwei junge Dienerinnen, lediglich mit einem Hemd bekleidet, das ihnen am Leib klebte, führten sie zu einem großen Zuber. Sie zogen sich aus und legten ihre Kleider auf einen Hocker. Als sie nackt waren, errötete Robert vor Verwirrung. Die Frauen nahmen sie bei der Hand und führten sie hinüber zum Schwitzbad, wo sie sich hinsetzten.

Dort sahen sie vor lauter Dunst zunächst überhaupt nichts mehr, die erstickende Hitze und die Schwüle drohten sie zu ersticken. Allmählich aber konnten sie die Umrisse des Raums ausmachen. Um die Mauern herum verliefen Bänke und wie dunkle Flecken hoben sich in dem grauen Nebel menschliche Schatten ab. Das Atmen fiel ihnen schwer und sie begannen heftig zu schwitzen.

»Glaubst du, es ist normal, dass ich so schwitze?«, flüsterte Robert Geoffrey ins Ohr.

»Natürlich«, erwiderte Geoffrey lachend, »genau das soll ja erreicht werden!«

In diesem Augenblick ging eine der Gestalten an ihnen vorbei zur Tür. Es war eine beleibte, reife Frau. Die beiden jungen Männer bemerkten ihre großen, baumelnden Brüste und den gewölbten Bauch, das buschige schwarze Schamhaar darunter. Geoffrey blickte der Frau wohlwollend nach:

»Das, mein Cousin, nenne ich einen Leckerbissen. Ihrem Alter nach zu schließen, müsste sie eigentlich etwas übrig haben für junge, kräftige Kerle wie uns!«

Robert war schockiert.

»Das ist eine alte Frau! Sie ist wohl so alt wie unsere Mütter, nur dass sie eine fette Matrone ist!«

Geoffrey lachte ihn aus: »Was für ein Küken du doch bist! Erstens kosten diese Frauen nichts und zweitens sind sie manchmal sogar ziemlich leidenschaftlich. Freilich darf man nicht allzu anspruchsvoll sein, was ihre Schönheit anbelangt, aber wenn du erst einmal etwas mit ihnen anfängst, wird dir die Sache schon Spaß machen!«

»Geoffrey! Du bist Geistlicher! Du hast doch ein Keuschheitsgelübde abgelegt!«

»Mein armer Robert, es gibt zwei Arten von Sünden, die schweren und die lässlichen. Schwere haben mit dem Glauben zu tun, lässliche sind die des Leibes. Begehst du eine schwere Sünde, kommst du womöglich in die Hölle, bei einer lässlichen hingegen beichtest du und tust Buße.«

Die Dienerinnen waren wieder hereingekommen und führten sie nun zum Bad hinüber, wo es aus einem Bottich mit dem heißen Wasser stark nach Minze duftete. Obenauf trieben die Kräuter. Höchstpersönlich prüfte die Besitzerin des Badehauses die Wassertemperatur.

»Seht nur, Ihr bekommt ganz sauberes Wasser und dürft als Erste hinein. Nur zu, meine Herren, gleich wird man sich um Euch kümmern.«

Geoffrey stöhnte lustvoll auf, als er ins warme Wasser eintauchte. Die Dienerinnen kamen mit einem Stück Seife und Tüchern zurück und rieben die beiden eifrig ab, bis sie krebsrot waren. Doch auch die Mädchen waren rot, vor Anstrengung und vor Erregung. Ihre Brustwarzen berührten die jungen Männer am Arm, an der Wange oder auf der Brust und ihre Achseln verströmten einen starken Geruch, was Geoffrey und, entgegen seinem Willen, auch Robert erregte.

»Taucht jetzt mit dem Kopf unter«, befahlen sie und drückten die jungen Männer dann mit aller Kraft unter Wasser, so tief und so lange, dass die beiden keuchend wieder auftauchten und husten und spucken mussten – jegliche Begierde war vergessen. Daraufhin wuschen sie ihnen den Kopf und spülten mit Wasser aus einer Schüssel nach. Schließlich kämmten sie sie sorgfältig, um sie von Läusen und Nissen zu befreien. Zum Schluss legten sie zwischen die beiden Männer ein Brett und stellten einen Krug Wein und zwei Becher darauf.

»Nun, meine Herren Studenten, was sollen wir Euch servieren? Kuchen aus feinstem Mehl, eine Fleischpastete, Äpfel und Nüsse?«

»Wir haben großen Hunger«, erwiderte Geoffrey, »und könnten einen ganzen Ochsen aufessen, aber eine gute Portion Fleischpastete täte es wohl auch, sofern wir danach noch ein großes Stück Kuchen bekommen. Äpfel und Nüsse sind Naschwerk für Damen.«

Sie hörten, wie jemand in einem Bottich etwas weiter weg auflachte, und als sie sich umdrehten, erkannten sie die beleibte Frau wieder, die sie im Schwitzbad gesehen hatten.

»Da habt Ihr ganz Recht, mein hübscher Junge, in Eurem Alter solltet Ihr tüchtig essen, damit Ihr einen kräftigen Körper bekommt. Kommt doch herüber zu mir, wenn Ihr wollt, dann gebe ich euch etwas von meinen Leckereien ab.«

»Bloß nicht«, zischte Robert, aber Geoffrey war schon aufgestanden und hatte den Dienerinnen befohlen, die Teller zum Bottich der großzügigen Frau zu bringen. Sie empfing ihn mit einem breiten Lächeln und zufriedenem Blick.

»Komm doch auch, Robert!«, rief Geoffrey, als er ins Wasser glitt. Der jedoch rührte sich nicht und so brachte ihm eine der Dienerinnen seinen Anteil an dem Festmahl. Sie warf ein großes angewärmtes Handtuch auf einen Hocker neben seinem Zuber und bedachte ihn mit einem ironischen Blick.

Geoffrey kümmerte sich nicht mehr um seinen Cousin, er war zu sehr beschäftigt. Während er aß und trank, umschlang er mit den Beinen die Hüften der Frau und gab sich ihren erfahrenen Liebkosungen wollüstig hin. Genau in dem Moment, als sein Cousin auf dem Höhepunkt des Vergnügens aufstöhnte, wandte Robert den Kopf ab.

5

Das ehrwürdige Gebäude tauchte vor ihm auf, als würde es im kalten Novemberlicht zwischen Obstbäumen und Weinstöcken Winterschlaf halten. Trotz der Nähe zur Stadt drang doch kein Lärm dorthin. Robert empfand auf einmal einen großen innerlichen Frieden. Er läutete. Sogleich öffnete ihm ein Pförtner.

»Was wünscht Ihr, junger Mann?«

»Ich möchte gern mit Maître Hugues d'Asnières sprechen, sofern er die Güte hat, mir ein paar Augenblicke seiner Zeit zu schenken. Ich bin Robert Kilwardby. Wir haben uns vor ein paar Tagen kennen gelernt und bei dieser Gelegenheit hat er mich zu sich eingeladen.«

»Wartet hier, Robert, ich werde Maître Hugues ausrichten, dass Ihr hier seid.«

Die Nacht war beinahe völlig dunkel und Robert musste unter den Arkaden des Kreuzgangs lange warten. Ihm kamen die trüben Gedanken wieder in den Sinn, die ihn seit geraumer Zeit von den Büchern und dem Studium abhielten. Schließlich zeichnete sich vor einem Rechteck aus Licht die Gestalt Maître Hugues' ab, der aus dem Refektorium trat.

»Ich konnte nicht früher kommen«, entschuldigte er sich in aller Form, »weil ich erst die Lesung und das Tischgebet abwarten musste. Unsere Brüder sind noch beisammen, doch sie werden gleich herauskommen.«

Da traten auch schon die Brüder von Saint-Victor in Zweierreihen aus dem Saal, gingen den Kreuzgang entlang und verschwanden dann in ihren Zellen. Jeder trug eine Laterne, um nachts noch lesen zu können.

»Ich, lieber Robert, werde heute Abend nicht Augustinus' Buch *Über den Gottesstaat* lesen, sondern mich lieber mit Euch unterhalten.«

Robert nahm Hugues die Laterne ab und sie spazierten bedächtig unter den Arkaden entlang. Es war vollkommen still. Lange Zeit sprachen sie kein Wort. Robert wusste nicht, wie er anfangen sollte, weil ihn so viele Gedanken und Gefühle aufwühlten, und so ergriff Hugues als Erster das Wort.

»Die Warnungen eures Cousins Geoffrey haben euch also nicht davon abgehalten, hierher zu kommen. Das freut mich, müsst Ihr wissen.«

Auf eine solche Einführung hatte Robert gewartet.

»Geoffrey hat mich nicht richtig überzeugt. Es ist doch erstaunlich, dass es im Schoße der echten und einzigen Kirche zwei so verschiedene Meinungen zu einem so entscheidenden Thema wie der Gefahr, in die uns die Juden bringen, gibt. Geoffrey lässt kein gutes Haar an ihnen, an ihrer Lehre und ihren Taten. Ihr aber seid der Ansicht, Hebräisch zu lernen sei keine Sünde. Im Gegenteil, denn euer Lehrer, Maître Étienne Langton, beherrschte diese Sprache und hinterließ euch ein Buch auf Hebräisch. Gerne wüsste ich mehr über dieses Thema.«

»Lasst uns am Anfang beginnen. Wie Ihr wisst, war unser Herr Jesus Christus Jude. Auch die Apostel waren Juden, doch anders als alle anderen, denn sie glaubten an unseren Herrn. Sie hatten begriffen, dass Gott menschliche Gestalt angenommen hatte und Christus der Messias war, den die Schriften angekündigt hatten. Die anderen Juden konnten die Göttlichkeit unseres Herrn nicht anerkennen und ließen ihn von den Römern kreuzigen. Diesen Fehler büßen sie noch heute, sie und ihre Nachkommen, es sei denn, sie konvertieren zum rechten Glauben und geben zu, dass der Messias für sie ebenso wie für alle anderen Völker der Erde gekommen ist.«

Nichts von alledem war Robert neu, doch er wagte nicht, Hugues zu unterbrechen, der ihn beim Sprechen unverwandt ansah.

»Das alte Gesetz, das Gott den Juden auf dem Berg Sinai gab, fand seine Vollendung im neuen Gesetz, dem Evangelium. Desgleichen ist die Kirche zum wahren Israel geworden, wobei das alte Gesetz nicht etwa aufgehoben wurde, sondern vielmehr Teil des Erbes unserer Kirche ist. Wir lesen es auf Lateinisch, es ist das Alte Testament. Um das Problem vollständig zu erfassen, musst du wissen, dass Gott im Alten Testament nicht auf Lateinisch spricht, sondern Hebräisch. Was wir heute lesen, ist also eine Übersetzung, und wie jede Übersetzung enthält sie Fehler, die man korrigieren kann, wenn man den hebräischen Originaltext benutzt. Genau das übrigens hat der heilige Hieronymus getan, indem er nach Bethlehem und Palästina gereist ist, um bei einem Rabbiner in die Lehre zu gehen. Als er gut genug Hebräisch konnte, hat er den lateinischen Text korrigiert, indem er ihn mit dem hebräischen Original verglich, den die Juden aufbewahrt hatten und noch heute aufbewahren. Doch er hat nicht alle Fehler ausgemerzt und sich an manchen Stellen geirrt. Daher benötigen wir den hebräischen Text, wenn wir den ursprünglichen Wortlaut erfahren wollen, wie Gottes Mund ihn geformt hat.«

Robert hörte zu und überlegte.

»Dennoch, Maître Hugues, wenn die Sache so einfach wäre, warum hat Geoffrey dann eine so große Angst, beispielsweise vor dem Buch, das Ihr uns gezeigt habt?«

»Weil die Juden verderbt sind und unseren Herrn nicht anerkennen wollen. Viele Christen verdächtigen sie deshalb, die Heiligen Schriften nicht vollständig aufbewahrt zu haben. Angeblich sollen sie Verse verändert haben, in denen die bevorstehende Ankunft des Gottessohnes allzu deutlich wurde.«

Lange Zeit schwieg Robert, dann sagte er:

»Die Juden sind verderbt, behauptet Ihr, aber kennt Ihr denn welche? Und sind alle Juden verderbt?«

Hugues sah seinen jugendlichen Gesprächspartner lange an. Bei dieser letzten Frage ging es nicht um die Doktrin, das merkte man, hatte doch die Stimme des jungen Mannes gezittert. Offensichtlich quälte ihn etwas. Was wohl mochte es sein?

»Euch beunruhigt doch etwas, mein Freund. Wollt Ihr nicht mit mir darüber sprechen?«

Robert zögerte einen Augenblick. Er durfte Myriam nicht erwähnen.

»Wisst Ihr, ich würde gern ein wenig Hebräisch lernen, doch dazu müsste ich mich an einen jüdischen Lehrer wenden. Wenn nun aber alle Juden verderbt sind, setze ich da nicht womöglich mein Seelenheil aufs Spiel?«

»Wir wollen nicht übertreiben. Die Juden leben seit Jahrhunderten unter uns, wir reden mit ihnen in den Geschäften und auf dem Markt. Die größten unserer Lehrmeister haben mit jüdischen Weisen Streitgespräche geführt, ohne ihr Seelenheil einzubüßen. Gefährdet sind nur diejenigen, die im Glauben nicht gefestigt sind. Wer sich jedoch nicht beirren lässt, hat nichts zu befürchten. Übrigens, wenn du das Alphabet lernen möchtest, das kann ich dir beibringen.«

Bei diesen Worten legte Hugues mit einer zärtlichen, väterlichen Geste die Hand auf die Schulter des jungen Mannes.

Robert dankte dem Mönch herzlich, obgleich der auf die einzige Frage, die ihn wirklich interessierte, nicht geantwortet hatte: inwiefern nämlich die Juden verderbt waren und ob das auf alle zutraf?

»Könntet Ihr mir ein wenig mehr darüber erzählen«, fügte er daher hinzu, »und mir berichten, wo und bei wem Ihr Hebräisch gelernt habt?«

Hugues deutete diese Frage als Zeichen persönlichen Interesses.

»Das will ich gern tun. Mein Lehrer, Maître Étienne Langton, hatte Hebräisch bei einem Konvertiten gelernt und anschließend seine Kenntnisse bei einem Rabbiner vertieft, einem weisen Mann, dessen Freund er zeit seines Lebens blieb.«

Das Vertrauen, das Hugues ihm entgegenbrachte, ermunterte Robert, endlich die Frage zu stellen, die ihm besonders am Herzen lag.

»Eurer Beschreibung nach war dieser Jude ein ehrenwerter Mann. Warum also sagt Ihr, er sei verderbt?«

Hugues musste lachen.

»Mein junger Freund, ich glaube, du verwechselst die beiden höchst unterschiedlichen Bedeutungen des Wortes ›verderbt‹. Die Juden sind äußerst sittsame Leute und führen ein mindestens ebenso ehrbares Leben wie wir Christen. Verderbt sind sie einzig und allein aus religiöser Sicht, denn sie sollten anerkennen, dass unser Herr leibhaftig Mensch geworden ist, und eben das tun sie nicht, was aber überhaupt nichts mit dem alltäglichen Leben zu tun hat.«

Robert fiel es schwer, seine Erleichterung zu verbergen. Zwar stand die theologische Frage nach wie vor im Raum, doch musste er nun in Myriam nicht mehr das Abbild des

Teufels sehen. Er dankte Maître Hugues nochmals und wollte schließlich wissen, wann er denn mit dem Unterricht bei ihm beginnen könne.

Die Nacht war vorangeschritten und allmählich begann die Kälte ihnen zuzusetzen. Im Schein der herabgebrannten Kerze bemerkte Hugues den liebevollen, freudigen Ausdruck auf Roberts Gesicht. Seine hellen Augen leuchteten, seine Wangen waren rot vor Kälte und Begeisterung. Was für ein hübscher Junge, dachte er voll Zärtlichkeit und freute sich, weil er ihn bald wiedersehen sollte, und zwar regelmäßig. Während des Hebräischunterrichts würde er ihn näher kennen lernen und eine Atmosphäre des Vertrauens schaffen.

Als Robert sich über Hugues' Hand beugte, um sie zu küssen, bemerkte der Mönch den frischen und anregenden Duft von dessen jugendlicher Haut. Er musste an die Nacht denken, in der er neben dem jungen Mann gelegen hatte. Doch er nahm sich zusammen, denn sonst hätte er diese zarte Wange womöglich gestreichelt. Er verabschiedete sich in aller Schlichtheit, empfahl Robert, auf dem Nachhauseweg vorsichtig zu sein, und bestätigte nochmals die Vereinbarung, die sie getroffen hatten. Von nun an würden sie sich jeden Sonntag nach der Messe sehen.

Ausgelassen machte Robert sich auf den Heimweg. Er summte eines der Lieder, das er neulich in der Schenke gehört hatte, und kam immer noch trällernd bei sich zu Hause an. Alles war in Dunkel gehüllt. Er ging nach oben, wo Geoffrey auf dem Bett lag und leise schnarchte. Doch der Schlaf war nur gespielt, denn plötzlich öffnete der Cousin ein Auge.

»Na, Robert, du kommst aber spät nach Hause, was hast du denn heute Abend gemacht?«, fragte Geoffrey ihn ganz direkt.

»Du bist ja ganz schön dreist! Sollte ich nicht eher dir diese Frage stellen?«

Geoffrey lachte schallend.

»Aber, aber, mein Kleiner, für so naiv hätte ich dich gar nicht gehalten. Warum sollte man sich ein Vergnügen entgehen lassen, das die Seele nicht in Gefahr bringt? Die Frau, deren Reize dich offensichtlich nicht angesprochen haben, ist eine äußerst appetitliche und liebenswürdige Witwe. Das ist etwas ganz anderes als eine verheiratete Frau. Nun, ich werde eben beichten gehen. Ich bin einfach nicht bereit, nur aus banalen moralischen Gründen auf die Annehmlichkeiten des Lebens zu verzichten. Natürlich darf es sich nicht um eine Todsünde handeln.«

»Du bist ganz schön zynisch. Also, da habe ich eine andere Vorstellung von der Liebe.«

»Dummkopf, es geht doch hier nicht um Liebe. Die Liebe, die hat mit Gott zu tun, er allein ist ihrer würdig. Wenn du willst, nehme ich dich nächste Woche zu einem Streitgespräch bei Maître Jean de la Rochelle mit. Das Thema ist die Liebe und da wirst du sehen, dass es nichts mit geschlechtlichen Dingen und Frauen zu tun hat.«

Robert schwieg. Er hatte keine Lust zu schlafen, sondern wollte nur träumen und schloss die Augen. Myriams Bild tauchte vor ihm auf und vermischte sich auf seltsame Weise mit dem von Maître Hugues, das sich von den Arkaden des Kreuzgangs abzuheben schien, mit den tanzenden Flammen der Fackeln im Hintergrund.

In den folgenden Wochen konnte Robert sich nur schlecht auf das Studium bei Maître Guillaume konzentrieren. Sobald der Unterricht zu Ende war, lief er mit pochendem Herzen zur Rue Saint-Jacques. Er hoffte, Myriam im Laden von Maître Audry anzutreffen. Dort angekommen, wagte er jedoch nicht, den Laden zu betreten. Was sollte er sagen, wenn der Buchhändler ihn fragte, warum er hier sei? Wie sollte er Myriam ansprechen? Er ging in der Straße auf und ab, in der Hoffnung, dass sie sich vor Einbruch der Dunkelheit auf den Heimweg machte. Während er wartete, legte er sich ein paar Worte zurecht, mit denen er Myriam erklären wollte, warum er sie unbedingt sehen musste. Seine Füße waren eisig und von Zeit zu Zeit hauchte er in die Hände, blieb aber auf seinem Posten. Hatte Blanche nicht erzählt, Myriam würde jeden Montag zu ihnen kommen? Und so sah er drei Montage hintereinander die Ladentür aufgehen und Myriam heraustreten. Leider war immer jemand dabei, entweder Rose oder Maître Audry. Er zögerte, wagte sich jedoch nicht näher heran und kehrte am Ende enttäuscht nach Hause zurück. Manchmal auch trieb er sich in der Rue de la Harpe herum, aber Myriams Haustür blieb fest verschlossen.

Schließlich kam der vierte Montag. Diesmal hatte Robert sich fest vorgenommen, um jeden Preis den Laden zu betreten und Myriam anzusprechen. So lief er nach dem Unterricht bei Maître Guillaume eilends zur Rue Saint-Jacques und stand in weniger als zehn Minuten unter Maître Audrys Vordach. Die klare Luft hatte seine Wangen gerötet. Noch ganz außer Atem vom Laufen, stieß er die Ladentür auf und Blanche und Rose erblickten einen äußerst erregten jungen Mann.

»Was ist denn geschehen!«, rief Rose. »Ihr seid ja ganz durcheinander!«

Robert sah sich um und stellte fest, dass Myriam nicht da war. Erst jetzt wurde ihm bewusst, wie merkwürdig sein Verhalten scheinen musste, und er suchte nach einer Erklärung, während er seine Enttäuschung bezwang.

»Verzeiht, meine Damen! Ich bin nicht mit dem gebührenden Anstand und Ernst hier hereingekommen. Aber«, sagte er und wandte sich dabei an Blanche, »der Gedanke, Ihr würdet vielleicht so freundlich sein und mir eine der Bibeln kopieren, die euer Vater mir gezeigt hat, versetzte mich so sehr in Begeisterung, dass ich nicht mehr an mich halten konnte.«

Blanches Augen leuchteten vor Vergnügen. Er war also ihretwegen wiedergekommen! Offensichtlich wollte er sie häufiger sehen, denn er wollte ja ausdrücklich eine von ihr kopierte Bibel.

»Ihr müsst mit meinem Vater sprechen und die Details klären«, sagte sie. »Im Augenblick ist er nicht da, aber er wird bald zurück sein. Nehmt euch doch einen Hocker und setzt euch zu uns.«

Hastig kam Robert der Aufforderung nach. Myriam konnte jeden Moment hereinkommen. Außerdem miaute das weiße Kätzchen an der Tür, vielleicht wartete es ebenfalls. Während er mit den Mädchen plauderte, überlegte er, dass die Idee, eine Bibel zu bestellen, gar nicht so übel war, denn dann hatte er einen Grund, häufiger in Maître Audrys Laden zu kommen. Zwar überstieg ein solcher Auftrag seine finanziellen Mittel bei weitem, aber er würde eben eine Anzahlung machen und dann weitersehen.

Doch Maître Audry kam nicht und auch Myriam blieb fern. Robert wagte nicht nachzufragen und wurde immer stiller, so dass Blanche sich Sorgen zu machen begann. Aufmerksam beobachtete sie ihn und spürte seine Unruhe. Er rieb die Hände aneinander, biss sich auf die Lippen. Auch Rose hatte gemerkt, dass ihm die Zeit lang wurde. Als ihre Schwester hinausgegangen war, um einen Imbiss zuzubereiten, suchte sie daher nach einem Gesprächsthema, das ihn zerstreuen könnte.

»Möchtet Ihr vielleicht auch farbige Vignetten? Gerade male ich eine sehr schöne. Seht her!«

Robert trat an ihr Pult und bewunderte ein mit Windungen und bunten Blumen verziertes O.

»Ich fürchte, so hübsche Bilder werde ich mir nicht leisten können«, sagte er, »Ihr seid eine wahre Künstlerin.«

Als Blanche mit Käse und einem Laib Brot zurückkam, sah sie nur, wie die beiden die Köpfe zusammensteckten, und wurde zornig. Weder Robert noch Rose bemerkten es. Sie verstanden einander instinktiv. Rose spürte Roberts Enttäuschung, obgleich sie den Grund dafür nicht kannte, und Robert fand Rose sympathisch, weil sie eine Freundin von Myriam war.

Mit energischer Stimme forderte Blanche Robert auf, er möge doch zugreifen, was er auch tat, obwohl er keinen großen Appetit hatte. Myriam würde sicher nicht mehr kommen. Also musste er verschwinden, bevor Maître Audry zurückkehrte.

»Ich bin schon viel zu lange bei euch geblieben, meine Damen, nun ruft mich die Pflicht und ich muss rasch zum Unterricht. Ich komme bald wieder.«

»Vielleicht morgen?«, fragte Blanche.

»Leider nicht, doch sicherlich in den nächsten Tagen«, murmelte Robert. Und indem er Blanche derart im Ungewissen ließ, hastete er ebenso überstürzt aus dem Laden, wie er ihn betreten hatte.

»Was hast du zu ihm gesagt, als ich draußen war?«, wollte Blanche wissen.

»Aber Blanche, ich habe ihm doch nur eine Vignette gezeigt. Wenn du glaubst, ich interessiere mich für diesen Jungen, dann irrst du. Er sieht gut aus und ist freundlich, aber ich habe das Gefühl, sein Herz gehört jemand anderem.«

»Er ist meinetwegen hierher gekommen«, versetzte Blanche.

6

Als Judas Makkabäus vor vielen Jahrhunderten den Tempel in Jerusalem befreit und gereinigt hatte, war eine Phiole heiligen Öls gefunden worden, mit der man die heiligen Lampen anzünden konnte. Darauf beruhte die Tradition des Lichterfestes Chanukka, auf das Myriam sich den ganzen Tag lang zu Hause vorbereitet hatte.

»Erinnerst du dich an die Zeit, als das Fest noch ein richtiges Fest war, weil deine Mutter da noch lebte?«

»O ja, Vater! Ich saß auf ihren Knien. Ein großes Feuer wurde angezündet und an den Hausmauern sah ich die fantastischsten Figuren, in denen ich die Fabelwesen erblickte, von denen sie mir immer erzählte. Wenn ich Kommentare in Gestalt eines Phönix, eines Drachen oder einer Sirene schreibe, muss ich immer an sie und an diese Licht-und-Schatten-Welt denken.«

Als die Lampe, die man während des Festes allabendlich anzündete, erloschen war, gab Maître Davin Myriam ein Geschenk, ein wunderschönes, sorgsam gefaltetes, rotes Seidentuch. Myriam wurde beinahe schwindelig, nur zu gut wusste sie, was für ein Opfer das für ihn bedeutete. Anstatt sich ein neues Hemd zu kaufen, das ihr Vater doch so dringend benötigte, hatte er ihr dieses vollkommen unverdiente Geschenk gemacht! Zärtlich umarmte sie ihn. Ab jetzt würde sie ihr Gebetbuch immer in diesem herrlichen scharlachfarbenen Tuch aufbewahren.

Dann kam der Sabbat, der an Chanukka besonders heilig war. An diesem Tag legte Myriam nicht ihr graues Alltagsgewand an, sondern ihr violettes Festkleid, das so gut zu ihren Augen passte. Das lange schwarze Haar trug sie offen, nicht wie sonst zu einem Zopf gebunden, und bedeckte es mit einem weißen Schleier. Dann machte sie sich auf den Weg zur Synagoge, wohin ihr Vater schon vorausgegangen war. Die Synagoge lag ganz in der Nähe. Es war ein steinernes Gebäude mit einem Portal aus zwei Säulen, die auf liegenden Löwen ruhten. Über eine kurze Wendeltreppe gelangte man in die von niedrigen Fenstern nur spärlich erhellte Haupthalle, in der gebetet wurde. An der Decke aufgehängte Leuchter tauchten die Gläubigen in gelbliches Licht. An den Wänden hingen bestickte Wandteppiche mit Bibelversen in goldenen Lettern.

Der Gottesdienst hatte bereits begonnen, als Myriam die Synagoge betrat und auf die Seite der Frauen hastete. An der religiösen Zeremonie nahmen nur die Männer aktiv teil. Da die Ehefrauen ihre Gottesfürchtigkeit womöglich beeinträchtigt hätten, saßen sie hinter einem Vorhang mit einzelnen Öffnungen und lauschten von dort aus dem Gottesdienst.

Inmitten der weiblichen Gemeindemitglieder thronte die Dame Mélia, die Frau Yehiels, des Oberrabbiners von Paris. Sie trug ein prächtiges besticktes Gewand mit einem Schleier und einem perlenbesetzten Gürtel und gab Myriam ein Zeichen, damit sie neben ihr auf der Blank Platz nahm.

»Einen schönen Sabbat, mein Kind. Ich freue mich, dass es dir gut geht. Was für ein hübsches Tuch du um dein Gebetbuch gewickelt hast! Sollte das etwa das Geschenk eines Liebhabers sein?«

»Nein, Madame, mein Vater hat es mir zum Fest geschenkt!«, antwortete Myriam und errötete.

»Weißt du, dein Vater sollte sich allmählich dazu entschließen, dich zu verheiraten, mein Kind! Du bist schon fünfzehn, nicht wahr? Die meisten Mädchen in deinem Alter sind bereits Mutter. Dein Vater hängt an dir, was ja auch verständlich ist, aber er muss auch an die Zukunft denken!«

Myriam errötete noch mehr. Sie hatte selbst bereits ans Heiraten gedacht, aber was konnte sie schon erhoffen – ohne Mitgift? Die Gemeinde würde zwar wie bei allen armen Mädchen für eine geringe Aussteuer sorgen, doch ohne echte Mitgift würde kein Mann, der auf sich hielt, und auch kein Gelehrter sie ehelichen. Bestenfalls konnte sie auf einen Schulmeister hoffen, wie ihr Vater einer war. Anstatt also Bücher zu kopieren, was sie doch so sehr liebte, musste sie einen Mann finden, um dann für sein leibliches Wohl zu sorgen.

»Um nichts in der Welt, Madame, möchte ich meinen Vater verlassen. Und nun werde ich für ihn beten. Gestattet, dass ich mich ein wenig abseits setze.«

Mit diesen Worten ging Myriam ans andere Ende der Bank. Sie war während des Gottesdienstes nicht gern in Gesellschaft der plappernden Damen. Er war dem Gebet vorbehalten und nicht weltlichem Geplauder. Damit sie zusammen mit dem Vorsänger vor dem Beginn der feierlichen Lesung fertig war, sprach sie rasch die ersten Segenswünsche. Die Männer saßen auf Bänken, doch als die Torarolle aus dem heiligen Schrein genommen wurde, erhoben sich alle. Der Rabbiner hatte das schwere Pergament, das in ein besticktes Tuch gehüllt war, auf das Pult gelegt. Ein anderes bedeutendes Gemeindemitglied wickelte die Rolle aus und hielt sie in die Höhe, damit alle den heiligen Text sahen. Dann rief der Vorsänger den Kohen, der der Nachfolger der Hohepriester des Tempels in Jerusalem war und die Seligpreisungen rezitierte, zur Tora. Der Vorsänger las die ersten Verse und rief anschließend den Leviten, den Nachfolger der Priesterkaste. Nachdem auch dieser die Seligpreisungen gesprochen hatte, las er die darauf folgenden Verse wie die anderen zunächst auf Hebräisch, dann auf Aramäisch und schließlich auf Französisch, damit alle die Lehre des Gesetzes verstanden.

Myriam kam fast ohne Übersetzung aus. Sie kannte die Geschichte Josephs, den seine Brüder nach Ägypten verkauft hatten, weil ihr Vater ihn bevorzugte, auswendig. Wie oft hatte sie sich die Trauer und die Furcht des jungen Joseph ausgemalt, als man ihn zum Sklaven machte, hatte seinen Mut und seine Intelligenz bewundert, die Art, wie es ihm schließlich gelang, ein großer Herr am Hofe Ägyptens zu werden. Sie hatte mit ihm geweint, als er, von seinen Gefühlen überwältigt, seinen Bruder Benjamin wiedersah, und sich mit ihm über den Ruhm gefreut. Und dann hatte sie von einem Joseph geträumt, der sie von hier fortbringen würde, ins Morgenland. Sie sah den goldenen Karren, den er bestiegen hatte, und die Pagen, die vor ihm hergingen und riefen: »Senkt das Haupt, hier kommt der Herr über ganz Ägypten!« Kurzum, sie erträumte sich einen Joseph, der sie liebte.

Das Rascheln der Gewänder und das allgemeine Geflüster, beides Zeichen für das Ende des Gottesdienstes, rissen sie aus ihren Wachträumen.

Was für herrliche Äpfel und Nüsse! Rose brauchte nur zu erfahren, dass ein Festtag war, und schon brachte sie ein Geschenk mit. Aber Myriam freute vor allem auch, dass Maître Davin die Feiertage nutzte, um im Haus von Rabbi Yehiel über religiöse Fragen zu diskutieren. Sogleich zeigte sie Rose das hübsche Tuch, das sie geschenkt bekommen hatte, und wie sie es sich gewünscht hatte, war die Freundin voller Bewunderung.

»Weißt du, ich glaube, Süßmäulchen war ziemlich traurig, als du uns letzten Montag nicht besucht hast. Sie hat die ganze Zeit an der Tür gesessen und miaut. Dafür schaute ein seltsamer Kunde herein, ein junger rothaariger Mann, den sein Cousin hergebracht hatte, damit er unsere Bücher anschauen konnte. Er kaufte aber nichts, sondern betrachtete nur Blanches Arbeit und kam am darauf folgenden Montag wieder. Ganz allein! Er hat eine Kopie einer kleinen einbändigen Bibel in Auftrag gegeben. Seltsam, denn so etwas ist ja sehr teuer und er schien mir nicht reich zu sein. Außerdem wollte er keine, die schon fertig war, sondern er wollte unbedingt eine Kopie von Blanche haben. Sie hat daraus natürlich sofort den Schluss gezogen, dass er in sie verliebt ist.«

»Vielleicht hat sie ja Recht?«

»Nein, dann würde er sie auf eine besondere Weise ansehen oder ihr Komplimente machen und vielleicht versuchen, sie zu berühren. Das tut er aber nicht. Er wirkt nicht unbedingt schüchtern, aber er scheint sehr nervös. Also, ich glaube, er ist weder in Blanche noch in mich verliebt, und ich denke auch nicht, dass er Böses im Schilde führt, er sieht so gar nicht danach aus!«

»Wonach sieht er denn aus?«

»Nach einem jungen, hübschen Mann, der zum Studium hierher gekommen ist. Er ist erst seit zwei oder drei Monaten in der Stadt. Sein Name ist Robert Kilwardby und er stammt aus England, wie sein Cousin, ein Theologiestudent. Man hört es deutlich an seinem Akzent, aber er hat gute Manieren und viel Charme.«

»Und, gefällt er dir?«

»Ich schwärme viel zu sehr für Pierre, den Tischler. Sobald wir ein wenig Geld zusammengespart haben, werden wir heiraten. Nur mit ihm will ich zusammenleben; Liebschaften mit irgendwelchen Studenten interessieren mich nicht. Und du, Myriam, wird man dich verheiraten?«

»Darüber weiß ich nichts Neues und das finde ich auch gut so. Komm, lass uns ein wenig zusammen lesen.«

Myriam erhob sich und ging zu dem kleinen Regal hinüber, das in die Wand eingelassen war. Sie zögerte einen Moment, war unentschieden zwischen zwei Bänden, nahm dann einen der beiden heraus und setzte sich wieder neben Rose.

»Alles an dir ist schön, meine Freundin«, las und übersetzte sie, »kein Makel haftet dir an... Verzaubert hast du mich, meine Schwester Braut; ja verzaubert mit einem Blick deiner Augen, mit einer Perle deiner Halskette. Wie schön ist deine Liebe, meine Schwester Braut, wie viel süßer ist sie als Wein, der Duft deiner Salben köstlicher als alle Balsamdüfte.«

Klar und deutlich war Myriams Stimme zu hören. Sie lächelte, um ihre Verwirrung zu überspielen. Normalerweise lasen die beiden Freundinnen die Psalmen Davids und nicht das Hohe Lied. David, der König Israels, den die Tradition in seiner Jugendzeit als schön, stolz und rothaarig beschrieb. Genau wie der junge Student, von dem Rose gerade erzählt hatte.

Nachdem sie zu Hause aufgeräumt und ihrem Vater das Frühstück gebracht hatte, machte Myriam sich mit dessen Erlaubnis auf den Weg zum Laden Maître Audrys. Sie hatte eine unruhige Nacht hinter sich. Die Sonne stand an diesem Montagmorgen bereits hoch am Himmel und es war so warm und die Luft so mild, dass man hätte glauben können, es wäre schon Frühling.

Süßmäulchen saß geduckt an der Tür und schien tatsächlich auf Myriam zu warten. Sie nahm das Kätzchen in die Arme und streichelte es hinter den Ohren, bis es sich an sie schmiegte. So ging sie zu Maître Audry, um ihm einen guten Tag zu wünschen.

»Da hast du uns ein schönes Geschenk gemacht, mein Kind. Süßmäulchen hat heute Morgen seine erste Maus an meinem Bettende abgelegt. Aus dem wird sicher ein großer Jäger und er wird den Laden vor den Nagern schützen, die mein Pergament anknabbern wollen.«

Blanche, die das Tier nicht besonders mochte, konnte sich nicht zurückhalten und bemerkte: »Bei seinem großen Appetit und der Menge Milch, die es trinkt, ist es nur recht, wenn es uns ein wenig nützlich ist!«

Myriam erwiderte nichts, denn sie wusste, dass Blanche nur selten etwas Freundliches sagte. Sie setzte sich neben Rose und achtete darauf, sich ruhig zu verhalten, damit ihre Freundin keine unvorhergesehene Bewegung mit dem Pinsel machte. Im Laden herrschte Schweigen. Blanche schrieb, Rose malte und Myriam kraulte Süßmäulchen, während sie das Bild bewunderte, das allmählich auf dem noch blanken Pergament entstand. Maître Audry indes saß im hinteren Teil des Ladens an seinem Schreibtisch und beschäftigte sich mit den Abrechnungen. Blanche hob oft den Blick und sah zur Tür. Bereits eine Woche war vergangen und der hübsche Besucher war immer noch nicht wiedergekommen.

Da flog plötzlich die Tür auf und Robert stand auf der Schwelle. Er erblickte Myriam sofort und war nun sprachlos, wusste nicht, ob er eintreten sollte oder nicht. Doch Blanche war bereits aufgesprungen und stürmte ihm entgegen.

»Da seid Ihr ja endlich!«, rief sie, nahm ihn bei der Hand und führte ihn zu Maître Audry. Als er an Rose und Myriam vorbeiging, grüßte Robert Rose mit einem Nicken und tat, als hätte er Myriam nicht gesehen. Maître Audry bat ihn, Platz zu nehmen.

»Ich habe von euren Plänen gehört, junger Mann!«, sagte er voller Wohlwollen. »Ihr hattet Zeit, euch die Sache zu überlegen, und wir können jetzt in aller Ruhe darüber sprechen.«

Robert drehte den Mädchen den Rücken zu, während der Buchhändler ihn eingehend von der anderen Seite des Schreibtischs aus musterte. Blanche, die neben ihrem Vater stand, verschlang Robert mit den Augen. Ihm war unbehaglich zumute. Trotzdem musste er ein wenig Konversation machen:

»Ich habe gerade von meinen Eltern den Unterhalt für die nächsten sechs Monate bekommen«, wandte er sich an Maître Audry. »Ich kann mir leider keine dieser herrlichen einbändigen Bibeln leisten, die mein Cousin Geoffrey und ich neulich bei euch gesehen haben. Vielleicht aber könnte eure reizende Tochter dennoch beginnen, ein Exemplar für mich zu kopieren. Ich würde es dann in Raten abbezahlen.«

Er wusste, dass das nicht üblich war, jedenfalls nicht bei einer Bibel. Normalerweise bestellte man eine Luxusausgabe oder eine besondere grafische Ausgestaltung. Blanche wurde ungeduldig, weil ihr Vater sich nicht entscheiden konnte. Was gab es denn da zu verlieren? Robert würde zahlen, was er zahlen konnte, und wenn sein Geld am Ende doch nicht reichte, konnte man die Bibel immer noch an jemand anderen verkaufen.

Robert warf einen sehnsüchtigen und unruhigen Blick hinter sich. Rose und Myriam flüsterten miteinander. Sie sprachen über ihn, ganz bestimmt. »Das ist der englische Student. Wie hübsch er ist! Und wie findest du ihn?«

Myriam hielt den Kopf gesenkt, sie schien zu erröten. »Sag deinem Vater auf Wiedersehen von mir«, murmelte sie, »denn ich möchte ihn jetzt nicht stören.«

»Geh doch noch nicht! Robert weiß, dass du Hebräisch schreiben kannst, sicher würde er dich gern kennen lernen.«

»Nein, nein, ich kann wirklich nicht bleiben«, stammelte Myriam.

Sie setzte Süßmäulchen bei Rose auf den Schoß, erhob sich und ging mit etwas unsicherem Schritt auf die Tür zu, nahm ihren Umhang vom Haken und schlüpfte hastig hinaus. Stumm und erstaunt blickte Rose ihr nach. Robert hatte gesehen, dass Myriam gegangen war. Er wollte auch fort, wusste aber nicht, wie er es anstellen sollte. »Maître Audry, überlegt euch meinen Vorschlag noch einmal, ich schaue sehr bald wieder vorbei. Auf Wiedersehen, Mademoiselle«, sagte er zu Blanche gewandt und stieß im Gehen den Hocker um. Rose war nun noch mehr verblüfft und sah ihn auf die Tür zueilen, ohne dass er sich von ihr verabschiedet hätte.

»Ein Christ, er ist Christ! Denk nicht mehr an ihn. Du hast dich in ihn verliebt! Halte dich fern von ihm!«, sagte sie immer wieder zu sich selbst, während sie nach Hause wankte, ohne recht zu wissen, wohin sie eigentlich ging. Myriam war noch nicht an der Ecke der Rue de la Garlande angelangt, als sie Schritte hinter sich hörte. Da rannte jemand, lief hinter ihr her, und plötzlich wusste sie, dass es Robert war. Sie blieb stehen und drehte sich zu ihm um. Er war ganz rot und außer Atem, hielt seinen Hut in der Hand; der Wind hatte ihm das Haar zerzaust. Sie brachte kein Wort heraus.

Auch er wusste nicht, was er sagen sollte. Robert war seiner Intuition gefolgt und ihr nachgerannt. Jetzt, wo sie vor ihm stand, blieb er stumm. Sie hatte unglaublich große, veilchenblaue Augen. Und ihr Gesicht wirkte so unschuldig, sie schien so verletzlich zu sein.

Die Menge drängte sie beiseite. Ein mit Weizen beladener Esel hätte Myriam beinahe zu Fall gebracht; Robert griff nach ihrer Hand und zog sie unter ein Portal. Sie wollte sich losmachen, aber es gelang ihr nicht. Auf einmal wurde ihr ganz heiß. Ihr Atem ging heftiger.

»Habt keine Angst, Mademoiselle, ich werde niemals etwas tun, das Ihr nicht gutheißt!«

»Dann lasst mich gehen, ich bitte euch!«

»Ich möchte euch nur noch bis zum Haus eures Vaters begleiten«, bat Robert.

»Nein, nein!«

»Sagt mir wenigstens, wann ich euch wiedersehen darf. Ich muss euch sprechen.«

»Verzeiht, aber ich kann euch unmöglich wiedersehen!«

»Missfalle ich euch so sehr? Ist es das?«

»Nein, das ist es nicht. Seid mir nicht böse. Ich *darf* euch nicht wiedersehen.«

Indem sie ihm einen verzweifelten Blick zuwarf, machte sie sich von ihm los. Robert war wie gelähmt durch die Heftigkeit ihrer Reaktion und blickte ihr verstört nach, als sie in der Menge verschwand.

7

In den folgenden Tagen irrte Robert immer wieder durch die Straßen. Für nichts konnte er sich mehr begeistern. Nach einer schlaflosen Nacht brach er früh am Morgen in Richtung Rue de la Harpe auf. Er passte jedoch auf, dass er sich Myriams Haus nicht zu sehr näherte. An der Kreuzung blickte er sich um. Wenn Myriam auf den Markt einkaufen ging, würde sie den Weg über den Petit Pont zur Ile de la Cité nehmen, sich also nach links wenden, wenn sie Rose besuchte, nach rechts in die Rue Saint-Jacques. Jeden Morgen war es das gleiche Ritual. Die Händler öffneten ihre Läden, breiteten die Ware auf der Theke aus. Als Erstes kamen die Wasserträger, dann die Kräuterhändler und die Milchmänner sowie die Kuchenbäcker. Es folgten die Bauern mit ihren frischen Produkten vom Land, Graubrot aus Gonesse, gerade aus der Form gekippte Butter aus Vances, Käse aus Brie. Die Händler überboten sich gegenseitig und jeder versuchte, durch seine Rufe die noch rare Kundschaft für sich zu gewinnen.

Die Zeit verging und Robert wurde kalt. Aber Myriam kam nicht. Bei den Rufen der Händler zog sich sein Magen zusammen, doch er verspürte keinen Hunger. Ziellos strich er schließlich tief in Gedanken durch die Gassen.

Geoffrey war die traurige Stimmung seines Cousins nicht entgangen und es beunruhigte ihn ein wenig, dass Robert so melancholisch war.

»Sag mal, Robert, was ist mit dir los?«, fragte er ihn eines Abends beim Essen. »Du lachst nicht mehr, hast keinen Appetit, wie ein Fisch auf dem Trockenen bist du. Sind denn die Unterrichtsstunden bei Maître Guillaume so langweilig? Oder fehlt dir vielleicht deine Mutter?«

»Nein, Geoffrey. Der Unterricht ist zwar wirklich nicht gerade spannend und der Gedanke an die grünen Wiesen, über die ich vor gar nicht langer Zeit galoppiert bin, schmerzt noch immer. Doch das allein ist es nicht. Es steckt eine Traurigkeit dahinter, deren Grund ich nicht kenne. Ehrlich, ich weiß es nicht.«

»Vielleicht sind deine inneren Säfte aus dem Gleichgewicht geraten. Bei zu viel schwarzer Galle spürt man tatsächlich jenen Zustand körperlicher und geistiger Niedergeschlagenheit. Du solltest einen Arzt aufsuchen. Zweifellos musst du zur Ader gelassen werden. Aber es ist nicht gut, das während der kalten Jahreszeit zu tun. Finde erst einmal heraus, welche Tage für dich günstig wären.«

Nichts aber lag Robert ferner als ein Besuch beim Arzt. Er wusste nur zu gut, dass ein Aderlass ihm keine Linderung bringen würde: »Vielleicht fehlt mir eher die Abwechslung, die körperliche Betätigung?«

»Ja, wir sollten es erst mit ein wenig Zerstreuung versuchen. Ich hatte dir doch gesagt, ich würde dich zu Jean de la Rochelle mitnehmen. Nächste Woche hält er einen theologischen Disput über die Liebe. Das dürfte dich auf andere Gedanken bringen.«

An wen sollte er sich wenden? An Maître Guillaume? Nicht auszudenken und zudem unsinnig. Geoffrey? Auf keinen Fall. Vielleicht Maître Hugues? Er wollte ohnehin zu ihm. Doch er war Mönch – würde er seine Leidenschaft verstehen? Robert zögerte lange, eine dunkle Ahnung hielt ihn zurück. Da fiel ihm Rose ein. Myriams treue Freundin. Sie schien ihn doch zu mögen, aber um sie zu treffen, hätte er vor dem Laden Wache stehen müssen.

Paris war für Robert mittlerweile zu einer feindlichen und fremden Stadt geworden, eine Art Labyrinth, das ihn zum Warten zwang. Wieder bezog er seinen Wachposten an der Rue Saint-Jacques. Es war die Zeit, zu der die Frauen die Tageseinkäufe erledigten. Vielleicht war Rose ja dabei? Er hatte Glück, sie wartete vor dem Verkaufsstand des Fleischers. Als sie ihn sah, lächelte sie.

»Gestern hattet Ihr es aber eilig. Ihr seid fortgegangen, ohne euch von mir zu verabschieden!«

»Verzeiht, dass ich so davongestürzt bin, Demoiselle Rose. Seid Ihr mir nun böse?«

»Aber nein, ich habe den Grund sehr wohl verstanden.«

Mehr brauchte Robert nicht zu hören und schon zog er Rose ein wenig beiseite, um ihr sein Herz auszuschütten.

»Ich habe nichts Unschickliches getan, sie nur darum gebeten, mit ihr sprechen zu dürfen! Natürlich weiß ich, dass sie ein wohlerzogenes Mädchen aus gutem Hause ist, aber meinetwegen braucht sie sich nicht zu schämen. Zwar bin ich nicht reich, stamme jedoch aus einer angesehenen Familie. Und dennoch hat sie mich abgewiesen, als hätte ich sie erschreckt.«

»Aber Robert! Seid Ihr wirklich so naiv? Myriam ist Jüdin und Ihr seid Christ«, antwortete Rose erstaunt.

»Na und? Ihr seid doch auch Christin und trotzdem mit ihr befreundet.«

»Ja, aber schon als wir ganz klein waren, bewarfen uns andere Kinder mit Steinen. Juden sind eben nicht so wie wir, auch wenn ihre Vorfahren schon seit Jahrhunderten hier leben. Sie gehen am Samstag in die Synagoge, während wir am Sonntag in die Kirche gehen. Sie essen kein Schweinefleisch. Sie lesen nicht das Evangelium, sondern nur das Alte Testament.«

»Aber Hugues d'Asnières, ein Mönch von Saint-Victor, hat mir erzählt, dass sein Lehrer Étienne Langton mit Isaac de Dampierre befreundet war. Wenn also ein großer Gelehrter und heiliger Mann wie Étienne Langton einen Rabbiner zum Freund haben kann, warum darf dann ich, ein einfacher Student, nicht mit einer Jüdin befreundet sein?«

»Ganz so einfach ist das nicht. Myriam ist im heiratsfähigen Alter und Ihr wollt sie nicht aus purer Freundschaft sprechen, sondern weil Ihr in sie verliebt seid. Wenn man sie jedoch in Eurer Gesellschaft sieht, könnte man glauben, sie hätte ein Abenteuer mit euch, und dann findet sie keinen Ehemann mehr.«

Robert wusste nicht, was er darauf erwidern sollte. Die Vorstellung, Myriam könnte einen anderen heiraten, verletzte ihn zutiefst. Er musste an das denken, was Geoffrey einmal zu ihm gesagt hatte.

»Zwischen Liebe und Heirat besteht ein großer Unterschied!«, entgegnete er daher.

»Vielleicht für euch, nicht aber für ihren Vater! Und ebenso wenig für ihre Glaubensgenossen. Was das angeht, sind die Juden unglaublich streng. Bei ihnen bleiben die Mädchen bis zur Ehe Jungfrau und Abenteuer kommen auch danach nicht vor. Andernfalls werden sie von der Gemeinde ausgeschlossen und genießen keinerlei Schutz mehr.«

Rose bemerkte, wie Roberts Gesicht sich immer weiter verdüsterte.

»Na kommt, Robert, ich verstehe ja, dass Ihr enttäuscht seid. Aber Ihr solltet sie lieber vergessen. Glaubt mir, es ist klüger, auf das Abenteuer zu verzichten, von dem Ihr augenblicklich träumt.«

Robert antwortete nicht. Traurig verabschiedete er sich von Rose und ging und bemerkte nicht einmal Blanche, die in wenigen Schritten Entfernung an ihm vorbeiging.

Ohne den Lärm der Stadt zu hören und auf das Hin und Her der Passanten zu achten, marschierte er durch die Straßen. Er konnte Rose wegen ihrer unwiderruflichen Worte nicht böse sein. Voller Verzweiflung ließ er sich auf die Stufe eines Hauseingangs sinken und starrte ins Leere. Plötzlich sah er sie. Ja, das war sie zweifellos, in ihren großen Umhang gehüllt, einen Korb am Arm. Er folgte ihr bis zum Markt in der Rue de la Juiverie, aber erst als sie schwer beladen auf dem Rückweg war, wagte er es, sie anzusprechen.

»Demoiselle, bitte gestattet, dass ich euch beim Tragen helfe!«

Myriam bemerkte ihn erst jetzt und erschrak. Auch sie hatte in letzter Zeit nur wenig geschlafen, doch die Ringe unter ihren Augen ließen sie nur noch zerbrechlicher und begehrenswerter erscheinen.

»Gestern bat ich euch, mir nicht mehr zu folgen! Und Ihr verspracht, Ihr würdet nichts tun, was mir missfalle! Warum seid Ihr wiedergekommen!?«

»Weil Ihr mich unwiderstehlich anzieht. Die ganze Nacht habe ich an euch gedacht und heute Morgen war mein Verlangen, euch zu sehen, so groß, dass ich mich nicht zurückhalten konnte. Bitte, gebt mir doch einen Augenblick. Ich werde bestimmt nichts sagen, weshalb Ihr erröten müsstet!«

»Darum geht es gar nicht. Ich bin Jüdin, wie Ihr wisst, und Ihr seid ein christlicher Student. Wenn uns jemand zusammen sähe, könnte ich in Verruf geraten. Bitte, so versteht doch, dass wir einander nicht sehen dürfen!«

Ihr Tonfall war bittend, in ihren Augen schimmerten Tränen.

»Aber weshalb?«

»Es gibt Dinge, die weder von euch noch von mir abhängen. Daher wiederhole ich: Bitte lasst mich in Frieden!«

Robert schwieg. Er sah ein, dass sie ihn nur von sich stieß, weil es gewichtige Gründe dafür gab. Ohne ein Wort ließ er sie durchgehen, folgte ihr aber mit seinen Blicken, bis sie in der Menge verschwunden war.

Am Sonntag ging Robert zum Kloster Saint-Victor. Es war früher Nachmittag und wie gewöhnlich erwartete Bruder Hugues ihn im Sprechzimmer, um ihn dann in seine Zelle zu führen. Sie setzten sich an den Tisch, der von einem fahlen Lichtstrahl erhellt wurde. Die Kälte war umso spürbarer durch den Luftzug, der durch die nur angelehnte Tür drang. In einem Kloster gab es keine Geheimnisse.

Hugues hatte gleich gesehen, dass es Robert nicht gut ging. Seine schönen Wangen waren blass, seine Augen hatten ihren Glanz verloren, er ging ohne Schwung und hielt den Kopf gesenkt. Dennoch wollte er ihm keine Fragen stellen. Er klappte die Wachstafel mit den bereits eingeritzten hebräischen Buchstaben auseinander, die Robert heute lernen sollte, und sagte ihm, wie sie hießen. Dann fügte er einen Vokal hinzu und danach noch einen und ließ ihn Konsonant und Vokal im Zusammenhang lesen. Robert zögerte jedoch mit den Antworten und machte Fehler. Ganz offensichtlich war er nicht bei der Sache.

Hugues stand daher auf und holte unter seiner Pritsche

einen Schlauch mit altem Wein hervor, dazu zwei Becher aus Ton.

»Bist du etwa krank?«, fragte er Robert. »Oder … Nein, antworte nicht gleich. Trink zuerst ein wenig Wein, das wird dich aufwärmen.«

Hugues schenkte eine bernsteinfarbene, duftende Flüssigkeit in einen der Becher, reichte ihn Robert und legte ihm freundschaftlich den Arm um die Schultern. Robert trank und spürte auf einmal eine wohlige Wärme. Die Liebenswürdigkeit Bruder Hugues' rührte ihn und machte ihm Mut.

»Trink noch ein wenig, mein junger Freund. Ich freue mich, wenn ich dir helfen kann – mit dem Wein und mit meiner Freundschaft.«

Robert trank noch einen weiteren großen Becher Wein. Er fühlte sich jetzt viel leichter und bekam auf einmal Lust zu reden. Der Wein hatte seine Wangen gerötet und seine Augen leuchteten wieder. Als er sich dem Älteren zuwandte und gerade im Begriff war, ihm seine Liebe zu Myriam zu gestehen, kam Bruder Hugues auf einmal ganz nahe an ihn heran, nahm sein Gesicht in die Hände und drückte ihm unvermittelt einen leidenschaftlichen Kuss auf die Lippen.

Robert machte sich aus der Umarmung los und stieß den Mönch von sich. Er war also nicht ohne Hintergedanken so freundlich zu ihm gewesen. Noch nie hatte ein Mann versucht, ihn so zu umarmen. Robert wischte sich mit dem Ärmel übers Gesicht.

Lange Zeit blieben beide still. Hugues bedauerte, durch seinen plötzlichen Gefühlsausbruch sein Geheimnis offenbart zu haben, während Robert versuchte, seine Gedanken zu ordnen. Von einem Geständnis konnte nun keine Rede mehr sein. Die Stille wurde immer unerträglicher.

Hugues wollte auf keinen Fall auf Roberts Gesellschaft verzichten.

»Nun, vielleicht ist das Studium der hebräischen Buchstaben ja eine etwas trockene Übung? Vor allem interessiert dich am Hebräischen ja der Wortlaut der Texte und ihre Erläuterung durch die Rabbiner. Wenn du also willst, könnten wir den Unterricht bei einem Juden fortsetzen.«

Damit brachte er Robert in Verlegenheit, denn er wusste nicht mehr, was schwerer wog, der Abscheu, den er nun vor Hugues empfand, oder die Neugier, die durch dessen unerwarteten, aufregenden Vorschlag geweckt worden war. Unschlüssig, wie er sich entscheiden sollte, schwieg er zunächst. Aber Hugues spürte, dass Robert angebissen hatte.

»In der Rue de la Harpe lebt ein alter Rabbiner, den Maître Étienne Langton flüchtig gekannt hat. Es scheint jedenfalls ein sehr gebildeter, tugendhafter, dabei äußerst armer Mann zu sein. Er würde bestimmt nicht viel Geld verlangen, wenn wir ihn bitten, uns in der Lektüre der Heiligen Schrift zu unterweisen. Was hältst du davon? Ich glaube, er heißt Maître Davin und ist Schulmeister.«

Robert blieb stumm, doch sein Blick verriet eine große innere Anspannung. Ohne nach dem Grund dafür zu fragen, nutzte Hugues die Gelegenheit.

»Natürlich gehe ich ein großes Risiko ein. Dich zu einem Juden zu bringen, ist gefährlich, und ich würde dich selbstverständlich nicht mit ihm allein lassen. Denn wenn er einen angreift oder die ein oder andere christliche Wahrheit kritisiert, darf man nicht um eine Antwort verlegen sein. Für dich allerdings wäre es ein lebendiger Kontakt mit dem hebräischen Urtext, der dich so sehr interessiert!«

Robert sagte noch immer kein Wort und wirkte wie versteinert. Dann senkte er zum Zeichen des Einverständnisses den Kopf. Der Mönch erkannte, dass er gewonnen hatte und Robert ihm seinen Verführungsversuch nicht nachtragen würde; und so vereinbarten sie ein Treffen bei Maître Davin für den darauf folgenden Sonntag.

Du musst sein Gesicht aus deinem Kopf vertreiben, seine hoffnungsvoll schimmernden Augen, seine eindringliche Stimme. Schreibe länger als sonst, konzentriere dich auf die mit Tinte geschriebenen Buchstaben, auf die Führung deiner Hand, und hör auf zu träumen. Auf diese Weise hatte sie als Kind versucht, nächtliche Schreckgespenster zu vertreiben, die der Tod ihrer Mutter hervorgerufen hatte. Diese Liebe war eine unmögliche Liebe, alles deutete darauf hin: der Text, den sie zur Zeit abschrieb, der Gesang der Kinder, die stockend Bibelverse vortrugen, ihr Vater, der den Gebetsmantel umgelegt hatte. Myriam wusste es und dennoch musste sie die ganze Zeit über an Robert denken.

Am darauf folgenden Montag ging sie nicht zu Rose, da sie fürchtete, ihn dort zu treffen, und wenn er nicht da war, musste sie über irgendetwas reden. Weder zu dem einen noch zu dem anderen fühlte sie sich in der Lage, lieber wollte sie mit ihrem Leid allein zu Hause bleiben.

Doch am Dienstag besuchte Rose sie. Sie kam in dem Moment, als die Kinder gerade das Haus verließen, und der Geruch nur flüchtig gewaschener Körper hing noch in der Luft. Das kümmerliche Feuer im Kamin genügte nicht, um sie wieder aufzuwärmen.

Maître Davin machte sich für das Abendgebet in der Synagoge fertig: »Rose, mein Kind, ich freue mich, dass du Myriam Gesellschaft leisten willst. Du siehst, dass sie traurig und müde ist. Bleibe aber nicht zu lang. Nachts ist es gefährlich draußen für ein junges Mädchen. Und du, Myriam, achtest bitte darauf, dass deine Freundin rechtzeitig nach Hause geht. Ich verlasse mich auf dich.«

Sobald er die Tür geschlossen hatte, trat Rose auf Myriam zu und nahm ihre Hände.

»Hat Robert wieder versucht, mit dir zu sprechen? Du weißt ja, ich bin ihm auf dem Markt begegnet und er hat mich ein wenig ausgefragt. Aber auch du scheinst an ihn zu denken, nicht wahr?«

Eine Träne rollte über Myriams Gesicht.

»Das stimmt, ich denke die ganze Zeit an ihn. Ich weiß, das sollte ich nicht, aber so ist es nun einmal. Was soll ich nur tun, Rose?«

Rose wurde verlegen. Sie war noch nie verliebt. Für Pierre, den sie seit ihrer Kindheit kannte, empfand sie zwar tiefe Zuneigung und sie wollte ihn heiraten. Was aber Myriam so durcheinander brachte, konnte sie nicht begreifen. Dazu war sie viel zu praktisch veranlagt.

»Zuerst müssen wir Robert davon überzeugen, dass er nicht mehr in den Laden kommen darf. Zumindest Süßmäulchen und mich kannst du weiterhin besuchen, damit du nicht so allein mit deinen Gedanken bist. Außerdem solltest du dir ernsthaft Gedanken über eine Heirat machen, was das beste Mittel wäre, um diese Liebe ohne Zukunft endlich zu vergessen.«

An diesem Abend betete Myriam noch inbrünstiger als sonst. Sie bat Gott, ihr Kraft zu schenken, um Robert zu vergessen und sich wieder voll und ganz ihrem Vater und ihrer Arbeit widmen zu können und auch um endlich die innere Abwehr gegen eine arrangierte Heirat aufzugeben. Doch wie an jedem Abend seit einer Woche schlief sie wieder unter Schluchzen ein.

»Schließen Liebe und Todsünde einander aus?« Maître Jean hatte die Streitfrage formuliert. Der Kontrahent, ein kleiner, magerer Mann, ergriff voller Überzeugung das Wort, indem er sich auf Autoritäten berief und eine ganze Reihe von Argumenten darlegte, die seiner Ansicht nach bewiesen, dass die Liebe Gottes als die einzige wahrhaftige Liebe dem Menschen innewohnen kann, auch wenn er zur Todsünde fähig ist. Eine so feierliche Stimmung hatte Robert, der Geoffrey zu Maître Jean de la Rochelles theologischem Disput begleitete, nicht erwartet. Die Ausführungen des Kontrahenten fand er etwas kompliziert, obwohl er sie insgesamt verstand, abgesehen von zwei Argumenten: zum einen dem Beispiel des heiligen Petrus, der Christus dreimal verleugnete und dennoch nicht nur Gott liebte, sondern auch die christliche Kirche gründete, zum andern die Unterscheidung zwischen dem Allgemeinen und dem Besonderen. Man könne, so sagte der Redner, eine allgemeine Kenntnis des Guten haben und dennoch in einem besonderen Fall sündigen. So sei es zum Beispiel gleichzeitig möglich, die Unzucht als Todsünde anzuerkennen und dennoch in einem bestimmten Augenblick eine unzüchtige Handlung zu begehen, weil sie einem in jenem Moment das Gute zu verkörpern scheint.

Dem widersprach der Opponent, ein dicker, rotgesichtiger Mann mit Glatze, und unterstrich die einzelnen Punkte seiner energischen Gegenrede mit lebhaften Bewegungen seiner kurzen Arme: Die Liebe und die Todsünde schließen einander aus, denn die Liebe schenkt das ewige Leben, während die Todsünde ewige Verdammnis nach sich zieht. Das ewige Leben und die ewige Verdammnis schließen einander ebenfalls aus, also können sie auch nicht ein und demselben Menschen innewohnen. Robert fand die Antwort ein wenig simpel und so erging es auch vielen anderen. Fast alle Anwesenden murrten enttäuscht.

Als Jean de la Rochelle zur Schlussfolgerung aufstand, wurde es wieder still. Jean war klein und ein wenig dicklich, doch sobald er den Mund aufmachte, war seine Autorität offensichtlich.

»Ganz ohne Zweifel schließen die Liebe und die Todsünde einander aus. Alle gegenteiligen Argumente haben keinen Bestand.«

Dann nahm er jede einzelne These des Kontrahenten auseinander: »Petrus glaubte einen Augenblick lang nicht an die Liebe Gottes und in diesem Moment verleugnete er ihn und beging eine Sünde, die er sogleich bereute. Ein Unterschied zwischen dem Guten in allgemeiner und in besonderer Hinsicht existiert hier nicht. Gott zu lieben ist eine Entscheidung und ein Akt des freien Willens, der sich auf alle Dinge des Lebens erstreckt, auf Gedanken ebenso wie auf Handlungen.«

Der Disput hatte lange gedauert. Die Studenten erhoben sich und kommentierten das Vorgehen der Beteiligten. Allgemeinen Beifall fand die Gewandtheit des Kontrahenten, dem der Opponent in allem unterlegen war. Maître Jean war brillant wie immer. Robert hörte zu und war auf einmal ganz verwirrt. Zwar hatte Maître Jean entschieden, doch wurden die gegenteiligen Thesen gar nicht verworfen, vielmehr lobten die Studenten deren Klarheit und Überzeugungskraft. Was war nun wahr, was falsch? Und wie konnten die künftigen Theologen mit solcher Sicherheit urteilen?

Er dachte an Myriam. War es eine Sünde, sie zu lieben, und konnte ihn diese Liebe von der Liebe Gottes ausschließen?

8

Hugues wunderte sich ein wenig, weil Robert so aufgeregt war und unruhig vor ihm auf und ab ging. Vielleicht aber bedeutete das bevorstehende Treffen für seinen jungen Freund eine seltsame Erfahrung, die er einerseits herbeisehnte und zugleich fürchtete. Zumindest war Robert ihm nicht gram!

»Vielleicht treten wir erst spät den Heimweg an. Nimm daher lieber eine Waffe mit. Denk an unsere erste Begegnung...« Robert nickte und stieg in sein Zimmer hinauf, um sein Schwert zu holen, das er deutlich sichtbar an seinem Gürtel befestigte.

Mit raschen Schritten machten sie sich auf den Weg zur Rue de la Harpe. In den Gassen, über die sich bereits die Dunkelheit senkte, waren immer weniger Passanten unterwegs. »Lass uns lieber erst bei Einbruch der Dämmerung dort anlangen«, sagte Hugues. »Nicht weil unser Besuch einen Skandal verursachen könnte, aber wir wollen ihn auch nicht an die große Glocke hängen.« Vor der Tür Maître Davins blieben sie einen Augenblick stehen und blickten sich um. Niemand schien sie zu beobachten. Nachdem sie leise angeklopft hatten, trat jemand an das vergitterte Fensterchen in der Tür.

»Guten Abend, Maître Davin. Hier ist Hugues d'Asnières vom Kloster Saint-Victor. Mein Lehrmeister, Maître Étienne Langton, hat Euch vielleicht von mir erzählt. Ich bin mit einem jungen Freund hier und unsere Absichten sind ganz freundschaftlicher Natur.«

Langsam ging die Tür auf und Maître Davin erschien auf der Schwelle. Dunkel hob sich seine Silhouette vor dem bleichen Schimmer einer Lampe ab. Er sprach kein Wort, trat aber beiseite, um sie hereinzulassen. Robert musterte ihn neugierig, er war klein und hager. Sein Gesicht war ganz faltig und ein grauer Bart hing ihm bis auf die Brust. Unter buschigen Brauen funkelten schwarze Augen hervor. Er wirkte sehr alt. Als er auf den Tisch zuschritt und ihnen ein Zeichen gab, ihm zu folgen, bemerkte Robert, wie krumm er ging und dass ihm ein Käppchen die Haare bedeckte.

Alle drei nahmen Platz. Robert warf einen Blick in den Raum und war überrascht, wie klein und ärmlich er war. Von der Decke hing eine Lampe. Eine andere Lichtquelle bildete der Kamin, in dem über einem Feuer aus Ästen ein Kessel hing. Myriam war nicht zu sehen.

Bruder Hugues ergriff das Wort.

»Maître Davin, darf ich euch Robert Kilwardby vorstellen? Er studiert an der Fakultät der Künste und interessiert sich für die jüdische Schrift. Ich habe ihm die Grundbegriffe des Alphabets beigebracht, aber er möchte mehr darüber wissen, und da dachte ich an Euch. Würdet Ihr ihm wohl erklären, wie die hebräische Schrift gelesen wird und was sie bedeutet? Solltet Ihr einwilligen, wäre ich selbstverständlich ebenfalls anwesend und würde sehr gern mit Euch diskutieren.«

Etliche christliche Gelehrte hatten sich schon für die jüdische Schrift interessiert, einige ihn sogar um eine Übersetzung der Kommentare des hochgelehrten Salomon ben Isaac de Troyes gebeten, doch waren sie allesamt ausgewiesene Fachleute. Robert hingegen schien sehr jung. Maître Davin musterte ihn lange. Doch, er wirkte ehrlich. Aber würde man ihm nicht vorwerfen, einen schlechten Einfluss auf ihn auszuüben? Andererseits hatten die Juden nur ganz wenige Freunde unter den Christen, weshalb es sich also nicht empfahl, einem jungen Mann die Tür zu weisen, der den Vorsatz hatte, die jüdische Schrift zu lernen.

»Wozu denn wollt Ihr die hebräischen Texte lesen?«, fragte er.

»Nun, ich habe Außerordentliches über die in der heiligen Sprache bewahrte Tradition gehört. Schließlich war Christus Jude und Euer Volk seine irdische Familie. Ihr seid die Hüter des Alten Bundes und daher ist es mein innigster Wunsch, Hebräisch zu lernen«, erwiderte Robert, der seine Rede gut vorbereitet hatte. Maître Davin war gerührt. Dieser Student schien es ehrlich zu meinen.

»Étienne Langton habe ich noch in guter Erinnerung«, wandte er sich jetzt wieder an Maître Hugues. »Ich habe ihn nämlich kennen gelernt, als er bei meinem Lehrer Isaac de Dampierre studierte. Ihm zuliebe will ich Eure Bitte erfüllen, vorausgesetzt, Ihr übernehmt die Verantwortung für den Unterricht. Ihr wisst, dass ich damit ein Risiko eingehe.«

Robert stieß einen Seufzer der Erleichterung aus.

»Maître Davin, Ihr ahnt gar nicht, wie dankbar ich Euch bin. Ich bin nicht sehr reich, doch ich werde Euch genauso viel für die Unterrichtsstunden zahlen wie Maître Guillaume, meinem Grammatiklehrer. Und ich werde Euch ebenso respektieren.«

»Eure anständigen Worte und den höflichen Vorschlag weiß ich sehr zu schätzen. Bei den Juden wird der Unterricht der Tora, des göttlichen Gesetzes, das Gott Moses auf dem Berg Sinai gegeben hat, nicht vergolten. Sicher, meine Schulkinder zahlen für den Unterricht, doch ihnen bringe ich auch Lesen und Schreiben bei und passe zudem den ganzen Tag auf sie auf. In eurem Fall aber kann von Bezahlung keine Rede sein.«

Robert errötete. Die Vorstellung, Myriams Vater etwas schuldig zu bleiben, gefiel ihm.

Hugues betrachtete die beiden. Die edlen Worte Maître Davins bedurften einer entsprechenden Antwort.

»Maître Davin, das Prinzip, von dem Ihr gesprochen habt, ist mir wohl bekannt. Dürften wir vielleicht eine Kopie der Genesis oder eines Psalms in der Heiligen Schrift bestellen, um Eure Mühen zu honorieren?«

»Der Schulunterricht, die Gebete in der Synagoge und das Studium des Talmud lassen mir leider nur wenig Zeit. Doch meine Tochter Myriam ist Kopistin und versteht sich viel besser als ich auf diese Kunst. Komm her, Myriam, mein Kind, und zeig diesen Herren die Bibel, die du gerade für Maître Jacob anfertigst.«

Myriam, die hinter dem Trennvorhang geblieben war, hatte jedem einzelnen Wort der Unterhaltung gelauscht. Sie war bestürzt über den Besuch von Maître Hugues und Robert und hatte gehofft, ihr Vater würde den Wunsch der beiden Christen ausschlagen. Vielleicht wollte Robert tatsächlich die jüdische Schrift erlernen. Vor allem aber suchte er, wie sie annahm, ihre Nähe, und das machte ihr Angst. Außerdem fürchtete sie seine Leidenschaft.

Sie riss sich zusammen und trat langsam aus ihrem Versteck. In gespielter Unbefangenheit suchte sie die Bibel für Maître Jacob hervor. Robert bemühte sich, Myriam nicht allzu interessiert anzuschauen, und versuchte, sich auf das Buch zu konzentrieren. Doch sein Körper wollte ihm nicht gehorchen und wurde unweigerlich von ihr angezogen. Mit ihrem Körper schien das Gleiche vorzugehen. Ihre Hände zitterten leicht, als sie ihrem Vater die letzten Hefte überreichte, die sie abgeschrieben hatte.

Nachdem Maître Davin eines der Hefte geöffnet hatte, stießen Hugues und Robert gleichzeitig einen Ausruf der Bewunderung aus. Die Spalten waren ganz regelmäßig und die Buchstaben von bemerkenswerter Eleganz. An den Seitenrändern tummelten sich zahllose Fabeltiere. Als die beiden Besucher sich tiefer über die Blätter beugten, erkannten sie, dass sich die Tiere aus winzigen hebräischen Buchstaben zusammensetzten.

»Ich habe schon viele hebräische Manuskripte gesehen«, sagte Hugues, »aber noch nie ein derart schönes. Mademoiselle, Ihr seid eine vollendete Künstlerin. Ich würde mich wirklich sehr freuen, wenn Ihr für meinen jungen Freund hier biblische Texte kopieren wolltet.«

Maître Davin, der Myriams Verwirrung nicht bemerkt hatte und in derjenigen Roberts nichts als Bewunderung für die Arbeit seiner Tochter sah, strahlte vor Freude. Hugues war Roberts seltsame Reaktion nicht entgangen, doch er sah die Ursache in der fremden jüdischen Welt. Dann brachte Maître Davin sie an die Tür und sie vereinbarten ein Treffen am darauf folgenden Sonntag, zur selben Stunde.

Als die Christen gegangen waren, setzte Myriam sich zu ihrem Vater an den Tisch. Während er den Besuch der beiden Männer mit freundlichen Worten kommentierte, brachte sie ihm die Suppe, aß aber selbst nichts davon, zu groß war die innere Beklemmung. Nun drohte Gefahr. Robert würde wiederkommen. Was sollte sie nur tun? Am besten besprach sie alles mit Rose. Die stand mit beiden Beinen fest im Leben.

»Dieser Robert scheint ja wirklich über beide Ohren in dich verliebt zu sein! Irgendwie imponiert mir seine Vorgehensweise. Was für eine kluge Idee, bei deinem Vater Stunden zu nehmen! Und sich von einem Mönch vorstellen zu lassen, ist auch nicht dumm. Wer weiß, vielleicht interessiert er sich bei alledem wirklich für die jüdischen Texte.«

Die beiden Freundinnen hatten sich in eine Ecke des Ladens von Maître Audry geflüchtet. Wie in ihrer Kindheit, wenn sie Geheimnisse austauschten, flüsterten sie sich auch jetzt ins Ohr.

»Das ist es ja, was mich so erschreckt, Rose. Er lässt sich durch nichts beirren und bei so viel Mut und Ehrlichkeit, ja nicht zuletzt bei so viel Schönheit bin ich machtlos. Ach, wenn ich ihn nur abstoßend fände!«

Rose nahm Myriam bei den Händen.

»Da du um diese Schwäche weißt, darfst du auf keinen Fall mit ihm allein sein. Wenn ich es recht verstanden habe, wird Bruder Hugues ihn begleiten und auch dein Vater wird da sein. Du bist also nicht mit ihm allein. Gefährlich allerdings wäre es, dich mit ihm an einem anderen Ort zu treffen. Vermutlich wird er versuchen, dir einen Brief zuzustecken. Sieh also zu, seine Nähe zu meiden.«

»Du hast ja in allem Recht, meine liebe Rose, aber denk doch an mich! Wie kann ich weiterleben, wenn ich ihn regelmäßig sehe, ohne mit ihm sprechen zu dürfen?«

»Myriam, das Einzige, was dir helfen wird, ist eine Heirat, und zwar so bald wie möglich. Du brauchst nur ein Wort zu Maître Davin zu sagen. Ja, dein Vater wäre traurig, wenn du ihn verlässt, aber noch trauriger wäre er, wenn du ernsthaft krank würdest. Du isst nicht mehr und siehst erbärmlich aus, als würde der Kummer dich zerfressen. Solltest du am Ende gar sterben, würde dein Vater seines Lebens nicht mehr froh.«

»Sicher, das ist eine anständige und vernünftige Lösung. Wenn ich heirate, muss ich jedoch auch die Ehe vollziehen, und die Vorstellung, in den Armen eines anderen Mannes zu liegen, für den ich nicht das Geringste empfinde, widert mich an!«

»Dir bleibt keine Wahl. Außerdem stellt sich die Liebe manchmal auch erst nach der Hochzeit ein.«

»Ja, das habe ich auch schon gehört«, seufzte Myriam.

Leise redeten sie weiter. Blanche saß zwar nicht direkt neben ihnen, doch schärfte die Eifersucht ihr Gehör, und so brauchte sie nicht jedes einzelne Wort zu verstehen, um zu begreifen, worum es ging. Allmählich stieg Wut in ihr auf und ihre Hände zitterten, so dass sie nicht mehr weiterschreiben konnte. Abrupt stand sie daher auf und ging in den rückwärtigen Teil des Ladens.

»Glaubst du, sie hat uns gehört?«, fragte Myriam beunruhigt.

»Nein, aber Blanche ist schon immer eifersüchtig auf unsere Freundschaft gewesen. Weißt du, sie mag dich nicht besonders und Süßmäulchen auch nicht, aber nur weil *du* das Kätzchen mitgebracht hast.«

Myriam wollte nicht länger bleiben, denn sie fürchtete, Robert könnte kommen oder sie auf der Straße abpassen, war er doch mit ihren Gewohnheiten vertraut. Sobald sie gegangen war, kam Blanche mit fahlem Gesicht von hinten wieder vor.

»Langsam geht ihr mir wirklich auf die Nerven«, sagte sie zu ihrer Schwester, »du und deine Jüdin. Die ganze Zeit gackert ihr wie die Hühner und ich kann nicht arbeiten. Ich werde das auch unserem Vater sagen. Höchste Zeit, dass er dir diesen Umgang verbietet.« Damit machte sie auf dem Absatz kehrt und verschwand wieder im Hinterzimmer des Ladens.

Lauter widersprüchliche Gedanken wirbelten Blanche durch den Kopf. Da war diese geheime Unterhaltung, Myriams unruhiges Verhalten, die mehrmalige Erwähnung von Roberts Namen. Dann fiel ihr Myriams überstürzter Aufbruch bei ihrem letzten Besuch ein und Robert war ebenso hastig verschwunden. Als sie ihn auf dem Markt gesehen hatte, war ihr unmittelbar klar geworden, dass er gerade mit Rose gesprochen hatte. Und sie hatte gemeint, die jüngere Schwester wolle ihr den rothaarigen Studenten ausspannen.

Jetzt war alles klar! Leider. Sie wusste nun mit Sicherheit, dass Robert nicht Rose im Auge hatte, sondern Myriam, und das schmerzte besonders.

Wie konnte sich ein so hübscher und intelligenter Student ausgerechnet in eine Jüdin verlieben? Wahrscheinlich hatte sie ihn verhext. Moral und Religion geboten rasches Handeln, sonst beging Robert am Ende eine Todsünde. Sie musste jemandem erzählen, was er da tat. Nur wem? Seinem Lehrer? Seinem Beichtvater? Dem Richter? Seinem Cousin! Genau. Ihm würde sie es sagen. Sie dachte an Geoffreys geringschätzige Reaktion, damals, als er erfuhr, dass ab und zu eine Jüdin in den Laden kam. Nun erhielt sie Gelegenheit, sich zu rächen.

Gerade waren Weihnachtsferien. Möglicherweise traf sie ihn daher zu Hause an, allerdings durfte sie Robert nicht über den Weg laufen. Am besten schrieb sie ihm ein Briefchen, um ein Treffen vorzuschlagen. Entschlossen tauchte sie die Feder in die Tinte und schrieb auf ein kleines Stück Pergament:

»Wenn Euch an Roberts Zukunft gelegen ist, kommt morgen früh zum Markt in der Rue Saint-Jacques, um mich zu treffen. Die Tochter von Maître Audry, dem Buchhändler.«

Unter dem Vorwand, noch ein wenig Luft schnappen zu wollen, bevor sie sich wieder ans Schreiben machte, ging sie, nicht ohne Rose einen wütenden Blick zugeworfen zu haben, nach draußen. Dann rannte sie los, drängte sich an den Passanten vorbei und wich nur um Haaresbreite Eseln und Karren aus, bis sie zur Rue de Bièvre gelangte. Dort steckte sie der Dienerin von Maître Guillaume das Briefchen zu, eilte anschließend wieder schnell nach Hause und kam noch vor Maître Audry dort an.

Am nächsten Tag, als der Morgen dämmerte, stand sie mit dem Korb in der Hand auf der Schwelle und verkündete, sie würde zum Einkaufen auf den Markt gehen. Lange Zeit hielt sie dort nach Geoffreys hochgewachsener Gestalt Ausschau. Endlich kam er, dankte ihr für die Nachricht und bat sie, ihm alles zu erzählen.

»Sire Geoffrey, euer Cousin Robert pflegt Umgang mit einer Jüdin namens Myriam. Wir haben von ihr gesprochen, als Ihr im Laden meines Vaters wart, und Ihr warntet uns damals, dass es unvorsichtig sei, freundschaftlich mit Juden zu verkehren. Wie Recht Ihr hattet! Ich weiß nicht, wo euer Cousin Myriam trifft, auf jeden Fall treffen sie sich und sind ineinander verliebt.«

»Seid Ihr wirklich sicher? Woher wisst Ihr das?«

»Von Myriam selbst. Als sie sich gestern mit meiner Schwester unterhielt, fiel häufig der Name Eures Cousins Robert und die Gefühle Myriams waren eindeutig. Weiter weiß ich nichts, doch meine Pflicht als Christin gebot mir, Euch davon zu unterrichten.«

»Mademoiselle, Ihr habt getan, was Ihr glaubtet tun zu müssen, und ich sollte euch dankbar dafür sein. Doch ziemt es sich nicht, jemanden zu denunzieren. Ich kann nicht glauben, dass mein Cousin etwas derart Verwerfliches getan hat. Sollte es aber stimmen, kann es sich nur um eine vorübergehende Krise handeln. Schafft also nicht das Böse, wo es überhaupt nicht existiert. Der Himmel wird euch für Euer Schweigen belohnen.«

Und indem er die verdutzte Blanche einfach stehen ließ, stürmte er davon.

Verträumt lag Robert auf dem Bett, als plötzlich die Tür aufflog und sein Cousin bleich vor Wut auf ihn zustürzte.

»Was ist denn los, Geoffrey?«

»Das fragst du noch? Glaubst du wirklich, du könntest deine Schandtaten vor mir verbergen?«

»Wovon redest du? Ich bin mir keiner Schuld bewusst.«

»Du hast doch Umgang mit einer Jüdin, machst du dich da etwa nicht schuldig? Soll es keine Rolle spielen, wenn du dich einfach über die Verbote des Konzils hinwegsetzt?«

Die Wut, die er Blanche gegenüber gezügelt hatte, ließ Geoffrey nun ganz an Robert aus, der auf einen solchen Ausbruch überhaupt nicht gefasst war und fieberhaft überlegte, wie er sich verhalten sollte. Alles zu leugnen hatte keinen Sinn, es gab zu viele Zeugen. Während er noch überlegte, zog er Hemd und Hose an. Jetzt war er gewappnet.

»Das kommt darauf an, lieber Geoffrey, was du unter ›Umgang haben‹ verstehst. Ich habe dir von einem braunhaarigen Mädchen erzählt, das ich auf der Straße getroffen habe und das mir gefiel. Außerdem sah ich, wie sie einem Kätzchen das Leben rettete. Und das nennst du schon ›Umgang haben‹?«

»Du machst dich über mich lustig, Robert. Du weißt genau, dass da noch etwas anderes ist.«

»Spielst du vielleicht auf meinen Besuch bei Maître Audry an? Ich wollte eine einbändige Bibel bestellen, wie wir sie bei ihm gesehen haben, doch leider war der Preis zu hoch. Bei der Gelegenheit habe ich mich mit den beiden Töchtern des Buchhändlers ein wenig unterhalten und das kleine jüdische Mädchen war auch da. Aber mit ihr habe ich kein Wort gewechselt.«

»Du sagst mir nicht die Wahrheit. Ich weiß alles. Blanche, die ältere Tochter, hat es mir selbst erzählt. Sie hat gehört, wie Rose und die Jüdin von dir geredet haben.«

»Na schön, das mag sein. Dafür kann ich schließlich nichts. Aber ich will ganz ehrlich zu dir sein, denn es gibt da tatsächlich etwas, das ich dir verschwiegen habe. Ich habe Rose mehrmals wiedergesehen und ich glaube, ihre Schwester Blanche ist über unsere Beziehung nicht sehr erfreut.«

Geoffrey war sprachlos. Roberts Erklärung klang glaubhaft, ohne ihn jedoch wirklich zu überzeugen. Undeutlich spürte er, dass die Sache doch ein wenig komplizierter war, als Robert zugeben wollte. Er erinnerte sich, wie interessiert Robert das hebräische Buch von Bruder Hugues betrachtet hatte. Doch ihm fehlte ein Beweis, weshalb er Robert nachspionieren musste, um ihn vom Weg der Verdammnis abzubringen.

»Wenn das die Wahrheit ist, dann wirst du mich morgen sicherlich gern zur Predigt von Bruder Nicolas Donin begleiten. Er weiß, wovon er spricht. Er wurde als Jude in La Rochelle geboren und galt bei den Juden als großer Gelehrter. Doch dann hat ihn das Licht der Kirche erleuchtet und er hat sich taufen lassen und ist in den Franziskanerorden eingetreten. Gerade ist er aus Rom zurückgekehrt. Unser Heiliger Vater hat ihm Briefe für die Fürsten dieser Welt mitgegeben, damit sie die jüdische Falschheit bekämpfen.«

9

»Nieder mit den Juden! Es ist höchste Zeit, ihnen den Garaus zu machen!« Entrüstetes, hasserfülltes Gemurmel erhob sich in der Menge, die sich auf dem Kirchenvorplatz neben dem Franziskanerkloster eingefunden hatte. Ein paar Männer, die durch ihr lautes Geschrei auffielen, hatten sich zu den Anführern einer kleinen Horde gemacht. Seltsamerweise trugen sie Stöcke als Waffen. Geoffrey und Robert waren noch vor dem Ende der Messe aus der Kirche gestürmt und betrachteten voller Bestürzung das Schauspiel.

Sie waren am Weihnachtsmorgen zeitig zur Messe gekommen und hatten sich, da die Kirche noch nicht ganz voll war, den Weg vor bis zum Lektionar gebahnt. Neugierig betrachtete Robert Bruder Nicolas, als der auf die Kanzel stieg. Dieser Mann war als Jude zur Welt gekommen und dann nicht nur Christ geworden, sondern sogar Mönch. Er war klein, hatte tief liegende Augen und unregelmäßige Gesichtszüge. Der bretonische Akzent seiner knarrenden Stimme erinnerte Robert an die Heimat. Bruder Nicolas begann seine Predigt mit Jesu Geburt: »Diese Geburt wurde durch das Erscheinen des Sterns angekündigt. Als die Hirten ihn sahen, wussten sie sogleich, dass der Messias gekommen war.«

Es folgte der erste Angriff: »Die Juden hingegen sahen nichts, denn sie wollten nichts sehen, und Maria fand keinen Raum, in dem sie gebären konnte. Alle Tiere begriffen, dass ein Wunder geschehen war, Ochs und Esel wärmten das neugeborene Kind mit ihrem Atem. Aus allen Himmelsrichtungen kamen die Völker der Erde, symbolisiert in den Heiligen Drei Königen, und huldigten dem Kind. Nur die Juden blieben fern.«

Bruder Donin fuhr in seiner Predigt fort, schien aber den Anlass, die Geburt Christi, schon vergessen zu haben: »Und noch heute, wo die Völker der Christenheit mächtig und gefürchtet sind, wo sie auch in Jerusalem sind, noch heute weigern sich die Juden, das Offensichtliche anzuerkennen, und verhindern anstattdessen das Reich Gottes auf Erden.« Wie hypnotisiert lauschte die Menge seinen Ausführungen. »Ihre Weigerung«, fuhr er fort, »das Offensichtliche anzuerkennen, ist eine unverzeihliche Sünde. Und noch eine andere Sünde begehen die Juden, indem sie den Alten Bund aufkündigen und sich dem Studium des Talmud widmen, der ihnen angeblich von Gott gegeben wurde. In Wirklichkeit beinhaltet er eine Ansammlung von Lügen und Beleidigungen; unser

Herr Jesus Christus, die Jungfrau Maria und auch unsere Kirche werden darin in den Schmutz gezogen.« Der Prediger hatte zum Sturm geblasen und sofort fanden sich einige Raufbolde, seine Worte in die Tat umzusetzen.

Im Augenblick marschierte die Truppe, gefolgt von ein paar Neugierigen, in Richtung Rue de la Harpe. Atemlos lief Robert hinterdrein. Drei alte Juden kamen aus der Synagoge. Als sie die bewaffnete Horde sahen, versuchten sie, in das Gebäude zurück zu flüchten, doch es gelang ihnen nicht mehr rechtzeitig, die Pforte zu schließen. Kräftige Arme zerrten sie unter Geheul und Beschimpfungen auf die Straße. Sie wurden zu Boden geschleudert, Stockhiebe prasselten auf sie ein. Dann richtete man sie wieder auf, spuckte ihnen ins Gesicht, zog an ihren Bärten. Graue Barthaare flogen im eisigen Wind davon.

Mehrere Schläger waren in die Synagoge eingedrungen. Bald kamen sie wieder heraus, zwei jüngere Männer hinter sich herschleifend. Über ihren Schultern lagen weiße, mit schwarzer Borte eingefasste Gebetsmäntel und um die Arme waren schwarze schmale Bänder gewickelt. Diese Gebetsriemen riss man ihnen ab, ihre Pergamentrollen fielen zu Boden. Robert hob eine auf, es standen hebräische Buchstaben darauf. Aus einem benachbarten Haus hatte jemand Feuer geholt und bald brannten mitten auf der Straße Riemen, Pergament und Gebetsmäntel. Die Juden weinten vor Verzweiflung, riefen mit ihren Tränen jedoch nur großes Gelächter hervor.

Da waren auf einmal Hufgeklapper und das Klirren von Schwertern zu hören. Die Schläger stoben in alle Himmelsrichtungen davon. Verletzte Juden lagen am Boden, unfähig sich zu rühren. Die Schutztruppe ritt heran. »Was habt ihr nun wieder getrieben, dass man euch derart mitgespielt hat?«, herrschte ihr Anführer vom Rücken seines Pferdes herab die Opfer an. »Wen habt ihr mit eurer infernalischen Wucherpraxis zugrunde gerichtet?«

Die Pferde stampften im Schmutz und in den Blutlachen mit den Hufen. Einer der Juden richtete sich mühsam auf.

»Wir haben nichts getan«, sagte er würdevoll, »und wurden ohne den geringsten Grund und ohne jegliche Provokation unsererseits angegriffen. Wir werden uns beim königlichen Gericht beschweren.«

Ein Arzt und sein Gehilfe eilten mit ihren chirurgischen Gerätschaften herbei, während die Leute aus den Häusern kamen. Alle hatten sie zugeschaut, doch eingeschritten war niemand.

Geoffrey drehte sich zu Robert um.

»Was du gerade gesehen hast, stimmt nicht mit der Lehre der Kirche überein. Immer wieder hat der Heilige Vater darauf hingewiesen, dass gegen Juden, wie auch gegen die Sarazenen, keine Gewalt angewandt werden dürfe. Die Ungläubigen sollen durch vernünftige Argumente und durch die Liebe Gottes überzeugt werden. Dieser Vorfall war abscheulich, aber du solltest darüber nicht vergessen, was in der Predigt gesagt wurde.«

Robert war angewidert. Es fiel ihm schwer, den Mund zu halten.

Roger Haskins! Robert hatte ihn noch nicht getroffen, seit er in Paris war. Was war wohl aus ihm geworden, seinem Studium, seinen Vergnügungen? Bestimmt brauchte er einen ganzen Nachmittag, um ihn in der Stadt aufzuspüren, aber das war eine höchst willkommene Ausrede, um Geoffrey loszuwerden. Rogers Vater war der erste Notar von Leicester. Alle wichtigen Geschäfte wurden von ihm besiegelt und Robert war oft gemeinsam mit seinem Vater in das schöne Steinhaus gegangen, da jedes Dokument schriftlich beglaubigt werden musste. Ursprünglich sollte Roger einmal die Nachfolge seines Vaters antreten. Er hatte Jura in Bologna studieren wollen, doch sein Vater wünschte die bestmögliche Ausbildung für ihn. Oxford war zwar ganz in der Nähe, aber er hatte den Sohn nach Paris geschickt, zu den Lehrmeistern mit dem besten Ruf. Stephen Haskins hatte nämlich in der Tat Großes mit seinem Ältesten vor. Er hoffte ihn eines Tages als Notar am englischen Königshof zu sehen.

Roger, der über ein privates Quartier verfügte und von seinem Diener Peter begleitet wurde, studierte nun also bei einem berühmten Lehrmeister Grammatik und Logik.

Robert ging nicht davon aus, sie zu Hause anzutreffen, doch vielleicht wusste ja ihr Vermieter, wo sie waren.

»Sucht Ihr den hübschen Herrn Studenten?«, empfing der Vermieter ihn freundlich. »Ihr glaubt doch wohl nicht, dass er die Messe besucht? Da nämlich täuscht Ihr Euch, er ist noch auf seinem Zimmer und Peter hat ihm alles gebracht, was er zu einem angenehmen Leben braucht. Geht nur nach oben, er wird sich freuen, Euch zu sehen!«

Robert stieg die kleine Wendeltreppe hoch und fand den Diener seines Freundes vor der Tür. Peter wichste gerade vornehme braune Stiefel. Er war ein wahrer Schrank von einem Mannsbild und freute sich wie ein Kind, als er seinen Landsmann wiedersah. Sogleich ließ er Robert mit strahlender Miene ins Zimmer.

Der Raum hier war viel komfortabler als der von Geoffreys und Roberts Unterkunft bei Maître Guillaume. An den Wänden hingen bestickte Teppiche, die für Wärme sorgten, und im Kamin brannte ein großes Feuer. Roger saß auf einem Schafsfell und verzehrte gerade kleine goldbraune Pasteten. Flambeau, sein prächtiger Hund mit dem rotbraunen Fell, lag schläfrig zu seinen Füßen, doch als Robert eintrat, sprang er sofort auf und begrüßte ihn freudig. Robert streichelte ihn und dachte dabei voller Wehmut an die beiden schwarzen Doggen, die ihn in Leicestershire immer auf der Jagd begleiteten.

»Wie schön, dass du mich besuchen kommst, Robert! Ich schäme mich, weil ich mich darauf verlassen habe, dass du den Anfang machen würdest!«, rief Roger und schloss ihn in die Arme. Er freute sich aufrichtig und seine Augen glänzten vor freundschaftlicher Begeisterung.

Eigentlich war Roger hässlich. Doch sein einnehmendes Wesen und die blauen Augen, die in seinem kantigen Gesicht blitzten und im Kontrast zu den braunen Locken standen, machten das wieder wett. Robert fiel plötzlich eine starke Ähnlichkeit zu seinem Vater, dem Notar, auf. Die Leute würden gern zu ihm kommen, so wie sie jetzt gern zu Master Stephen gingen, der mit allen gut auskam.

»Das trifft sich ja glänzend, mein Freund, ich feiere gerade bei einem kleinen Imbiss und einem Becher Wein Weihnachten. Komm, bediene dich.«

Robert nahm gegenüber von Roger Platz und sie plauderten über alles Mögliche, das Studium, ihre Lehrer, doch am liebsten über das schöne Geschlecht.

»Weißt du, Robert, die Pariser Mädchen sind viel umgänglicher als die in Leicester. Sie lassen sich viel leichter herumkriegen. Ein wenig Tand oder ein gutes Essen mit reichlich Wein genügt ihnen schon. Ich habe bereits einige vergnügliche Stunden hier verbracht. Und wie sieht es bei dir aus? Bist auch du deine Jungfräulichkeit nun endlich los?«

Robert errötete und gestand, dass er noch immer keine entsprechenden Erfahrungen gemacht hatte.

»Ich wünschte, es wäre anders, zumal ich sehr verliebt bin. Leider will das Mädchen nichts von mir wissen.«

»Wie kann das sein, sie liebt dich nicht, einen hübschen Jungen wie dich?«

»Ich weiß nicht, doch, ich glaube, sie liebt mich, aber die Situation, in der sie lebt, gestattet nicht, dass wir uns sehen.«

»Sie stammt also aus einer vornehmen Familie. Mit diesen Mädchen bandelt man aber nicht an, man heiratet sie!«

»Die Geschichte ist nicht so einfach, wie du glaubst, Roger«, begann Robert zu erzählen.

Roger wurde immer verlegener. »Es stimmt, dass Juden und Christen sich hassen«, bemerkte er, »doch ein Mann ist ein Mann und eine Frau eine Frau. Wenn sie hübsch und begehrenswert ist, umso besser. Soziale Unterschiede und Verbote der Kirche zählen da nicht. Wenn du also jede Woche einmal zu ihrem Vater gehst, hast du gute Chancen.«

»Roger, du scheinst wirklich nicht zu begreifen. Weißt du, was heute Morgen geschehen ist?« Robert beschrieb den Überfall, dessen Zeuge er geworden war.

»Es war einfach schrecklich. Diese Männer hatten nichts getan, sie gehören lediglich einer anderen Religion als der unseren an. Doch man braucht sie nur zu erwähnen und schon sprühen alle Gift und Galle. Wäre Myriam in dem Augenblick aus der Synagoge gekommen, hätten sie sich auch auf sie gestürzt und sie womöglich getötet.«

»Ja, immer wieder kommen solche Dinge vor. Bei uns in England bekämpfen Normannen und Sachsen sich bis aufs Blut. Es ist ein Naturgesetz. Niemand kann etwas dagegen unternehmen. Selbst hier in Paris kommt es zu Spannungen zwischen verschiedenen Volksstämmen: Bretonen und Normannen können einander nicht ausstehen und keiner mag die Leute aus der Picardie. Was mich nicht daran hindern würde, etwas mit einem Mädchen aus der Picardie anzufangen, wenn ich Lust dazu hätte und die Gelegenheit sich böte.«

»Trotzdem finde ich, dass der Hass auf die Juden noch etwas anderes ist.«

»Hör zu, Robert, wenn du eines Tages meine Hilfe benötigst, weißt du, wo du mich findest. Auch darfst du gewiss sein, dass ich dein Vertrauen nicht missbrauche. Ich hoffe, alles kommt ins Lot und du wirst glücklich. Einstweilen aber lass uns einen Spaziergang machen. Auf dem Vorplatz von Notre-Dame wird heute das Wunder der Geburt des Herrn dargestellt. Komm, wir gehen!«

Gegenüber dem geöffneten Kirchenportal waren an drei Seiten Sitzreihen errichtet worden. Zwischen den Pfeilern hatte man ein schönes Bild der Jungfrau Maria aufgehängt, ihre Wangen schimmerten und sie trug ein mit goldenen Mustern versehenes rotes Kleid, dazu einen durchsichtigen Schleier. In der Mitte des Kirchvorplatzes war eine Krippe aufgebaut. Ein Esel und ein Ochse standen im Stroh, die der heilige Joseph große Mühe hatte, im Zaum zu halten. Bei jeder ihrer Bewegungen brach die versammelte Menge in Gelächter aus. Es waren bereits viele Menschen anwesend, Bürger drängten sich neben Bettlern und überall liefen Kinder und Hunde herum.

Roger und Robert bahnten sich einen Weg und fanden zwei Plätze. Schon waren Fiedeln und Tamburine zu hören, während ein als Engel kostümiertes Kind rasch auf einen Mast neben dem Kirchportal kletterte. Oben angelangt, entrollte es sein langes blaues Gewand, bewegte die goldenen Flügel und fing an zu singen:

»Fürchtet euch nicht! Siehe, ich verkündige euch große Freude, die allem Volk widerfahren wird. Denn euch ist heute der Heiland geboren, welcher ist Christus, der Herr, in der Stadt Davids. Und das habt zum Zeichen: Ihr werdet finden das Kind in Windeln gewickelt und in einer Krippe liegen.«

In diesem Augenblick schritten fünf Hirten aus der Kirche. Weitere als Engel verkleidete Kinder stellten sich oben an den

EX LIBRIS

Stufen auf und schlugen mit ihren silbernen Flügeln. »Ehre sei Gott in der Höhe und Friede auf Erden«, verkündeten sie, »und den Menschen ein Wohlgefallen.«

Die Hirten stimmten einen Lobgesang an, gingen auf die Krippe zu und stellten sich zwischen Ochs und Esel neben Joseph auf. Dann fielen sie auf die Knie, falteten die Hände und beteten das Kind an.

Plötzlich stieß der Ochse mit der Schnauze den am nächsten stehenden Hirten an, so dass der gegen seinen Nachbarn stieß. Der Esel nutzte die allgemeine Heiterkeit, um den Ärmel des Joseph zu zerreißen, und nun brachen die Zuschauer in schallendes Gelächter aus, worauf das Kind in der Krippe erwachte und zu schreien begann. Den Augenblick nutzend, sangen jetzt die Schauspieler so laut sie konnten im Chor: »Halleluja, wahrhaftig, Christus ward geboren. Lobsinget dem Herrn!«

Der Aufruhr in der Rue de la Harpe erschien Robert mehr denn je unbegreiflich.

Am folgenden Sonntag gingen Hugues und Robert wieder zu Maître Davin, der sie schon erwartete und mit einem Becher Gerstenbier empfing. Robert spürte Myriams Anwesenheit. Sie hatte sich wieder hinter dem Vorhang versteckt und lauschte der Unterhaltung.

Auf dem Hinweg hatte Robert Hugues von Nicolas Donins Predigt und dem Aufruhr erzählt. Immer wieder musste er daran denken. Hugues hatte beschlossen, Maître Davin darauf anzusprechen.

»Mein junger Freund hat die Predigt eines Franziskaners gehört. Nicolas Donin heißt er. Kennt Ihr ihn?«

»Natürlich kenne ich ihn. Er war wie ich Schüler bei Rav Yehiel de Paris, gelobt sei sein Name! Während des Unterrichts hatte er immer Einwände, diskutierte über alles. Ein böser Mensch, der schon immer eine spitze Zunge hatte, bereits als Jude. Nach der Taufe gab es für ihn nur noch ein einziges Ziel: das Volk zu zerstören, dem er entstammte. Sobald sich ihm die Gelegenheit bietet, wettert er gegen uns, und wenn er den Mund öffnet, so verflucht er uns.«

»Das stimmt, seine Predigt war ganz hasserfüllt, und im Anschluss wurden Juden überfallen, als sie gerade aus der Synagoge kamen«, sagte Robert.

»Davon habe ich gehört, eines der Opfer ist seinen Verletzungen erlegen.«

»Nicolas Donin hat behauptet, ihr hättet den Alten Bund verlassen. Ist das wahr?«

»Das ist eine schamlose Lüge! Die Heilige Schrift ist die Basis für unsere Religion. Jeden Tag lesen wir die Tora des Moses und denken ohne Unterlass darüber nach. Ständig haben wir sie auf den Lippen. Das mündliche Gesetz ist wichtig, dient jedoch nur zur Ergänzung des schriftlichen. Außerdem wenden sich viele christliche Gelehrte genau deshalb an uns, weil wir im Besitz der Schriften sind. Ihr tut das ja nun auch.«

Doch dies war ein heikles Thema, weshalb Maître Davin es lieber wechselte.

»Mit welchem Buch wollt Ihr anfangen? Meine Schüler beginnen für gewöhnlich mit dem Buch Levitikus, doch sollten wir in eurem Fall dasjenige nehmen, welches Ihr am besten kennt.«

Robert errötete bis zu den Haarwurzeln. Er kannte nur ein einziges Buch der Bibel, den Psalter. Hugues, der ihn beobachtete, begriff sofort. Wie viele andere Christen hatte Robert kein einziges Buch aus dem Alten Testament gelesen.

»Wir könnten mit den Psalmen Davids beginnen«, empfahl er, »das ist ein wunderbarer Text und ich habe sogar meine eigene Ausgabe dabei.«

Hugues hatte sie noch aus der Hand seines Lehrmeisters empfangen. Die drei Männer begannen in dem Band zu lesen. Auf der einen Seite stand der lateinische Text, den Hugues übersetzte, die Vulgata, auf der anderen der hebräische, den Maître Davin ins Französische übertrug. Dann verglichen sie die beiden Fassungen. Robert hörte interessiert zu, hoffte jedoch zugleich die ganze Zeit über, Myriam würde auftauchen. Als die Unterrichtsstunde zu Ende war, wusste er, dass er sie an jenem Tag nicht mehr zu Gesicht bekommen würde.

»Genau so ein Buch, Maître Davin, wollte ich bei Eurer Tochter in Auftrag geben. Wie geht es ihr? Ob sie wohl bald Zeit finden wird, es für mich zu kopieren?«

»Um ehrlich zu sein, es geht ihr nicht besonders gut und das beunruhigt mich. Aber sie arbeitet trotzdem an der Bibel weiter, die ich euch beim letzten Mal gezeigt habe, und wird voraussichtlich noch vor dem Passahfest damit fertig sein. Danach könnte sie mit Eurem Auftrag beginnen.«

Enttäuscht dankte Robert seinem neuen Lehrer und begleitete Hugues nach Hause. Auf dessen Kommentare gab er kaum Acht und verabschiedete sich so schnell wie möglich.

Während mehrerer Monate fand jeweils am Sonntag der Unterricht statt. Alles blieb wie bisher. Manchmal spürte Robert Myriams Anwesenheit, doch meistens bekam er sie nicht zu Gesicht. Ihr ein Briefchen zuzustecken, war daher unmöglich. Er ging ihr auf der Straße hinterher, hielt aber sein Wort und sprach sie nicht an. Es wurde Frühling, unzählige Knospen begannen zu sprießen und der Duft der blühenden Bäume überdeckte beinahe den Gestank in den Straßen. Robert fühlte das Blut in seinen Adern pulsieren, anstatt nachzulassen, wurden seine Gefühle immer stärker und intensiver. Manchmal glaubte er, vor Ungeduld gleich zu platzen.

Myriam hingegen war dankbar, Robert sehen zu können. Sie bewunderte ihn, hörte ihm zu und hatte den Eindruck, ihn schon immer gekannt zu haben.

Am zweiten Sonntag im April war Hugues krank, weshalb er Maître Davin ausrichten ließ, dass er und Robert diese Woche nicht kommen würden. Aber Maître Davin hätte selbst keine Zeit gehabt, denn ein bedeutendes Mitglied der jüdischen Gemeinde war gestorben und er musste zum Begräbnis, so dass er auch die Schulkinder viel früher als sonst nach Hause schickte.

Den ganzen Tag über streifte Robert in der Gegend der Rue de la Harpe herum. Als er sah, dass Maître Davin das Haus verlassen hatte, klopfte er an die Tür.

10

Myriams Herz machte einen Sprung, als Roberts Gesicht zwischen den Gitterstäben der Türöffnung auftauchte. Natürlich durfte sie ihm eigentlich nicht öffnen, doch als täte es jemand anders, sah sie ihre Hand wie in einem Traum die Klinke herunterdrücken. Robert betrat den kleinen Raum, den er so gut kannte, und schloss die Tür hinter sich. Dann ging er langsam auf sie zu und nahm sich Zeit, sie genau anzusehen. Ihre Augen strahlten noch mehr als in seiner Erinnerung, plötzlich glühten die in den vergangenen Monaten so bleichen Wangen und ihre leicht geöffneten Lippen zitterten.

Ohne ein Wort zu sagen, nahm er sie in die Arme, drückte sie an sich, küsste sie auf Stirn, Haare und Lider. Sie ließ alles geschehen, umschlang sogar seine Taille und hielt ihm den

Mund zum Kuss hin. Zunächst küsste er sie ganz vorsichtig. Er spürte, wie eine Welle des Verlangens, gepaart mit unendlicher Zärtlichkeit, in ihm aufstieg, während Myriams Hand ihm über den Nacken, die roten Locken, den unbedeckten Hals streifte.

Robert hob sie hoch, trug sie behutsam ins Hinterzimmer und setzte sie auf dem Bett ab. Sie streckte sich aus und er fiel neben dem Bett auf die Knie, streichelte mit den Händen ihren Bauch, die Schenkel, die Brüste. Sie wehrte sich nicht. Als er ihre nackte Haut berührte, seufzte sie erschrocken. Er zog ihr das Gewand aus, wobei sie ihm half, indem sie den Gürtel öffnete, auch sie wollte ihn spüren. Mit einer heftigen Bewegung entledigte er sich seiner Kleider und legte sich nackt neben sie. Dann drückte er sie an sich, spürte, wie sie schneller atmete, und drang schließlich in sie ein. Sie stieß einen unterdrückten Schrei aus, passte sich aber bald seinen Bewegungen an. Ihr Atem war heiß, er spürte ihre feuchten Lippen am Hals. Auf einmal war er in einer anderen Welt, voller Licht, voller Wärme, voll plötzlicher Freude.

Mächtige Wellen trugen Myriam zu einem Ozean nie gekannter und unwiderstehlicher Freuden. In vollkommener Harmonie waren ihre beiden Körper ineinander verschlungen. Auf dem Gipfel der Lust stieß Robert einen animalischen Schrei aus und ließ sich heftig keuchend neben sie fallen. Sanft, zärtlich küsste sie ihn aufs Gesicht, die Wangen, den Mund. »Robert, mein Liebster«, flüsterte sie ihm ins Ohr.

Nur langsam erwachte Robert aus seiner Trance. »Ich liebe dich, Myriam. Sei mir nicht böse, weil ich zu dir gekommen bin. Jetzt bin ich sicher, dass auch du mich liebst. Nie mehr werde ich dich verlassen. Ich weiß zwar nicht, wie es weitergehen soll, aber unsere Liebe ist stark genug, um alle Hindernisse zu überwinden.«

Myriam antwortete nicht, verliebt blickte sie dem Mann in

die Augen, der sie zur Frau gemacht hatte, und legte ihm einen Finger auf die Lippen, zum Zeichen, dass er nicht weitersprechen solle.

»Robert, du musst jetzt gehen. Jeden Moment könnte mein Vater zurückkommen, er darf dich hier nicht finden.«

Wie in Trance stellte sie den Hocker vor den Tisch, legte Federn und Tintenfässchen bereit. Beinahe hätte sie vergessen, das Heft aufzuschlagen, in das sie den Nachmittag über schreiben sollte. Denn so sah ihr Vater sie für gewöhnlich, wenn er nach Hause kam. Myriam starrte durch das Pergament hindurch. Sie spürte es nicht unter ihrer Hand. Dunkel senkte sich die Nacht über den Raum, während ihr ganzer Körper noch die Berührungen von Robert spürte. Sie versuchte sich zu sammeln, als sie von der Schwelle her die Stimme ihres Vaters vernahm:

»Myriam? Was ist los? Warum hast du die Lampe nicht angezündet?«

Wie verstört erhob sie sich und führte die gewohnten Handgriffe aus, zündete den Docht an. Maître Davin sah ihr zu, seine Unruhe wuchs immer mehr.

»Mein Kind, geht es dir nicht gut? Bist du krank?«

Dann fiel sein Blick auf die leere Seite, die trockene Feder.

»Myriam«, sagte er angstvoll, »was ist denn nur los?«

»Verzeiht mir, Vater, ich fühlte mich schon den ganzen Nachmittag über nicht wohl. Ich habe auf euch gewartet, aber jetzt möchte ich mich gerne zurückziehen«, antwortete sie, sprang unvermittelt auf und verschwand.

Auf dem Bett lag die zusammengeknäulte Decke. Myriam breitete sie aus und berührte dabei das noch feuchte Laken. Da wurde ihr bewusst, dass sie keine Jungfrau mehr war.

Ohne sich auszuziehen, sank sie aufs Bett und ihr Körper durchlebte noch einmal die Wonnen des Liebesaktes. Sie sah Robert vor sich, spürte seine Hände auf ihrem Körper, seinen Mund auf ihren Lidern. Zugleich wurde ihr klar, dass sie das verbotene Vergnügen nie mehr auskosten durften. Wenn sie nicht schwanger war und niemand erfuhr, dass sie sich einem Mann hingegeben hatte, durfte sich, was geschehen war, auf keinen Fall wiederholen. Ihr Leben hing davon ab und auch das ihres Vaters. Myriam biss ins Kissen, um ihre Schluchzer zu ersticken.

In bester Laune war Robert zu Maître Guillaume zurückgekehrt. Er hatte herrlich geschlafen und die ganze Nacht das Bild von Myriam vor Augen gehabt, die sich ihm hingab.

Alles schien so einfach. Gleich am Morgen wollte er sie wiedersehen. Er wartete an der Straßenecke, dass sie auftauchte, doch Myriam zeigte sich nicht. Die verrücktesten Gedanken schossen ihm durch den Kopf: Vielleicht hatte ein Karren sie überfahren oder ihr Vater war krank geworden. Bald aber holte ihn die Wirklichkeit wieder ein. Vielleicht hatte jemand sie ja gesehen und Maître Davin Bescheid gesagt und jener dann Myriam den Ausgang untersagt. Dass Myriam ihn aus eigenem Entschluss nicht mehr sehen wollte, kam ihm nicht in den Sinn.

Nicolette fegte gerade den gestampften Boden ihres Hauses, als Myriam mit einem Bündel Wäsche unterm Arm auftauchte. Ihre Blässe machte der Alten Angst.

»Mein Kind, was ist dir denn geschehen, so rede doch!«

Sie schloss Myriam in die Arme und bat sie, sich neben sie zu setzen. Myriam fing an zu weinen, während die Amme beruhigend auf sie einredete. Schluchzend erzählte Myriam ihr schließlich die ganze Geschichte.

Nicolette schwankte zwischen Verständnis und Bestürzung. Dass zwei junge Menschen einander so sehr liebten, war nur natürlich, doch würde Myriam unter den gegebenen Umständen unweigerlich in der Gosse landen, da diese Liebe keine Zukunftsaussichten hatte.

Zunächst aber tröstete sie die junge Frau, ihr Fehltritt musste nicht notwendigerweise Konsequenzen haben. Wenn sie schwanger war, konnte sie abtreiben. Natürlich führten die Rezepte, deren Geheimnis Nicolette kannte, nicht immer zum sicheren Erfolg, doch jetzt gab es Wichtigeres. Sie fragte das Mädchen aus. Hatte jemand Robert hereinkommen sehen? Myriam wusste es nicht, aber es kamen auch sonst am Sonntagnachmittag Leute zu Maître Davin. War, was sie bei sich trug, die blutbefleckte Wäsche? Myriam nickte. Nicolette und sie würden das Laken waschen. Sie war also nicht mehr Jungfrau? Nicolette beruhigte Myriam und erklärte ihr, wie man in der Hochzeitsnacht Jungfräulichkeit vortäuschte.

Vor allem aber dürfe sie jetzt Robert nicht mehr wiedersehen. Wenn Myriam sich daran nicht hielt, würde sie sich binnen kurzem als Freudenmädchen wiederfinden, das sich für ein Stück Brot hingab. Ihr Vater wäre dann zutiefst verzweifelt. Oder sie müsste Christin werden und ins Kloster gehen.

»Glaube bloß nicht, dass dein Student dich heiraten würde! Selbst wenn er es wollte, hat am Ende doch seine Familie das Sagen und sie wird es ihm nie und nimmer gestatten. Ein Sohn aus gutem Hause heiratet keine Jüdin, selbst wenn sie konvertiert ist. Sollte er weiterhin Umgang mit dir haben, wird man ihn eben einsperren. Keinem von euch beiden ist damit geholfen, daher Schluss jetzt mit den Diskussionen. An die Arbeit!«

»*Omne animal post coitum triste,* sagen unsere Lehrer und berufen sich dabei auf einen Autor, dessen Namen ich vergessen habe. Warum also machst du so ein betrübtes Gesicht? Ist es die berühmte Traurigkeit, die auf den Beischlaf folgt?«

Roberts Bericht von den Ereignissen des vergangenen Sonntags hatte Roger mit glucksendem Lachen quittiert. Also hatte Robert endlich seine erste Erfahrung als Mann gemacht und noch dazu mit dem Mädchen, in das er verliebt war.

Die beiden Freunde saßen in der gut besuchten Herberge »Zum Wildschwein«. Robert hatte weder das Fleisch noch den Wein auf dem Tisch angerührt, ihm war ganz und gar nicht nach Essen oder Trinken zumute.

»Nein, traurig war ich danach überhaupt nicht, vielmehr voller Zärtlichkeit. Nur ist Myriam eben nicht zu unserem vereinbarten Treffen erschienen.«

»Und das macht dir solche Sorgen? Gewiss, sie ist deine erste Liebe... Doch das geht allen so. Frauen sind Launen unterworfen, die uns Männern unverständlich bleiben. Sie war Jungfrau, nicht wahr? Sicher braucht sie ein paar Tage, um sich an den Gedanken zu gewöhnen, dass sie es nun nicht mehr ist. Du hast ihn doch hoffentlich rechtzeitig herausgezogen?«

»Ich habe nicht aufgepasst«, stammelte Robert, »sag mir, was kann ich jetzt tun?«

»Im Augenblick wohl nichts. Wenn sie schwanger ist, kannst du zu einer Engelmacherin gehen, die den Fötus abtreiben wird. Zumindest kannst du ihr das Geld dafür geben.«

»Wenn sie schwanger ist, werde ich sie heiraten!«

Robert schauderte.

»Du machst wohl Witze!«, lachte Roger, »glaubst du im Ernst, deine Eltern würden das erlauben? Niemand darf ohne Erlaubnis seines Vaters heiraten und ich halte es für ausgeschlossen, dass ein Christ seinem Sohn gestattet, eine Jüdin zu heiraten, und sei es eine konvertierte.«

»Ich weiß nicht, ob sie das überhaupt tun würde.«

Roger lachte noch mehr.

»Jetzt übertreibst du aber wirklich! Warum begebt ihr euch nicht gleich unter die Sarazenen und tretet dem mohammedanischen Glauben bei ...? Jetzt geh schlafen und warte einfach ab. Deine Schöne kommt bald wieder und dann ist alles wieder im Lot. Irgendwann habt ihr einander satt und am Ende wird dein Vater für dich ein hübsches englisches Mädchen aussuchen, das deine Kinder zur Welt bringt.«

»Der Herr ist mein Hirte: mir wird nichts mangeln. Er weidet mich auf einer grünen Aue und führet mich zum frischen Wasser.«

Wie immer hatte Maître Davin Robert und Hugues freundlich empfangen. An diesem Sonntag wollte er mit ihnen den 23. Psalm durchnehmen.

Doch Robert war es unmöglich, sich zu konzentrieren. Immer wieder lösten sich seine Augen vom Text und wanderten auf der Suche nach Myriam durch den Raum. Sie aber wollte sich nicht zeigen. Schließlich fiel auch Maître Davin auf, wie zerstreut sein Schüler war, und er beendete die Unterrichtsstunde daher viel früher als gewöhnlich.

»Nun, mein junger Freund, Ihr scheint mit der Aufmerksamkeit Mühe zu haben. Der heutige Tag eignet sich wohl nicht für den Unterricht. Wollt Ihr vielleicht die Bibel sehen, die meine Tochter kopiert hat? Sie ist jetzt fertig. Myriam, komm her und zeig uns deine Arbeit, die du zu einem glücklichen Abschluss gebracht hast!«

Als Myriam auftauchte, sah Robert sie eindringlich an.

Das Herz klopfte ihm bis zum Hals. Wie bleich sie war! Ganz durchsichtig sah ihr Gesicht aus und ihre Augen glänzten fiebrig. Hatte sie geweint? Sie kam ihm noch zerbrechlicher als sonst vor und er hatte das Gefühl, als stünde die Welt still. Seine Kehle war wie zugeschnürt, so stark empfand er seine Liebe zu ihr.

Sie legte die Hefte vor ihrem Vater auf den Tisch. Maître Davin öffnete das letzte und zeigte Hugues und Robert die Abschrift.

»Bleib hier, mein Kind, du sollst unser Lob ruhig hören.«

Das Buch war wirklich eine Augenweide. Man brauchte es nicht zu lesen, um seine Schönheit zu erkennen.

»Und hier der Kolophon«, fuhr Maître Davin fort. Er übersetzte den letzten Absatz:

»Ich, Myriam, die ehrfürchtige Tochter des Rabbi David – er lebe auf immer und ewig! –, Sohn des Salomo – möge er im Garten Eden ruhen! –, habe die vierundzwanzig Bücher dieser Bibel für Maître Jacob geschrieben – er lebe auf immer und ewig! –, Sohn des Abba Mari Anatolio, des Philosophen, des Weisen. Ich habe diese Kopie am vierten Tage der Woche beendet, am neunundzwanzigsten Tag des zweiten Monats des Adar im Jahre 4998 seit Erschaffung der Welt, in der Stadt Paris. Möge der Herr dem Rabbi Jacob, seinen Kindern und Kindeskindern die Gnade schenken, dieses Buch zu lesen, es zu respektieren und alles, was darin steht, auszuführen.«

Auf Anweisung ihres Vaters war Myriam neben Maître Davin sitzen geblieben und Robert, der ihm gegenübersaß, begriff plötzlich, dass dies die einzige Gelegenheit war, Myriam das Briefchen zuzustecken, das er geschrieben hatte. Während also Maître Davin den Kolophon aus dem Hebräischen ins Französische übertrug und Bruder Hugues den Text Wort für Wort mitverfolgte, tastete Robert nach Myriams Hand. Sie versuchte, sie ihm zu entziehen, doch wollte sie jede unvermittelte Geste vermeiden und so gelang es Robert, ihr das zusammengefaltete Stück Pergament in die Hand zu drücken.

Bruder Hugues hatte das Manöver seines jungen Freundes aus dem Augenwinkel heraus mitbekommen. Er beschloss, kein Wort darüber zu verlieren, und beglückwünschte Myriam mit ausgesuchten Worten zu ihrer Kunstfertigkeit. Auch Robert lobte ihre Arbeit, doch seine Stimme zitterte. Maître Davin schaute zu den jungen Leuten hinüber. Die Spannung zwischen den beiden wurde plötzlich sichtbar und mit einem Mal passte alles zusammen: Roberts Besuche, Myriams Verwirrung, der Vorwand, Hebräisch lernen zu wollen. Schmerzlich wurde ihm alles klar. Fast unhöflich wünschte er seinen Gästen schnell einen guten Abend und begleitete sie zur Tür.

Myriam hatte sich in ihrem Zimmer verschanzt. Gerade noch war es ihr gelungen, das Briefchen in ihrem Gebetbuch zu verstecken, als Maître Davin, wie erwartet, nach ihr rief.

»Mein Kind, wir müssen miteinander reden.«

Sie kam wieder heraus und setzte sich auf einen Wink ihres Vaters ihm gegenüber auf einen Hocker. Maître Davin überlegte mehrere Minuten, wobei er sie aufmerksam und beunruhigt zugleich musterte. Schließlich begann er zu sprechen.

»Myriam, ist da etwas zwischen Robert und dir? Ist es das, was dir seit Monaten so sehr zu schaffen macht?«

Myriam errötete und senkte den Blick. Sie durfte ihren Fehltritt nicht zugeben, wollte ihre Liebe nicht gestehen. Dass ihr Vater besorgt war, sah sie nur zu gut; die Wahrheit hätte ihm das Herz gebrochen. Hatte sie nicht die Entscheidung getroffen, Robert nie mehr wiederzusehen? Hartnäckig schwieg sie.

Auch Maître Davin blieb stumm, warf er sich doch sein unvorsichtiges Verhalten vor. Schließlich hatte er Robert ins Haus geholt. Das allein schon war eine gefährliche Situation für einen Juden. Dass es noch gefährlicher war, wenn man zwei Heranwachsende miteinander bekannt machte, hatte er nicht bedacht. Und nun? Myriam weitere Fragen zu stellen, würde zu nichts führen. Er musste irgendwelche Maßnahmen ergreifen – Myriam für eine Weile von Paris fortzuschicken, schien ihm das Sinnvollste. Doch wie sollte er das anstellen? Auf jeden Fall durften Hugues und Robert nun nicht mehr kommen. Außerdem musste er jeden Schritt seiner Tochter überwachen.

»Myriam, ich bitte dich, ab sofort nicht mehr ohne meine Erlaubnis aus dem Haus zu gehen. Ich will immer wissen, wohin du gehst und was du tust.«

»Euer Wunsch sei mir Befehl«, flüsterte sie fast unhörbar.

11

Im Unterschied zu Maître Davin hatte Bruder Hugues mitbekommen, wie das Briefchen den Besitzer wechselte. Robert und Myriam teilten ein Geheimnis, doch welches? Wie standen sie zueinander? Wie weit waren sie gegangen? Eifersucht verdrängte das Wohlwollen, das er sonst seinem jungen Freund entgegenbrachte. Außerdem war die Sache für ihn nicht ungefährlich. Er hatte einen jungen Geistlichen zu einem Juden mitgenommen, ihn der Versuchung ausgesetzt; wenn Robert ihr nachgab, wäre er, Hugues, derjenige, der sich vor der Kirche dafür verantworten musste, vor dem Orden von Saint-Victor, vor dem Prior seines Klosters.

»Robert, ich glaube, wir sollten uns einmal ernsthaft unterhalten.«

Als er die Tränenspuren in Roberts Augen sah, bekam er Mitleid und legte ihm die Hand auf die Schulter.

»Erzähl mir alles.«

Seine geduldige Liebe, das schwindelnde Glück, der tiefe Kummer: Robert war zu niedergedrückt und nicht mehr in der Lage, irgendetwas zu verheimlichen. Der junge Geistliche, der so naiv zu sein schien, hatte sich in Wirklichkeit seiner bedient, um in Myriams Nähe zu gelangen, wie Hugues plötzlich bewusst wurde. Er unterdrückte seinen Ärger. Und dabei hatte er die ganze Zeit geglaubt, Robert für sich gewinnen zu können, wenn er nur genug Geduld aufbringen würde! Zumindest war Myriam so vernünftig gewesen, ihn abzuweisen. Er schauderte bei dem Gedanken, dass die beiden hätten fliehen können!

»Robert, du bist nicht ausreichend mit dem Kirchenrecht vertraut. Selbst wenn Myriam bereit wäre zu konvertieren, wäre es für dich nicht möglich, sie zu heiraten. Das hat nichts damit zu tun, dass du nicht ohne die Einwilligung deines Vaters heiraten kannst und dein Vater dir sicher niemals gestatten würde, eine Konvertierte zur Frau zu nehmen. Das versteht sich von selbst, ist aber beinahe ohne Belang, da es etwas viel Entscheidenderes gibt. Wenn eine Heidin oder eine Ungläubige einen Geliebten hat und anschließend heimlich konvertiert, darf sie den bewussten Geliebten nach kanonischem Recht nicht heiraten. Weshalb du Myriam also niemals ehelichen könntest. Für sie gibt es nur die eine Möglichkeit zu konvertieren und ins Kloster zu gehen. Dann hätte dein Fehltritt immerhin noch etwas Gutes bewirkt.«

Hugues genoss es, Robert zu beweisen, dass seine Liebe keine Zukunft hatte. Doch Robert, den der Schmerz verzehrte, war den theologischen Argumenten gegenüber taub. Im Gesicht des Mönchs, der doch sein Mentor sein wollte, zeichnete sich Rachedurst ab. Robert bemerkte es und fühlte seine anfängliche Aversion plötzlich wieder an die Oberfläche kommen.

»Bruder Hugues, ich danke euch für alles, was Ihr für mich getan habt. Gestattet, dass ich nun nach Hause zurückkehre.«

Hugues konnte ihn nicht länger zurückhalten, das war ihm klar, und so machte der Mönch gute Miene zum bösen Spiel.

»Geh nur, mein junger Freund, und lass dir diese Erfahrung eine Lehre sein. Die Regungen des Fleisches sind das Werk Satans und Satan nimmt, wie du weißt, weibliche Gestalt an. Vergiss das nie.«

Myriam war müde und erschöpft, sie hatte kaum geschlafen. Bei allem Leid und Schmerz hatte sie zu ihrer großen Erleichterung ihre Regel bekommen. Niemals hätte sie entscheiden können, ob sie lieber Roberts Kind abtreiben oder die öffentliche Schande auf sich nehmen sollte, ein uneheliches Kind zur Welt zu bringen. Zumindest das blieb ihr erspart. Sie war entschlossen, mit Robert zu sprechen und ihn zu überreden, aus ihrem Leben zu verschwinden. Sie würde zu Maître Audry gehen, worum Robert sie in seinem Brief gebeten hatte.

Als sie ihren Vater um Erlaubnis bat, Rose zu besuchen, war Maître Davin einverstanden. Er befahl dem ältesten seiner Schüler, auf die anderen aufzupassen, und machte sich mit seiner Tochter auf den Weg, denn sie alleine dorthin gehen zu lassen, kam nicht in Frage. Maître Audry freute sich, seinen ehemaligen Nachbarn zu sehen, und sicherte ihm zu, Myriam zurückzubegleiten. Maître Davin eilte wieder nach Hause.

Wie gewöhnlich nahm Myriam neben Rose Platz und streichelte ein vor Vergnügen schnurrendes Süßmäulchen.

»Warum bist du letzte Woche nicht gekommen?«, fragte Rose, »und weshalb hat dich dein Vater herbegleitet?«

»Wir müssen ganz leise sprechen, Rose. Es sind schlimme Dinge passiert, ich brauche deine Hilfe. Vor allem aber darf man uns nicht hören.«

Blanche spitzte die Ohren und wäre gerne näher gekommen, doch fand sie keinen Vorwand, sich von ihrem Pult zu entfernen. Rose blickte Myriam an, die zutiefst erschüttert wirkte. Noch nie hatte sie ihre Freundin so angespannt gesehen.

»Ich werde keinen Namen nennen, Rose«, begann Myriam zu erzählen, »du weißt, wer gemeint ist. Am Sonntag vergangener Woche ist er alleine gekommen. Mein Vater war nicht da. Doch hat er mich nicht vergewaltigt, nein, er war weder aufdringlich noch brutal. Die Liebe selbst hat mich besiegt. Ich wollte es ebenso sehr wie er und es war wunderschön. In seinen Armen habe ich alles vergessen, wer ich bin, was ich gelernt habe, ja sogar dass Gott uns sehen kann. Aber unsere Liebe hat keine Zukunft, du weißt es.«

»Das war dir schon vorher klar und trotzdem hast du dein Leben aufs Spiel gesetzt!«

»Weil ich mir selbst nicht mehr trauen kann und genau deshalb brauche ich deine Hilfe. Die ganze letzte Woche habe ich das Haus nicht verlassen, aus Furcht, ihn zu sehen, denn mit Sicherheit hat er nach mir Ausschau gehalten. Gestern kam er, gemeinsam mit Maître Hugues, zum Unterricht und steckte mir, ohne dass mein Vater es merkte, ein Briefchen zu.

Darin bat er mich um ein Treffen, und zwar heute, und ich muss ihn ja auch sehen, damit er alles versteht. Aber ich darf nicht alleine hingehen und möchte deshalb, dass du mich begleitest, und zwar noch aus einem anderen Grund. Mein Vater nämlich hat alles erraten und ich habe ihm versprochen, nicht mehr allein aus dem Haus zu gehen.«

»Gut, ich komme mit. Lass uns einen Vorwand überlegen, um hier weg zu können.«

»Hör zu, als ich bei Nicolette war, habe ich Guy, den Gärtner, mit wunderschönen Bohnen gesehen. Wir könnten welche von ihm kaufen.«

Rose stand auf und sprach mit ihrem Vater, der Frühjahrsbohnen über alles liebte und so den beiden Mädchen auf der Stelle die Erlaubnis gab, zu Guy und Nicolette zu gehen. Die Zeit verging nur langsam. Während Rose den azurblauen Mantel einer Madonna ausmalte, sah Myriam ihr zu, streichelte gedankenverloren das Kätzchen und dachte an ihren Geliebten, bis endlich die Sonne den Zenit erreichte und die beiden Mädchen jede einen Korb zur Hand nahmen und den Laden verließen.

Robert stand oben an der Rue Saint-Jacques und blickte zum Laden des Buchhändlers hinüber. Zum letzten Mal würde er auf diese Weise Ausschau halten müssen, bestimmt konnte er Myriam davon überzeugen, mit ihm fortzugehen. Er musste nicht lange warten, denn schon nach kurzer Zeit verließen Rose und Myriam den Laden. Doch als er sie, ein schlechtes Zeichen, nicht allein sah, mischte sich Enttäuschung unter die Freude, Myriam zu treffen. Erst nachdem sie sich ein wenig vom Laden entfernt hatten, sprach er sie an.

»Guten Tag, Desmoiselles, euch zu begegnen freut mich von ganzem Herzen. Myriam, wollen wir einen Spaziergang über die Felder vor den Toren der Stadt machen?«

Traurig sah Myriam ihn an. Wie schön er war! Mit jeder Faser ihres Körpers zog es sie zu ihm, ihn in die Arme zu nehmen, mit Küssen zu bedecken. Sie sah ihn zum letzten Mal, würde nie mehr voller Bewunderung in seine feurigen Augen schauen!

»Robert, ich bin gekommen, um dir Lebewohl zu sagen.«

»Das kann nicht sein, Myriam ...«

»Du liebst mich und ich liebe dich auch. Aber ich bin Jüdin und du bist Christ. Unsere Liebe ist aussichtslos.«

»Wenn du zum Christentum konvertierst, kann ich dich heiraten, sobald ich den geistlichen Stand verlassen habe. Lass uns nach England ziehen, ich werde schon eine Möglichkeit finden, um unseren Lebensunterhalt zu verdienen – für dich und unsere Kinder.«

Ihre Religion aufgeben, alles, woran sie glaubte, ihre Überzeugungen und ihre Vergangenheit verraten, sich selbst verleugnen? Das konnte und wollte sie nicht.

»Bist du wirklich so naiv, Robert«, mischte Rose sich da ein. »Wenn du auf diesen Plänen bestehst, werden deine Eltern dich enterben und euch bleibt nur ein Leben außerhalb des Gesetzes, als armselige Vagabunden, die ihr Brot von Passanten erbetteln oder auf Bauernhöfen stehlen! Ist das etwa das Leben, das du Myriam bieten möchtest?«

Robert wurde ganz blass und bemühte sich verzweifelt, die Tränen zurückzuhalten. Myriam aber sprach sanft weiter:

»Robert, ich liebe dich so, wie du bist, und respektiere deinen Glauben. Aber ich kann nicht auf den meinen und auf mein Volk verzichten. Wir leben in einer Welt, die nicht will, dass unsere Liebe Bestand hat. Glaub mir, dich nicht mehr zu sehen, macht mich genauso unglücklich wie dich!«

Robert war sprachlos. Rose fasste ihn am Arm, doch er

machte sich los. Sie waren vor Nicolettes Haus angekommen und mussten sich nun trennen.

»Myriam, ich flehe dich an, lass mich dich noch ein letztes Mal treffen. Ich kann dir nicht einfach so auf der Straße Lebewohl sagen.«

»Robert, dich nochmals wiederzusehen, könnte ich nicht ertragen. Leb wohl, mein Geliebter. Gott schütze dich!«

Gefolgt von Rose, ging sie hinein, ohne sich nochmals nach Robert umzublicken, der blind vor Tränen an die Tür gelehnt dastand und wie ein tödlich Verwundeter zu schwanken schien.

12

Eines Abends klopfte es an Maître Davins Tür. Er öffnete. Vor ihm standen Rabbi Yehiel de Paris und Maître Jacob Anatolio, ein kleiner Mann, dessen aufrechte, selbstsichere Haltung ihm jedoch ein elegantes Aussehen verlieh. Unter seinem braunen Leinenumhang verbarg sich ein makelloses weißes Gewand. Silberne Fäden durchzogen die schwarzen Haare und den Bart, er hatte bernsteinfarbene Haut und seine dunklen Augen wirkten überraschend sanftmütig.

»Der Friede sei mit euch und eurem Hause, Maître Davin«, sagte Maître Jacob in singendem Tonfall auf Hebräisch.

Maître Davin winkte sie herein und bat sie überschwänglich, Platz zu nehmen. Er freute sich sehr über den Besuch und vergaß für einen Augenblick seinen Gram, ließ sich von dem Reisenden die Neuigkeiten aus den diversen Gemeinden berichten, die dieser unterwegs besucht hatte. Dann fragte er ihn nach seinen Geschäften in Paris.

»Die Regelung des Nachlasses meiner Schwester und ihrer Kinder ist zu meiner Zufriedenheit verlaufen. Nun bleiben mir nur noch angenehme Aufgaben und eine davon, die bestellte Bibel, hat mich zu euch geführt.«

Als Myriam auf die Besucher zukam, betrachteten Rabbi Yehiel und Maître Jacob sie erstaunt. Wie sehr sie sich verändert hatte! Wo war die frische Röte ihrer Wangen? Diese blasse Frau war schön wie eine Göttin – und hatte dabei so traurige Augen! Das Buch aber war prachtvoll. Maître Jacob las den Anfang, während der Rabbi die letzten Hefte zur Hand nahm.

»Die Schrift ist sehr schön«, rief der Rabbiner aus. »Habt Ihr auch den Text überprüft?«

»Natürlich«, erwiderte Maître Davin, »Myriam hat die Kopie angefertigt und ich habe den Text und die Anmerkungen der Schriftgelehrten Wort für Wort verglichen. Was die Vokalzeichen angeht, so habe ich sie nicht hinzugefügt, da meine Ausgabe zu fehlerhaft ist.«

Maître Jacob schien äußerst zufrieden.

»Rémi, gib mir den Geldbeutel.«

Maître Anatolios Diener, ein pausbäckiges, untersetztes Männchen mit humorvollem Gesicht, das in einer Ecke des Raumes gesessen hatte, reichte seinem Herrn einen schwarzen Lederbeutel. Maître Jacob nahm zwölf Silberstücke heraus.

»Wir hatten den Preis ja festgelegt, Maître Davin, doch dieses Buch hier ist so schön, dass ich das Honorar ein wenig erhöhen möchte. Außerdem hätte ich noch einen weiteren Auftrag. Bei den Christen, mit denen ich befreundet bin, habe ich ziemlich kleine Bibeln gesehen, die man in die Tasche stecken kann. Könnte mir eure charmante Tochter vielleicht eine Kopie erstellen, die auch die täglichen Gebete enthält? So hätte ich die heiligen Texte stets bei mir, auch auf Reisen.«

Maître Davin zögerte lange.

»Maître Anatolio«, erklärte er schließlich in vertraulichem Tonfall, »Ihr erweist uns da eine große Ehre, mir und meiner Tochter, und eure Großzügigkeit beschämt mich sehr. Möge Gott sie euch zum Dank hundertfach erweisen! Dennoch bin ich nicht sicher, ob ich Myriam einen zusätzlichen Auftrag zumuten kann. Ich habe nämlich beschlossen, ihr in den kommenden Monaten einen Gatten auszusuchen. Euer Lohn für ihre Arbeit wird ihr als Mitgift dienen.«

»Also wollt Ihr Euch endlich von ihr trennen. Es war höchste Zeit und geschieht zu ihrem Besten. Allerdings hoffe ich, dass auch Ihr Euch wieder verheiratet, wie wir es Euch schon vor langem nahe gelegt haben. Es gibt etliche Witwen, die nur zu gern für euch sorgen würden. Einen Ehemann für Myriam zu finden, dürfte gleichfalls nicht schwer sein. Habt Ihr schon einen Schwiegersohn ins Auge gefasst?«, wollte der Rabbi wissen.

»Nein, noch nicht. Ich würde es gerne mit Mélia besprechen. Sie versteht sich auf diese Dinge und ich vertraue auf ihren Rat.«

Wie versteinert hatte Myriam der Unterhaltung gelauscht. Sie wusste über den Entschluss ihres Vaters Bescheid und verabscheute die Vorstellung, einem andern anzugehören, wollte aber auch nicht weiter lügen und sich verstellen müssen. Doch was hätte sie sagen sollen? Außerdem war der Betrag für die Kopie des Buches eine ziemlich bescheidene Mitgift, auf einen Rabbiner oder Mediziner durfte sie also nicht hoffen. Was sollte nur aus ihr werden, die Frau eines Künstlers, eines Schulmeisters?

Maître Jacob hatte sie nicht aus den Augen gelassen.

»Ja, Maître Davin, seine Tochter zu verheiraten ist ein göttliches Gebot, und ich kann Euch nur beglückwünschen zu eurem Entschluss.«

Nochmals betrachtete er Myriam, doch sah er sie diesmal in ganz anderem Licht. Seit einem Jahr war er Witwer und die Einsamkeit machte ihm zu schaffen. Schon öfter hatte er daran gedacht, sich wieder zu verheiraten, aber dann verbot es ihm die Erinnerung an Bella. Zudem gehörte er jetzt der berühmten Familie Tibbon an. Sein Schwiegervater war sein Lehrer gewesen und diese verwandtschaftlichen Beziehungen wollte er nicht aufgeben, aber auch kein ungebildetes junges Ding heiraten. Bella war so eine kluge und feine Frau gewesen! Die jungen Mädchen gingen nicht zur Schule, nur die Töchter aus vornehmen Familien lernten Lesen und Schreiben – aber nur, wenn sie Lust dazu hatten. Seine eigene Tochter beispielsweise hatte keinen Drang verspürt, sich zu bilden. Myriam war eine echte Ausnahme. Sie rührte ihn, und zwar umso mehr, da sie sich aufs Heiraten überhaupt nicht zu freuen schien.

Als die Zusammenkunft beendet war, machte er sich mit Rabbi Yehiel wieder auf den Weg und erzählte ihm von dem Plan, den er soeben gefasst hatte.

»Ich kenne sie seit ihrer Geburt und habe immer nur das Allerbeste über sie sagen hören«, bestätigte Rabbi Yehiel Myriams guten Ruf. »Außerdem könnt Ihr ja die Dame Mélia fragen. Natürlich ist Maître Davin sehr arm, aber an Barmherzigkeit und Ehrgefühl mangelt es in seinem Hause wahrhaftig nicht. Wenn Ihr Myriam heiratet, wäre das eine edle Tat und Ihr würdet sie sicher nicht bereuen. Für sie wäre es eine große Chance. Soll ich am nächsten Sabbat mit Maître Davin darüber sprechen?«

Am Samstagmorgen zog Rabbi Yehiel Maître Davin nach

dem Gebet in eine Ecke der Synagoge und weihte ihn in Maître Jacobs Vorschlag ein:

»Er ist ein kultivierter, weiser Mann. Es stimmt, dass seine Anschauungen sehr von den unseren abweichen, aber im Süden denken alle wie er. Sie verehren Maimonides fast ebenso sehr wie Moses! Wenn Ihr ihm Myriam zur Frau gebt, wird er sie mit in die Provence nehmen, vielleicht sogar an den Hof des Kaisers Friedrich, der Segen Gottes sei mit ihm! Für Myriam wäre das ein unvergleichlich abwechslungsreicheres, erfüllteres Leben, als sie es jemals mit einem Mann von hier führen könnte!«

Nur zu gut wusste Maître Davin, wie arm er war – niemals hätte er auf einen Freier vom Rang eines Maître Jacob hoffen dürfen.

»Was für ein großartiger, unerwarteter Vorschlag! Ich weiß gar nicht, was ich sagen soll. Eine solche Verbindung würde Myriam eine Zukunft bescheren, von der wir nicht einmal zu träumen gewagt hätten. Natürlich würde ich meine Tochter dann nur noch ganz selten, vielleicht sogar nie wieder sehen. Aber ihr Glück hat Vorrang vor dem meinen, weshalb ich Maître Anatolios Vorschlag voller Dankbarkeit annehme. Dennoch hängt die endgültige Entscheidung von Myriam ab, trotz meiner Rechte als Vater will ich sie zu nichts zwingen.«

»Normalerweise werden die Mädchen nur der Form halber gefragt, denn die Eltern wissen besser, welcher Gatte für sie in Frage kommt. Aber Ihr habt Eure Tochter nicht wie alle anderen erzogen! Bittet sie also um ihre Meinung, aber ich mache mir da keine Sorgen – und Ihr sicher auch nicht«, sagte Rabbi Yehiel. Doch darauf ließ Maître Davin sich nicht ein.

»Nein, so sehe ich die Dinge durchaus nicht. Ich möchte, dass Maître Jacob selbst mit Myriam spricht.«

»Zieh dein Festtagskleid an, mein Kind, und leg das rote Tuch um, wir werden die Ehre haben, mit Rabbi Yehiel und Maître Anatolio zu speisen!«

Als Myriam fertig war, brachen sie zur Wohnung des Rabbiners auf. Auf dem Weg dorthin unterrichtete ihr Vater sie über Maître Jacobs Vorschlag.

»Du hast eine herrliche Zukunft vor dir, es wird dir an nichts fehlen. Weiterhin kannst du lernen, lesen und schreiben und wirst die Bekanntschaft großer Gelehrter machen, fremde Länder bereisen. Maître Jacob ist ein sanftmütiger, umgänglicher Mann. Niemals hätte ich mir solch einen Ehemann für meine Tochter träumen lassen!«

»Mein Vater, das geht nicht.« Myriam war von ihren Gefühlen überwältigt. »Dann sähe ich Euch ja nie wieder! Und außerdem ist Maître Jacob ziemlich alt, mag er so sanftmütig und umgänglich sein, wie er will.«

»Aber das Alter spielt doch keine Rolle, Myriam, der Charakter, das Wissen und die soziale Stellung sind es, die zählen. Ich habe mein Einverständnis bereits gegeben, aber du musst auch zustimmen. Heute Nachmittag kannst du alleine mit ihm reden.«

Myriam musste an ihre Kindheitsträume denken. Wie sehr hatte sie Bella beneidet und nun wollte Maître Jacob ihr ein ebensolches Glück zuteil werden lassen. Doch es war zu spät, sie hatte ihr Herz bereits Robert geschenkt.

Rabbi Yehiel stand an der Spitze der wichtigsten Talmudakademie Frankreichs. Er hatte zahlreiche Schüler und sein Haus war entsprechend prachtvoll. Außer ihm und seiner Familie wohnten die wohlhabendsten Studenten darin. Das geräumigste Zimmer hatte man Maître Anatolio gegeben.

Die Dame Mélia und die ganze Hausgemeinschaft empfingen Myriam und ihren Vater wie sehr wichtige Gäste. Der

Vorschlag des weisen Jacob verlieh ihnen eine neue Würde und Myriam wurde von allen neugierig und auch neidisch betrachtet. Wie hatte es einem so schlichten Mädchen gelingen können, eine so wichtige Persönlichkeit für sich einzunehmen?

Ein langer Tisch war gedeckt, an dessen oberem Ende Rabbi Yehiel und Maître Jacob saßen. Maître Davin wurde der Platz zur Rechten des Rabbi zugewiesen. Die Studenten drängten sich um den Tisch, ebenso die Armen, die gewöhnlich am Sabbat eingeladen wurden. Umgeben von ihren Töchtern, kümmerte die Dame Mélia sich um die Bewirtung. Sie bat Myriam, zu ihrer Rechten Platz zu nehmen.

Das Mahl war reichlich und dauerte lange. Nach der Heiligung des Sabbats brachten die Dienerinnen Wasserkrüge herbei und die Männer wuschen sich die Hände. Rabbi Yehiel segnete das Brot und wälzte es in Salz, dann schnitt er große Scheiben ab und verteilte sie. Er teilte seine Schüssel mit Maître Jacob und Maître Davin teilte die seine mit dem ältesten Schüler, Rabbi Léon de Bagnols. Die Dame Mélia setzte ihre Schüssel zwischen sich und Myriam und lud sie ein, das Mahl mit ihr zu teilen. Zuerst gab es Fisch mit Mandeln, anschließend Huhn mit Gemüse und Rosinen.

Wie konnte sie eine Heirat ausschlagen, die für andere den Gipfel des Glücks bedeuten würde? Myriam hielt die Augen gesenkt und spürte, wie alle Blicke auf sie gerichtet waren. Ach, wie mutterseelenallein sie sich fühlte!

Auch nach den Gesängen zum Sabbat und dem Dankgebet war das Mahl noch nicht beendet. Walnüsse, Haselnüsse und Kirschen wurden serviert. Endlich aber erhoben sich die Gäste und Mélia brachte Myriam in den Garten. Bevor sie wieder ins Haus ging, führte sie sie zu einer Bank, auf der Maître Jacob saß.

Voller Bewunderung und Zärtlichkeit beobachtete er, wie sie auf ihn zukam. Ihre Verwirrung trug noch zu ihrem Charme bei.

»Myriam, Euer Vater möchte«, wandte er sich auf Hebräisch an sie, »dass Ihr die Einwilligung zu unserer Eheschließung gebt.«

Myriam wagte nicht aufzusehen und eine Träne kullerte ihr über die Wange.

»Betrübt euch der Gedanke, Euren Vater verlassen zu müssen, denn so sehr?« Maître Jacob nahm ihre Hand. »Oder gefalle ich Euch nicht? Ich bin viel älter als Ihr, aber ich werde alles tun, um Euch zufrieden zu stellen.«

Myriam fühlte sich innerlich zerrissen. Sie brachte ihm so großen Respekt entgegen und gerade deshalb konnte sie seinen Vorschlag nicht annehmen. Wie sollte sie ihm das begreiflich machen? Sie schwieg und weinte still, so dass Maître Jacob begriff, dass das Problem tiefer lag.

»Mein Kind, sagt mir die Wahrheit. Ich verspreche Euch, niemandem etwas zu erzählen. Solltet Ihr etwa in einen jungen Mann verliebt sein?«

Myriam schwieg beharrlich.

»Ihr braucht Euch nicht zu schämen, mein Kind, das ist etwas ganz Natürliches, wofür ich vollstes Verständnis habe.«

Da brach sie in Schluchzen aus.

»Aber, aber, Myriam, beruhigt Euch doch«, versuchte Maître Jacob sie hilflos zu trösten, »ich werde Eure Entscheidung respektieren, egal wie sie ausfällt.«

Myriam gewann ihre Fassung wieder ein wenig zurück.

»Maître Jacob, es ist nicht so, dass Ihr mir nicht gefallt. Wenn ich Euren Antrag nicht annehmen kann, so deshalb, weil ich seiner nicht würdig bin. Ihr habt es erraten, es gibt einen jungen Mann. Ich habe mich von ihm getrennt und werde ihn nie wiedersehen. Aber ...«

Maître Jacob blieb stumm. Das Geständnis überraschte ihn, denn Myriams Ruf galt als vorbildlich. Wie hatte sie da einen Geliebten haben können? Doch auch ihre Offenheit erstaunte ihn. Normalerweise hüteten sich Mädchen, die gesündigt hatten, davor, dem zukünftigen Ehemann den Fehltritt zu beichten. Das mosaische Gesetz war unerbittlich. Hatten die beiden sich die Ehe versprochen oder Ringe getauscht, so war das Mädchen rechtmäßig mit dem jungen Mann verheiratet.

Während über ihnen Vögel um die letzten am Baum verbliebenen Kirschen stritten, nahm Maître Jacob sich Zeit, um zu überlegen. Die Luft war klar. Ganz in der Nähe gackerten Hühner und eines stolzierte vor ihren Füßen vorbei, gefolgt von trippelnden Küken. Noch immer hielt Maître Jacob Myriams Hand in den seinen und streichelte sie.

»Ihr seht so unglücklich aus. Myriam, seid Ihr auch bestimmt nicht schwanger? Den jungen Mann werdet Ihr nicht wiedersehen, so sagt Ihr. Wenn Ihr mir Euer Wort gebt, dass Ihr ihm in keinster Weise verpflichtet seid, werde ich keine weiteren Fragen stellen.«

Myriam hob den Blick und sah ihn erstaunt an. In seinen schwarzen Augen bemerkte sie eine große Zuneigung und ein unbestimmtes Verständnis, das sie rührte.

»Nein, ich bin weder schwanger noch verlobt. Übrigens ist er kein Jude, sondern Christ, ein Student.« Maître Jacob war erleichtert, für Christen galt das mosaische Gesetz nicht.

»Ich weiß Eure Offenheit sehr zu schätzen, Myriam. Auch ich will euch gegenüber offen sein. Ich werde Euch mit Freuden heiraten, denn Ihr seid in vielerlei Hinsicht eine bemerkenswerte junge Frau. Bitte versteht jedoch, dass ich mich, sollte sich ein solches Abenteuer wiederholen, von Euch trennen müsste.«

»Ihr wollt mich immer noch heiraten?«, fragte sie verblüfft.

»Ja, das will ich«, erwiderte Maître Jacob.

Myriam schaute ihn erneut an. Es war, als blickte sie ihm zum ersten Mal bewusst ins Gesicht. Voll Sanftmut hatte er ihr Geständnis aufgenommen und behandelte sie nach wie vor mit großer Warmherzigkeit.

Die Vorstellung, mit ihm zusammenzuleben, erschreckte sie nicht mehr. Sie würde ihn nicht so lieben, wie sie Robert liebte, doch sie würde ihn respektieren, für ihn sorgen, ihn bewundern. Vielleicht sogar fand sie weit weg von Paris Vergessen.

»Mein Leben sei euch geweiht«, flüsterte sie.

»Ich nehme Euer Versprechen an, teure Myriam. Trocknet Eure Tränen und lasst uns die Neuigkeit den Männern und Frauen verkünden, die uns durch die Türen und Fenster beobachten. Wie gerne wären sie in unsere Geheimnisse eingeweiht worden, doch sie sollen nur unsere Freude erleben.«

Es gelang Myriam zu lächeln und Hand in Hand kehrten beide ins Haus zurück.

Seite an Seite betraten sie den Saal, wo in einer Ecke die Männer, in einer anderen die Frauen beieinander saßen. Unruhig sah Maître Davin zu Maître Jacob hinüber.

»Wenn Ihr mich als Schwiegersohn annehmt«, wandte der sich an Myriams Vater, »machtet Ihr mich froh und stolz.«

Erleichtert schlug Maître Davin ein und schüttelte Maître Jacob dann voller Herzlichkeit die Hand.

Rabbi Yehiel beglückwünschte die beiden Männer.

»Nun müssen die Einzelheiten des Ehevertrags bestimmt werden.«

»Das ist kein Problem. Myriams Mitgift kenne ich und ich bin vollauf damit einverstanden. Ich für meinen Teil bringe eine anständige Summe in die Ehe ein. Rabbi Yehiel, Ihr erweist mir einen großen Gefallen, wenn Ihr die Dame Mélia darum bittet, so bald wie möglich den Hochzeitstermin festzusetzen, denn ich muss binnen kurzem wieder abreisen. Bittet sie außerdem, zusammen mit meiner Verlobten das Hochzeitskleid und eine geziemende Aussteuer auszuwählen. Wir haben eine lange Reise vor uns, da wird meine Frau Wäsche brauchen«, erwiderte Maître Jacob.

Unterdessen drückte die Dame Mélia, die die Szene im Garten vom Fenster aus beobachtet hatte, Myriam ans Herz. Sie kam beinahe um vor Neugier.

»Mein Kind, warum vergießt du solche Tränen? Fällt es dir denn so schwer, deinen Vater zu verlassen? Oder fehlt deine Mutter dir so sehr am heutigen Tag?«

»Ja. Nur ungern lasse ich meinen Vater hier zurück, meine Freundinnen, alles, was bislang meine Welt war. Ich weiß nicht, wann ich Paris wiedersehen werde.«

Mit dieser Erklärung musste die Dame Mélia sich zufrieden geben. Auch die Mädchen im Haus stellten Myriam alle möglichen Fragen, von denen sie aber keine einzige beantworten konnte.

»Wann reist du ab? Was für ein Geschenk macht er dir? Gefällt er dir? Findest du ihn nicht zu alt?«

Myriam lächelte nur, als hätte der ganze Gefühlstaumel sie sprachlos gemacht. Dabei hatte sie nur eines im Sinn: allein zu sein. Mittlerweile hatte Rabbi Yehiel mit seiner Frau gesprochen und nun kam die Dame Mélia ganz aufgeregt zurück.

»Dein künftiger Gatte ist von einer außerordentlichen Großzügigkeit. Schon am Montag werden wir den Stoff für dein Hochzeitskleid und auch das Tuch und den Spitzenbesatz für deine Untergewänder auswählen. Wir müssen jetzt gleich das Hochzeitsdatum festlegen. Also, wann bekommst du das nächste Mal deine Regel? Acht Tage danach wirst du nämlich das rituelle Bad nehmen und der darauf folgende Mittwoch wird dein Hochzeitstag sein.«

Myriam errötete.

»Letzten Donnerstag war der letzte Tag.«

»Wunderbar. Dann können wir ja schon am Donnerstag ins Badehaus gehen und am Mittwoch kann die Zeremonie stattfinden. Dann haben wir genügend Zeit, Einkäufe zu machen und dein Kleid und deine Aussteuer anfertigen zu lassen.«

Mit diesen Worten eilte sie ganz geschäftig wieder zu ihrem Gatten zurück.

13

Dann war der Tag der Hochzeit da. Myriam hatte nicht viel geschlafen, seit sie ihren Entschluss gefasst hatte. Mit der Dame Mélia war sie in diversen Geschäften und bei der Schneiderin gewesen. Trotz ihrer inneren Unruhe fand sie Gefallen an den Seidenstoffen und Pelzen. Zum ersten Mal in ihrem Leben durfte sie den Schnitt ihres Kleides, die Stickereien an den fein gewebten Hemden und das Leder für ihre Schuhsohlen selbst aussuchen. Zu dem roten Seidenkleid hatte sie Handschuhe und einen Spitzenschleier ausgewählt; Maître Jacob hatte ihr am Vorabend der Hochzeit noch einen perlenbesetzten Seidengürtel überbringen lassen.

Dennoch konnte sie sich nicht recht über diese herrlichen Dinge freuen. Sie musste an die Nacht denken, in der ihr Ehebund besiegelt würde. Wie sollte sie sich Maître Jacob hingeben, wo doch jede Faser ihres Körpers nach Roberts Zärtlichkeiten verlangte? Und wie würde das Leben an Maître Jacobs Seite überhaupt sein? Wäre er stets so verständnisvoll wie an jenem Sabbat bei Rabbi Yehiel? Zwar stimmte es, seine Großzügigkeit kannte keine Grenzen. Doch mit dem Tag ihrer Heirat begab sie sich ganz und gar in seine Obhut, in einem Land, dessen Sprache sie nicht beherrschte.

Während die Dame Mélia und ihre Töchter sie für die Zeremonie zurechtmachten, betrachtete sie ein letztes Mal den ärmlichen Raum, in dem sie aufgewachsen war, und dachte an ihren Vater, der nun ganz allein blieb. Nur mit Mühe bewahrte sie die Fassung.

Als sie fertig geschmückt war, rief die Dame Mélia Maître Davin herein, der draußen gewartet hatte, damit die Frauen ungestört blieben. Als er Myriam zum ersten Mal geschminkt und prächtig in ihrem Kleid erblickte, kamen ihm die Tränen. Wie schön sie aussah! Noch schöner als Rosa, damals vor dem Traualtar. Und nun also würde ihn auch Myriam verlassen, zweifellos um ein wundervolles Leben zu führen. Unter all den Tränen lächelte er vor Glück.

Die Frauen brachen als Letzte zur Synagoge auf. In ihren weißen Schleier gehüllt, blieb Myriam, um die sich die anderen Mädchen geschart hatten, vor den Blicken der Passanten verborgen. Es war herrliches Sommerwetter. Sie überquerten die Petit Pont, unter der eine glitzernde Seine dahinfloss. Der Weg zur Kirche von Notre-Dame war Myriam so vertraut; sie vermochte sich nicht vorzustellen, dass eine andere Stadt ebenso schön und lebendig wie Paris sein könnte!

Wie gewöhnlich war die Petit Pont voller Karren mit Gemüse, Wasserverkäufern und Gauklern. Die Frauen und die jungen Mädchen, alle im Festtagsstaat, mit ihren feinsten Schuhen, bahnten sich vorsichtig einen Weg durch die Abfälle am Straßenrand.

Als sie vor der Synagoge ankamen, stand Maître Jacob schon da, umringt von seinen Talmudschülern und den Honoratioren der Gemeinde. Er trat als Erster ein und stellte sich vor dem Toraschrank auf. Vier junge Leute nahmen seinen Gebetsmantel an den vier Zipfeln und spannten ihn zu einem Hochzeitsbaldachin auf, gerade als Myriam unter den Gesängen der jungen Leute in Begleitung der Mädchen hereinkam. Sie trat neben Maître Jacob. Rabbi Yehiel nahm einen Kelch Wein und segnete ihn, dann intonierte er den Hochzeitssegen und reichte den Kelch den Brautleuten, die ihre Lippen damit benetzten.

Der Vorsitzende der Gemeinde und Rabbi Samuel de Joinville begutachteten den goldenen Ring, den Maître Jacob ihnen hinhielt.

»Genügt dieser Ring?«, fragte Rabbi Yehiel.

»Ja, er genügt vollauf«, antworteten die beiden Zeugen.

Daraufhin gab Rabbi Yehiel Maître Jacob den Ring zurück, der ihn Myriam an den Finger steckte und erklärte:

»Durch diesen Ring bist du mir geweiht, nach dem Gesetz Moses' und Israels.«

Maître Jacob sah zu Myriam hin und bemerkte, wie ihre Lippen zitterten. Nun also war er gekommen, dachte er, der schwierige Augenblick, in dem sie von ihm abhängig wurde. Aufmunternd schaute er sie an und lächelte ihr zu. Dann fasste er sie am Arm und führte sie zur Tür.

Die ganze Versammlung stimmte freudige Gesänge an und folgte ihnen auf den Hof, wo lange Tische aufgestellt waren. Es gab Kuchen, frisches und getrocknetes Obst und reichlich Wein.

Rabbi Yehiel und die Zeugen waren in der Synagoge geblieben und setzten den Hochzeitsvertrag auf. Im Falle einer Scheidung oder ihrer Witwenschaft sollte Myriam nicht die kleine gesetzlich vorgeschriebene Summe erhalten, sondern zwanzig Goldgulden! Als sie den Vertrag nochmals durchgelesen hatten, riefen die drei die Gläubigen wieder herein. Auf den Tischen war nichts zurückgeblieben und es herrschte eine ausgelassene Stimmung.

Nun kamen alle zum eigentlichen Hochzeitsritual zusammen. Wieder spannten die jungen Leute den Baldachin auf, unter den sich die Brautleute und der Rabbi stellten. Die Zeugen und dann Maître Jacob unterzeichneten den Vertrag und es wurde wieder ein Kelch mit Wein gefüllt. Dann sangen alle Anwesenden die sieben Segnungen der Ehe und das Hochzeitspaar trank den Kelch leer, den Maître Jacob anschließend gegen die Wand schmetterte. Der Kelch zerbrach, in Gedenken an das zerstörte Jerusalem, und nun erklangen von allen Seiten Glückwünsche.

Unter einem Regen aus Weizenkörnern schritt das Paar aus der Synagoge. Die Hühner stürzten sich auf die Körner, und als Jacob sah, dass die Armen dem Federvieh das Futter streitig machen wollten, warf er einige Münzen in ihre Richtung. Durch das Gedränge der Menge bahnten Jacob und Myriam sich ihren Weg zum Hause Rabbi Yehiels, wo das Hochzeitsmahl stattfand. Myriam schwindelte. Der viele Lärm betäubte sie, zumal sie ohnehin durch die Aufregung der vergangenen Tage geschwächt war, und sie war froh, dass sie sich auf Jacobs Arm stützen konnte.

So sah Robert die beiden. Zwar war er zu weit weg, um Myriams Gesichtsausdruck zu erkennen. Doch der Mann an ihrer Seite, auf dessen Arm sie sich stützte, schritt aufrecht und würdevoll dahin und strahlte eine große Selbstsicherheit aus. Rose hatte ihm von dieser Heirat erzählt und er hatte sich über Myriams Bräutigam, ein Greis in seinen Augen, lustig gemacht. Er wollte von Rose wissen, wer dieser gelehrte Anatolio denn war und inwieweit er in Beziehung zum Kaiser Friedrich stand, wie sie berichtet hatte. Doch sie wusste ebenso wenig eine Antwort darauf wie sein Freund Roger. Und nun sah er diesen Mann. Er hätte sich auf ihn stürzen und ihm Myriam entreißen mögen. Doch schien der Mann so heiter! Während er selbst sich so jung und machtlos fühlte. Schmerzlich brannte sich das Bild des Paares in sein Gedächtnis ein. Er schloss die Augen, und als er sie wieder öffnete, waren Myriam und Jacob verschwunden.

Wie im Nebel nahm Myriam das Hochzeitsessen wahr. Der ganze Prunk kam ihr unwirklich vor. Erst als die Dame Mélia und die anderen Frauen der Gemeinde sie an der Hand nahmen und auf ihr Zimmer führten, fing sie sich wieder ein wenig.

Das hohe, viereckige Bett war auf allen Seiten von grauen Stoffvorhängen umgeben. Die Frauen kleideten Myriam aus, lösten ihre schwarzen Zöpfe und rieben sie dann mit Wasser, das mit Eisenkraut parfümiert war, ab. Dann halfen sie ihr aufs Bett, legten sie auf das weiße Laken und deckten sie schließlich mit einem weiteren Laken zu. Ihr Gesicht war so bleich, dass die Dame Mélia sie mit einer freundschaftlichen Geste aufzumuntern versuchte.

Myriam zwang sich zu einem Lächeln und die Frauen ließen sie allein. Plötzlich war ihr unheimlich kalt. Ihr gesamter Körper wehrte sich angesichts der Vorstellung, dass nun ein anderer Mann als Robert sie anfassen, ihre Lippen und Brüste liebkosen würde und sie ihm ganz zu Willen sein musste.

Sie hörte die Schritte der Männer die Treppe heraufkamen, dann ging die Tür auf. Jacob hob die Bettvorhänge an und setzte sich auf den Rand des Bettes. Nur Myriams Gesicht war sichtbar. Wie eine Aureole umgab der Kerzenschein ihr tiefschwarzes Haar, doch in ihren großen veilchenblauen Augen schimmerten Furcht und Besorgnis.

Jacob schlug das Laken zurück und betrachtete Myriams nackten Körper, seine eleganten, schlanken Formen. Myriams Brüste waren klein und sehr rund mit dunkelrosa Brustwarzen. Dunkles gelocktes Haar bedeckte ihre Schamgegend. Ihre Hüften schienen nicht ideal zum Gebären, wie ihm auffiel.

Myriam konnte nicht mehr an sich halten und brach in Schluchzen aus. Jacob zog die Hand zurück und streichelte ihr übers Haar. Er wollte sie nicht mit Gewalt nehmen, denn er wusste nur zu gut, dass er durch Zwang keine dauerhafte Zuneigung erreichte. Er war keine zwanzig mehr und das Verlangen, so heftig es auch sein mochte, konnte warten. Myriams Kummer tat ihm in der Seele weh.

»Myriam, ich werde dir keine Gewalt antun.«

Allmählich verebbten ihre Schluchzer und auf einmal schlief sie ein, ausgelaugt, erschöpft. Noch lange betrachtete Jacob sie. Sie war so jung, jünger noch als seine Töchter, aber er würde hier seine ganze Geduld und sein Zartgefühl unter Beweis stellen müssen. Er stutzte den Docht der Kerze, kleidete sich aus und legte sich neben sie. Dann schlief er ein.

Als Myriam erwachte, schien die Sonne ins Zimmer. Jacob schlief noch. Mit einem Mal fielen ihr die Ereignisse des Vortags wieder ein. Erstaunt und ein wenig ratlos betrachtete sie Jacob. Sie wagte sich nicht zu rühren. Was würde nun geschehen? Sie musste sich erleichtern, fand den Nachttopf am Fußende des Bettes und verrichtete ihr Geschäft hinter dem Vorhang.

Als sie wieder zurückkam, saß Maître Jacob auf dem Bett und hielt ein Messer in der Hand. Sein Oberkörper war dicht behaart und sah aus wie ein braunes Vlies, bei dem hier und da weiße Härchen durchschimmerten. Er wandte sich zu ihr um. »Das Laken muss mit dem Blut deiner Jungfräulichkeit befleckt sein, nun sollten wir das Nötige dazu unternehmen.« Jacob ritzte sich in den linken Arm und ließ das Blut in die Mitte des Bettes tröpfeln. Myriam rückte näher an ihn heran.

»Auf, auf, mein Kind. Wir müssen uns jetzt all den Leuten zeigen, die sich so viel Mühe gegeben haben, um unsere Hochzeit würdig zu begehen«, sagte er und küsste sie auf die Wange.

BUCH II

Das Gesetz der Menschen

Provence 1238

1

Alle Knochen taten ihr weh. Der Schleier, auf den die Sonne herabbrannte, kam Myriam wie ein schwerer Helm vor. Zahlreiche Karren hatten die holprige Straße mit ihren Rädern ganz zerfurcht. Auch der Esel Brunet litt unter der Hitze. Ermüdet von der langen Reise, stolperte er immer wieder und versuchte vergeblich, die Fliegen zu verscheuchen, die um seine Augen schwärmten.

Im Morgengrauen waren sie aufgebrochen, doch der kleine Trupp kam nur langsam vorwärts. Die Kaufleute, denen Maître Jacob und Myriam sich angeschlossen hatten, waren auf dem Rückweg von der Messe in Saint-Denis. Das zusammengewürfelte Grüppchen unterhielt sich in den verschiedensten Dialekten. Auf der Messe hatten sie fein gearbeitete Schwerter mit damasziertem Heft verkauft, die in Pisa gefertigt wurden, Leder aus Cordoba und der Toskana, Pfeffer und Gewürze aus dem Orient. Nun kehrten sie, beladen mit Brabanter Stoffen und englischem Zinn, in ihre Heimat zurück.

Erschöpft und todmüde kam Myriam abends in der Herberge an. Rémi half ihr beim Absteigen und führte sie zu einer Bank vor dem Haus. Dann legte er ihr eine Hand voll roter, duftender Kirschen in den Schoß. »*Cerisia*«, sagte er und sprach damit zum ersten Mal, zugleich lernte sie ihr erstes provenzalisches Wort. Als Myriam in das den Frauen vorbehaltene Schlafgemach ging, reichte Maître Jacob ihr ein kleines Gläschen: »Reibe dich mit dieser Salbe ein. Schon Galienus empfahl in der Antike Kampferöl zur Behandlung von Druckstellen und Beschwerden nach einer Reise«, erklärte er ihr, während er sie mit jenem liebevollen Blick ansah, der sie zugleich beruhigte und verunsicherte.

Nach ein paar Tagen hatte Myriam sich ans Reiten gewöhnt und fand sogar Gefallen daran. Sie waren vor den Toren von Provins. Schon von weitem erkannte man die hohen Mauern der in der Champagne gelegenen Stadt. Doch Myriam dachte an die Augenblicke des Abschieds, die Trennung von ihrem Vater und das kleine Päckchen, das er ihr gereicht hatte. Es enthielt Hefte aus allerfeinstem Pergament. »Es sind fünfzig«, hatte er ihr voll Stolz gesagt. »Du kannst darauf also die einzelnen Bücher der Bibel und die Gebete für jeden Tag kopieren. Das hatte Maître Jacob sich doch gewünscht. Maître Audry hat sie mir auf Kredit überlassen. Es ist mein Hochzeitsgeschenk.« Unter Tränen hatte sie ihm einen Kuss gegeben. Rose war auch da und auch sie hatte ein Geschenk dabei, eine herrliche gemalte Vignette mit David in einem azurblauen Gewand mit einer Harfe in der Hand. »Für dein Gebetbuch«, hatte sie ihr zugeflüstert und sie dabei zärtlich umarmt. »Du wirst mir doch schreiben, oder? Ich antworte dir dann. Wie schade, dass du nicht da bist, wenn Pierre und ich heiraten! Wir haben uns auf das Fest der Geburt der Jungfrau Maria geeinigt.«

Ein jähes Krächzen ließ sie auffahren. Auf dem Feld neben der Straße hatte sich ein Adler auf einen goldbraun gefiederten Fasan gestürzt. Nun trug er die Beute in seinen Klauen davon. Myriam schüttelte sich. Rémi drehte sich um und lächelte ihr zu. Sie blickte sich um. Alles war so still und freundlich. Weinreben bedeckten die sonnigen Hügel. Bewaldete Flächen durchschnitten die goldenen Weizenfelder, aus denen Kornblumen und Klatschmohn hervorlugten. Bienen summten in der Luft. Wie reich das Land zu sein schien! Vielleicht sah sie Paris niemals wieder! Vereinzelt erkannte sie Strohdächer in der weiten Landschaft.

Es war beinahe Nacht, als sie am Stadttor ankamen. Nach einem kurzen Wortwechsel wurden sie eingelassen und wenige Augenblicke später standen die Kaufleute zusammen mit Maître Jacob und Myriam vor der Synagoge der Oberstadt.

Das Abendgebet hatte bereits begonnen und so beeilten sich die Männer, zu den anderen Gläubigen zu stoßen, während Rémi und Myriam mit der Reiseausrüstung im Hof der Synagoge blieben. Es war angenehm frisch, doch Myriam wurde die Zeit lang. Endlich kamen die Männer wieder heraus. Maître Jacob ging neben Rabbi ben Meïr. Die Gemeindemitglieder hatten sich um die Kaufleute geschart, die ihnen erzählten, was es Neues in den Orten gab, wo sie Station gemacht hatten, und übergaben ihnen Briefe. Dass man Reisende zu Gesicht bekam, geschah nicht alle Tage und so verlangte es die Tradition der Gastfreundschaft, ihnen Unterkunft und Verpflegung zu gewähren und sie im Haus aufzunehmen.

Das Abendessen bei Rabbi ben Meïr war leicht und dauerte nicht lange. Seine Gäste waren vor allem müde und auch Myriam fiel, sobald sie sich hingelegt hatte, in einen tiefen Schlaf.

Mit ihren Weinbergen und Weizenfeldern breitete sich die Champagne wie ein goldener Teppich vor ihr aus. Nach zwei Tagesreisen gelangten sie nach Troyes, die Perle der Grafschaft, wo sie den Sabbat verbringen wollten. Salomo ben Isaac, der große Raschi, hatte dort eine Schule gegründet, deren Ruhm auf sämtliche Länder der Christenheit und noch darüber hinaus strahlte. Die sehr zahlreiche Gemeinde verfügte über mehrere Synagogen. Kaum hatten sie das Stadttor hinter sich gelassen, hörten sie schon die hebräischen Gesänge, die aus einem prächtigen steinernen Gebäude drangen. Es war das Nachmittagsgebet und die Männer gingen zu den Gläubigen hinein.

Myriam und Rémi freundeten sich miteinander an. Zumeist verständigten sie sich mit Zeichensprache. Myriam hatte den Akzent der Languedoc angenommen und sprach nun ein viel weicheres Französisch, so dass Rémi jetzt leichter begriff, was sie meinte, und sie korrigieren konnte. Doch sie verstanden sich auch ohne Worte. Die Stimmen in der Synagoge waren inzwischen verstummt. Die Gläubigen kamen heraus, darunter auch die Kaufleute.

Maître Jacob bildete das Schlusslicht. Als die Pforte hinter ihm wieder verschlossen war, gab er Myriam und Rémi ein Zeichen, näher zu kommen. »Wir werden uns eine Herberge suchen«, sagte er ernst.

Myriam sah ihn an, stellte aber keine Fragen, er schien verärgert. Alle drei machten sich also auf den Weg und gelangten über die Rue de la Juiverie bald zur Grand Place. Das Schild der »Herberge zum Goldenen Hahn« schwang leise im Abendwind hin und her. Maître Jacob ging hinein, um sich nach freien Zimmern zu erkundigen, und kam bald darauf wieder heraus. Er setzte sich auf die Bank und forderte Myriam auf, neben ihm Platz zu nehmen. Rémi und die Esel führte ein Knecht in den Stall.

»Keiner von unseren Brüdern wollte uns heute Abend bei sich aufnehmen. Der Streit, in den wir vor einigen Jahren verwickelt waren, ist noch nicht vergessen. Du weißt nichts von diesen Dingen, vermute ich. Als der große Maimonides seinen *Führer der Unschlüssigen* in die Provence schickte, war er auf Arabisch geschrieben, denn unsere islamischen Brüder lesen und sprechen diese Sprache, in der auch etliche gelehrte und philosophische Werke griechischer und muslimischer Autoren geschrieben wurden. Mein Schwiegervater Samuel Ibn Tibbon ubersetzte den *Führer der Unschlüssigen* ins Hebräische. Wir, seine Söhne und ich, folgen dieser Tradition, indem wir Bücher über Physik und Medizin, Astronomie und Philosophie ins Hebräische übertragen.

Unsere Brüder im Norden, in Frankreich, haben diese Bücher nie gelesen und wollen sie auch nicht lesen. Sie studieren als einzige religiöse Lektüre nur den Talmud. Die Provenzalen sind nicht hoch bei ihnen angesehen, ebenso wenig die Spanier und Italiener, weil wir uns mit den Wissenschaften abgeben. Vor ein paar Jahren hat es einen heftigen Streit gegeben. Die Rabbiner aus Frankreich hatten den großartigen *Führer der Unschlüssigen* nicht verstanden und bezeichneten ihn den Dominikanern gegenüber als ketzerisches Buch. In Montpellier wurde es dann verbrannt. Was haben wir geweint, als wir das hörten! Unsere französischen Brüder – wie konnten sie sich nur so irreleiten lassen?!«

»Ich habe nicht den Eindruck, dass mein Vater oder Rabbi Yehiel de Paris irregeleitet wären!«, widersprach Myriam.

»Weder dein Vater noch Rabbi Yehiel haben etwas gegen jene, die sich mit den Wissenschaften beschäftigen und nicht den Talmud studieren. Hier aber sind die Leute weniger tolerant. Niemand von den Gläubigen wollte uns am Sabbat zu sich bitten.«

Das Essen war einfach an jenem Abend, es gab Brot und Obst, denn das Fleisch und der Käse, die in der Herberge serviert wurden, waren nicht koscher. Anschließend stiegen sie, begleitet von Rémi, der das Gepäck trug, in ihr Zimmer hinauf. Myriam hatte sich ausgezogen und ins Bett gelegt. Maître Jacob streckte sich neben ihr aus und küsste sie wieder nur auf die Stirn, bevor er sich zum Fenster umdrehte und ohne ein weiteres Wort einschlief.

Bewaldete Hügel und die Bäche Burgunds lösten allmählich die weiten Felder und Weinberge der Champagne ab.

Zwischen Joigny und Dijon bahnte sich nur ein schwacher Lichtstrahl seinen Weg durch den dichten Forst. Vorsichtig schritten die Esel den schmalen, gewundenen Weg mit seinen zahlreichen Biegungen entlang. Es war mitten am Nachmittag, vor Erschöpfung sprach niemand mehr ein Wort. Nur das Klappern der Hufe und das Geräusch zur Seite rollender Kiesel war zu hören.

Doch auf einmal zerrissen wilde Schreie und das Wiehern verschreckter Pferde die Stille. Die in Panik geratenen Tiere am Ende des Zuges drängten die Esel nach vorn. Rémi schwang seinen an der Spitze mit Eisen besetzten Stock und hielt dabei Brunets Zügel ganz kurz. In Lumpen gekleidete Männer sprangen aus dem Dunkel der Bäume hervor, weitere drängten sich zu allen Seiten im Hintergrund. Myriam konnte nicht sehen, was vor ihr passierte, da die Karawane mit Jacob um eine Biegung gezogen war. Sie klammerte sich an Brunets Mähne. Schon stürzte ein struppiger Räuber, der mit Pike und Keule bewaffnet war, auf sie zu. Drei Knechte schwenkten ihre Hellebarden und traten ihm entgegen. Brunet wirbelte herum. Zwei Kaufleute zu Pferde hatten die Schwerter gezückt, doch die Reittiere bäumten sich vor Schreck auf. Menschen und Tiere stießen heftige Schreie aus. Mit ihren Hufen wirbelten die Pferde eine dichte Staubwolke auf, so dass man bald nichts mehr sehen konnte. Ein weiterer Angreifer sprang mit verzerrter Fratze von hinten auf Myriam zu, die vor Schreck aufschrie. Brunet wich zur Seite, doch

Myriam hielt das Tier mit allen Kräften fest. Als der Mann sie packte, klammerte sie sich nur noch fester an Brunet. Plötzlich lockerte sich der Griff und Rémis Hand legte sich auf die ihre. Sie machte die Augen wieder auf und da lag der Räuber am Boden, zu Füßen des Esels, mit durchbohrter Brust und mit seinen weit aufgerissenen Augen, dem aufgesperrten Mund und der um das Messer gekrümmten Hand Inbild des Hasses noch im Tod.

Die Räuber zogen sich ebenso rasch zurück, wie sie gekommen waren. Die Schreie verebbten, nach und nach beruhigten sich die Tiere und der Staub legte sich wieder. Myriam stieg von ihrem Esel ab und eilte nach vorn. Sie fürchtete, Jacob könnte etwas zugestoßen sein, doch da lief er selbst schon auf sie zu und schloss sie schwer atmend in die Arme:

»Gott sei Dank, du bist unversehrt!«

»Rémi hat mich gerettet. Wäre er nicht da gewesen, hätten sie mich entführt.«

»Gott segne ihn«, sagte Jacob. »Bleibe du bei ihm, ich will sehen, was ich für die Verwundeten tun kann.«

Die Kaufleute jammerten über den Verlust von drei Eseln und der Ware, die sie getragen hatten. Zwei Räuber lagen in einer Blutlache, außer dem, den Rémi durchbohrt hatte, noch ein anderer mit zerschmettertem Schädel. Die Mitglieder der Karawane waren alle am Leben, zwei Knechte waren verwundet. Man hob sie hoch und lehnte sie an einen Baum. Maître Anatolio ging zu ihnen, nachdem er schon einen Kaufmann verarztet hatte, der vom Pferd gestürzt war und sich das Bein gebrochen hatte. Nun untersuchte er die Wunden der Knechte.

»Hier kann ich nichts ausrichten, sie müssen aufs Pferd gesetzt und so schnell wie möglich in die nächste Herberge gebracht werden.«

So nahm der Tross seinen Weg wieder auf. Die Verwundeten stöhnten bei jeder Erschütterung auf und versuchten, die großen schwarzen Fliegen zu verscheuchen, die der Geruch des Blutes angelockt hatte. Mehrere Stunden vergingen, bis sie endlich ein Gasthaus fanden. Maître Jacob ordnete an, die drei Verwundeten auf Tische zu legen, und bat darum, ihm eine große Schüssel mit warmem Wasser und Leinenzeug zu bringen.

»Myriam, ich brauche deine Hilfe. Wir müssen die Wunden auswaschen und verbinden, so gut wir können. Gott sei Dank haben die Plünderer meine Salben und Heilkräuter nicht angerührt!« Rémi brachte bereits das Behältnis mit den Instrumenten, den kleinen Flaschen und Tiegeln. Konzentriert durchsuchte Maître Jacob seine Apotheke und wählte nach kurzer Überlegung einige Medikamente aus. Myriam sah ihm zu und staunte über die Sicherheit seiner raschen Gesten.

»Zunächst musst du dir sorgfältig die Hände waschen. Das ist die erste Vorschrift unseres Meisters Avicenne. Dann machst du die Leinenbahnen nass und reichst sie mir nacheinander. Fangen wir mit der Wunde an der Brust an.« Der Mann, der reichlich Blut verloren hatte, war totenbleich. Maître Jacob riss das Hemd zu beiden Seiten der Wunde auf und säuberte erst die Umgebung der Wunde, dann diese selbst mit einem neuen Stück Stoff. »Wir müssen die Blutung stillen«, sagte er. »Gib mir das kleine blaue Fläschchen.« Er träufelte ein paar Tropfen in die Wunde und der Verwundete schrie auf. »Myriam, sprich leise mit ihm und beruhige ihn.«

Myriam fühlte sich kurz vor einer Ohnmacht, doch um nichts auf der Welt hätte sie ihre Schwäche eingestanden. Sanft redete sie auf den Verwundeten ein, legte ihm die Hand auf die Stirn. Zum Glück musste sie nun seine blutenden

Wunden nicht mehr sehen. Er beruhigte sich allmählich, so dass Maître Jacob sich um den zweiten Knecht kümmern konnte, dem eine Pike die Wade durchbohrt hatte. Auch bei ihm wusch er zunächst sorgsam die Wunde aus und gab dann ein paar Tropfen eines anderen, diesmal roten Heilöls hinein, um das Ganze anschließend zu verbinden. Zuletzt versorgte er den Kaufmann, richtete ganz vorsichtig das Bein und legte eine Schiene an. Man hatte den Verwundeten große Becher mit Alkohol gegeben, damit sie den Schmerz weniger stark spürten. Maître Jacob setzte sich erschöpft. Vor lauter Konzentration hatte er nicht bemerkt, dass Myriam den Blick keine Sekunde von ihm abgewendet hatte.

Unterdessen unterhielten sich die Kaufleute lautstark und überlegten gemeinsam, wie hoch die Verluste waren. Dass es schwierig würde, Gerechtigkeit und Ersatz zu erlangen, war allen klar. Banditen scherten sich wenig um Passierscheine und die königliche Justiz konnte wenig gegen solche Übergriffe ausrichten.

»Wie soll es morgen weitergehen? Sind die Verwundeten reisefähig?«, fragten sie Maître Jacob.

»Im Augenblick lässt sich das nur schwer beurteilen. Drei Tage dauert es mindestens, bis wir wissen, ob die beiden Knechte überleben werden«, antwortete er. »Und was den Kaufmann angeht, so ist sein Fall weniger schlimm, aber er muss zwei Wochen liegen bleiben.«

Die Kaufleute debattierten lebhaft über das weitere Vorgehen. Gleich bei der Ankunft in Dijon wollten sie beim Bürgermeister Klage erheben und ihm eine Liste der verlorenen Güter überreichen, außerdem sollten Helfer und koschere Lebensmittel geschickt werden. Der Diener des verwundeten Kaufmanns würde in der Herberge bleiben und sich um seinen Herrn und die Kameraden kümmern. Indes trat Myriam auf Maître Jacob zu, nahm seine Hände und küsste sie.

2

Geoffrey war erleichtert, dass Myriam geheiratet hatte und in die Provence gezogen war, und er war klug genug, Robert nicht mehr auf sein Abenteuer anzusprechen. Er beschränkte sich darauf, mit ihm über das Studium, die Lehrer und Lehrbücher zu reden. Ein neuer Lehrmeister würde seinen Cousin bestimmt von der Melancholie heilen, die ihn niederdrückte. Daher schrieb er an Roberts Eltern und bat sie, die monatliche Summe für ihren Sohn zu erhöhen, damit er die Stunden bei Maître Pierre d'Espagne bezahlen konnte.

So kam zu Beginn der Ferien der lombardische Kaufmann wieder nach Paris und fand sich bei Maître Guillaume ein, um nach Robert zu fragen. Er brachte einen herzlichen Brief mit, die Summe, um die Geoffrey gebeten hatte, sowie einen herrlichen Pelzmantel, wie er sich für einen Studenten der Künste ziemte. Robert war gerührt; er begriff, dass er all dies seinem Cousin zu verdanken hatte.

Sie setzten sich an einen Tisch im Innenhof der Taverne und feierten das Ereignis bei einem Brathähnchen und einem Becher Wein. Es war ein friedlicher Abend, nicht mehr so heiß, aber der Himmel war klar und leuchtete noch. Eine duftende Linde breitete ihre Zweige über dem gesamten Hof aus. Die meisten Studenten waren nach Hause zurückgekehrt. Robert atmete den milden Duft ein und musste an die Sommer seiner Kindheit denken. Er zog den Brief seiner Eltern aus der Tasche. »Mein Vater und meine Mutter lassen dich grüßen. Die Hochzeit war ein fröhliches Fest und meine Schwester ist bereits schwanger. Außerdem habe ich eine höhere Summe erhalten, als ich erhoffte. Geoffrey, das hast du großartig gemacht! Jetzt kann ich bei dem berühmtesten Lehrer studieren. Genau, wie ich es wollte!«

»Stimmt, aber diesmal wirst du dich anstrengen müssen.«

»Ich weiß und ich will mich auch gut auf das neue Studienjahr vorbereiten. Könntest du mir wohl deine Aufzeichnungen zur Logik des Aristoteles leihen? Das wäre kein schlechter Anfang.«

»Mein kleiner Robert, wie naiv du doch bist! Von meinen Aufzeichnungen würdest du nicht viel verstehen. Zunächst, weil ich viele Abkürzungen verwende, aber auch, weil die moderne Logik, wie Pierre d'Espagne sie lehrt, nichts mit der des Aristoteles zu tun hat. Du wirst in eine vollkommen neue Welt eintauchen. Viel wichtiger wäre es, erst einmal zu lesen, was Aristoteles über die Logik geschrieben hat. Da nämlich lernst du logisches Denken.«

»So erklär mir doch, Geoffrey, weshalb diese alte Logik dir so unverzichtbar ist, wo du dich doch häufig so negativ über Aristoteles äußerst?«

»Nun, es gibt den einen Aristoteles, der seit jeher seinen Platz im Unterricht hat und den jedermann lesen sollte, bevor er sich anderen Disziplinen zuwendet. Der andere Aristoteles aber, den ich kritisiere, wie es übrigens auch meine theologischen Lehrmeister tun, ist ein Unbekannter aus Arabien, der ein schlechtes Licht auf die Prinzipien des Glaubens und der christlichen Wissenschaft wirft. Aristoteles war Heide. Ein guter Schüler Christi verzehrt den Mandelkern und wirft die Schale weg. Der Mandelkern, das ist die Logik, die Kunst des logischen Denkens. Die Schale hingegen sind jene falschen *Natur*wissenschaften, die das Universum auf eine Art erklären, als wäre es überhaupt nicht Gottes Schöpfung. Außerdem hat unsere Universität diese Texte verboten. Ich habe dir noch nicht von der Lehre der Franziskaner erzählt, in deren Kloster bei Maître Jean de la Rochelle ich war. Dort konnte ich viel lernen, vor allem, dass die Naturwissenschaften nur den ersten Schritt zu Gott darstellen. Dann übernimmt der Glaube die Führung und man muss fähig sein, das logische Denken wieder zu vergessen. Was nicht bedeutet, dass man es nicht erlernen soll – im Gegenteil, man kann ja nur das überwinden, was man kennt.«

Robert sah seinen Cousin an und musste auf einmal wieder an die Witwe im Badehaus denken. Musste man auch die Vergnügungen des Fleisches kennen, um sie zu überwinden? Doch dies war nicht der Augenblick, um alte Streitfragen wieder aufleben zu lassen. Der heutige Tag stand im Zeichen der Versöhnung. Gemeinsam kehrten sie nach Hause zurück und fühlten sich einander näher, als sie es in den vergangenen Monaten je gewesen waren.

»Robert, du willst keinen Wein und bittest mich um Bücher! Du scheinst wirklich erwachsen zu werden, das erschreckt mich. Komm, die Sonne scheint, die Mädchen warten. Zum Lesen bleibt immer noch reichlich Zeit!«

Roger hatte Robert schließlich überreden können, ihn nach Saint-Germain-des-Prés zu begleiten. Es war ein herrlicher Morgen und die Blätter der dicht belaubten Bäume schützten sie vor der Hitze. Flambeau sprang um sie herum und verschwand nur ab und zu, wenn er etwa die Witterung eines Hasen aufgenommen hatte. Weizenfelder säumten den Weg und das Rot des Klatschmohns kontrastierte lebhaft mit dem Gold des Korns. Dann kamen sie zu den Weinbergen und sie pflückten ein paar bereits reife Trauben. Den Mönchen würde es nicht wehtun, die hatten mehr als genug.

Sie streckten sich im Schatten der Bäume aus, Flambeau legte sich neben sie.

»Sieh nur, was für ein schönes Halsband Flambeau hat! An diese spitzen Widerhaken würde sich kein Wolf wagen! Ohne Furcht könnten wir übers Land ziehen.«

»Willst du denn fortgehen, Roger? Du könntest doch wieder nach England zurückkehren ...«

»Weißt du, was ich möchte? Die Welt erobern, fremde Länder bereisen, Neues sehen. Jedenfalls habe ich während der Ferien studiert, allerdings alles Mögliche andere als die Logik!«

»Erzähl schon, spann mich nicht länger auf die Folter!«

Roger machte ein geheimnisvolles Gesicht, er hatte sichtlich auf die Fragen seines Freundes gewartet.

»Also, seit einem Monat besuche ich regelmäßig das Kloster Saint-Jacques. Im Augenblick ist dort ein Mönch aus Köln zu Gast. Man nennt ihn Albertus Magnus und er ist ein großer Gelehrter. In seinen Vorträgen spricht er über Texte des Aristoteles, die unsere Lehrer unerwähnt lassen und die wahrhaftig aufregend sind, wie zum Beispiel über den Einfluss der Venus auf die Empfängnis und die Geburt der Menschen. Auch darüber, dass die Gestirne untereinander kommunizieren, einige befreundet, andere verfeindet sind, und die Pflanzen und auch die Mineralien von ihnen abhängig sind. Und noch über viele andere Geheimnisse, die ich dir nicht enthüllen darf.«

»Aber genau das ist die Naturwissenschaft, wovon du da erzählst, Roger. Erst gestern hat Geoffrey mich vor diesen Lehren gewarnt, von der Universität wurden sie verboten.«

»Die Universität in Paris ist ein Sammelbecken für altmodische Gelehrte. Beim bloßen Gedanken an irgendwelche Neuerungen bekommen sie eine Heidenangst. Diese Texte des Aristoteles werden überall gelesen, in Oxford wie in Köln. Glaubst du etwa, die englischen Lehrer seien weniger gläubig als die hier in Paris? Nur halten sich die Pariser Theologen für etwas Besseres und bestimmen, was man auf der Fakultät der Künste studieren darf, wo doch unsere Lehrer allein entscheiden sollten. Wir versuchen, die Welt zu begreifen, und sie kümmern sich um Gott. Das sind zwei ganz verschiedene Dinge und die Theologen täten gut daran, diesen Unterschied anzuerkennen.«

»Aber man muss doch von Gott ausgehen, denn er hat ja die Welt erschaffen!«

»Natürlich, aber was hindert uns daran, die göttliche Schöpfung zu bewundern und sie zugleich zu erforschen? Schließlich hat Gott den Himmel, die Metalle, die Mineralien, Pflanzen und Tiere erschaffen; wenn wir ihre Geheimnisse kennen, nähern wir uns Gott an.«

Robert war nicht recht überzeugt und Roger ging nicht weiter auf das Thema ein. Der Tag war viel zu schön, um über das Studium zu reden, und so waren beide einem Becher Wein nicht abgeneigt. Wie hätte Robert seinem Freund auch begreiflich machen sollen, dass ihm weniger an der Schöpfung gelegen war als vielmehr daran, etwas Neues über Myriam zu erfahren?

Als es Abend geworden war, rechnete Robert nach, wie viel Geld er hatte, und überlegte, ob er sich wohl die Bibel leisten könnte, die er bei Maître Audry in Auftrag geben wollte, um wieder Kontakt zu Rose aufzunehmen.

»Geoffrey, ich möchte dich um einen Rat bitten. Erinnerst du dich noch, dass ich einmal beinahe eine Kopie der Bibel in einem Band bestellt hätte? Jetzt besitze ich etwas mehr Geld, vielleicht könnte ich ja ...«

»Die brauchst du im Moment nicht. Den Psalter kennst du auswendig und für einen guten Christen reicht das. Allenfalls könntest du die Evangelien kopieren lassen. Du findest keine bessere Lektüre als das Wort unseres Herrn Jesus Christus.«

Robert fand die Idee ganz ausgezeichnet. Die Evangelien

passten in einen kleinen Band, würden nur wenige Hefte umfassen und somit nicht viel kosten. Das war *die* ersehnte Gelegenheit, in den Laden in der Rue Saint-Jacques zurückzukehren.

Robert sah Rose an ihrem Pult sitzen, mit Süßmäulchen auf ihrem Schoß. Wie lange war er nicht mehr hier gewesen? Mit plötzlicher Wehmut dachte er an das erschreckte Kätzchen, dem Myriam das Leben gerettet hatte. Nun saß da ein ausgewachsenes, wohlgenährtes Tier. Er trat auf Rose zu, die ihn herzlich begrüßte.

Gleich darauf jedoch kam auch Maître Audry hinzu und so musste Robert sich noch gedulden, wenn er etwas Neues über Myriam erfahren wollte, sofern es überhaupt Nachrichten von ihr gab.

»Schau, schau, Ihr seid es! Habt Ihr das Studienjahr gut überstanden? Der Unterricht fängt ja erst wieder im Herbst an, vielleicht haben wir ja jetzt das Vergnügen, Euch ein wenig länger zu sehen.«

»Ich habe mich bei Maître Pierre d'Espagne für den Unterricht in Logik eingeschrieben«, sagte Robert und errötete.

»Sehr schön, junger Mann. Der gute Ruf dieses Meisters ist allseits anerkannt und er hat eine große Zukunft vor sich. Ein Astrologe soll vorausgesagt haben, dass er eines Tages den Thron des heiligen Petrus besteigen wird. Haltet euch an ihn, das kann euch nur nützen.«

»Maître Audry, ich komme mit einer neuerlichen Bitte zu euch, bin diesmal jedoch bescheidener als beim ersten Mal. An Stelle einer vollständigen Bibel nämlich möchte ich die Evangelien bei Euch bestellen. Wie viel würde mich das kosten?«

»Das kommt auf das Pergament und das Format an, außerdem auf die Anzahl der Vignetten, die Ihr wünscht.«

»Ich hätte gern das kleine Format, das Ihr mir gezeigt habt – meine Augen sind noch gut. Das Pergament müsste ziemlich dünn sein, von mittlerer Qualität vielleicht? Ein oder zwei Löcher am Rand stören mich nicht weiter. Natürlich hätte ich gern, dass Mademoiselle Blanche das Buch kopiert. Und was die Vignetten angeht, so würde mir eine zu Beginn eines jeden Evangeliums reichen.«

In dem Fall waren drei Hefte zu sechs Bögen nötig, wie Maître Audry schnell ausrechnete. Somit mussten lediglich zweiundsiebzig Seiten kopiert werden, was Blanche in einem Monat erledigen könnte. Zuerst jedoch musste sie ihren derzeitigen Auftrag fertig stellen.

»Mal sehen, lieber Freund. Drei Hefte Pergament zu je sechs Livres, das macht achtzehn Livres. Die Kopie würde euch zehn Livres pro Heft kosten, macht insgesamt dreißig. Und für die Vignetten würde ich euch fünf Livres berechnen. Was für eine Bindung wollt Ihr denn?«

»Das wird man später sehen. Im Augenblick interessieren mich nur die Kosten für die Kopie.«

»Schön, dann käme das Ganze also auf dreiundfünfzig Livres, ein lächerlicher Preis für das herrliche Buch, das Ihr erhalten werdet.«

Robert wollte keine Details erläutern und willigte ein, die Summe für das Pergament sofort zu zahlen, den Rest bei Fertigstellung.

»Was glaubt Ihr, wann ich das Buch haben kann?«

»Am Fest des heiligen Lukas des Evangelisten«, erwiderte Maître Audry. Dann konnte er das Geld für das Pergament zwei Monate lang verleihen, zu zwölf Prozent. Er würde einen kleinen Gewinn machen – und zugleich ein gutes Werk tun, denn die Lombarden und die Juden verlangten viel mehr.

Robert zog seine Börse aus der Tasche und zählte das Geld

ab. »Sehr schön, Maître Audry, wir sind handelseinig.« Maître Audry freute sich. Nur selten ging ein Geschäft so glatt über die Bühne. Normalerweise versuchten die Kunden einen Rabatt auszuhandeln. Rose hatte inzwischen einen Becher Wein gebracht und Hocker für die beiden Männer aufgestellt. Sie stießen auf den Erfolg ihres Geschäfts an.

»Junger Mann, nun haben wir also einen Handel miteinander geschlossen. Bestimmt kommt Ihr uns da öfter besuchen und das Buch könnte der Beginn einer dauerhaften Beziehung werden. Meine Tochter Rose übrigens heiratet demnächst. Es ist auch Zeit, da das Kind schon unterwegs ist. Ich hoffe, Ihr kommt auch!?«

»Sehr gerne«, antwortete Robert. Rose lächelte und warf ihm einen dankbaren Blick zu.

In diesem Augenblick trat Blanche aus dem hinteren Teil des Ladens hervor und blieb stehen, um ihre Schwester und Robert zu beobachten, die sich so gut zu verstehen schienen. Einerseits war sie eifersüchtig, zugleich freute sie sich, Robert wiederzusehen. Er hatte ihren Blick gespürt.

»Demoiselle Blanche«, wandte er sich ihr zu, »seht nur, wie zerknirscht ich bin. Ich bitte Euch um Verzeihung für mein seltsames Verhalten. Meine Gründe hierfür zu erklären, würde jedoch zu weit führen.«

Blanche lächelte gezwungen. Nur zu gut kannte sie den wahren Grund und so hieß sie ihn lediglich willkommen. Trotz ihrer Bitterkeit begehrte sie ihn. Er war wirklich hübsch. Vielleicht würde es ihr ja jetzt gelingen, ihn zu verführen, selbst auf die Gefahr hin, die gleichen üblen Methoden anzuwenden wie diese Jüdin, die ihn ihr abspenstig gemacht hatte.

3

»Ich sehe noch den Blick des schrecklichen Banditen vor mir, der von Rémi durchbohrt wurde. Hätte er mich nicht gerettet, lebte ich nicht mehr oder wäre von dem Räuber entführt worden!«

Die Dame Esther und Myriam pflückten Pfirsiche im Obstgarten.

Der Himmel war klar und in der sanften, duftenden Brise raschelten die Blätter. Etwas weiter weg spielten die Kinder im Gras, deren kleine Streitereien die Frauen von Zeit zu Zeit schlichten mussten.

Wie anders hier alles war! Myriam stellte sich vor, in einem solchen Haus zu leben und sich, umgeben von allen Annehmlichkeiten des täglichen Lebens, allein dem Haushalt und der Erziehung der Kinder zu widmen. Doch dann musste sie wieder an Robert denken und plötzlich begriff sie, dass die Sehnsucht nach ihm niemals nachlassen würde. Ein friedliches, ruhiges Leben an Stelle leidenschaftlicher Liebe – das war nun ihre Zukunft.

Esthers Familienglück würde sie niemals teilen können. In Dijon, dieser schönen, reichen und dicht bevölkerten Stadt, waren Maître Jacob und Myriam von Rabbi Simha Hazzan empfangen worden, einem Schüler von Rabbi Yehiel de Paris. Die Dame Esther, seine Frau, hatte Myriam wie eine jüngere Schwester aufgenommen. Sie hatte ihr ein lauwarmes Bad aus Lindenblüten zubereitet, ihr ausgiebig die Haare gewaschen, sie gekämmt und entlaust. Dann hatte sie Myriams schmerzende Schultern mit Mandelöl eingerieben und ihr beim Anlegen frischer und sauberer Kleidung geholfen.

Mehr als die körperliche Pflege noch empfand Myriam die

unerwartete Zuwendung einer Frau als ungewohnt, hatte sie doch eine solche Nähe zu einer Frau bis dahin noch nie erlebt, und so lösten die Vertraulichkeit und die liebevollen Gesten ihr die Zunge. Natürlich war Rose ihre Freundin und Nicolette hatte ihr in gewisser Weise die Mutter ersetzt, doch hier war es anders: Sie machten die gleichen Bewegungen, wenn sie ein Laken falteten oder wenn jede ein Kind an die Hand nahm und es über ein Hindernis führte, sie halfen sich gegenseitig bei der täglichen Hausarbeit, kurz, sie teilten ein Frauenleben.

Auch Esther vertraute Myriam ihre innersten Gedanken und Gefühle an. Vor allem anderen sorgte sie sich um die Gesundheit ihrer Kinder. Zehn hatte sie zur Welt gebracht, doch nur vier hatten überlebt. Ihr einziger Sohn war sieben Jahre alt und litt seit einigen Monaten an großen Furunkeln am Hals und am Rücken; manchmal schrie er vor Schmerzen.

»Wir haben alles versucht. Wir haben ihm ein Amulett umgehängt, in das die frömmsten Rabbiner der Gemeinde Gottes verschiedene Namen geritzt hatten. Ein anderer Rabbiner, von der berühmten Talmud-Akademie in Worms, hat ihn drei Tage lang behandelt und Gebete für ihn gesprochen, die an die Engel um Gottes himmlischen Thron gerichtet waren. Rabbi Issac ben Isaac de Chinon, der bei uns zu Gast war, hat die wirkungsvollste Beschwörungsformel rezitiert, die er kannte, doch all dies hat nichts gebracht.«

»Was für eine Beschwörungsformel?«, erkundigte Myriam sich neugierig.

»Ich habe sie behalten, weil sie auf Französisch ist und ich kein Hebräisch beherrsche. Einen Monat lang habe ich sie allabendlich aufgesagt, wenn ich meinen Sohn zu Bett brachte, aber mir fehlt natürlich die geistige Heilkraft.«

Sie begann für sich selbst zu psalmodieren:

»Böser Dämon, du musst weichen von dem Kind,
Gott, der Herr, hat dies bestimmt.
Meinem Sohn tu er das Gleiche an
wie einstmals der Prophetin Myriam,
die durch ihn die Lepra überwunden.
Herr, mein Gott, ich bitte dich: Lass meinen Sohn
gesunden.«

Myriam wusste nicht, was sie sagen sollte. Dass eine solche Beschwörungsformel wirkungslos blieb, überraschte sie nicht, doch wollte sie Esthers mütterliche Besorgnis nicht noch steigern.

»Natürlich ist es Gott, der heilt, oder seine Engel sind es, aber ein guter Arzt kann zumindest helfen«, bemerkte sie.

»Glaubst du, dein Mann würde meinen kleinen Samuel behandeln?«, fragte Esther nach einigem Zögern.

»Wenn du willst, frage ich ihn. Aber zuerst musst du mit deinem Mann sprechen.«

Das Erdgeschoss des Hauses bestand aus einem sehr geräumigen Raum, der während der Woche als Synagoge und als Klassenzimmer diente. Zurzeit waren Ferien und Rabbi Simha genoss die häusliche Ruhe. Nun konnte er Maître Jacob, den er zutiefst bewunderte, seine ganze Zeit widmen. Der Provenzale galt zwar nicht als Experte des Talmud, aber er war ein großer Gelehrter. Er beherrschte so viele Sprachen, hatte so viele Bücher gelesen und wusste so viel zu erzählen.

Daher stimmte Rabbi Simha sofort zu, als seine Frau ihm Myriams Vorschlag unterbreitete.

Maître Jacob wartete im Garten, bis die Sonne ihren Zenit erreicht hatte. Dann wurde der kleine Samuel gerufen und Esther brachte wie vereinbart ein Gefäß mit seinem Urin.

Zunächst untersuchte Maître Jacob die Ausscheidung, ihre Farbe und Zusammensetzung, dann überprüfte er die Augen des Kindes, seine Zunge, seinen Atem, um schließlich den Furunkel unterm Ohr abzutasten, danach den am Rücken.

»Krankheiten wie diese werden von einem Ansteigen der Körpersäfte und ihrer besonderen Beschaffenheit verursacht. Bei Eurem Sohn haben die feuchten Säfte die Oberhand und es bedarf einer lokalen äußerlichen wie auch innerlichen Behandlung. Auf die Furunkel legt Ihr Zwiebelscheiben und verbindet das Ganze mit feuchten Wickeln, man muss nämlich Gleiches mit Gleichem bekämpfen. Außerdem kann so der Eiter leichter austreten und dann wiederum lässt der Schmerz nach. Zudem muss das Kind regelmäßig einen Heiltrunk zu sich nehmen, damit der Dampf austritt, von dem es beherrscht wird. Morgens, mittags und abends einen Tee aus Kamille, dann ist der Kleine in einem Monat wieder gesund.«

Esther fing auf der Stelle an, die Anweisungen auszuführen. Zwar wunderte sie sich, dass man eine Krankheit als etwas so Konkretes auffassen konnte, dass es allein mit den Mitteln der Medizin zu heilen war, doch flößte Maître Jacob ihr Vertrauen ein.

Es war Donnerstagabend. Die Laube bog sich unter dem Gewicht der beinahe reifen Trauben, die zum Greifen nahe herunterhingen. Im Gewürzsud geschmortes Huhn, hausgebackenes knuspriges Weißbrot und tiefroter Wein mit Heidelbeeraroma: Esther und Myriam hatten ein köstliches Abendessen zubereitet.

Die beiden Männer plauderten entspannt miteinander.

»Eure Gastfreundschaft sucht ihresgleichen«, seufzte Maître Jacob. »Nach den schwierigen Tagen, die hinter uns liegen, kommt es mir vor, als wäre ich im Paradies.«

Rabbi Simha errötete vor Freude.

»Dürfen wir euch, verehrter Meister, um ein paar Worte über die Tora bitten? Am Samstagnachmittag könntet Ihr, wenn Ihr das tun wollt, bei uns predigen. Für mich und meine Gemeinde wäre das eine große Ehre.«

»Ihr wisst, Rabbi Simha, dass meine Predigten nicht immer gut aufgenommen werden. Selbst in meiner eigenen Gemeinde hält man mich für zu philosophisch und das ist nicht nach jedermanns Geschmack. Aber wenn ich hier sprechen soll, dann tue ich es natürlich auch. Doch haltet Ihr das wirklich für sinnvoll?«

»Es wäre für meine Schüler gut zu erfahren, wie viele verschiedene Meinungen unter den Kindern Israels Bestand haben, auch wenn sie einander widersprechen. Bei uns gibt es keine Dogmen. Alle sollen wissen, dass ein Jude, der die göttlichen Gebote respektiert, das Recht hat, zu denken, was ihm beliebt.«

»Ganz so einfach ist das nicht. Wir kennen zwar keine Dogmen, wohl aber gibt es unverrückbare Glaubenssätze wie zum Beispiel den von der Einzigartigkeit des einen Gottes. Doch jetzt ist nicht der rechte Augenblick für solche Debatten, wir haben zu gut gegessen.«

»Das stimmt, Maître Jacob. Ihr braucht euch nur einverstanden zu erklären, dann lasse ich euch in Ruhe!«

Das feindliche Verhalten der Gemeinde in Troyes hatte Bitterkeit in Jacob aufkeimen lassen. Doch in der Weise die Gastfreundschaft verletzen? Er würde also am Sabbat in der Synagoge sprechen. Mittlerweile hatte sich die gesamte Hausgemeinschaft um die beiden Männer versammelt, um Maître Jacob zuzuhören. Er erzählte von der Provence, von Italien, Neapel und dem Kaiser Friedrich, von dessen Elefanten und den Löwen, erwähnte auch die arabischen Tänzerinnen und all die anderen wundersamen Dinge, die er dort gesehen hatte. Myriam war eine der aufmerksamsten Zuhörerinnen. Der Bericht begeisterte sie und sie bewunderte den Mann, der mit solcher Leichtigkeit und Eleganz erzählte. Dann gingen alle schlafen, immer noch die seltsamen und herrlichen Bilder vor Augen. Und zum ersten Mal, seit er ihr einen Kuss auf die Stirn gegeben hatte, küsste Myriam Jacob auf die Wange.

»Also lautet der Vers: ›*Wohl dem Volk, das dich als König zu feiern weiß! Herr, sie gehen im Licht deines Angesichts.*‹ Das Wort Gottes zu hören ist das höchste Glück, und der Mensch erreicht die ihm mögliche Vollkommenheit durch die Stimme und das Licht Gottes. Aber die Stimme Gottes spricht kein Wort, das man wie eine menschliche Rede vernimmt, denn Gott hat weder einen Körper noch eine hörbare Stimme. Die Tora, die er uns gegeben hat, müssen wir in unserem Körper und in unserem Herzen achten, doch am Ende zählt allein die Pflicht des Herzens, denn wir nähern uns Gott mit dem Geist und nicht in unserer körperlichen Substanz. Die Worte, die wir für alles Lebendige benutzen, dürfen wir nicht für Gott verwenden. Das Gebet des Herzens ist das einzige Gebet, das Seiner würdig ist, denn darin kommt keine der unwürdigen Bezeichnungen vor, die seiner Größe abträglich sind. Wir müssen alles von dem vergessen, was wir normalerweise Gott nennen, um allmählich zu erkennen, was Er wirklich ist.«

Kaum hatte Maître Jacob geendet, stand ein betagter ehrwürdiger Rabbi auf.

»Das ist Rabbi Moïse Taqou, der älteste und angesehenste Talmudist«, flüsterte Rabbi Simhal seinem Gast ins Ohr, »er ist zum ersten Mal hier bei mir, um zu beten. Normalerweise besucht er den Gottesdienst in der großen Synagoge ...«

Doch da hatte Rabbi Moïse bereits mit einer heftigen Geste

nach seinem Gebetsmantel gegriffen. »Wie kannst du es wagen, du ehrloser Zweifler«, ereiferte er sich, »unsere heilige Tora so in den Schmutz zu ziehen? Es steht geschrieben, dass Gott selbst zum Berg Sinai hinabgestiegen ist. Das ganze Volk Israel, das am Fuße des Berges versammelt war, hat seine Stimme gehört. Moses hat Gott gesehen. Leugnest du etwa, dass Gott herabgestiegen ist, leugnest du, dass er gesprochen hat? Oh, ihr Philosophen, unter dem Deckmantel der Auslegung der Heiligen Schrift zerstört ihr die gesamte Offenbarung. Schande über euch, ihr schlechten Juden, Schande über euch, die ihr euch für Wissenschaften interessiert, die unserer Tradition fremd sind. Im Feuer ewiger Verdammnis werdet ihr schmoren und habt die Auferstehung verwirkt!«

Als der Rabbi eine Pause gemacht hatte, um wieder zu Atem zu kommen, erhob sich ein großer Lärm und der Rest seiner Beschimpfungen verlor sich im wütenden Geschrei der Anwesenden, derer, die seine Wut teilten, und der anderen, die sich darüber entrüsteten.

Rabbi Simha versuchte, sich Gehör zu verschaffen und die Gemüter zu beschwichtigen – doch ohne Erfolg. Die Verwünschungen und Pfiffe wollten nicht aufhören. Endlich kehrte Rabbi Moïse, gefolgt von seinen Anhängern, der Versammlung den Rücken und allmählich kehrte wieder Ruhe ein, so dass der Vorsänger fortfahren und den Gottesdienst beenden konnte.

Während des gesamten Disputs hatte Maître Jacob kein Wort gesagt. Myriam, die mit den anderen Frauen hinter dem Vorhang saß, war schockiert und empört. Sie hatte ihren Mann keine Sekunde aus den Augen gelassen, und als sie sah, wie er blass und starr wurde, wie er die Lippen aufeinander presste, begriff sie auf einmal, warum er sich mit der Philosophie und den Wissenschaften am liebsten in absoluter Zurückgezogenheit beschäftigte.

Während des Abendessens versuchte Rabbi Simha, Rabbi Moïses Verhalten zu entschuldigen.

»Ich hätte nicht geglaubt, dass ein hoch angesehener Meister sich so vergessen und einen Gast in meiner Synagoge in der Form beleidigen könnte. Auch wusste ich nicht um seine Engstirnigkeit, noch habe ich es für möglich gehalten, dass der Streit von einst mit solcher Heftigkeit wieder aufflammen könnte.«

»Lieber Freund, unsere Brüder können uns gegenüber ebenso hart und intolerant sein wie zuweilen die Christen und Moslems. Ich kann ein Lied davon singen. Doch ein Philosoph muss in der Lage sein, die Realität zu akzeptieren, sei sie auch noch so unangenehm, denn er weiß, dass er sie nur schwerlich ändern kann. Morgen werden wir abreisen.«

Nichts schien Maître Jacob aus seiner Betrübnis reißen zu können und so blieb die Stimmung während des ganzen Abendessens gedrückt.

Als sie allein auf ihrem Zimmer waren, ließ Jacob sich aufs Bett sinken. Seine Ruhe war nur gespielt. Zu schwer hatten ihn Rabbi Moïses Beleidigungen getroffen. Myriam, die seinen Schmerz und seine Erschöpfung spürte, setzte sich neben ihn und nahm seine Hand.

»Lieber Gatte, ein großer Talmudist kann zugleich ein armseliger Mensch sein. Ihr seid tausendmal mehr wert als er.«

»Vielleicht hast du Recht, Myriam. Doch mehr als der Starrsinn anderer belastet mich die Einsamkeit.«

»Ihr seid nicht einsam, ich hänge sehr an euch. Je länger ich euch kenne, umso mehr bewundere ich euch. Hoffentlich werdet Ihr mir ein wenig von jener Wissenschaft beibringen, die euch zu einem so guten und aufmerksamen Menschen macht.«

Sie führte seine Hand an die Lippen und legte den Kopf auf

seine Schulter. Er streichelte ihr das Haar und lange Zeit verharrten sie in dieser Umarmung.

Erst küsste er sie auf die Wange, dann auf den Hals. Myriam rührte sich nicht von der Stelle. Begierde stieg in ihm auf und er zog sie vorsichtig aus, legte sich nackt neben sie aufs Bett und drückte sie sanft an sich. Als er ihre Hände auf seinem Körper spürte, umfasste er ihre Brüste, dann ihren Bauch und drang langsam in sie ein, immer darauf bedacht, ihr nicht wehzutun, und küsste sie dabei auf den Mund. Rasch kam er zum Höhepunkt und blieb dann schwer atmend neben ihr liegen.

Myriam hatte nicht den Mut besessen, ihn von sich zu weisen. Das Gesicht an ihrem Hals, war er eingeschlafen. Jacob war so gut, so sanft. Wie Leid er ihr heute Abend getan hatte! Myriam war nun an seine Bewegungen gewöhnt, an seinen Geruch, sie empfand Dankbarkeit und Zärtlichkeit für ihn. Nur sein Körper erregte sie nicht, ekelte sie jedoch auch nicht an. Er war zum Höhepunkt gekommen. Sie nicht. Aber es reichte, dass er glücklich war. »Es ist gut so«, dachte sie bei sich. Ihm zuliebe würde sie ihre ehelichen Pflichten erfüllen. Nie mehr aber würde sie das empfinden, was Robert ihr geschenkt hatte, diese Freude am andern, diese Ekstase zweier Körper.

4

»Sie werden am Nachmittag eintreffen«, verkündete der Bote einsilbig. Genaueres wusste er über Maître Jacob und Myriam auch nicht, denen er in Châteaurenard, dem Tor zur

Provence, begegnet war, als sie sich von den Kaufleuten verabschiedeten. Sogleich hatte Bonora zwei ihrer Nachbarinnen gebeten, damit sie ihr dabei halfen, alles Nötige vorzubereiten. Die eine war einkaufen gegangen, während die andere zusammen mit einer Dienerin das Haus herrichtete und Bonora selbst das Feuer anfachte, um Brot zu backen.

Obwohl das Haus recht klein war, bestand es doch aus Stein und lag im Zentrum der Stadt. Die Fenster im Erdgeschoss bildeten eine Art Auslage zur Straße für die Arzneitränke und Pülverchen, die der Apotheker und Arzt Crescas, Bonoras Gatte, seinen Kunden verkaufte. Im Hintergrund, in zwei in die Wand eingelassenen Nischen, standen Töpfe und Tiegel, in denen die wertvollen Pflanzenauszüge, Kräuter und Salben aufbewahrt wurden. Eine Tür führte auf einen kleinen Hof mit einer überdachten Küche, die zur Zubereitung von Speisen wie auch von Arzneien diente. Im Oberstock lagen zwei Zimmer, ein kleiner Schlafraum für Crescas und Bonora mit ihrem Säugling, während das größere Zimmer mit dem Bett darin für Maître Jacob bestimmt war.

Während sie in aller Eile das Brot knetete, dachte Bonora ununterbrochen an diese Frau, die ihr Vater in Paris geheiratet hatte. »Eine Französin! Die kein Provenzalisch spricht! Sonst schweigt er sich in dem Brief, in dem er seine Heirat mitgeteilt hat, über sie aus! Aus einer vornehmen Familie jedenfalls kann sie kaum stammen. ›Myriam, Tochter von Maître Davin‹, schreibt er nur. Was ist das bloß für eine Frau, die meinen Vater verführt hat!? So plötzlich hat er sich zu einer Wiederheirat entschlossen, wo doch meine Mutter erst vor kurzem verschieden ist ...«

Sie sah ihre Mutter vor sich, wie sie auf Bonoras Hochzeit neben ihr herging. Wie jung und schön Bella da noch war – und wie majestätisch ihr Auftreten wirkte. Mutter und Tochter hatten einander sehr nahe gestanden. Während der

Schwangerschaft und der Niederkunft hatte sie Bella schrecklich vermisst. Bonora wusste nicht, was sie mehr schmerzte: allein zu sein oder dass es ihrer Mutter nicht mehr vergönnt war, ihr Enkelkind in die Arme zu schließen. Und dann war da Samuel, der Sohn, der Bellas Stolz geerbt hatte, erst vierzehn Jahre alt, doch fast schon so groß wie Crescas, sein Schwager. Alles hatte er vom Vater: die kleine, schmale Statur, den dunklen Teint, die strahlenden grünen Augen mit den langen schwarzen Wimpern, die dunkler als das dichte Haupthaar waren, und auch das feine Lächeln und die Intelligenz stammten vom Vater. Als Maître Jacob ihn ihr anvertraut hatte, ahnte Bonora nicht, dass sich das Verhältnis zwischen ihrem jüngeren Bruder und ihrem Mann so schwierig gestalten würde. Crescas war der Spross einer bekannten Familie und bereits seit zwei Jahren Arzt. Seine Arbeit hatte ihn zum angesehenen Bürger gemacht. Er war sehr streng mit Samuel, dessen Erziehung ihm eben am Herzen lag. Doch wie er alle seine Pflichten sehr ernst nahm, erwartete er im Gegenzug Respekt, Bewunderung und Dankbarkeit. Diese Gefühle aber brachte Samuel nur Maître Jacob entgegen, zugleich fiel es ihm schwer, Crescas mit der erforderlichen Achtung zu behandeln. Schließlich war und blieb sein leiblicher Vater der großartigste Mensch auf der Welt.

Und nun also machte sein Vater diesen Umweg über Saint-Rémy-de-Provence, um ihnen seine neue Frau vorzustellen. Würde Samuel diese erneute Heirat gutheißen? Seufzend gestand sie sich ein, dass in ihrer Sorge um den Bruder nur die eigenen Bedenken zum Ausdruck kamen.

»Da ist ja mein einziger Sohn!«

Samuel, der den ganzen Nachmittag zusammen mit Crescas auf der Landstraße Ausschau gehalten hatte, traute seinen Augen nicht. Die Frau seines Vaters schien nicht älter als er selbst zu sein! Sie war klein, winzig – aber vor allem war sie schön! Er war sprachlos, während Maître Jacob, gespannt auf ihre Reaktion, einen stolzen Blick auf die beiden warf. Myriam lächelte gequält.

»Guten Tag, Samuel, ich freue mich, dich kennen zu lernen, dein Vater hat mir viel von dir erzählt.«

»Ihr sprecht Provenzalisch!? Ich dachte, Ihr seid Französin!«

»Rémi hat mir ein paar Brocken beigebracht.«

Samuel errötete. Was für eine dumme Bemerkung. Am liebsten wäre er im Boden versunken, doch dann rettete Crescas die Situation. Ehrerbietig begrüßte er seinen Schwiegervater und verneigte sich feierlich vor Myriam.

»Willkommen in unserer Familie.«

Samuel nutzte die Gelegenheit und drehte sich nach Rémi um, umarmte ihn und streichelte Brunet und ging dann zusammen mit ihnen zum Haus zurück. Maître Jacob und Crescas bildeten das Schlusslicht, während Myriam allein zwischen den beiden Grüppchen blieb. Wie sehr hatte sie sich vor dieser Begegnung gefürchtet! Sie sah, wie Rémi und Samuel sich zu ihr umdrehten und ihr zulächelten. Bestimmt redeten sie gerade über sie. Hinter sich hörte sie Crescas' feierliche Stimme. Hoffentlich war Bonora nicht genauso förmlich!

Sie waren an der Stadtmauer angekommen. Saint-Rémy wirkte winzig. Crescas und Maître Jacob wurden respektvoll von der Schildwache gegrüßt und der kleine Trupp bog in eine enge Gasse ein, die zu einem Platz führte. Sie überquerten ihn und gleich darauf standen sie schon vor dem Haus. Samuel war vorausgerannt, daher erwartete Bonora sie bereits auf der Schwelle, das Baby im Arm. Maître Jacob nahm das Kind und betrachtete es lange, zum ersten Mal sah er seinen Enkel.

»Das ist ein wirklich schönes Kind, meine Tochter«, sagte er und umarmte Bonora zärtlich. »Deine Mutter wäre stolz auf dich.«

Vater und Tochter sahen sich an und mussten beide an Bella denken. Myriam war hinter ihnen stehen geblieben.

»Komm, ich stelle dir meine Tochter und meinen Enkel vor«, wandte Jacob sich zu ihr um. Myriam trat näher und Bonora wich erstaunt und ein wenig erschrocken zurück. Sie hatte sich die neue Frau ihres Vaters nicht so jung vorgestellt, sie war ja sogar jünger als sie selbst! Sie zwang sich zu einem Lächeln: »Willkommen«, sagte sie höflich und dann trat sie beiseite, um ihren Vater, Crescas und Myriam hereinzulassen.

Der Tisch war im großen Zimmer gedeckt worden. Bonora hatte ihre schönste Tischdecke aus feinem weißem Leinen aufgelegt, die überall mit blauen Blumen bestickt war. Maître Jacob nahm an der Stirnseite Platz, Crescas rechts von ihm. Beide saßen auf Lehnstühlen, Bonora und Myriam auf einer Bank links von den Männern, Samuel daneben auf einem Hocker.

Rémi brachte ein Paket und knotete das braune Tuch auf, mit dem es zusammengeschnürt war. Maître Jacob nahm ein goldgelbes Kleid heraus, das am Hals und an den Ärmelöffnungen mit schwarzer Spitze geschmückt war. Bonora konnte einen überraschten Schrei nicht zurückhalten: »Vater, ist das ein herrliches Geschenk! Das neue Jahr steht vor der Tür, da werde ich dieses wunderschöne Kleid tragen.«

»Warte nur«, erwiderte Maître Jacob, »ich habe noch etwas für dich«, und schon zog er ein winziges Spitzenhäubchen aus dem Packen hervor. »Das hier ist für deinen Sohn, und zwar zum neuen Jahr.«

Bonora stand auf und umarmte Maître Jacob, dann bat

Crescas ihn, das Brot zu segnen, was er tat, bevor er Salz darauf streute und schließlich dicke Scheiben von dem herrlichen ölglänzenden Laib abschnitt.

Bonora und Myriam saßen dicht nebeneinander und teilten sich eine Platte; über ihren Knien lag die gemeinsame weiße Serviette. Verstohlen betrachtete Bonora Myriam und unterdrückte ihren Ärger: Seit der Schwangerschaft hatte sie ihre schlanken Formen eingebüßt und ihre Brüste waren durch das Stillen angeschwollen. Sie war stolz darauf, eine Mutter zu sein, doch im Vergleich zu der strahlenden Anmut der Frau ihres Vaters kam sie sich schwerfällig und dick vor.

Myriam hingegen hielt den Blick auf den Tisch gerichtet. Die prächtige Dekoration, die Farben und Düfte der Speisen, die Tischmanieren und höflichen Gesten, all das war ihr fremd. Bonora war eine vollendete Köchin und hatte lauter Speisen zubereitet, die ihr Vater liebte.

»Als Vorspeise gibt es Sardellenpaste mit in Rosmarin eingelegten schwarzen Oliven, danach Omelett mit Knoblauch und Basilikum ...«

Das erste Gericht wurde aufgetragen. Maître Jacob und Crescas schnitten sich jeder ein Stückchen von ihrem Brot ab, um dann einen Löffel von der dunklen Paste darauf zu streichen. Als Myriam an der Reihe war, zögerte sie. Da sie kein Messer hatte, bestrich sie das ganze Stück Brot, das man ihr gegeben hatte, und biss davon ab, wobei der ungewohnt würzige Geschmack sie hastig zu ihrem Becher mit Wasser greifen ließ. Bonora dagegen brach von ihrem Brot jeweils ein Stückchen ab und aß einen kleinen Happen nach dem anderen, während sie Myriam aus dem Augenwinkel beobachtete. Als sich ihr Gaumen wieder beruhigt hatte, fragte Myriam Bonora, im guten Glauben, höflich zu sein, nach der Zubereitung dieser Speise. Mit eisiger Stimme erklärte jene, es handle sich um zerdrückte Sardellen, vermischt mit Öl und zerkleinerten Oliven. Myriam tat, als höre sie interessiert zu, während sie fieberhaft überlegte, was wohl diese »Sardellen« sein mochten, und wischte sich dann den von der Paste dunklen Mund an der bestickten Tischdecke ab. Diesmal warf Bonora ihr einen vernichtenden Blick zu und führte betont die weiße Serviette zum noch sauberen Mund. Myriam errötete bis zu den Haarwurzeln.

Dann wurde das Omelett aufgetragen. Myriam, überzeugt, dies nun sei der Hauptgang, nahm reichlich, um der Tochter Maître Jacobs eine Freude zu machen. Bonora tat sich nur ganz wenig auf und kaute lange darauf herum, beäugte dabei aber unablässig das Mädchen aus dem Norden. Als sie satt war, stieß Myriam einen zufriedenen Seufzer aus und dankte den Gastgebern für das vorzügliche Essen.

Bonora schaute sie verächtlich an, denn einige Augenblicke später wurde vor Maître Jacob der Kessel mit dem Hauptgericht gestellt: Rinderschmorbraten und Gemüse, gewürzt mit Nelken und mit Mandeln und Rosinen garniert. Maître Jacob und Crescas aßen aus einer Schüssel, Bonora und Myriam aus einer anderen, Samuel direkt aus dem Kessel. Myriam hatte keinen Hunger mehr, sie aß eine Mandel, eine Rosine, ein kleines Stück Zucchini. Die beiden Männer priesen die Köchin in den höchsten Tönen, doch diese lächelte nur säuerlich. Myriam hatte zu viel von dem Wein getrunken, der während des Essens herumgereicht wurde, und nun wurde ihr schwindlig, sie legte die Ellbogen auf den Tisch und stützte den Kopf in die Hände.

Maître Jacob hatte alles mitbekommen. Er bat Crescas, das Dankgebet zu sprechen, da sie müde seien. Alle erhoben sich und Jacob brachte Myriam, die sich auf seinen Arm stützte, nach oben.

Tags darauf gingen die Männer zum Morgengebet in die Synagoge, anschließend fanden sich alle im großen Zimmer des Hauses ein. Maître Jacob nahm gegenüber von Samuel und Crescas Platz.

»Ich werde dir heute keine Fragen zur Bibel oder zum Talmud stellen. Maître Crescas hat mir versichert, dass du in beidem zwei Stunden pro Tag unterrichtet wurdest. Doch wüsste ich gerne, ob der Unterricht in Mathematik und Ethik, den er dir gibt, Früchte getragen hat. Also, kannst du mir sagen, wie das Parallelenaxiom des Euklid lautet?«

»In einer Ebene kann durch einen außerhalb einer Geraden liegenden Punkt nur eine diese nicht schneidende Gerade als Parallele gezogen werden...«

Samuel spulte die Definition so tadellos herunter, dass Maître Jacob zu den Fragen der Moral und Ethik überging. Auch hier brillierte Samuel mit seinen Kenntnissen der *Proverbien* und der *Maximen der Philosophen.* Dann bat Maître Jacob Rémi, ihm seinen Koffer zu bringen, und entnahm ihm mehrere dicke Hefte aus Pergament.

»Mein Sohn, deine Mutter, Gott hab' sie selig, wollte die vierundzwanzig Bücher der Bibel selbst für dich abschreiben. Ich habe sie nun für dich kopieren lassen, einschließlich der Massora, und ich freue mich sehr, dir dieses Geschenk machen zu dürfen. Wie du siehst, ist die Schrift französisch, nicht provenzalisch, wie deine Mutter geschrieben hätte, wäre es ihr vergönnt gewesen. Die Massora ist auch gotisch gesetzt und ihre Schönheit wird dir den Zugang zu den heiligen Texten sicher sehr erleichtern.«

Samuel blätterte begeistert in dem Band. Nachdem er den Pentateuch, die Propheten und die Gesammelten Schriften bewundert hatte, gelangte er zum letzten Blatt mit dem Kolophon und las ihn laut vor: »Ich, Myriam, Tochter Maître Davins...« Er hielt inne und sah Myriam an:

»Habt Ihr dieses Wunderwerk vollbracht?«

»Ja, das war Myriam«, antwortete Maître Jacob. »Und Myriam ist nicht nur eine ausgezeichnete Kopistin, sondern sie spricht auch die hebräische Sprache mit einer Eleganz, um die viele Gelehrte sie beneiden würden.«

Bonora spitzte den Mund. »Das also ist es«, dachte sie. Ihr Vater hatte sich von Myriams Geschicklichkeit und ihrer schönen Sprache betören lassen. Sie selbst hatte keine so hübsche Handschrift, trotz ihrer Bemühungen, ebenso schön schreiben zu lernen wie ihre Mutter. Sie las die Gebete auf Hebräisch, aber in der Sprache Moses' zu sprechen, war ihr nie erstrebenswert erschienen. Gedichte langweilten sie zutiefst, Kochen und Nähen sagten ihr mehr zu.

»Die Hefte müssen gebunden«, fuhr Maître Jacob fort, »und zwischen zwei solide Eichenplatten gelegt und mit einem schönen Lederscharnier versehen werden. Dann überdauern sie Jahrhunderte und werden, so Gott will, von meinen Kindern und Kindeskindern gelesen.«

»Amen«, antworteten alle im Chor.

»Und jetzt«, warf Bonora ein, »darf Samuel beweisen, was für ein kräftiger junger Mann er ist, und mir und Rémi dabei helfen, die Brote und Pasteten zum Bäcker zu bringen, die ich seit dem Morgengrauen für den heutigen Sabbat zubereitet habe.«

Mit geschäftiger Miene schob sie Samuel in Richtung Hof. Myriam kam hinter ihr her und bot sich an, sie zu begleiten. »Dann sehe ich auch gleich ein wenig von der Stadt«, sagte sie.

Vorsichtig trugen Samuel und Rémi das lange Brett, auf dem drei Weißbrote in Zopfform lagen, zwei Fleischpasteten und etliche hauchdünne Waffeln, die zum Teil mit einer Mischung aus Ei und Pfeffer, zum Teil mit Honig bestrichen waren. Bonora nutzte die Gelegenheit und begann mit leiser Stimme herumzunörgeln:

»Natürlich, du kannst wunderbar schreiben. Aber du solltest trotzdem lernen, wie man sich anständig benimmt, wenn du dich in bestimmten Kreisen bewegst. Du wirst meinen Vater schließlich auf Besuchen bei den angesehensten Bürgern begleiten und hast in puncto Manieren noch viel zu lernen. Auf den Umgang mit wohlerzogenen Leuten hat dich deine Familie offenbar nicht vorbereitet.«

Myriam schoss die Zornesröte ins Gesicht. Tränen funkelten in ihren Augen.

»Ja, meine Familie ist arm und man hat mir keine Tischmanieren beigebracht«, antwortete sie mit bebender Stimme, »aber wenigstens verfügen wir über Herzenstakt und eine edle Gesinnung! Vielleicht ist das wichtiger, als zu wissen, wo man sich die Finger abwischen soll.«

Wütend drehte Samuel sich auf die Gefahr hin, die Ladung zu verlieren, die ins Wanken geriet, zu seiner Schwester um und zischte nun ebenfalls: »Bonora, du führst dich auf wie ein böses altes Weib! Nie hätte unsere Mutter so etwas zu einem Gast gesagt. Unser Vater wird nicht erfreut sein, wenn er das zu hören bekommt.«

Während des Essens hielt Samuel den Blick auf Myriam gerichtet. Ihr Gesicht wirkte verschlossen und sie sah kein einziges Mal auf. Sie aß fast nichts. Crescas und Maître Jacob unterhielten sich angeregt. Die Reise mit all ihren Begebenheiten, die Geschäfte in Paris, die nun endlich zum Abschluss gekommen waren, nahmen sie ganz in Beschlag. Samuel dachte, dass die Frau seines Vaters seine Schwester hätte sein können. Oder vielleicht sogar ... Schnell verdrängte er diesen unschicklichen Gedanken. Trotzdem: Er empfand ein tiefes Bedürfnis, sie zu trösten, und beschloss, nach dem Essen ein wenig mit ihr zu plaudern.

Myriam saß auf der Steinbank vor dem Haus und war ganz melancholisch. Golden schimmerten die Steine in der Septembersonne. Es war Mittag und nur wenige Leute waren unterwegs. Was für ein Unterschied zu Paris und seinen belebten, lärmenden und stinkenden Straßen! Hier roch es vor allem nach Blumen, Kräutern und Obst. Samuel riss sie aus ihrer stummen Betrachtung, indem er sich zunächst wortlos neben sie setzte. Nach einem kurzen Moment aber brach er das Schweigen und es sprudelte nur so aus ihm hervor:

»Seht Ihr die Hügel dort, im Süden? Von dort führt eine Straße nach Les Baux, eine riesige Festung auf einem hohen Berg. Die Herren von Les Baux sind mächtig und gefürchtet. Wie Adler nisten sie da oben und verlangen einen Zins von allen, die ihre Straße benutzen, um die Alpillen zu überqueren. Dank der Rechtsprechung des Königs verbreiten sie heute nicht mehr Furcht und Schrecken, aber man erzählt sich entsetzliche Geschichten über ihre Missetaten. Bevor man nach Les Baux kommt, sieht man die Ruinen von Glanum, das ist eine römische Stadt, äußerst interessant! Ich begleite Euch, wenn Ihr ...«

»Eine römische Stadt? Von denselben Römern, die den Tempel in Jerusalem zerstört haben? Vielleicht sogar von dem bösen Titus errichtet, den wir alle verfluchen? Meinst du wirklich, Samuel ...?«

»Doch, doch, genau um das Volk handelt es sich, das dritte Tier aus der Vision des Daniel. Ihre Hauptstadt war Rom und ihr Reich erstreckte sich über die ganze Welt, weiter noch als Jerusalem und England. Aber hier in der Provence haben die Römer Straßen, Wasserleitungen und Städte gebaut. Sie haben mit den Leuten der Gegend Nachkommen gezeugt und die gehören noch heute zu den angesehensten Bürgern des Landes ...«

Voller Gewandtheit beschrieb Samuel die Bauwerke, die Ruinen und Mosaiken. Er begeisterte sich so sehr, dass es Myriam unangenehm wurde und sie, unter dem Vorwand, ihr sei plötzlich nicht wohl, wieder mit ihm hineinging.

Als Maître Jacob schließlich an jenem Abend mit Myriam allein war, erzählte er ihr von seinen Erkundigungen.

»Glaubst du, Samuel ist hier glücklich? Er macht gute Fortschritte in der Schule und Crescas wird ihn noch zwei Jahre unterrichten können. Danach wird man ihm einen anderen Lehrer suchen müssen. Bonora versorgt und kleidet ihn aufs Beste, aber er scheint dennoch nicht sehr an den beiden zu hängen, weder an Bonora noch an Crescas. Wir werden nach dem Aufenthalt in Aix zum kaiserlichen Hof reisen. Du wirst meine Schreiberin sein, aber was könnte er tun, gesetzt, wir nehmen ihn mit? Sich zum Ritter ausbilden lassen und lernen, wie man fechtet und auf Falkenjagd geht? Waffen sind nichts für die jungen Juden.«

»Das stimmt, außerdem ist Samuel ein intelligenter junger Mann voller Charme. Auch hat er viel Energie und ist jetzt in dem Alter, in dem körperliche Begierden erwachen und man sich leicht verliebt.«

Diese Anspielung genügte und im Stillen lobte Maître Jacob die Klugheit und Vorsicht seiner Frau.

»Myriam, ich sehe, bei dir schließen sich Jugend und Weisheit keineswegs aus!«

5

Es war noch hell, als Blanche in die Rue de la Harpe einbog. Sie ging an Maître Davins Laden vorbei, dann an ihrem Geburtshaus. Es war das erste Mal, dass sie hierher kam, seit ihre Familie weggezogen war. Was für ein Glück, dass sie nicht mehr in diesem Viertel leben musste! Sie hatte es nie gemocht. Es gab zu viele Juden hier, mit ihren unverständlichen Gesängen, die aus den Fenstern der Synagoge drangen. Keinen von ihnen sah man je ohne seinen Gebetsmantel und an jedem Türpfosten hing ein Spruch! Heute musste sie sich jedoch zusammennehmen, damit die Dame Sarre ihr bei ihrem Plan behilflich war. Sie klopfte an die Tür. Ein etwa zehnjähriges Kind öffnete ihr und sah sie neugierig an, während sich hinter ihm eine Schar kleinerer Kinder versammelte, die sie alle wortlos anstarrten.

»Ist die Dame Sarre da?«, fragte sie mit einer Stimme, die sanft klingen sollte. Eine schwerfällige Person bahnte sich daraufhin ihren Weg zur Tür, indem sie die Jungen beiseite schob. Die Dame Sarre war schon alt, mindestens dreißig. Die Falten in ihrem Gesicht verrieten eine gewisse Müdigkeit, ebenso der schleppende Gang. Dennoch galt sie nach wie vor als hervorragende Hebamme und Heilkundige. Sie erkannte die Tochter Maître Audrys sofort wieder.

»Was willst du denn hier, Blanche?«, fragte sie in einem wenig einladenden Ton.

»Ich möchte Euch um etwas bitten.«

Die Frau zögerte kurz und ließ Blanche dann herein.

»Ist deine Schwester krank?«

»Nein, sie wird bald Pierre, den Tischler, heiraten; ich komme wegen einer intimeren Angelegenheit, die ich mit Euch alleine besprechen möchte.«

Sarre brachte die Kinder in den Alkoven, dann zündete sie eine Lampe an und bat Blanche schließlich, sich zu setzen. Sie selbst nahm ihr gegenüber Platz und sah der jungen Frau in die Augen.

»Also, was willst du? Es muss etwas sehr Wichtiges sein, wenn du deshalb zu mir kommst.«

»Das stimmt, es handelt sich um eine Sache, die mir sehr am Herzen liegt. Ich möchte einen Liebestrank.«

Sarre lächelte, dass alle ihre Falten hervortraten.

»Da musst du dich an jemand anderen wenden, ich kümmere mich um Wundheilung und helfe Frauen bei der Niederkunft.«

»So hört doch, Dame Sarre, ich weiß genau, dass Ihr für so etwas auch zuständig seid. Ihr macht auch Amulette, um die Neugeborenen zu beschützen, und braut Kräutertränke, die eine Empfängnis verhindern oder begünstigen. Keine Eurer Praktiken steht im Widerspruch zur Ehrbarkeit und es ist schließlich eine ehrbare Sache, um die ich euch bitte. Der junge Mann ist noch ledig und ich bin es auch. Ich liebe ihn und glaube, dass er mich auch liebt, aber er ist sehr schüchtern und wagt nicht, den ersten Schritt zu tun.«

»Bestimmt bist du ohne Wissen deines Vaters hier.«

»Das ist richtig, er weiß es nicht und auch sonst niemand; die Sache bleibt nämlich unter uns. Ich habe einen wunderschönen Golddukaten bei mir, der euch gehören könnte, wenn Ihr einwilligt, mir zu helfen.«

Von einem Dukaten würde sie ihre Familie eine ganze Woche lang ernähren können. Aber die Angelegenheit war riskant. Blanche konnte sie der Hexerei bezichtigen. Jedermann wusste, dass Blanche ein bösartiges Frauenzimmer war, und Liebestränke waren nichts Alltägliches. Nur bot man ihr normalerweise weniger dafür und außerdem schien der Wunsch des Mädchens aufrichtig.

Die Dame Sarre ließ sich noch ein wenig bitten, dann willigte sie ein.

»Komm in einer Woche wieder. Wenn du deine Meinung bis dahin nicht geändert hast, erhältst du einen Trank, dem kein Mann widerstehen kann, vorausgesetzt, du verabreichst ihn in einem unbeobachteten Augenblick in ein Glas Wein, das er dann trinkt.«

Die Schenke war voll. Immer mehr Studenten kehrten nach Paris zurück. Jedes Land hatte seinen eigenen Tisch. Geoffrey und Robert nahmen am Tisch der Engländer Platz und begrüßten freudig ihre Kameraden, von denen einige in England gewesen waren und von dort erzählten. Der Sommerbeginn war äußerst regnerisch gewesen, Weizen und Hopfen waren auf dem Feld verfault. Die Neuankömmlinge wurden den älteren Studenten vorgestellt, man erkundigte sich, woher sie kamen, und überlegte, ob es gemeinsame Freunde gab.

Der Wein trug zu einer immer ausgelasseneren Stimmung bei. Von allen Seiten ertönten Gelächter und witzige Bemerkungen und es wurden die bekannten Spottlieder angestimmt, so dass das Benehmen der Engländer am Tisch der Bretonen auf wenig Wohlwollen stieß.

»Haltet das Maul!«, schrie ein grobschlächtiger Kerl, dessen Akzent so lustig klang, dass die Engländer vor Lachen wieherten. Die Bretonen sahen sich an, standen alle gleichzeitig auf und griffen nach Bechern und Löffeln. Die Engländer ließen sich nicht lange bitten und gingen sofort zum Angriff über. Mit Krügen und Hockern bewaffnet, stürzten sie sich auf die Bretonen. Der Wirt eilte mit seinen Dienern herbei und versuchte die Streitenden zu trennen. Doch es war bereits zu spät und die Schlägerei schon in vollem Gange. Wein rann über die Gesichter der Kämpfenden und vermischte sich mit Blut. Alle redeten nun wieder in ihrer Muttersprache, der Lärm war ohrenbetäubend. Auch die beiden Cousins hatten sich ins Getümmel gestürzt. Während Robert mit einem mittlerweile verbeulten Zinnkrug auf den Kopf eines Gegners eindrosch, bearbeitete Geoffrey mit seinen Fäusten das Gesicht eines anderen.

Die Engländer hatten die Schlacht schon fast gewonnen, als plötzlich die im Galopp herbeireitende Wache zu hören war. Auf der Stelle ließen alle den Gegner los, und wer sich noch auf den Beinen halten konnte, flüchtete in wildem Durcheinander. Fünf Bretonen und drei Engländer blieben in einer Blutlache auf dem Boden zurück, inmitten von Scherben und zerbrochenem Mobiliar.

Robert und Geoffrey, die in der Nähe der Tür standen, huschten mit als Erste nach draußen. Keiner von den beiden war verletzt.

Nach etwa hundert Metern kamen sie langsam wieder zu Atem.

»Das hat gut getan«, verkündete Geoffrey. »Diese lächerlichen Bretonen hatten wirklich eine Lektion verdient.«

Robert teilte seine Meinung. Der Unterrichtstag war sehr anstrengend gewesen und nun hatte er sich bei der Rauferei austoben können. Er wollte Geoffrey von seinen Schwierigkeiten mit den Büchern erzählen, die Roger ihm freundlicherweise geliehen hatte. Sein Cousin jedoch hatte nichts anderes im Sinn, als ihn zu beruhigen.

»Die Logik der modernen Autoren ist anfangs ziemlich schwierig, das stimmt, aber ich hatte dich ja gewarnt. Wenn du schön fleißig bist, wirst du damit zurechtkommen. Wichtig ist es, die Feinheiten zu kennen, und außerdem lernst du, wie man in wissenschaftlichen Disputen seine Position verteidigt. Alles Dinge, die man immer brauchen kann, was ich auch jetzt bei meinem Theologiestudium gemerkt habe.

Selbst wenn du einmal Arzt wirst, ist es gut, diese Regeln verinnerlicht zu haben.«

Einen Liebestrank zuzubereiten war ein aufwändiges Unterfangen. Die Dame Sarre hatte zunächst in der Nacht vor dem Johannistag noch vor Sonnenaufgang fünf Blätter eines Krautes namens Emula Campana gepflückt, die sie trocknete und dann zu Pulver zerstampfte, um danach fünf zerstoßene Bernsteinkörner sowie eine Messerspitze Hasenhoden dazuzugeben, der im Ofen getrocknet und anschließend zermalmt worden war. Schließlich mischte sie alles mit fünf Tropfen Blut aus einer Taubenleber. Die Pille war nur erbsengroß. Sie hatte sie in ein Spinnennetz eingewickelt, dann in ein Weinblatt. Am vereinbarten Tag, als Blanche wieder zu ihr kam, zeigte Sarre ihr die Liebespille.

»Jetzt gibst du mir meinen Lohn, dann erkläre ich dir, was du tun musst.« Blanche legte das Geldstück auf den Tisch und Sarre biss langsam hinein, um sicher zu sein, dass der Wert stimmte.

»Du wickelst das Liebeselixir aus dem Weinblatt und trägst es dann neun Tage an deiner Brust. Es muss vollständig deinen Körpergeruch angenommen haben. An dem Tag, an dem du es verwenden möchtest, darfst du nur warme Gerichte essen, damit auch du zu heißer Liebe entbrennen kannst. Anschließend musst du deinen Auserwählten in ein vertrauliches Gespräch verwickeln, so dass er dir, und nur dir allein, für die Dauer eines Ave-Maria fest in die Augen sieht. Genau dann muss er das Elixier trinken, das du in einem Becher starken und duftenden Glühweins aufgelöst hast. Wenn du alles so ausführst, wie ich es dir beschrieben habe, wird der Mann ebenso in dich verliebt sein wie du in ihn.«

Blanche nahm das winzige Päckchen und drückte es ans Herz. Sie wollte so rasch wie möglich nach Hause, um die

Zauberpille in einem Leinensäckchen zwischen ihre Brüste zu stecken.

Voller Ungeduld wartete Robert auf die erste Lektion bei Maître Pierre d'Espagne. Es war ein Einführungskurs und er hatte sich sorgfältig darauf vorbereitet, sogar versucht, die Bücher über die Logik zu begreifen, die Roger ihm geliehen hatte. Wie gewöhnlich erschien der Lehrmeister umgeben von einer Schar Bewunderer und Schüler. Alle setzten sich auf Strohballen zu seinen Füßen, während er selbst an einem Pult Platz nahm und so noch imposanter als im Stehen wirkte. Er hatte den Text des Aristoteles vor sich, legte die Hand auf das geschlossene Buch und begann den Unterricht.

»Es gibt sechs einzelne Bücher über die Logik. Ich gehe davon aus, dass ihr sie gelesen habt. Wenn nicht, könnt ihr das ab heute Nachmittag unter Anleitung meiner Gehilfen tun. Wir aber werden über den Gegenstand hinausgehen und schwierigere Probleme der Logik behandeln. Sie ist die Kunst der Künste, die Wissenschaft der Wissenschaften und aus diesem Grund steht sie bei der Aneignung der Wissenschaften an erster Stelle.«

Robert und die meisten anderen begannen jedes Wort des Meisters mitzuschreiben. Diejenigen, die mit der Logik des Aristoteles vertraut waren, hatten keine großen Schwierigkeiten zu folgen und waren in der Lage, das Wesentliche zu notieren. Robert aber hatte schon nach wenigen Augenblicken den Anschluss verloren. Er würde sich aufs Zuhören beschränken müssen, was schon anstrengend genug war.

Am Ende der Unterrichtsstunde fühlte Robert sich wie ausgelaugt und die Vorstellung, noch am gleichen Tag einen anderen Kurs bei einem Gehilfen des Meisters zu besuchen, entmutigte ihn vollends. Er ging zu Roger und ließ sich auf einen Hocker sinken.

»Ich weiß nicht, wie ich das hinkriegen soll, ich begreife überhaupt nichts. Es mag ja sein, dass man zuallererst die Logik studieren muss, aber offenbar tauge ich eben nicht zu diesem Studium. Wie hast du das nur geschafft?«

»Bei mir waren die Augen nicht größer als der Magen. Ich habe mich für den Logikunterricht bei einem weniger anspruchsvollen Lehrmeister eingeschrieben und mir nicht den bedeutendsten und am schwersten verständlichen Lehrer ausgesucht. Du bist eben ehrgeizig. Beklage dich also nicht, wenn die Anforderungen an dich ebenso hoch sind wie deine Erwartungen.«

»Na schön, ich habe übertrieben. Aber anderen ist es gelungen, dem Vortrag des Meisters zu folgen und sich sogar Notizen zu machen.«

»Umso besser für sie, aber auch für dich: In ein paar Wochen, wenn du mit dem Stoff besser vertraut bist, kannst du ihre Aufzeichnungen abschreiben ...«

»Glaubst du wirklich, dass ich in ein paar Wochen ...?«

»Aber ja doch«, erwiderte Roger freundlich. »Du musst dich an die Ausdrucksweise gewöhnen. Es gibt auch da ein bestimmtes Vokabular, gewisse Kniffe. Jedenfalls beschäftigen sich die Logiker nur mit abstrakten Ideen, mit Worten. Dir gefällt so etwas. Mir sind konkrete Dinge lieber. Heute Morgen, während des Unterrichts bei Meister Albertus, gab es die passende Überraschung: Man hat uns die Ankunft von Michael Scot angekündigt. Ich habe dir schon von ihm erzählt. Er ist ein sehr berühmter Gelehrter und wird am Hofe Kaiser Friedrichs sehr geschätzt.«

»Ja, ich kann mich noch gut erinnern.«

»Wenn du magst, kann ich versuchen, dich zu den Dominikanern mitzunehmen, wenn er dort einen Vortrag hält. Meister Albertus hat uns versprochen, dass er einige Unterrichtsstunden geben wird, in kleinem Kreis.«

Begeistert stimmte Robert zu, weniger, weil ihm die »konkreten Dinge«, für die Robert sich interessierte, tatsächlich so sehr am Herzen lagen, als vielmehr, weil er den Namen des Kaisers Friedrich mit Maître Jacob in Verbindung brachte – und mit Myriam.

6

Salon, dann Lançon, schließlich Aix. Jacob war sehr vergnügt. An jeder Ecke blieb er stehen und erzählte Myriam die Geschichte des jeweiligen Ortes: die Porte des Anglès, die Rue des Cordeliers, die französische Synagoge. Das jüdische Neujahrsfest Rosch ha-Schana rückte näher und der Jasmin stand in voller Blüte. Sie gingen über die Grande Place und gelangten nach der Rue Chabrier zur Rue du Puits Juif, wo sich Jacobs Haus befand.

Als sie in die Straße einbogen, sahen sie schon von weitem ein kleines Grüppchen vor dem Haus. Drei Kinder liefen ihnen entgegen, ein Mädchen, das sich in Maître Jacobs Arme warf, und zwei kleine Jungen, die Maître Jacob ebenso zärtlich umarmte.

»Fresquetta, meine jüngste Tochter, hast du bestimmt erkannt, nicht wahr? Und das sind meine zwei Neffen, Gabriel und Astruc. Dort warten Fina und die treue Jeannette auf uns. Rémi freut sich bestimmt ebenso sehr, seine Schwester wiederzusehen, wie ich die meine.«

Die Kinder schauten Myriam neugierig an und die beiden Jungen umarmten sie spontan. Fresquetta griff nach der Hand ihres Vaters und trottete neben ihm her. Dann kamen sie vor der Haustür an und diesmal weinte Fina vor Wiedersehensfreude.

»Jacob, mein Bruder, wie froh ich bin, dass du heil wieder aus Paris zurückgekehrt bist. Wie großen Gefahren hast du dich meinetwegen ausgesetzt, Gott segne dich. Wenigstens hast du in Frankreich eine neue Frau gefunden. Seid mir willkommen!«

Finas Gesichtsausdruck war sanfter als der von Bonora. Trotz der Sorgen und Nöte, die ihr vor allem im reiferen Alter sehr viel Schmerz bereitet hatten, strahlte sie im Gegensatz zu ihrer jüngeren Nichte eine innere Zufriedenheit aus. Dabei hatte Bonora das Leben noch niemals übel mitgespielt. Fina hingegen hatte drei Kinder verloren, als sie noch ganz klein waren, und dann war ihr Mann gestorben, auf einer Reise ins Ausland. Nun hatte sie befürchtet, auch ihr Bruder könne nicht mehr zurückkehren. Myriam lächelte sie zuversichtlich an und sagte ihr dann, dass sie zwei großartige Jungen habe.

Das Haus war größer und schöner als das von Crescas, doch die Räume waren ebenso angeordnet. Auf der einen Seite der Tür öffnete sich eine Auslage zur Straße hin, auf der anderen lag ein Fenster mit verzierten Gitterstäben. Auf der bunten Scheibe war der Äskulapstab abgebildet. Auch hier gab es zwei in die Wände eingelassene Nischen mit Regalen, auf denen Steinguttöpfe, gläserne Flaschen, hölzerne und metallene Behälter und seltsame Instrumente zu sehen waren. Im Hintergrund verdeckte eine Stoffbahn den Zugang zu einer Wendeltreppe, ein weiterer dicker Vorhang aus rotem Samt verbarg die Tür zum Innenhof. Myriam bestaunte die üppigen Stoffe.

»Unser Großvater hat sie aus Spanien mitgebracht, als er sich in der Provence niederließ«, erklärte ihr Fina. Der Innenhof, dessen Mitte ein großer Feigenbaum einnahm, war bezaubernd. Der Boden bestand aus großen weißen Steinplatten, in die kleine Rechtecke mit Kräutern und Blumen eingelassen waren. Myriam blieb beim ersten Viereck stehen und atmete den starken Duft roter Rosen ein. »Wir bewahren die Blütenblätter auf und mein Bruder macht daraus ein wunderbar duftendes Rosenwasser«, fuhr ihre Gastgeberin fort. In einem anderen Beet wuchsen Raute, Salbei und Basilikum, deren Duft Myriam vertraut war, dazu Minze und Eisenkraut.

An der Mauer zur Linken standen zwei steinerne Bänke, während rechts unter einem Vordach die Küche Platz gefunden hatte. An der Wand hingen zwei Kessel und diverse Hack- und Schneidebretter und auf einem steinernen Tisch konnte Teig geknetet werden. Ein Gebäude mit flachem Dach schloss den Hof ab. »In diesen Raum gehen nur mein Bruder Jacob und Rémi. Ich war nie drinnen«, erklärte Fina.

Ein Laubengang führte zum Obstgarten, wo die beiden Frauen zwischen den Bäumen voller Orangen, Zitronen und Oliven für kurze Zeit verweilten. Myriam erkannte den Esel Brunet, der sichtlich froh war, wieder zu Hause zu sein, und auch für Rémi schien das zu gelten, der ihn mit reichlich Wasser wusch. Schließlich zeigte Fina Myriam den Abort, der, ganz aus Stein, in einer Ecke der Küche seinen Platz hatte und mit einer Holztür von innen verschlossen werden konnte.

»Was für ein traumhaft schönes Haus!«

»Ja, das stimmt, es ist wirklich ein schönes Haus. Als mein Bruder mir nach dem Tod meines Mannes vorschlug, wieder hier zu leben, bin ich nur zu gern in mein Elternhaus zurückgekehrt, das mir noch so vertraut war.«

Sie saßen einander im Innenhof gegenüber. Fina senkte den Blick. Der Augenblick, den sie so gefürchtet hatte, war gekommen. Mit einem tiefen Seufzer löste sie den Schlüsselbund, der an ihrem Gürtel hing, und reichte ihn Myriam. Ihre Kehle war wie zugeschnürt und sie brachte kein Wort heraus.

Myriam nahm die Schlüssel und betrachtete sie neugierig. Es waren zwei oder drei sehr große und eine Menge kleiner, alle von ganz verschiedener Form. »Vielen Dank für die Schlüssel, Fina, aber ich gebe sie euch zurück, weil ich niemals diesen Haushalt so gut führen könnte wie Ihr.« Und damit legte sie ihrer Schwägerin den Schlüsselbund wieder in die Hände. Fina brach in Tränen aus.

»Verzeiht mir, Myriam«, stammelte sie unter Tränen, »aber es macht mir solche Freude, mich um diesen Haushalt zu kümmern! Natürlich könnte ich nach Toulouse zurückkehren, jetzt, wo mein Bruder dort alles für mich geregelt hat, aber viel lieber würde ich hier bleiben, wenn das ginge!«

»Natürlich geht das und ich bitte euch sogar darum«, erwiderte Myriam. »Ihr seid wie eine Mutter für Fresquetta und wisst am besten, was nötig ist, um meinem Gatten das Leben so angenehm wie möglich zu gestalten.«

Überglücklich drückte Fina Myriam ans Herz. »Kommt, wir müssen noch den Rest anschauen«, sagte sie, und gemeinsam stiegen sie zur ersten Etage hinauf, wo sich drei Türen zum Treppenabsatz hin öffneten. »Das ist Euer Zimmer.« Fina deutete auf die größte Tür. »Es geht auf den Innenhof hinaus, die beiden anderen auf die Straße.«

Maître Jacob hatte sich gerade frisch gemacht, als Myriam ins Zimmer kam. Dunkelblaue Brokatvorhänge hingen um das Bett herum. In einer Ecke stand eine große, beschlagene Holztruhe, die Mauern waren – welch unglaublicher Luxus – mit Fresken verziert, die Blumen, Früchte und Vögel darstellten. Myriam hatte den Eindruck, einen großen Garten zu betreten. Die beiden Fenster waren geöffnet und von unten drang der Duft der Pflanzen ins Zimmer, während die Sonne den Raum mit ihrem goldenen Schimmer fast unwirklich erscheinen ließ. Myriam setzte sich auf die Truhe, sie war ganz ergriffen von so viel Pracht und Schönheit. Wie fern war Paris, das kleine, dunkle und feuchte Zimmer, in dem sie ihre Kindheit verbracht hatte! Sie betrachtete das große Bett und dachte an den Verschlag mit der Schlafnische, in der Robert und sie sich geliebt hatten. All das war vorbei! Myriam seufzte, denn trotz allem hätte sie den ganzen Reichtum und dieses neue Leben für eine einzige Nacht in seinen Armen hingegeben. Dann trat sie zu Jacob und gab ihm einen Kuss. Ihm zu Ehren, beschloss sie, würde sie heute Abend, beim ersten Essen unter dem gemeinsamen Dach, ihr seidenes Hochzeitskleid tragen.

Gleich am nächsten Morgen zeigte Maître Jacob Myriam, wie man Schilfrohr so beschnitt, dass man damit schreiben konnte. Er hatte Papier aus Neapel mitgebracht.

»In Nordeuropa kennt man kein Papier, man schreibt auf Tierhaut. In den Ländern des Islam, aber auch in Spanien und Sizilien hat man eine Technik erfunden, mit der man auf Palmenblätter schreiben kann, was, wie du sicher verstehst, um ein Vielfaches günstiger ist als Pergament. Allerdings ist es auch weniger haltbar. Aber in den Ländern Arabiens gibt es Bibliotheken mit Tausenden von Bänden, die auf Papier geschrieben wurden. Das wäre hier unvorstellbar. Die Bibliotheken der Könige und einiger Klöster besitzen bis zu hundert Bände. Du kannst also ganz beruhigt auf diesen Blättern üben. Und die Tinte, die ist aus Kienruß hergestellt, weshalb wir kein Vitriol hinzugeben und du das Papier ohne Probleme abwaschen kannst, um ein zweites Mal darauf zu schreiben.«

Maître Jacob hatte ein Pult im Hof aufgestellt, auf das er das zu kopierende Buch legte. Myriam setzte sich auf eine Bank, nahm ein Holzbrett auf ihre Knie und breitete darauf das Papier aus. Neben sich hatte sie Tintenfass und Federn. Dann begann sie, das Alphabet abzuschreiben. Sie versenkte sich ganz in diese Aufgabe, achtete auf jeden Federstrich und merkte gar nicht, dass die Sonne schon im Zenit stand. Fina, die das Essen zubereitete, blickte vom Vordach zerstreut zu Myriam hinüber und besann sich plötzlich: Sie schickte Jeannette zu ihr hin, damit sie Myriam vor einem Sonnenstich warnte. So trugen die beiden die Utensilien in den Wohnraum, doch dort war es zum Schreiben zu dunkel. Außerdem hatte Myriam sich in das Buch vertieft, das Jacob ihr zum Kopieren gegeben hatte. Es war die Einführung in die aristotelische Logik, die Maimonides in seiner Jugend übertragen hatte. Sie verstand zwar bei weitem nicht alles und fing immer wieder von vorne an, aber allmählich begriff sie den Sinn der Worte, und als Maître Jacob neben ihr stehen blieb, nahm sie die Lektüre so sehr gefangen, dass sie ihn gar nicht bemerkte. Lange schaute er sie an und ging dann wieder.

Geschäftiges Treiben erfüllte das ganze Haus, doch Myriam schien es nicht wahrzunehmen. So vergingen einige Tage. Nach und nach gewöhnte sie sich an den Tagesablauf in der Hausgemeinschaft. Fina, Fresquetta und Jeannette, alle wirbelten um sie herum, doch ihre Aufmerksamkeit blieb ungebrochen auf das Papier und die Bücher gerichtet. Auch wenn sie keine Leidenschaft für Jacob empfand – geistig war sie ihm unmittelbar nah.

7

Am Montag war das Fest der Geburt der Jungfrau Maria und zugleich der Tag, an dem Rose heiratete. Schon am Morgen fanden sich in Maître Audrys Laden Gäste ein: Nachbarn, die übrigen Buchhändler und einige Kunden, darunter auch Robert.

Im oberen Stockwerk schmückten Blanche, ihre Freundinnen und Cousinen die Braut. Ganz früh am Morgen schon hatte der Wasserträger zwei große Eimer mit nach Lavendel duftendem Wasser heraufgebracht. Nachdem es angewärmt worden war, wuschen die Frauen Rose am ganzen Körper und kämmten sie sorgfältig. Jetzt zogen sie ihr ein frisches Untergewand an und darüber das wunderschöne Brautkleid aus azurblauem Samt. Am Ende band sie sich selbst den rosafarbenen Gürtel mit der Silberstickerei um, den sie von ihrem Vater bekommen hatte. Das Blau des Kleides ließ ihre Augen bestens zur Geltung kommen. Das lange blonde Haar fiel ihr sanft auf die Schultern herab. Sie rieb sich lange die Wangen und die Lippen, damit sie rot wurden, und kaute ein Stückchen Süßholz, damit ihr Atem angenehm duftete. Die Frauen machten ihr tausend Komplimente und führten sie dann nach unten zu den Männern. Als Rose den Saal betrat, lächelte Robert. Blanche, die direkt hinter ihrer Schwester hereinkam, hielt dies für ein Zeichen heimlichen Einverständnisses. Auch Maître Audry bewunderte seine ältere Tochter; es war nicht zu verkennen, dass Rose sein Liebling war.

»Nimm meinen Arm, liebes Kind, es ist Zeit, dich zu Pierre zu bringen.«

Maître Audry und Rose führten den Zug an, gefolgt von den Hochzeitsgästen mit der Aussteuer – eine wollene

Matratze, Laken und eine Fußrolle, Federkissen und Bettdecke. Blanche trug die beiden Gewänder ihrer Schwester, die leinenen Unterkleider und den Umhang aus Wolle. Sie bogen nach rechts in die Rue de Saint-Jacques ein, in der dichtes Gedränge herrschte. Außer etlichen Zaungästen, die sich eingefunden hatten, standen alle Nachbarn, die sie nicht eingeladen hatten, auf ihrer Türschwelle. Gute Wünsche und freudige Zurufe begleiteten den Hochzeitszug bis zur Rue des Écrivains, wo das Gedränge weniger dicht war und die Hochzeitsgesellschaft zügiger vorankam. Schließlich wandte sie sich nach links und bog dann in die Rue Serpente ein. Straßenjungen sahen den Zug kommen und liefen auf Pierre zu, um ihm die Ankunft seiner Braut mitzuteilen.

Der Bräutigam wartete in seinem schönsten Gewand, in Gesellschaft seiner Tischlerkollegen. Sobald er die Knaben sah, stimmte der Spielmann eine ausgelassene Gigue an, und bei dieser lustigen, wie zum Tanz auffordernden Musik kam der Hochzeitszug vor dem Laden an. Pierre trat auf Rose und ihren Vater zu. Er war ein hübscher junger Mann mit breiten Schultern und schlanken Gliedmaßen. Sein Gesicht strahlte jene Güte aus, die Rose seinerzeit verführt hatte, aber er kam ihr heute, so frisch und sauber, fast noch schöner vor, seine kastanienbraunen Haare waren ordentlich gekämmt, die braunen Augen blitzten vor Vergnügen. Sie war stolz auf ihn.

»Seht her, ich führe euch die hübscheste aller Bräute zu.«

Pierre, der ganz dieser Meinung war, wollte Rose bei der Hand nehmen.

»Halt, halt, Herr Schwiegersohn, noch ist sie nicht die eure. Zeigt uns zuerst, was Ihr als Hausstand mitbringt, dann werden wir sehen, ob ich sie Euch gebe.«

»Ihr habt Recht, Maître Audry.«

Alle Anwesenden stellten sich im Kreis um das Brautpaar und Maître Audry auf.

»Wie vereinbart, steuere ich das Ehebett bei, die Bettstatt und das Geflecht für die Matratze, drei Truhen, einen Esstisch und Bänke sowie Töpfe, Teller und Schüsseln. All dies wird ebenso wie meine Werkzeuge Rose' Eigentum, wenn ich sterbe.«

»Sehr schön, aber wir wollen es sehen!«, rief Maître Audry.

Daraufhin stiegen die Männer die Treppe hoch. Eingehend inspizierte Maître Audry das Bett. Er hatte allen Grund, zufrieden zu sein, denn es war ein prächtiges Möbelstück. In das Bettgestell und die Truhen waren Blumen und Früchte geschnitzt worden, die Pierre dann in bunten Farben bemalt hatte.

»Das lob ich mir, Pierre. Und nun schaut Euch an, was ich meiner Tochter mit in die Ehe gebe.«

Sie stiegen wieder hinunter und eines nach dem anderen wurden die einzelnen Stücke der Mitgift vor den Anwesenden begutachtet. Pierre schüttelte seinem zukünftigen Schwiegervater die Hand. »Die Mitgift ist Eurer würdig, für mich ist die Sache besiegelt.«

Nun schob man die wichtigen Vertreter der beiden Zünfte, Buchhändler und Tischler, nach vorn. Als endlich Stille eingekehrt war, nahm Maître Audry Rose' rechte Hand und legte sie in die von Pierre. »Hiermit gebe ich Pierre, dem Tischler, die Hand meiner Tochter Rose«, verkündete er, »mit Gottes Segen wird sie deine Frau.«

Pierre zog einen Goldring aus der Tasche und steckte ihn Rose an den Finger. Wieder schwang der Spielmann den Bogen und alle drängten sich um das Brautpaar, um zu gratulieren.

Nun folgte das Festmahl. Rasch stellten die Lehrbuben der

Tischler Tische und Bänke auf. Es würde ziemlich eng werden. Die Frauen breiteten weiße Tischtücher aus. Zuerst brachten der Pastetenbäcker und seine Gehilfen große Platten mit Fleisch- und Fischpasteten herein, die sie in der Mitte der Tische abstellten. Dann folgte der Bäcker mit seinen Lehrlingen. Die Gäste nahmen Platz und jeder erhielt ein herrliches Weißbrot. Schließlich kamen der Pastetenbäcker und seine Gehilfen wieder herein und brachten diesmal gebratene Kapaune, auf die sich die Hochzeitsgesellschaft förmlich stürzte, der eine riss einen Schenkel ab, der andere einen Flügel. Vor das Brautpaar und seine Eltern setzte man eine goldbraun gebratene Gans, die noch zu leben schien, so herrlich sah sie aus. Begeistert applaudierte die Festgesellschaft. Die Schankwirtin und ihre Töchter achteten darauf, dass die Becher stets mit gutem, kräftigem Wein gefüllt waren. Die fröhliche Stimmung und der Lärm wurden immer ausgelassener. Als die Pasteten angeschnitten wurden, griff der Spielmann wieder zur Fidel und lud die Anwesenden zum Mitsingen ein.

Pierre und Rose hatten sich zärtlich bei der Hand gehalten. Jetzt stand Pierre auf und stimmte mit kräftiger Stimme das Lied an, wofür Rose ihn sehr bewunderte. Sie war ganz rot, von dem Wein und vor Vergnügen; ihr Hochzeitsfest war so schön, wie sie es sich erträumt hatte. Alle freuten sich mit ihr und zeigten es.

Blanche hatte Robert nicht aus den Augen gelassen. Er war schweigsamer als die anderen und saß neben dem Priester, der gleich das Ehebett segnen würde.

Sie stand auf und trat auf Robert zu.

»Lieber Robert, was für eine Ehre und welch Vergnügen, Euch hier zu sehen. Bald werde ich mit der Kopie des Buches für Euch beginnen und ich will meine ganze Kunstfertigkeit darein legen.«

»Demoiselle Blanche, das ist sehr liebenswürdig von euch. Ich freue mich bereits darauf, die von Eurer Hand geschriebenen Evangelien zu lesen.«

»Ihr tut gut daran, die Evangelien zu lesen«, mischte der Priester sich mit salbungsvoller Stimme ins Gespräch. Er war ein rotgesichtiger Mann, rund wie ein Fass, und sein Gewand war ganz von Wein- und Fettflecken bedeckt. Gern ließ er sich zu Hochzeiten bitten, denn dann konnte er essen und trinken, so viel es ihm beliebte, und da er ein echter Genießer und ein umgänglicher Mensch war, wandten die Buchhändler sich auch gern an ihn. Robert nickte.

»Ja, ich hatte ursprünglich vor, das Alte und das Neue Testament zu kaufen. Bei Maître Audry hatte ich einen kleinen Band gesehen, der den gesamten Text enthielt. Im Augenblick kann ich ihn mir jedoch nicht leisten.«

»So habt Ihr also vor, Theologie zu studieren?«

»Nein, zumindest glaube ich das nicht, aber ist die Bibel nicht für jeden Christenmenschen unabdingbar?«

»Um ein guter Christ zu sein, genügt es, das Credo, das Vaterunser und das Ave-Maria zu kennen. Alles andere ist überflüssig, außer für Theologen. Ohne Zweifel kann man aus den Evangelien unseres Herrn Jesus Christus großen Gewinn ziehen, doch dazu muss man sie erst einmal lesen können.«

Nervös zupfte Blanche Robert am Ärmel.

»Sagt an, Robert, sind die Feste in England so glanzvoll wie bei uns? Gibt es dort auch so herrliche Pasteten?«

»Die englischen Pasteten unterscheiden sich kaum von den französischen!«

»Wart Ihr schon auf vielen Hochzeiten? Sind Eure Schwestern schon verheiratet?« Blanche ließ nicht locker.

»Meine Schwester hat kürzlich geheiratet, doch ich war bereits in Paris.«

Der Priester, der die Unterhaltung wieder an sich reißen wollte, schnitt ihnen das Wort ab.

»In welchem Studienjahr seid Ihr?«

Da in diesem Augenblick honigtriefende Waffeln gereicht wurden, brauchte Robert nicht zu antworten. Die Musik und die Lieder setzten wieder ein. Blanche fragte sich, ob es ihr wohl gelingen würde, Roberts Aufmerksamkeit ganz auf sich zu ziehen, wie die Dame Sarre es vorgegeben hatte. Sie tastete nach der Liebespille zwischen ihren Brüsten. Was tun, wenn der Zauber versagte?

Alle standen vom Tisch auf und gingen nach oben. Die Frauen hatten das Bett gemacht, die Leinentücher glatt gezogen und mit einem Stock gestrafft. Ganz in weißes Tuch gehüllt, wirkte das Bett äußerst prächtig. Der Priester war die Wendeltreppe hochgewankt, doch zum Glück hatte er das Gefäß mit dem Weihwasser nicht ausgeschüttet.

Unter zahlreichen Segnungsformeln in reichlich laienhaftem Latein machte er das Kreuzzeichen über dem Bett, damit die Dämonen verscheucht wurden. Bestimmt würde das Paar viele Kinder haben. Pierre und Rose kleideten sich bis aufs Untergewand aus und stiegen ins Bett. Rose wirkte ganz klein, Pierre dagegen noch größer. Die ermutigenden Zurufe, die Ehe nun gleich zu vollziehen, überzeugten die Brautleute keineswegs und auch für die anzüglichen Spötteleien hatten sie kein Ohr. Sie warteten darauf, dass die Gäste gingen.

Nach und nach zogen sich alle zurück. Robert war als einer der Ersten wieder nach unten gegangen, gefolgt von einer immer nervöseren Blanche.

»Robert, Ihr dürft noch nicht gehen, ich muss Euch etwas sehr Schönes zeigen!«

Robert war zwar todmüde, doch hatte er das Gefühl, nicht besonders höflich zu Maître Audry und seiner Familie gewesen zu sein, weshalb er sich einen Ruck gab, sich in eine Ecke setzte und wartete. Blanche blieb ziemlich lange weg.

Nun waren alle Gäste gegangen und auch er wollte sich schon auf den Weg machen, als Blanche mit einem Weinkelch und einigen Buchdeckeln wieder auftauchte. Maître Audry und Pierres Mutter, die ein wenig länger bei ihren Kindern geblieben waren, um sich zu verabschieden, kamen nun auch herunter. Maître Audry wollte den Laden schließen.

»Ich zeige unserem Freund Robert nur noch rasch ein paar von Pierres Arbeiten«, erklärte das Mädchen.

»Schon gut, schon gut«, entgegnete Maître Audry kurz. Er hatte zu viel getrunken und wollte so schnell wie möglich ins Bett.

Plötzlich war alles still, niemand sonst war noch im Raum. Blanche setzte sich gegenüber von Robert und schob eine Kerze zwischen sie beide.

»Trinkt noch diesen Kelch, das ist Wein von ganz erlesener Herkunft. Schaut mir dabei in die Augen und sagt mir, ob Ihr wisst, woher er kommt.«

Robert hatte schon während der Feier ziemlich viel getrunken, kam Blanches Aufforderung aber dennoch nach und leerte den Becher in einem Zug. Der Trank war stark, süß und warm, ein hervorragender Rebensaft. Er schaute sie an und fragte sich, was sie von ihm wollte. Blanche war ganz rot vor Aufregung, starrte ihn unverwandt an. Er versuchte, ihre Frage zu beantworten, doch war sein Geist zu sehr vom Wein umnebelt, er fühlte sich immer schwerer werden:

»Verzeiht mir«, stammelte er, »ich fühle mich nicht ganz wohl ...«

Und ließ den Kopf auf die Arme sinken.

Blanche wusste nicht, was sie nun anstellen sollte. Sie holte eine Decke und es gelang ihr, Robert auf den Boden zu zerren. Dann legte sie sich neben ihn und streichelte ihm die

Haare und das Gesicht. Im Halbschatten waren seine Züge nur undeutlich zu erkennen, für kurze Augenblicke erleuchtete der flackernde Kerzenschein sein kupferrotes Haar. Robert war in tiefen Schlaf gesunken, durch das Streicheln schien er sich nicht wecken zu lassen.

Blanche küsste ihn auf die Stirn, die Augen, den Mund, woraufhin er die Augen öffnete, ohne sie aber wirklich anzusehen. Sie schob sein Gewand hoch, dann das ihre und rieb ihren nackten Unterleib an seinem. Allmählich regte Robert sich, sein Körper, sein Geschlecht, und immer noch nicht ganz bei Bewusstsein, drückte er sie an sich und begann, ihren Hals zu küssen. Dann setzte sie sich auf ihn und in wildem Rausch vollzogen sie den Akt, wobei er nur an Myriam dachte und den viel größeren und plumperen Körper gar nicht recht bemerkte und auch nicht wahrnahm, dass die Lippen und die Haut ganz anders schmeckten. Wie in Trance ließ er sich von seinen Empfindungen hinreißen. »Meine Geliebte«, hauchte er auf dem Höhepunkt und fiel dann wieder ganz in jenen Zustand der Bewusstlosigkeit zurück, den er kaum verlassen hatte.

Blanche wachte beim ersten Tageslicht auf. Robert schlief noch. Als sie ihn voller Leidenschaft ansah, bekam sie wieder Lust und streichelte ihn von neuem. Als Robert die Augen öffnete, sah er dicht über sich das erregte Gesicht der jungen Frau. Er zuckte zusammen: »Was ist geschehen, Demoiselle Blanche?«

Seine Stimme klang höflich, aber unterkühlt. Er zog seine Beinkleider wieder hoch und wich Blanche aus, indem er rasch aufstand. Aber er musste sich gleich wieder auf eine Bank setzen, sein Kopf war schwer.

»Was geschehen ist? Nichts, nur dass wir uns heute Nacht geliebt haben!«

»Was?! Wir haben uns geliebt?«

»So ist es«, versicherte Blanche, die nun auch aufstand, sich neben ihn setzte und sanft seine Hand drückte.

»Wisst Ihr denn nicht mehr, was für süße Worte Ihr mir zugeflüstert habt?«

Mit einer heftigen Geste zog Robert seine Hand zurück und stand abrupt auf, riss die Ladentür auf und verschwand ohne ein Wort.

Blanche war unglaublich wütend und zugleich enttäuscht. Alles war vergebens gewesen. Sie hatte einen hübschen Dukaten verloren, nur für ein paar Zärtlichkeiten, an die Robert sich nicht mehr erinnerte, sobald er wieder bei vollem Bewusstsein war. Sie musste rasch das Weite suchen. Bald würde die ganze Hochzeitsgesellschaft wieder hereinkommen, um das Brautpaar von neuem zu beglückwünschen. Voll Bitterkeit dachte sie an ihre ältere Schwester, die sicherlich eine leidenschaftliche Nacht erlebt hatte, für die sie sich nicht zu schämen brauchte. Sie hätte dieser Hexe Sarre nicht trauen dürfen – was konnte man von einer Jüdin schon anderes erwarten. Und das Geld würde sie auch nicht mehr zurückbekommen. Fassungslos vor Zorn brach Blanche in Schluchzen aus.

Robert hingegen fühlte sich schmutzig und verwirrt. Die frische Luft linderte seine Kopfschmerzen. Nach und nach rief er sich die Ereignisse des Abends ins Gedächtnis: Blanche hatte ihn aufgefordert, sich etwas anzusehen; das Zimmer, während des Festes voller Licht und Lärm, war auf einmal dunkel gewesen, nur von einer einzelnen Kerze erleuchtet. Blanche hatte ihm einen Becher Wein gereicht und danach konnte er sich an nichts mehr erinnern. Bestimmt war er eingeschlafen. Als er wieder erwachte, war da dieses Mädchen bei ihm. Stimmte es denn, was sie behauptete? Bei dem

Gedanken, mit ihr geschlafen zu haben, schüttelte er sich. In einer Ecke hob er unbeobachtet sein Gewand, um zu urinieren, und entdeckte dabei Spuren von Sperma auf seinem Körper. Angewidert musste er der Wahrheit ins Auge sehen. Doch die Verunreinigung war nicht nur körperlicher Art, er spürte sie auch tief in seiner Seele und ließ sich gegen ein Portal sinken, unsicher, ob seine Scham daher kam, dass er seine Liebe zu Myriam verraten oder weil er sich gegen Gott versündigt hatte. Vor Wut hämmerte er mit den Fäusten gegen die schweren hölzernen Türflügel.

8

Am Dienstag, einen Tag vor dem Fest der Versöhnung, wurde Maître Jacob gebeten, sich umgehend in der Synagoge in der Rue des Chaudronniers einzufinden. Die Angelegenheit schien ziemlich dringend zu sein. Myriam und Fina begleiteten ihn. Als sie dort ankamen, sahen sie, dass sich die ganze Gemeinde, Franzosen und Provenzalen, versammelt hatte und auch mehrere verstört und orientierungslos wirkende Männer und Frauen offensichtlich von außerhalb gekommen waren. Ein hochgewachsener hagerer Greis führte sie an.

»Ihr edlen Herren, meine Brüder und Schwestern«, ergriff er als Erster das Wort, »wir sind hier, um Euch um Hilfe zu bitten. Wir sind die letzten Überlebenden der Gemeinde von Valréas, und sobald ich Euch meine Geschichte erzählt habe, werdet Ihr den Grund für unsere Flucht und unseren Hilferuf begreifen.

Unser Unglück begann an einem Dienstag, genau vor dem Pessachfest. Ein zweijähriges Kind namens Meilla kehrte bei Einbruch der Dunkelheit nicht nach Hause zurück. Guillemette, seine Mutter, wurde unruhig und machte sich auf die Suche. Verzweifelt irrte sie durch die Straßen, rief immer wieder den Namen ihrer Tochter in die Gassen hinein. Da kam ihr eine alte Frau entgegen, die behauptete, sie habe die kleine Meilla in der Straße der Juden gesehen. Guillemette lief dorthin und suchte vergeblich. Schließlich kehrte sie erschöpft nach Hause zurück und ihr Mann Adalard zeigte das Verschwinden seiner Tochter beim Lehnsherrn von Dragonet de Montauban, dem Herrn über Valréas, an. Hochmütig gab dieser den Juden die Schuld. Der Magistrat, Guillaume de Falcone, hörte seine Klage: ›Wenn du Beweise findest, so berichte mir darüber – der Hof wird keine Gnade walten lassen.‹

Nachbarn hatten Adalard zum Hof des Lehnsherrn begleitet. Mit Fackeln durchsuchten sie nun während der ganzen Nacht die Straßen und Plätze. Bei Tagesanbruch durchstreiften sie die Umgebung der Stadt und fanden schließlich die Leiche des Kindes in einem Graben. Man hatte sie ermordet und ihr Wunden an der Stirn und den Händen zugefügt, ihre Füße waren durchbohrt worden.

Der Leichnam wurde vom Mittwoch bis zum Samstag ausgestellt und mit großem Pomp in der Kirche von Valréas bestattet. Zwei minderjährige Brüder, Guillaume Chaste und Adhémar, wollten nicht auf das Urteil des Lehnsherren warten. Ihrer Meinung nach war die Justiz zu schwerfällig. Die Menge gab ihnen Recht und so forderten sie die Festnahme mehrerer Juden. Burcellas, Durand, Bendig und Lucius bestritten heftig ihre Unschuld, wurden aber dem Folterknecht vorgeführt. Ihr ahnt ja nicht, meine Brüder, was diese Männer erlitten haben. Sie wurden geschlagen, gebrandmarkt, verbrüht. Verstümmelt. Entsetzlich war ihre Marter. Sie dauerte eine Woche, jeden Tag wurden sie von neuem gefoltert, bis sie den Tod vorzogen und alles gestanden, was man hören wollte.

Und dies diktierten ihnen die Inquisitoren: Alle Juden von Valréas hatten sich angeblich im Hause Bendigs versammelt und ihn dazu angestiftet, das Mädchen zu ersticken, es an der Stirn zu verwunden und die Wunde dann ausbluten zu lassen. Burcellas sagte aus, zu Zeiten unserer Väter habe der Hohepriester auf diese Weise das Blut eines Stieres aufgefangen, um dann sein Volk damit anzumalen und so von den Sünden reinzuwaschen. Durand gab unter Zwang zu, dies sei in allen jüdischen Gemeinden Brauch, und in Spanien bringe man einen Sarazenen um, wenn man keinen Christen fände. Das Kind, so gaben sie zu Protokoll, habe ursprünglich am Karfreitag, zur Todesstunde des Heilands, gekreuzigt werden sollen, doch sie hätten Angst bekommen und es bereits am Dienstag umgebracht.

Sie gaben also alles zu und wurden vor den Richtstuhl von Dragonet de Montauban geführt. Erneut leugneten sie, wurden wieder dem Henker vorgeführt und gefoltert, um ihre Geständnisse zu wiederholen. Nur ein Einziger, Lucius, widerstand allen Qualen. Dennoch wurde er wie alle anderen zum Tode verurteilt und verbrannt. Die Habe aller Juden der Gemeinde wurde konfisziert.

Die übrigen Gemeindemitglieder, denen nur noch der Glaube an die göttliche Vorsehung geblieben war, machten sich auf den Weg, einige nach Norden, andere nach Süden. Wir sind durch Orange, Carpentras, Avignon und Cavaillon gezogen. In jeder Gemeinde gewährte man uns ein paar Tage Obdach, manch eine Familie hat auch eine Witwe oder ein Waisenkind zu sich genommen.

Und nun stehen wir vor Euch und erflehen Eure Hilfe.«

Auf die Rufe des Entsetzens folgte ein allgemeines Klagen. Alle wussten, dass das, was den Juden von Valréas geschehen war, möglicherweise auch ihnen hier in Aix bevorstand. Der geringste Vorfall konnte den Volkszorn auslösen und die Inquisitoren auf den Plan rufen. Beim gewaltsamen Tod eines Christen liefen sie jederzeit Gefahr, eines Ritualmordes bezichtigt zu werden.

Maître Jacob hob die Hände und bat um Ruhe.

»Brüder und Schwestern«, ergriff er dann das Wort, »wir, die Provenzalen, werden alles in unserer Macht Stehende tun, um euch zu helfen. Wenn die Gemeinde der Franzosen sich uns freundlicherweise anschließt, werden wir euch aufnehmen und während des Festmonats zu essen geben.«

Der Vorsteher der französischen Gemeinde, Maître Leroy, stimmte sofort zu und so wurde beschlossen, dass jede Familie, die finanziell dazu in der Lage war, einen der Flüchtlinge bei sich beherbergen sollte.

»Für eure freundliche Einladung bin ich euch zu unendlichem Dank verpflichtet«, erwiderte der Alte, »aber bevor unsere Brüder und Schwestern auf verschiedene Quartiere aufgeteilt werden, muss für unsere Gentilia, deren Vater Lucius zu Ehren Gottes auf dem Scheiterhaufen gestorben ist und deren Mutter dem Gatten blind vor Verzweiflung in den Tod folgte, eine Gastfamilie gefunden werden. Seit jenem schrecklichen Monat ist Gentilia ganz verstört. Sie hat mit niemandem mehr gesprochen und scheint nichts zu hören. Sie bedarf daher besonderer Pflege und großer Zuwendung.«

Maître Jacob betrachtete das kleine Mädchen, das nicht einmal so alt wie Fresquetta zu sein schien. Gentilia wirkte abgezehrt, war sehr bleich und ihre verstörten großen Augen starrten ins Leere. Unaufhörlich rieb sie sich die Hände.

»Ich werde mich um Gentilia kümmern«, verkündete Maître Jacob, woraufhin Myriam, ohne zu zögern, auf sie zutrat, ihr den Arm um die Schultern legte und sie mit sich fort führte, dabei leise und freundlich mit ihr sprach.

Fina hatte den Wasserkessel auf den Herd gesetzt und den großen Zuber bereit gestellt. Jeannette hatte stärkende Kräuter als Badezusatz gesammelt, Minze und Eisenkraut. Die zerlumpten Kleider hatten sie Gentilia inzwischen ausgezogen und Myriam half ihr nun ins Bad. Sie ließ es geschehen. Die Frauen rieben sie mit Asche und Seife ein, entlausten sie und wuschen ihr die Haare, trockneten sie dann ab und streiften ihr ein Hemd und ein Gewand von Fresquetta über. Sie zeigte dennoch keinerlei Reaktion. Nach dem Essen wurde sie für eine Nacht auf eine Matratze im Zimmer von Fina und Fresquetta gebettet. Gentilia legte sich hin, mit geöffneten Augen, ohne sich zu bewegen, ohne zu sprechen. Myriam setzte sich neben sie und begann ganz vorsichtig, ihr übers Haar zu streicheln. Lange machte sie so weiter, bis Gentilia die Augen schloss und einschlief. Am nächsten Tag und auch an den folgenden blieb Gentilia in jenem schockähnlichen Zustand. Sie tat, was man ihr sagte, aß kaum und folgte Myriam überall hin, wie ein Hund.

Dann kam der Tag des Sühnefests und Myriam ging mit Gentilia zur Synagoge. Gentilia kauerte sich an den Trennvorhang, sprach aber immer noch kein Wort, beobachtete Myriam nur, wie sie die Gebete las. Als es Abend wurde und der Fastentag zu Ende ging, drückte sie sich an Myriam und brach, als dann der Schofar ertönte und die düsteren Klänge des Horns verklungen waren, plötzlich in Schluchzen aus. Lange weinte sie und begann nach und nach zu erzählen, was ihr zugestoßen war. Myriam drückte sie an sich. Nachdem das Gebet beendet war, umarmten die anderen Frauen der

Gemeinde Gentilia und auch Myriam, die sie gerade für ihre Zärtlichkeit und Geduld hatten bewundern können.

Die wenigen Tage zwischen Jom Kippur und dem Laubhüttenfest verliefen friedlich. Gentilia sah Myriam beim Schreiben und beim Lesen zu. Einmal ging sie in die Küche und brachte Myriam Wasser zum Händewaschen, ein anderes Mal half sie ihr beim Bettenmachen oder beim Zusammenfalten der Kleider, begleitete sie zum Brunnen und brachte mit ihr zusammen das Brot zum Backofen. Myriam schätzte Gentilias zumeist schweigsame Anwesenheit, ihre unaufdringliche, hingebungsvolle Art und am Ende des mehrtägigen Laubhüttenfestes beschloss sie, mit Maître Jacob zu reden, wobei sie jedes Wort genau überlegt hatte. »Ich habe mich an Gentilia gewöhnt und sie sich an mich. Untröstlich bin ich bei dem Gedanken, sie bald wieder fortzuschicken und mutterseelenallein durch die Lande irren zu lassen.« Sie konnte nicht wissen, dass Maître Jacob ihr bereits zuvorgekommen war: Das beständig wachsende Vertrauen zwischen seiner Frau und dem kleinen Mädchen war ihm nicht entgangen. Zudem hatte er sich darüber gefreut, denn Myriam war in Aix sehr einsam. Zwar verhielten Fina und Jeannette sich ihr gegenüber äußerst liebenswürdig, doch waren sie zu verschieden. Während Fresquetta sich zuweilen sogar ziemlich feindselig benahm, eben wie eine gedankenlose, arrogante Heranwachsende gegenüber ihrer Stiefmutter. Myriam brauchte Gesellschaft und Zuwendung. »Ich habe sie in der Synagoge nicht zu mir genommen, um sie später wieder fortzuschicken«, erwiderte er daher in möglichst beiläufigem Ton, »und werde Gentilia vorschlagen, bei dir zu bleiben.«

Nach den Festtagen hielt Maître Jacob die Zeit für gekommen, Myriam in die Naturwissenschaften einzuführen.

»Du sollst mir helfen, aber anders als Rémi, der mir mit seiner Hände Arbeit beisteht. Ich vertraue ihm blind, nur sind ihm die Grundprinzipien der Wissenschaften, die ich ausübe, fremd. Du hingegen bist fähig, sie zu begreifen.«

Eines Morgens also schloss er die Tür zu dem kleinen Gebäude hinten im Hof auf und ließ Myriam eintreten. Das Innere war in Halbschatten getaucht. Nur durch die schmalen, hoch angebrachten vergitterten Fenster drang Tageslicht.

»Warte hier«, sagte Maître Jacob. Myriam blieb auf der Schwelle stehen, während er eine Lampe anzündete, die lange rußte, bis die Flamme endlich richtig brannte. Allmählich waren die Umrisse des länglichen Raumes zu erkennen. Gegenüber der Tür, die Jacob gleich wieder schloss, befand sich eine Nische mit zahlreichen aneinander gereihten Büchern. Vor der Nische auf einem Tisch erblickte Myriam einen runden Gegenstand aus Messing mit vielen seltsamen Zeichen am Rand.

»Das ist ein Astrolabium«, erklärte er. »Damit kann man die Position eines Gestirns bestimmen. Die Zeichen sind arabische Buchstaben. Siehst du, du brauchst nur hier unten zu drehen. Wenn ich das Horoskop eines Menschen erstelle, bringe ich die Gestirne in genau die Position, die sie bei seiner Geburt hatten, und dann weiß ich, was ihm widerfahren ist und noch widerfahren wird.«

Verständnislos blickte Myriam ihn an. Er drückte ihr das Astrolabium in die Hand und ließ sie die Zirkelscheiben drehen.

»Verzeiht«, murmelte Myriam, »aber das verstehe ich nicht. Aber ich will alles lernen, was Ihr mir aufgebt.«

»Zuerst müssen wir die Mathematik durchnehmen und dann musst du auch die *Physik* des Aristoteles lesen, denn die muss man kennen, um ein Metall in ein anderes zu überführen, zum Beispiel schnödes Zinn in glänzendes Silber. Darauf verstehe ich mich und es ist ein tiefes Geheimnis.«

»Wie ist das möglich?«

»Nun, das Universum bildet ein Ganzes, wie auch der Mensch, und das Leben geht aus dem Tod hervor und der Tod aus dem Leben. Beide kämpfen beständig miteinander, jagen sich gegenseitig. Ich werde dir zeigen, wie ein Element sich ins andere verwandelt. Mach hier ein Feuer an, während ich Wasser hole.«

Als Myriam den Kopf hob, sah sie an der Decke ein Kaminrohr. Der Kamin lag am anderen Ende des länglichen Raums. In einer Nische daneben waren einige Fläschchen und auf einem Tisch gab es eine Messingwaage mit winzigen Gewichten. Vier bezaubernde Glasgefäße mit bauchigen Enden und einer schmalen Mitte standen in einem weiteren Regal.

»Was für schöne Gefäße!«, rief Myriam, »so schlank wie der Körper einer Frau! Und da ist ja sogar etwas darin!«

»Ja, und nützlich ist das Ganze auch«, erklärte Jacob, »das ist nämlich eine Sanduhr. Im ersten Gefäß markiert der hindurchrinnende Sand die Dauer einer Viertelstunde, im zweiten eine halbe, im dritten eine Dreiviertelstunde und im letzten eine ganze. Wenn man wissen will, wie spät es ist, schaut man auf eine Sonnenuhr, aber eine Stunde ist im Sommer lang und kurz im Winter. Um die Zeit zu messen, sprechen die meisten Menschen ein Gebet, doch die Dauer eines Ave-Maria oder eines Schema ist niemals gleich. Der Sand aber rinnt immer im selben Rhythmus.«

Rémi kam hinzu, einen Schürhaken in der Hand, und half Myriam, das Feuer anzuzünden, während Jacob einen kleinen Becher Wasser in ein Gefäß mit schlankem Hals goss.

»Wenn das Wasser erhitzt wird, verwandelt es sich in Dampf, der durch das Kaminrohr verdunstet. Das Wasser also wird zu Luft und es bleibt nichts mehr übrig, wie du siehst.« Fasziniert schaute Myriam dem Vorgang zu.

Von dem Tag an brachte Maître Jacob ihr die Grundprinzipien der Physik bei. Gemeinsam lasen sie das Buch des Aristoteles und er beantwortete ihre Fragen. Mehrere Male pro Woche auch führte er Experimente durch und erklärte Myriam, warum einige gelangen, andere nicht. Myriam begann sich für diese Form der Erforschung der Welt zu begeistern, die so anders war als die heiligen Texte, die sie bislang gelesen hatte.

Im Laufe der Zeit dachte sie immer seltener an Paris. Die Begeisterung für die Wissenschaften und die Liebe zur Kalligraphie nahmen sie ganz gefangen. Dann wurde es Winter in Aix. Eines Tages brachte ein Kaufmann, der auf der Durchreise war, ihr zwei Briefe, einen von ihrem Vater und einen von Rose, und plötzlich peinigten sie Gewissensbisse. Rose erzählte von ihrer Hochzeit und ihrem neuen Leben an Pierres Seite. Sie erwarte ein Kind und hoffe, dass es ein Junge würde. Kein Freier habe bislang vor Blanches Augen Gnade gefunden. Robert aber erwähnte sie nicht.

Maître Davin hatte nicht wieder geheiratet. Er hatte noch zwei zusätzliche Schüler angenommen und in Myriams Kammer einen Talmudschüler untergebracht. Von dem Geld für die Miete konnte er nun eine Dienerin bezahlen, die ihm den Haushalt führte.

An jenem Tag machte Myriam mit Gentilia einen langen Spaziergang und erzählte ihr von ihrem Vater, von Blanche und von Rose, von ihrer Kindheit in der großen Stadt, dem Lärm und den Gerüchen von Paris. Sie dachte an Robert – ob er sie wohl noch immer liebte? Vielleicht hatte er sie ja auch schon in den Armen eines anderen Mädchens vergessen. Der Gedanke tat ihr weh.

Am Abend sah Maître Jacob, dass sie traurig war, und holte zwei Bogen Pergament. »Schreibe deinem Vater und Rose. Sobald sich eine Gelegenheit bietet, werde ich die Briefe aufgeben.«

9

Der Kustode hatte eingewilligt, Bruder Hugues zu holen, der in seiner Zelle studierte. Als der Mönch Robert sah, erschrak er freudig, fasste sich aber gleich wieder und begrüßte ihn mit Ironie:

»Was für eine nette Überraschung, dich hier zu sehen, Robert. Ich habe bereits erfahren, dass du wieder auf den rechten Weg zurückgefunden hast, zum Glück für dein Seelenheil. Welche Neuigkeit führt dich in unser friedliches Refugium?«

»Bruder Hugues, ich wende mich nochmals an Euch, weil ich eure Hilfe und euren Rat benötige.«

Hugues gab sich versöhnlich. Er nahm Robert beim Arm und führte ihn in seine Zelle, während jener ihm auf dem Weg dorthin von der Nacht mit Blanche erzählte.

»Wißt Ihr, Bruder, ich habe Angst, dass dieses Mädchen mich verhext haben könnte und ich, ohne es zu merken, allein durch die Macht der Dämonen oder des Teufels, am Abend wieder zu ihr geführt werde.«

»Hast du sie viel angesehen?«

»Nein, eigentlich habe ich sie mir gar nicht richtig angeschaut. Für mich ist sie nur eine Kopistin, zwar eine sehr gute, aber sonst nichts weiter.«

»Ich will nicht wissen, ob du sie mit Wohlgefallen ansiehst, sondern ob du ihr lange und intensiv ins Gesicht geblickt hast.«

»Nein, sie hat mir eine Frage gestellt und da habe ich sie angeschaut, aber nur einen kurzen Moment.«

»Gut. Ohne Zweifel hat sie dir ein Liebeselixier in den Wein geschüttet, doch dessen Wirkung beruht auf einem intensiven Blickkontakt. Wie lange sie anhält, weiß ich nicht. Jedenfalls solltest du die beiden kommenden Nächte mit Buße und dem Gebet verbringen, anstatt zu schlafen. Sucht der Dämon dich nicht heim, hat er nur wenig Macht, tut er es aber doch, müssen andere Mittel angewandt werden, um ihn zu verjagen.«

Die Mönche waren bereits im Refektorium beim Abendessen. Bruder Hugues ließ Robert im Sprechzimmer warten und kam schließlich in Begleitung des Abtes zurück.

»Dies hier ist ein junger Freund, ein Student der Künste. Er bedarf unseres Beistands, um den Versuchungen des Fleisches zu widerstehen. Wenn Ihr es ihm gestattet, wird er für ein paar Tage hier Unterschlupf finden.«

Wohlwollend sah der Abt Robert an. Seine sanften braunen Augen strahlten zufriedene Gelassenheit aus, und obwohl er kein auffallend schönes Gesicht hatte, war sein Gesichtsausdruck von so großer Güte, dass Robert sofort Vertrauen zu ihm fasste. Er kniete nieder und küsste ihm die Hand. Der Abt half ihm wieder auf.

»Seid uns willkommen, junger Mann, wir werden alles in unserer Macht Stehende tun, um Euch zu helfen. Lasst uns zusammen zur Kapelle gehen. Bibellektüre und Gebet, das sind die Waffen, mit denen Satan bekämpft und die ewige Seligkeit erreicht wird!«

Es läutete zur Komplet. Gefolgt von Bruder Hugues und dem feierlichen Zug der anderen Mönche, ging der Abt hinaus auf den Kreuzgang. Robert war der Letzte und wie alle anderen hatte auch er die Kapuze über den Kopf gezogen. In der Kapelle nahm er ganz hinten Aufstellung, in der Nähe der Tür. Dann erklang der mächtige Gesang der Mönche.

Nonne subiecta erit anima mea, ab ipso enim salutare meum. Die Worte des Psalms beantworteten die Fragen, die Robert sich immerzu stellte. Von wem, wenn nicht von Gott, konnte das Heil kommen? Er musste versuchen, sich mit seiner Seele wieder mehr dem Herrn zu nähern. Dort war Frieden. Sanft wiegte ihn das An- und Abschwellen der Gesänge und allmählich beruhigte sich sein Geist. Schließlich zogen die Mönche wieder aus der Kapelle aus und er blieb allein zurück, während die Lampe des Heiligen Sakraments weiterhin im tiefen Dunkel schimmerte. Er trat zum Altar, kniete nieder und legte sich dann unterm Kreuz mit dem Gesicht zur Erde vollständig auf den Boden. Zuerst betete er das Credo, dann das Vaterunser und das Ave-Maria. Er wusste, dass er den Herrn von ganzem Herzen bitten musste, aber die Worte dazu wollten ihm nicht einfallen. Also sprach er langsam die Psalmen, einen nach dem anderen, bis endlich die Glocke läutete und die Mönche für die Vigilie zurückkehrten. Robert erhob sich nicht. Um ihn herum waren ihre Schritte zu hören, von neuem erklang ihr Chor, dann wurde es wieder still und dunkel und Robert war allein mit Gott.

Myriams Gesicht tauchte vor ihm auf. Nicht dort lag die Sünde, dachte er. Die Sünde, das Übel, das war jenes Mädchen, das ihn zur Sünde des Fleisches verführt hatte, ohne Bewusstsein, ohne Freude. »Hab Erbarmen, o Herr, in deiner Güte und großen Zärtlichkeit und tilge meine Sünden.« Ein helles, sanftes Licht breitete sich in ihm aus und er begann wieder, die Psalmen aufzusagen.

Singend schritten die Mönche beim ersten Tageslicht zur Frühmesse wieder herein.

»Glücklich sind die Bewohner deines Hauses, sie loben dich ohne Unterlass.« Am Ende der Matutin trat der Abt zu Robert und half ihm auf.

»Junger Mann, Ihr dürft Euch nun im Kreuzgang die Hände und das Gesicht waschen. Danach begleitet Ihr uns zum Morgengebet.«

Robert sah, wie die Sonne aufging. Die Luft war frisch und kein Laut war zu hören. Im Schutz des Kreuzgangs wuchsen Blumen und Bäume, alles spiegelte eine perfekte Ordnung wider. Die Ruhe, die sich über alle Dinge legte, spürte Robert nun auch in seinem Innern und seiner Seele. Lange Zeit blieb er so, versunken in seine Meditation.

Tagsüber nahm er an der Morgenmesse, den Gebeten zur dritten, sechsten und neunten Tagesstunde, Terz, Sext und Non, und an der Vesper teil, bis sich der Kreis mit der Komplet wieder schloss. Auch in der folgenden Nacht blieb er vor dem Altar liegen, auf den kalten und unbequemen Steinfliesen, doch dann übermannte ihn der Schlaf.

Zur Matutin half ihm der Abt auf und da endlich fühlte er sich vollständig von seinen Ängsten und der Furcht vor dem Dämon befreit. Überschwänglich dankte er dem Abt.

»Ich kann gar nicht sagen, wie viel mir dieser Rückzug ins Kloster bedeutet hat, durfte ich doch erfahren, was es heißt, ein Gott geweihtes Leben zu führen. Das werde ich niemals vergessen. Durch eure Fürbitte, so glaube ich, sind Sorgen, Kummer und Sünde von mir abgefallen. Habt von ganzem Herzen Dank!«

»Mein Sohn, ich freue mich zu hören, dass Gott Euch vergeben hat. Ich höre es aus Euren Worten, erkenne es aber auch an Eurem Gesicht. Möge Gott Euch in Zukunft vor jedem Fehltritt bewahren!«

Robert küsste dem Abt die Hand, umarmte Bruder Hugues freundschaftlich, nicht ohne ihm einen baldigen Besuch zuzusichern, und verließ gemessenen Schritts das Kloster. Sobald er jedoch draußen war und sich der Stadt zugewandt hatte, begann er zu laufen. Er hatte Heißhunger. Endlich wieder frei!

Das glaubte er zumindest.

Anfang November, am Tag des heiligen Franziskus, lagen Geoffrey und Robert im Bett und faulenzten. Sie hatten keinen Unterricht und die Kälte ermunterte sie nicht gerade, die Nase nach draußen zu strecken. Plötzlich kam Maître Guillaumes Dienerin herein und sagte zu Robert:

»Unten in der Stube wartet eine junge Frau auf euch.«

»Aha. Wie sieht sie denn aus?«

»Sie ist recht groß, anständig gekleidet und wirkt ziemlich verzweifelt.«

Panik erfasste Robert.

»Geoffrey, ich glaube, es ist Blanche. Sei ein guter Cousin und geh nachsehen, was sie will.«

Geoffrey kleidete sich an und ging nach unten. Es war tatsächlich Blanche. »Maître Geoffrey, ich bin die unglücklichste Frau der Welt«, begann sie mit schriller Stimme zu jammern, sobald sie ihn erblickte. »Euer Cousin hat mich verführt, und zwar an dem Tag, als meine Schwester geheiratet hat, und jetzt bin ich schwanger. Bei allem, was euch heilig ist, helft mir, ihn davon zu überzeugen, dass er mich heiraten und seinen Fehler wieder gutmachen muss!«

Tränen rannen ihr übers Gesicht. Die Haube hatte sie falsch herum aufgesetzt und durch den Kummer war sie ganz hässlich geworden, nichts war geblieben von der anziehenden Frische wenige Monate zuvor. Verächtlich sah Geoffrey sie an.

»Demoiselle Blanche, Ihr verlangt Unmögliches. Wenn mein Cousin Robert heiratet, wird es ein Mädchen von uns zu Hause sein, das seine Eltern ausgewählt haben.«

»Und was soll aus mir werden? Bestimmt sterben das Kind und ich vor Hunger und Kälte, und alles nur, weil ich schwach geworden bin!«, seufzte Blanche.

»Das sollte mich wundern! Euer Vater ist zu anständig, um Euch aus dem Haus zu werfen, wo Ihr zugleich seine beste Kopistin seid. Kommt, wir wollen mit ihm sprechen.«

Er packte Blanche am Arm, die sich loszumachen versuchte und wütende Schreie ausstieß. Geoffrey achtete nicht darauf, sondern schleifte die weinende und brüllende Blanche zur Rue Saint-Jacques. Erst als sie im Laden standen, ließ er ihren Arm los und wandte sich mit ausgesuchter Höflichkeit an den Buchhändler, der über diesen Auftritt ziemlich verdutzt war.

»Maître Audry, Eure Tochter Blanche kam heute Morgen zu mir und erzählte eine Geschichte, die wir klären müssen.«

Blanche war verstummt. Maître Audry sah seine Tochter an und begriff, dass sie wieder einmal etwas ausgefressen hatte.

»Nun, was ist geschehen?«, fragte er matt.

Blanche begann wieder zu weinen.

»Hör mit dem Gejammer auf und berichte mir alles«, herrschte ihr Vater sie an.

Unter Schluchzen erzählte sie wieder, dass Robert sie verführt habe und sie ein Kind von ihm erwarte. Maître Audry rief sich den Abend der Hochzeit ins Gedächtnis: Blanche war mit Robert allein geblieben. Er war wütend auf sich selbst, hätte er doch gleich Verdacht schöpfen müssen, als sie sagte, sie wolle Robert Buchdeckel zeigen! Jetzt musste man den Tatsachen ins Auge sehen und versuchen, so viel Geld wie möglich aus Robert herauszuschlagen. Schließlich wollte der Bastard ernährt werden!

»Ich hoffe, Euer Cousin Robert streitet nicht ab, bei meiner Tochter gelegen zu haben …«

»Er ist nicht verantwortlich, vielmehr hat Eure Tochter ihm einen Liebestrank gegeben, so dass mein Cousin nicht mehr Herr seiner Sinne war«, fiel Geoffrey ihm ins Wort.

Maître Audry stieß einen wütenden Schrei aus. Er wusste, dass Blanche zu einer solchen Verrücktheit in der Lage war, doch jetzt war nicht der richtige Augenblick, es zuzugeben.

»Was denn, was denn, junger Mann, wenn man achtzehn ist und ein hübsches Ding wie meine Blanche vor sich hat, dann braucht man gewiss keinen Liebestrank!«

»Mein Cousin hatte kein Interesse an Eurer Tochter.«

»Aber so hört doch, als er hierher kam, um die Evangelien zu bestellen, wollte er sie unbedingt von Blanches Hand kopiert haben, und da habe ich genau gesehen, wie er ihr schöne Augen gemacht hat.«

Geoffrey sah ein, dass es keinen Sinn hatte, über diesen Punkt zu diskutieren.

»Wie auch immer, es gibt keinen Beweis, dass das Kind von Robert ist. Eure Tochter scheint sich ja recht leicht herumkriegen zu lassen. Sollte sie mit meinem Cousin gesündigt haben, kann sie es ebenso gut auch noch mit vielen anderen getan haben.«

Blanche schluchzte wieder, jetzt heftiger als zuvor.

»Ich habe ihn geliebt und nur ein einziges Mal haben wir beieinander gelegen.«

Geoffrey zuckte die Achseln.

»Alle Mädchen sagen das Gleiche. Ich glaube, Ihr solltet sie so schnell wie möglich unter die Haube bringen, Maître Audry!« Und mit diesen grausamen Worten verließ er den Laden.

Der Buchhändler hatte einen Besen gepackt und machte seinem Ärger nun Luft, indem er sich auf Blanche stürzte und sie verprügelte, bis er nicht mehr konnte. Blanche schrie aus Leibeskräften, versuchte aber gar nicht erst, sich loszumachen. Sie wusste, dass sie diese Strafe verdient hatte.

»Robert, was hast du in meiner Hochzeitsnacht meiner Schwester angetan?«

Rose bemühte sich um einen eisigen Tonfall. Sie hatte sich um den Laden zu kümmern, alleine für einen Haushalt zu sorgen, musste Pierre zur Hand gehen und war weiterhin für die Buchmalerei ihres Vaters zuständig, dazu noch die Schwangerschaft – und nun diese Geschichte! Gleich am Abend nach Geoffreys Besuch war ihr Vater gekommen und hatte ihr alles erzählt. Dass er Blanche geschlagen hatte, war seiner Laune nicht gerade zuträglich gewesen. Er war böse auf sich selbst, böse auf seine Älteste, böse auf Rose und Pierre, weil sie nichts gehört hatten. Vor allem aber war er böse auf Robert.

»Sei versichert, Rose, ich weiß von nichts. Alles, woran ich mich erinnere, ist, dass Blanche mir einen Becher Glühwein zu trinken gegeben hat, als alle Gäste den Raum bereits verlassen hatten. Übrigens hat dein Vater uns gesehen. Am nächsten Morgen wachte ich neben Blanche am Boden auf und sie erklärte mir, wir hätten zusammen geschlafen. Was sie da sagte, erschreckte mich so sehr, dass ich die Flucht ergriffen und für ein paar Tage ins Kloster Saint-Victor zur Buße gegangen bin. Gestern nun kam sie zu uns und behauptete, von mir schwanger zu sein.«

Jetzt durchschaute Rose das Ganze. Sehr geschickt hatte Blanche das eingefädelt und Robert ihr in seiner Naivität vertraut. Er hatte einfach kein Glück bei Frauen. Die er liebte, war fortgezogen und würde nicht wiederkommen. Dafür war er derjenigen in die Falle gegangen, die er nicht liebte.

»Du bist ein lieber Junge, Robert, aber du hast ja keine Ahnung vom wirklichen Leben. Lass die Finger von den Frauen und werde lieber Mönch! Das ist ungefährlicher…«

»Vielleicht hast du Recht. Doch wie soll ich mein Leben Gott weihen, wenn mein Herz voller Liebe zu Myriam ist?«

»Du wärst nicht der Erste, der hinter Klostermauern Vergessen sucht!«

»Darf ich dich von Zeit zu Zeit besuchen, Rose? Du bist eine echte Freundin. Außerdem hoffe ich immer ein bisschen, du könntest etwas Neues von Myriam wissen.«

»Natürlich, Robert, aber versuche nur dann zu kommen, wenn Pierre da ist, damit es kein Gerede gibt.«

Maître Pierre d'Espagne und seine detaillierte Betrachtung der Dinge, die Logik und die Abstraktion, all das begann Robert allmählich zu begeistern. Mit neuem Eifer widmete er sich seinen Studien und vergaß so die unglückliche Geschichte mit Blanche. Wenngleich die geistige Beschäftigung die Erinnerung an Myriam auch nicht auslöschen konnte, so lenkte sie ihn zumindest davon ab und entführte ihn in eine ganz neue Welt, ein faszinierend komplexes Universum. Einer Interpretation der Werke des Aristoteles ließ sich eine völlig andere gegenüberstellen und eine Konzeption der Logik konnte grundverschieden von einer anderen sein, wie beispielsweise die Maître Pierres von der Albertus Magnus', worauf hinzuweisen Roger nicht müde wurde. Ihre letzte Unterhaltung ging Robert nicht aus dem Kopf. Sein Freund hatte ihm seine Aufzeichnungen über die letzte Unterrichtsstunde des Dominikaners mitgebracht, in der Blitz und Donner das Thema waren. Für Robert gab es da nichts zu erklären. Gott machte den Donner, desgleichen den Blitz und den

Regenbogen. Roger hielt das für Obskurantismus. »Gott ist der Schöpfer, also bringt er all das hervor, aber wie?« Er wollte sich nicht damit zufrieden geben, dass es göttliche Dinge gab, die der Mensch nicht kannte. Roger sagte, auf der Welt gebe es zwei Arten von Dämpfen, den feuchten und den trockenen. Stießen zwei Wolken aufeinander, wurde der trockene Dampf, den sie enthielten, gewaltsam freigesetzt, wie bei einer Nussschale, die unter dem Druck der Finger zerbricht. Das Geräusch des Aneinanderstoßens war der Donner.

Robert bestritt weniger, dass Roger Recht haben konnte, als vielmehr den Nutzen eines solchen Wissens. »Einen Vorgang zu verstehen, ist sehr wichtig. Noch wichtiger aber sind die Schlüsse, die man daraus zieht. Wir haben keinen Einfluss auf die Wolken, doch auf Steine und Metalle lässt sich das gleiche Prinzip anwenden«, hatte Roger gereizt erwidert. Endlich war der berühmte Michael Scot in Paris eingetroffen und in der kommenden Woche würde er mit Maître Albertus disputieren. Auf keinen Fall dürfe Robert das Streitgespräch der beiden großen Gelehrten verpassen. Davon ließ Robert sich umso leichter überzeugen, als er diesen Michael Scot mit Myriam in Verbindung brachte.

Vor der Pforte des Klosters der Prediger in der Rue Saint-Jacques standen etwa zwanzig Studenten und warteten darauf, hereingelassen zu werden. Es war eisig und feucht.

»Uns wird verdammt kalt werden«, sagte Roger, »der Unterricht bei Maître Albertus findet im Kreuzgang statt.«

Sie wurden angenehm enttäuscht. Zu Ehren von Maître Michael Scot hatte der Abt die Erlaubnis gegeben, den Unterricht im Refektorium abzuhalten. Man hatte Strohballen auf den Boden geworfen, auf denen die Studenten sich mit wohligen Seufzern niederließen.

Maître Albertus kam schnellen Schrittes herein, gefolgt

von Michael Scot, der langsamer ging. Alles an Maître Albertus schien durchsichtig zu sein, der Haarkranz, der flaumige Bart, die Haut. Die Augen waren so hell, dass sie sich kaum von den blonden Augenbrauen abhoben, und sein weißes Gewand umflatterte ihn wie in freiem Flug, obwohl es doch an der Taille von einem Gürtel gehalten wurde. In seinem braunen Wollgewand, das beinahe vollständig von einem pelzgefütterten Umhang bedeckt war, bildete Maître Michael Scot dazu einen dunklen Kontrast.

»Dieser Mann hat lange in warmen Ländern gelebt«, murmelte Roger. »Er kommt aus Spanien, die Kälte des Nordens hat er lange nicht mehr gespürt. Außerdem ist er nicht mehr sehr jung.«

Der Mann, den Roger als Berühmtheit angekündigt hatte, wirkte unscheinbar. Er war weder groß noch klein, weder dick noch dünn. Er hatte grau melierte Haare, Falten im Gesicht, einen leicht schleppenden Gang. Seine Augen verschwanden beinahe unter den buschigen Brauen. Robert verglich ihn mit Pierre d'Espagne und dessen stolzer, aufrechter Haltung und war enttäuscht. Die beiden Gelehrten nahmen nebeneinander Platz.

»Wir werden heute vor Euch über eine wichtige Frage disputieren, und zwar über die Mineralien«, begann Maître Albertus. »Der Philosoph Aristoteles erklärt die Entstehung der Mineralien durch die Bewegung der Dämpfe in den vier Elementen Erde, Wasser, Luft und Feuer. Der feuchte Dampf, der sich in der Erde findet, wenn sie vor Kälte erstarrt, bringt die schmelzbaren Metalle hervor, die eigentlich Wasser sind; der trockene Dampf, der sich entzündet und die ihn umgebende Erde verbrennt, die nicht schmelzbaren Mineralien wie Ocker und Zinnober. Dennoch widersprechen die Versuche, die man mit den Mineralien anstellen kann, diesen Theorien, es gibt hier ein Für und ein Wider. Der große

Gelehrte Michael Scot hat entsprechende Versuche gemacht, die er euch nun darlegen wird.«

Michael Scot rieb sich die Hände, blickte sie lange an und begann dann endlich zu reden.

»Wie der hoch geschätzte Maître Albertus soeben ausgeführt hat, müssten die sich im Eisen mischenden trockenen und feuchten Dämpfe das Metall daran hindern zu schmelzen. Und trotzdem gelingt dies, bei hoher Temperatur und unter Auswurf einer Menge Schlacke, bei Eisen ähnlich wie beim Stahl.«

»In Aristoteles' Namen möchte ich hinzufügen, dass das Eisen nicht rein war und viel Schwefel und Quecksilber enthielt und nur deshalb schmelzen konnte«, warf Maître Albertus ein.

»Dennoch, ich habe Feilspäne und Auripigment erhitzt und das Eisen ist bei hoher Temperatur flüssig geworden«, entgegnete Scot.

»Ja, weil der Schwefel die groben Teile der Erde verbrannt hat und so die Feuchtigkeit entwichen ist«, bemerkte Maître Albertus.

»Wir wissen auch, dass der Philosoph der Überzeugung war, Quecksilber könne nicht fest werden und bestehe vor allem aus Luft. Als ich es jedoch auf großer Flamme erhitzte und Zweige von Haselnusssträuchern dazugab, wurde es fest«, entgegnete jetzt Maître Michael.

»Der Fall ist klar: Die Zweige haben die Feuchtigkeit des Quecksilbers aufgesaugt, wobei dieses Mineral seine Eigenheit verliert und seine normale Zusammensetzung aufgibt«, versetzte Maître Albertus ungerührt.

Die beiden Gelehrten setzten ihren Disput noch eine Weile fort, indem sie Texte und Experimente einander gegenüberstellten; die Zuhörer waren fasziniert.

»Ich gäbe mein ganzes Vermögen hin, wenn ich solche

Experimente durchführen könnte!«, flüsterte Roger Robert ins Ohr.

Auch als die beiden weisen Männer sich zurückgezogen hatten und die beiden Studenten auf dem Heimweg waren, hielt Rogers Begeisterung unvermindert an.

»Ich habe gesagt, ich gäbe mein Vermögen hin, aber in Wahrheit verhält es sich ja so, dass man durch die Alchemie ein Vermögen machen kann. Man muss eben viel lernen und experimentieren, bis man schließlich in der Lage ist, Gold und Silber herzustellen! Genau deshalb hat Kaiser Friedrich Maître Scot an seinen Hof gerufen. Ein Kaiser braucht Gold, noch mehr als ein normaler Kirchenmann.«

»Das glaube ich nun ganz und gar nicht. Wenn man Gold herstellen könnte, würde die ganze Welt das doch tun«, wandte Robert ein.

»Du bist und bleibst naiv! Natürlich kann man so etwas nicht ganz alleine tun, das Geheimnis ist wohlgehütet. Du musst bei einem Meister in die Lehre gehen, ihm lange dienen, und nur wenn er Willens ist, wird er dich in das Geheimnis einweihen. Aber auch das reicht noch nicht, zwischen Wissen und dessen Umsetzung liegt ein weiter Weg.«

»Dann müsstest du also die Bekanntschaft von Maître Michael Scot machen, er ist ja Alchemist.«

»Ganz genau«, erwiderte Roger. »Ich weiß zwar noch nicht, wie ich es einfädeln werde, aber verlass dich nur auf mich.«

Nur acht Tage vergingen, bis Roger den Erfolg seines Vorhabens mit all seinen englischen Freunden im »Gallischen Hahn« feiern konnte. Ein wahres Meisterstück war ihm da gelungen! Zunächst hatte er es durch die Vermittlung Albertus Magnus' geschafft, sich Michael Scot vorstellen zu lassen. Dann hatte Maître Michael ihn freundlicherweise in seinen engsten Kreis aufgenommen, nachdem Roger folgendermaßen vorgegangen war: Eines Abends hatte er dem Maître einen gebratenen Kapaun bringen lassen, am nächsten Abend war es eine mit Mandeln und Rosinen gefüllte Gans, und als er schließlich, ebenfalls von Roger, ein Fass Bordeaux erhalten hatte, lud Maître Michael, der stets empfänglich für gastronomische Genüsse war, den jungen Mann zu einem Glas Wein ein. Damit war das Spiel gewonnen und eine Beziehung, die in Rogers Augen beiden von Nutzen war, hatte ihren Anfang genommen. Übrigens hatte Michael Scot ihm mitgeteilt, dass er Paris bei Frühjahrsbeginn wieder verlassen werde, um nach Neapel zurückzukehren, an den Hof von Kaiser Friedrich. Die Route führte über die Provence und Roger hatte angeboten, ihn mit Peter und Flambeau zu begleiten. Außerdem würde er ein taugliches Pferd für ihn besorgen.

Drei gut bewaffnete Ritter und ein großer, furchteinflößender Hund? Eine kleine Schutztruppe, die Räuber Abstand halten ließ? Maître Michael gefiel der Vorschlag. Doch was wolle er zum Ausgleich dafür? Die Grundlagen der Alchemie! Die Alchemie erlerne man nur, wenn man sich in körperlicher und geistiger Enthaltsamkeit übe, das war kein Rezeptbuch. Roger war dazu bereit. Durch die Reise würde er zwei oder drei Monate seines Studiums verlieren – was würde sein Vater dazu sagen? Das solle er nur seine Sache sein lassen. »Und jetzt bin ich Schüler von Michael Scot!«, schloss er mit triumphierender Stimme seinen Bericht.

Roberts Miene hatte sich immer mehr verdüstert. Roger war ein Glückspilz, das stand außer Zweifel.

»Wirst du nur in die Provence reisen oder begleitest du Maître Scot bis nach Italien?«, fragte er mit dumpfer Stimme.

»Nein, nur bis in die Provence, dann kehre ich um. Zumindest habe ich das vor, aber man weiß ja nie. Maître Michael reist zunächst bis Aix-en-Provence, wo er sich voraussichtlich ein paar Wochen aufhält, und so lange bleibe ich auf jeden Fall bei ihm. Doch alles hängt von seinem Gastgeber ab, dessen Name dich interessieren wird, Robert. Es ist nämlich Maître Jacob Anatolio, den Maître Michael im Auftrag von Kaiser Friedrich zur sofortigen Rückkehr an den Hof in Italien bewegen soll.«

Robert war sprachlos, das Lächeln seines Freundes verschwamm vor seinen Augen. Roger würde Myriam sehen! Roger, der bemerkte, wie sehr diese Neuigkeit Robert durcheinander gebracht hatte, begriff auf einmal den Grund für diese Verwirrung und legte die Hand auf die des Freundes. »Weißt du nicht, dass du dich auf mich verlassen kannst?«, sagte er.

10

Es war beinahe schon Sommer, die letzten Junitage waren heiß gewesen; zahllose Insekten summten in der Luft. Die Regenfälle des Frühjahrs lagen weit zurück, alles war trocken. »Ein schlechtes Zeichen«, bemerkte Maître Michael. »Wenn die Trockenheit anhält, wird es wenig Weizen und möglicherweise eine Hungersnot geben!«

Er ritt zwischen Roger und Peter. Die Reise war bislang sehr angenehm verlaufen. Seine beiden Gefährten wirkten offenbar einschüchternd, jedenfalls schrieb er ihrem respekteinflößenden Äußeren den ruhigen Reiseverlauf zu. Roger hatte sich bei jedem Halt um das Quartier und das Essen gekümmert, voller Entschiedenheit, aber ohne aufdringlich zu sein. Nachdem er den jungen Mann zunächst für einen Bruder Leichtfuß gehalten hatte, begann Maître Michael allmählich, ihn zu mögen. Jetzt wusste er, dass sich hinter einer überschwänglichen Fassade die Sicherheit und der genau abwägende Geist eines guten Advokaten verbargen. Er hatte das Spiel also mitgespielt und beinahe jeden Abend sein Buch aufgeschlagen, um Robert die Grundlagen der Naturwissenschaften beizubringen.

Auch Peter war zufrieden. Er war gerne auf Reisen und würde einiges zu erzählen haben, wenn er nach England zurückkehrte – dass es in jedem Dorf einen anderen Wein gab, dass die Menschen immer kleiner und dunkelhäutiger wurden und Fleisch und Fisch immer reichlicher vorhanden waren, je weiter man nach Süden kam. Flambeau war in seinem Element. Er liebte die tausend Gerüche und sprang übermütig neben den Pferden her.

Die drei Reiter näherten sich Aix. An der Porte des Anglais wurden sie von Rémi erwartet. Die Zöllner, bereits seit Tagen unterrichtet und im Voraus bezahlt, empfingen sie unterwürfig, mit der Mütze in der Hand. Rémi schickte Gabriel und Astruc zu Maître Jacob, damit sie ihm ausrichten konnten, dass seine Gäste gekommen waren. Eilig ging er ihnen entgegen, bis er sie schließlich auf der Place Richelme erblickte. Er strahlte. Für Michael Scot empfand er aufrichtige Freundschaft. Er war ein großer Gelehrter, aber auch ein Mann der Toleranz und Gelassenheit. Immer blieb er ein weiser und gerechter Philosoph und das bewunderte Maître Jacob, der selbst ein gutes Herz hatte, aber leicht aufbrauste, an Maître Michael besonders.

Jacob lief auf ihn zu und verneigte sich tief. Maître Michael stieg vom Pferd und seine beiden Gefährten taten es ihm nach. Er half seinem Freund auf und umarmte ihn feierlich.

Die Zuneigung, die der Jude ihm entgegenbrachte, war nützlich. Maître Jacob konnte perfekt Arabisch, sein Gedächtnis war bemerkenswert und er hatte alle philosophischen und medizinischen Texte gelesen und war damit eine unerschöpfliche Informationsquelle. Michael Scot verdankte seinen guten Ruf nicht zuletzt den Übersetzungen Maître Jacobs aus dem Arabischen ins Lateinische. Oft vergaß er zu erwähnen, dass Jacob ihm einen Text aus dem Arabischen ins Andalusische übersetzt und er selbst nur die Übertragung vom Andalusischen ins Lateinische angefertigt hatte. Natürlich konnte er mittlerweile ganz gut Arabisch, doch beherrschte er diese Sprache nur dank der Fähigkeiten des Juden, dessen umfassende Bildung ihm selbst fehlte.

»Welch große Ehre, Euch bei mir zu empfangen, Maître Michael, Euer Kommen erfüllt mich mit tiefer Freude.«

»Meine Freude ist nicht geringer als Eure«, erwiderte Michael. »Mein Gefährte Roger Haskins freut sich ebenfalls, den weisen Mann kennen zu lernen, der Ihr seid.«

»Ich bin nur ein nichtswürdiger Lehrling der Künste, Maître Jacob, aber ich weiß, wie viel man von Euch lernen kann, weshalb ich hoffe, dass Ihr mich Eurer für würdig erachtet«, sagte Roger mit einer Verbeugung.

Jacob sah in die Augen des jungen Mannes, der so gar nicht wie ein Denker wirkte und eher dafür geschaffen schien, eine Rüstung zu tragen, als seine Nase in Bücher zu stecken.

»Da habt Ihr ja zwei prächtige Reisegefährten gefunden«, sagte er zu Michael, »Eure beiden Begleiter würden gut in die Armee unseres geliebten Kaisers Friedrich passen!«

In der Tat war die Ankunft der beiden Hünen und der drei herrlichen Pferde in der Stadt nicht unbemerkt geblieben. Inzwischen umstanden zahlreiche Bürger das kleine Grüppchen, die die Umarmung zwischen Maître Michael und Maître Jacob mit angesehen hatten, und unter dem Geleit einer bewundernden Menge schlugen sie nun den Weg zu Maître Jacobs Haus ein.

Es dauerte eine Weile, bis sich ihre Augen nach der gleißenden Sonne an das Halbdunkel in der Wohnstube gewöhnt hatten.

»Auf eurem Zimmer erwartet euch ein Bad«, sagte Maître Jacob. »Während des Essens werden wir dann ausreichend Gelegenheit zum Gespräch haben.«

Für die Gäste war das schöne Zimmer hergerichtet worden. Man hatte die Matratze lange Zeit an der Sonne gelüftet und das Bett mit weißen, duftenden Laken bezogen. Auf den Studenten warteten ein Strohsack und ein Federbett. Der Zuber mit lauwarmem Wasser duftete nach Rosmarin. Michael Scot zog sich aus und Gentilia brachte seine Kleider nach draußen, um sie waschen zu lassen. Während Jeannette Maître Michael den Rücken schrubbte, zog Roger aus der Reisetruhe ein weißes Untergewand und ein luftiges Kleid aus dunkler Wolle. Für sich selbst legte er ein Leinengewand in seiner Augenfarbe – hellblau – bereit, das ihm seine Mutter gewebt hatte. Er stieg nach Maître Michael in den Badezuber und ließ sich mit sichtlichem Vergnügen von Jeannette waschen.

Fina und Myriam hatten den Tisch gedeckt und waren gerade bei den letzten Vorbereitungen fürs Essen, als Michael und Roger hereinkamen. Jacob ließ den Gelehrten zu seiner Rechten und den Studenten zu seiner Linken Platz nehmen, die Frauen setzten sich ans Tafelende.

Die Unterhaltung begann auf Französisch, so dass Fina und Fresquetta ihr nicht folgen konnten, im Gegensatz zu Roger und Myriam, die in der Lage waren, daran teilzunehmen. Maître Jacob dankte Michael Scot zunächst für die Ehre, dass er an seinem Tisch Platz genommen hatte. Zum ersten Mal war Michael nämlich sein Gast. Zwar hatten sie sich schon häufig gesehen, aber immer am Kaiserhof oder bei offiziellen Anlässen. Diese Geste der Annäherung rührte ihn.

Zunächst sprach Maître Jacob die Segnung des Brotes auf Hebräisch, dann übersetzte er sie für seine Gäste ins Französische und forderte Maître Michael schließlich auf, das *Benedicite* zu sprechen, was der gern tat. Neugierig betrachtete Roger den Mann, der sie mit so viel Wärme und Toleranz aufnahm. Das also war Myriams Ehemann: von sanftem, vornehmem Äußeren, aber schon mit Silberfäden im Haar und Falten im Gesicht. Wer Myriam war, hatte er sofort gewusst, als er in ihre großen veilchenblauen Augen gesehen hatte. Es fiel ihm schwer, den Blick wieder von ihr abzuwenden, nachdem er schon so viel von ihr gehört hatte. Klein war sie, winzig, und charmant, aber durchaus keine strahlende Schönheit. Da hatte Robert, blind vor Liebe, wohl übertrieben.

Aufmerksam beobachtete Myriam die drei Männer. Maître Jacob hatte ihr viel von seinem gelehrten Freund, wie er ihn nannte, erzählt, hatte ihr berichtet, wie verschiedene Bibelstellen von ihm ausgelegt worden waren, hatte seine Untadeligkeit und die Freundschaft, die sie verband, gerühmt. Doch was Myriam jetzt sah, war etwas anderes. Michael hatte ihr sofort missfallen. Sie erkannte Berechnung und Gleichgültigkeit in seinem Wesen, und was Jacob als Toleranz und philosophische Gelassenheit bezeichnete, wirkte auf sie eher wie Egoismus und Desinteresse. Der Ton der Unterhaltung zwischen den beiden Männern verriet den wahren Charakter ihrer Beziehung: Vonseiten Jacobs war es Bewunderung, vonseiten Michaels eher distanzierte Duldung. Was Roger anging, so hatte seine Erscheinung sie ebenso beeindruckt wie die anderen Frauen. Doch warum starrte er sie so an?

Maître Jacob fragte Roger, in welchem Studienjahr er sei. »Gern wäre ich in ein paar Monaten Bakkalaureus«, antwortete er, »ich bin aber nicht sicher, ob ich das schaffe, weil Grammatik und Logik mich weniger interessieren als die Naturwissenschaften.«

Myriam schlug die Augen nieder, um ihre innere Erregung zu verbergen. Rogers Akzent klang fast wie der von Robert, so dass sie einen Augenblick lang meinte, ihren Geliebten reden zu hören. Auch Jacob war seine Aussprache aufgefallen.

»Woher kommt Ihr, junger Mann?«

»Aus Leicester in England, ich hatte gehofft, man würde es meinem Französisch nicht anhören!«

»Auch mir hört man meine Herkunft an, niemand würde mich für einen Pariser halten. Meine Frau Myriam kommt als Einzige hier aus Paris. Im Unterschied zu Euch interessiert sie sich jedoch nicht nur für die Naturwissenschaften, sondern auch für die Logik.«

»Studiert Eure Frau tatsächlich diese Dinge?«, fragte Michael Scot erstaunt.

»Aber ja«, versicherte Jacob. »Sie liest Aristoteles nicht etwa auf Arabisch oder Lateinisch, sondern auf Hebräisch, eine Sprache, die sie perfekt lesen und schreiben kann. Außerdem hilft sie mir bei meinen Experimenten, wie Ihr bald sehen werdet.«

Roger war sichtlich beeindruckt und schaute Myriam nachdenklich an. Das Essen dauerte ziemlich lange. Nach dem Dankgebet wurden Nüsse, Mandeln und Rosinen serviert. Die Frauen standen auf. Michael Scot aber wandte sich an Jacob.

»Lieber Freund, Ihr wisst, dass ich hier bin, um mich bei Euch weiterzubilden, doch auch und vor allem, weil unser hoch geschätzter Kaiser mich beauftragt hat, Euch etwas auszurichten.«

Roger brachte zwei Pergamentrollen, beide mit dem Siegel des römisch-deutschen Kaisers. Das erste Dokument war auf Lateinisch geschrieben, das zweite auf Arabisch. Letzteres las Jacob vor. Darin wurde verfügt, dass dem kaiserlichen Philosophen Michael Scot für einen Zeitraum von fünf Jahren die alleinige Entscheidungsgewalt über die Übersetzer aus dem Arabischen und dem Hebräischen obliege. Namentlich wurde auch Maître Jacob Anatolio genannt, dem man ein Jahresgehalt von vierzig Goldgulden vorschlug. Er würde nicht mit dem Hofstaat ziehen, sondern permanent in Neapel bleiben, wie es schon vorher der Fall gewesen war.

Maître Jacob war sprachlos. Er wusste, dass man ihn einladen würde, doch dass man auch sein Gehalt verdoppeln wollte, hatte er nicht erwartet. Wortreich fing er an, sich zu bedanken.

»Unser Herrscher schätzt euch«, unterbrach Michael Scot ihn, »er hat die Gespräche mit Euch nicht vergessen. Euch bleibt ein Jahr Zeit, um eure Angelegenheiten hier zu regeln und mir dann nach Neapel nachzureisen.«

»Auch ich habe die Unterredungen mit unserem kaiserlichen Herrscher nicht vergessen – ebenso wenig wie die Auslegungen zur Heiligen Schrift, die ich aus Eurem Munde hörte. Ich habe sie auf Hebräisch in einem Buch notiert, das ich *Ansporn zum Bibelstudium* genannt habe. Auf diese Weise geht nichts von Eurer Weisheit verloren.«

Michael Scot deutete ein Lächeln an, das leicht herablassend wirkte. Dennoch schmeichelte ihm die Bewunderung Jacobs.

»Wir müssen al-Farghanis Buch über die Geometrie der Sphären und das über Astronomie von al-Bitroudgi übersetzen. Ich hätte gerne gute Kopien dieser Texte, denn die Manuskripte, die ich in Spanien erworben habe, sind voller Fehler.«

»Ich besitze al-Farghanis Buch auf Arabisch, aber den anderen Text nur auf Hebräisch, die Übersetzung habe ich nach dem arabischen Manuskript angefertigt, das sich in der Bibliothek meines Schwiegervaters Samuel Ibn Tibbon befindet.«

»Könnte man es kopieren lassen?«, fragte Michael. »Wo ist diese Bibliothek überhaupt?«

»In Marseille.«

»Hervorragend. Denn von dort aus werde ich nach Neapel übersetzen. Wenn Ihr die Güte habt, mich zu begleiten, können wir alles Nähere vor Ort besprechen.«

»Ihr werdet doch hoffentlich auch ein wenig experimentieren, Maître Jacob?«, fragte Roger schüchtern. Texte und Manuskripte interessierten ihn nicht so sehr. Die beiden Gelehrten hatten sich bereits erhoben und waren scheinbar schon dabei, einander gute Nacht zu wünschen, ohne auch nur ein Wort über Alchemie verloren zu haben.

Jacob sah ihn amüsiert an.

»Aber ja doch, junger Mann, gleich morgen beginnen wir mit den Experimenten. Maître Michael und demnach auch Ihr werdet meine Gäste sein, solange es Euch beliebt, und ich werde Euch alle Geheimnisse anvertrauen, die ich selbst kenne. Erwartet aber bitte nicht, dass ich Euch beibringe, wie man das Elixir des Lebens oder den Stein des Weisen fabriziert!«

Roger dankte Maître Jacob und zufrieden gingen alle drei zu Bett.

Myriam wartete in Finas Kammer auf Jacob. Sie saß auf dem Bett des kleinen Raumes, mit dem sie während Michaels Besuch vorlieb nahmen, und hörte noch immer diese seltsame Stimme, die sie so sehr an die von Robert erinnerte. Die lange unterdrückte Leidenschaft war ganz plötzlich wieder aufgeflammt. Während des Essens hatte sie die Erinnerungen, die auf sie einstürmten, noch verdrängen können, doch kaum allein, hatte die Gewalt der Empfindungen sie zutiefst erschüttert. Sie hatte versucht zu vergessen, den Schatten dieser unmöglichen Liebe zu verjagen, um Jacob gegenüber aufrichtig zu sein, und glaubte, es wäre ihr gelungen. Doch der Klang einer Stimme genügte, um diese vermeintliche Gewissheit zunichte zu machen. Die Liebe steckte noch in jeder Faser ihres Körpers! Das machte ihr Angst.

Jacob kam herein, setzte sich neben Myriam und erzählte ihr von dem Gespräch mit seinem Freund, analysierte ausgiebig jedes Detail. Myriam schwieg.

»Und nicht zuletzt ist es eine große Ehre«, sagte er abschließend, »aber was hast du denn? Gefällt dir etwas an der Sache nicht?«

»Nein, nein, ganz im Gegenteil ... Das ist eine verdiente Anerkennung und ich freue mich für euch ...«

Jacob hatte sie in den Arm genommen. »Was ist es dann? Hast du Angst, ins Königreich Neapel zu ziehen?« Nun bot sich ihr eine Ausrede.

»Ja, ich bin etwas in Sorge, zunächst einmal wegen der Reise, aber auch, weil ich die Provence verlassen muss, an die ich mich doch sehr gewöhnt habe.«

»Also, erstens werden wir es auf jeden Fall bequem auf der Reise haben, weil es uns an nichts mangeln wird. Wir machen es wie Maître Michael und werden mit dem Schiff von Marseille nach Neapel fahren. Ich nehme Rémi mit und dich könnte Gentilia begleiten. Du wirst sehen, Neapel ist eine wunderschöne Stadt und der Kaiserhof ein faszinierender Ort. Außerdem bist du hier ganz isoliert, keine andere Frau teilt deine Interessen. In Italien gibt es etliche, die so gebildet sind wie du, bestimmt wirst du dich mit der einen oder anderen anfreunden können.«

Jacobs liebevolle Zuneigung beruhigte sie ein wenig. Doch sobald er eingeschlafen war, hatte Myriam das Gefühl, in einem Ozean von Bildern zu ertrinken, die sie vergessen zu haben glaubte. Auf dem ganzen Körper spürte sie Roberts Küsse, Roberts Hände, bis sie endlich, im Morgengrauen, einschlief.

Alles kam ihr ganz unwirklich vor, als sie am nächsten Morgen wie mechanisch die Tür zu dem Gebäude im Innenhof aufschloss, die Kerzen anzündete und dann nach dem Kaminfeuer sah, das Rémi am Vorabend hergerichtet hatte. Dann kamen Maître Jacob und seine Gäste herein. Wie Myriam beim ersten Mal, bestaunte auch Roger das Astrolabium und die vier Glasgefäße der Sanduhren.

»Die Sanduhr ist für die alchemistische Kunst ein unerlässliches Werkzeug«, erklärte Michael Scot, »denn alle Experimente müssen auf die Minute genau gemessen werden. Eine Sanduhr mit vier Gefäßen habe ich noch nie gesehen. Bemerkenswert! Eine unglaubliche Genauigkeit muss sich damit erreichen lassen.«

»Die hier kommt aus den Ländern des Islam«, sagte Jacob. »Womit beginnen wir?«

»Mit einem einfachen Experiment, das wir beide, im Unterschied zu unserem Lehrling hier, nur zu gut kennen«, erwiderte Maître Michael. »In der Antike wird der Ruß, der sich in Kaminen bildet, nicht erwähnt, wohl aber der Ruß, der beim Verbrennen von Weihrauch, Myrrhe, Terebinthen- oder Zedernholz entsteht.«

Myriam nahm ein Glasgefäß und stellte es mit der Öffnung nach unten auf einen Eisentopf, in den sie zuvor zwei Messbecher Olivenöl gegeben hatte. Dann stellte sie das Ganze in den Kamin und fachte das Feuer an. Sogleich begann das Öl zu brennen, so dass der Raum hell erleuchtet wurde. Dichter öliger Rauch stieg auf und schlug sich an der Innenseite des

Glasgefäßes nieder. Als das Öl verbrannt war, drehte Myriam das Gefäß vorsichtig mit einer großen Zange um.

»Achtung, nicht hineinblasen«, warnte Jacob. »Aus diesem Pulver macht man Tinte, so schwarz und glänzend wie Ebenholz. Aber das ist noch nicht alles. Wenn man es mit kräftigem Essig vermischt, kann man Frostbeulen damit heilen. Zudem eignet es sich für nässende, juckende Wunden und als Heilmittel für die Augen. Ich habe immer welches vorrätig.«

Begeistert hatte Roger dem Experiment zugeschaut und dabei Myriams gewandte Bewegungen bewundert. Nicht einmal das plötzliche Auflodern der Flamme hatte ihre Sicherheit beeinträchtigt, während er selbst erschrocken einen Schritt zurückgewichen war. Großartig, dachte er, dass man so nützliche Substanzen selbst herstellen konnte. Und wie einfach es zu gehen schien!

»Maître Jacob, ich danke Euch«, sagte Michael schließlich. »Nun möchte ich, dass wir uns auf ein etwas höheres Niveau begeben. Zunächst jedoch muss Roger bei der Bibel schwören, dass er niemandem die Geheimnisse anvertrauen wird, die Ihr ihm enthüllt. Seine und unsere Sicherheit, ja unser aller Leben stehen auf dem Spiel.«

»Was genau wollt Ihr denn lernen, Maître Michael?«, fragte Jacob und klang mit einem Mal ein wenig beunruhigt.

»Ihr sollt mir zeigen, wie man Zinn zu Silber macht.«

Maître Jacob blieb stumm. Der Philosoph des Kaisers war sein Freund, aber was er da von ihm verlangte, brachte alle Anwesenden in größte Gefahr. Endlich fasste er einen Entschluss.

»Gut, ich werde es tun«, erwiderte er. »Aber es ist eine schwierige und langwierige Aufgabe, die erforderlichen Materialien sind nicht einfach zu beschaffen und zudem zahlreich, weshalb wir erst in ein paar Tagen damit beginnen können.«

Myriam sah ihn voller Bestürzung an. Er machte ihr heimlich ein Zeichen, sie möge sich ihre Ängste nicht anmerken lassen, und schlug dann seinen Gästen vor, wieder ins Haus zu gehen.

»Ich mache mir Sorgen wegen des Studenten in Michael Scots Begleitung, seine Leidenschaft für die Alchemie scheint reichlich naiv. Ihm ist nicht klar, wie gefährlich sie ist und dass er uns alle gefährden kann!«, sagte Myriam besorgt.

»Wenn Maître Michael ihn hierher gebracht hat, heißt das, dass er ihm vertraut, und ich wiederum habe unbedingtes Vertrauen in sein Urteil. Bedenke: Er weiß ebenso gut wie wir, dass uns der Tod droht, wenn jemand von unseren alchemistischen Experimenten erfährt.«

»Die Inquisitoren unterscheiden nicht zwischen Alchemie und Hexerei, sie werfen ja auch Medizin und Zauberei in einen Topf. Denkt an das Schicksal der alten Marie. Seit vierzig Jahren doktort sie schon mit ihren Heilpflanzen herum. Natürlich schadet sie den echten Ärzten und ihre Mittelchen richten nicht viel aus, aber deswegen treibt sie noch lange keine Hexerei. Jetzt ist sie im Kerker, und wie ich hörte, hat man sie heute zum zweiten Mal ins Verhör genommen. Und all das nur, weil Hutin und seiner Frau ein Unglück nach dem anderen zustieß und sie einen Sündenbock brauchten!«

»Mach dir keine Sorgen! Roger wird bald mit uns abreisen, wenn wir binnen kurzem an den Kaiserhof ziehen, wo niemand um diese Dinge weiß. Außerdem muss er uns schwören, Stillschweigen zu bewahren.«

Als er die Tür zum Labor zufallen ließ, gestand Jacob sich ein, dass er sich seiner Sache gar nicht so sicher war, denn wenn er Michael von dem Prozess erzählte, würde der die Anspielung bestimmt verstehen. Und was Rogers große Begeisterung anging, so würde es sicher genügen, ihn zur Verurteilung der alten Marie mitzunehmen, wohin sie sowieso alle gehen würden. Nachdem er sich vergewissert hatte, den Schlüssel zwei Mal im Schloss umgedreht zu haben, fasste er Myriam beim Arm und küsste sie auf die Wange. »Myriam, schön, dass du bei mir bist«, raunte er ihr zu.

11

Auf dem Platz hatten sich schon viele Menschen eingefunden. Stolz erhob sich gegenüber der Getreidehalle das Rathaus, vor dem die steinernen Bänke für die Ratsherren aufgestellt waren. Die Menge verdeckte die Sicht und Jacob und Michael konnten bald nicht mehr viel sehen. Fina und Gentilia drückten sich an Myriam. Nur der hochgewachsene Roger konnte bestens auf die noch leeren Bänke blicken. »Jetzt kommen die Ratsherren heraus und nehmen auf den Bänken Platz«, verkündete er.

Hinter ihnen gab es ein Gedränge und die Leute machten eine Gasse für den Erzbischof Foulque, der den goldbestickten Umhang und den Bischofsstab mit dem funkelnden Kreuz an der Spitze trug. Ihm folgten in Zweierreihen die Kanoniker der Kathedrale Saint-Sauveur. Ganz zum Schluss, mit rasiertem Schädel und gefesselten Händen, schleppte sich mühsam die alte Marie voran, gestützt von den beiden Dominikanern an ihrer Seite.

»Seht nur, wie sie von den Folterknechten zugerichtet wurde! Man hat ihr die Knochen gebrochen!«, murmelten einige in der Menge. Die Männer wichen zurück. Die Frauen seufzten, halb aus Mitleid, halb vor Aufregung. »Ja, sie hat immer Tränke gebraut!« – »Sie ist an unserem Übel schuld!« –

»Dass sie eine Hexe ist, hat keiner von uns gewusst!«, hörte man Rufe von verschiedenen Seiten.

Ein Sessel wurde herbeigetragen und der Erzbischof setzte sich rechts von den Ratsherren. Die Kanoniker nahmen zu beiden Seiten Aufstellung, während Marie und die zwei Dominikaner gegenüber von den Richtern stehen blieben.

Der Stadtvogt forderte die Inquisitoren, Duran d'Arles und Diego de Huesca, auf, mit ihrem Bericht zu beginnen. Duran ergriff als Erster das Wort.

»Im Namen unserer heiligen Mutter Kirche sind wir der Anschuldigung der Hexerei nachgegangen, vorgebracht von Hutin, dem Hutmacher, und seiner Frau, beides ehrbare Bürger und treue Katholiken, gegen Marie, Bürgerin von Aix. Mehrere Jahre lang hatte Hutins Frau immer wieder Fehlgeburten und kein Tier des Hausstandes, weder groß noch klein, hat in dieser Zeit auch Nachwuchs zur Welt gebracht. Der Hutmacher Hutin brach daher zu einer Pilgerreise nach Saintes-Maries-de-la-Mer auf, wo er in der Kapelle einen Traum hatte. Darin beobachtete er die alte Marie, wie sie eine Schlange unter seiner Türschwelle verscharrte und auf diese Weise sieben ungeborenen Kindern das Leben raubte, und sah dann die Fruchtbarkeit ins Haus zurückkehren, als man die Schlange von dort wegnahm. Nach seiner Heimkehr hat Hutin vor wahrheitsliebenden Zeugen die Erde unter seiner Schwelle umgegraben. Er hat zwar keine Schlange gefunden, trotzdem aber die Erde ausgetauscht, und von da an waren seine Frau und alle Tiere wieder fruchtbar.

Wir haben die Angeklagte sanft und freundlich befragt und sie auch darauf hingewiesen, dass ein Geständnis ihre Strafe mildern und Buße sie in den Schoß der Kirche zurückführen könnte. Sie aber hat sich standhaft geweigert zu gestehen. Beim ersten Mal wurde sie nur leicht ins Verhör genommen, ohne dass Blut geflossen wäre. Trotz der von ihr angerichteten Pein hat sie jedoch weiterhin geleugnet und keine Tränen vergossen, so dass ich ihr die Hand auf den Kopf gelegt und zu ihr gesagt habe: ›Ich beschwöre dich bei den bitteren Tränen, die unser Heiland am Kreuz vergossen hat, und bei den brennenden Tränen unserer Jungfrau Maria über die Wunden Jesu, weine auch du, so du unschuldig bist, und bist du es nicht, so weine auch nicht!‹ Die Angeklagte hat keine Träne vergossen.

Beim zweiten peinlichen Verhör wurden ihr alle Haare abrasiert, da Hexen oft Amulette in ihren Kleidern, aber auch in den Haaren am Körper und sogar an den geheimsten, ungenannten Stellen tragen. Die ehrbaren und gut beleumundeten Frauen, die sie durchsuchten, fanden nichts. Als ihr die Arme und Beine gebrochen wurden, weinte die Angeklagte jämmerlich und bettelte um Gnade. Doch sie hat weiterhin hartnäckig geleugnet, allen Rügen und Drohungen zum Trotz. Daher erklären wir sie jetzt für schuldig und legen ihr Schicksal in eure Hände, damit sie bestraft werde.«

»Lässt sich etwas zu ihrer Verteidigung vorbringen?«, fragte der Stadtvogt die anderen Ratsherren. Einer von ihnen, Maître Martin, der Jurisprudenz in Bologna studiert hatte, stand auf. Er war Advokat und Notar und bekannt für seine religiöse Toleranz.

»Gut, dass Martin Maries Verteidigung übernimmt«, flüsterte Jacob Michael ins Ohr. »Er ist kompetent, und wenn jemand sie retten kann, dann er! Ich fürchte jedoch, sie hat keine Chance mehr.«

»Zur Verteidigung der Angeklagten möchte ich zunächst anführen, dass ihr keinerlei Geständnis entrissen wurde. Nun kann aber kein menschliches Wesen nach dem Gesetz verurteilt werden, wenn es sein Verbrechen nicht gestanden hat. Außerdem beruht die Anklage nur auf einem Traum von Hutin, dem Hutmacher. Möglicherweise aber war dessen Urteilskraft aufgrund seines Unglücks beeinflusst, was wiederum zu falschen Träumen geführt haben könnte. Und schließlich hatte Hutin, der Hutmacher, schreckliche Schmerzen, bevor er nach Saintes-Maries-de-la-Mer pilgerte. Anstatt sich von einem angesehenen Arzt kurieren zu lassen, wandte er sich an die alte Marie, die ihn aber nicht heilen konnte.

Daher fordere ich die Ratsherren der Stadt auf, Marie von dem Vorwurf der Hexerei freizusprechen, denn die Anklage beruht nicht auf rechtlich haltbaren Beweisen.«

Zum ersten Mal, seit sie da vorne zwischen den beiden Inquisitoren kauerte, hob Marie den Kopf. Tränen rannen ihr über die Wangen, doch die Menge begann zu murren und einzelne Rufe wurden laut:

»Tod der Hexe!«

»Nieder mit Maître Martin!«

Der Stadtvogt stand auf und gebot Schweigen.

»Die Verteidigung hatte das Wort. Was antworten die Vertreter der Kirche?«

Erzbischof Foulque erhob sich nun seinerseits und verkündete mit machtvoller Stimme:

»Die Beweise sind klar und eindeutig. Hutin, der Hutmacher, hat auf der Pilgerfahrt einen wahren Traum gehabt. Das Böse wohnt nicht an einem heiligen Ort, der von Reliquien beschützt wird. Außerdem dienen die darauf folgenden Ereignisse als Beweis, da ja die Fruchtbarkeit ins Haus zurückgekehrt ist. Wer den Traum auch nur im Geringsten anzweifelt, müsste zudem beweisen, dass Hutin der Todfeind der Alten ist.« Foulque wandte sich an die Menge: »Wer bei der Heiligen Schrift schwören kann, dass dem so ist, der trete vor und sage es laut heraus!«

Niemand rührte sich. »Meine Herren Räte, kommen wir nun zur Urteilsfällung«, ergriff der Stadtvogt nach einigen Augenblicken der Stille erneut das Wort.

Übereinstimmend wiesen die Ratsherren mit dem Daumen nach unten, außer Maître Martin, dessen Daumen himmelwärts zeigte. Rufe der Begeisterung quittierten das Urteil. »Verbrennt die Hexe!«, schrie das Volk. Marie hatte nicht ein Mal die Augen erhoben. Jacob und Michael tauschten einen Blick, der Einvernehmen und Ohnmacht zugleich zum Ausdruck brachte. Doch der Scheiterhaufen war schon errichtet. Zwei Schergen schleiften die Alte durch die Rue des Chaudronniers zur Hinrichtungsstätte. Ihnen voraus gingen die Honoratioren, dann schlossen sich Männer, Frauen und Kinder an, versperrten zuweilen den Weg. Es war Zeit, nach Hause zurückzukehren.

Myriam und Fina waren bereits dort. Myriam versuchte Gentilia zu beruhigen, die von krampfartigem Schluchzen geschüttelt wurde. Sie selbst heulte vor Wut und Mitleid.

»Ich weiß nicht, von nichts kommt nichts«, gab Fina zu bedenken. Befremdet sahen alle sie an. Man nahm in der Stube Platz. Jeder dachte an die alte gebrochene Frau, die in diesem Augenblick vor den Augen der Menge verbrannt wurde. Maître Michael brach das beklommene Schweigen.

»Hast du zum ersten Mal einem solchen Prozess beigewohnt?«, wollte er von Roger wissen.

Roger nickte.

»Und, welche Schlüsse ziehst du daraus?«

Roger überlegte lange. »Die Menge!«, sagte er schließlich. »Diese Leute lassen sich von Emotionen leiten, nicht vom Verstand. Sie glauben alles, was man ihnen erzählt, und die Inquisitoren erzählen unwahrscheinliche Dinge.«

»Ich denke, all dem liegt die Frage nach dem Bösen zugrunde. Die Philosophen sagen, das Böse sei die Abwesenheit des Guten. Die christliche Doktrin macht aus dem Bösen ein reales, lebendiges Wesen, das ständig im Leben der Menschen präsent ist, und nennt es Satan, das Böse, den Teufel. Oft könnte man meinen, es sei wichtiger als Gott selbst. Vor allem hier in der Provence, wo die Ketzerei einmal sehr im Schwange war und heute noch fortlebt, setzt sich die Kirche mit Vehemenz gegen das Böse zur Wehr. Sie kann gar nicht anders. Wenn jemand wagt, den Glauben in Zweifel zu ziehen, gefährdet er damit zugleich die Ordnung der Welt. Was wir soeben miterlebt haben, lässt sich vom philosophischen Standpunkt aus nicht rechtfertigen, war aber für das Wohl der Stadt von Bedeutung.«

Myriam, die diese Worte mit wachsendem Verdruss angehört hatte, konnte ihre Wut und Entrüstung nicht länger zurückhalten.

»So darf man nicht argumentieren!«, ereiferte sie sich. »Damit rechtfertigt man die schrecklichen Ereignisse, die wir nur allzu oft mit ansehen müssen, diese Massaker an Ketzern, Hexen und Juden. Die Ordnung der Welt muss auf der Wahrheit gründen, nicht auf der Lüge.«

»Man müsste diesen Leuten die Tugend nahe bringen, anstatt sie zum Aberglauben und zur Grausamkeit zu treiben«, warf Roger ein.

»Ihr seid beide ziemlich jung und naiv«, versetzte Maître Jacob. »Nicht viele Menschen sind mit dem Unterschied zwischen Wahrheit und Irrtum vertraut, Philosophen hat es schon immer nur wenige gegeben. Eine Kenntnis der Welt erwirbt man durch intellektuelle Anstrengung, indem man körperliche Begierden zügelt. All diese Leute aber werden von ihren körperlichen Bedürfnissen beherrscht: Essen, Trinken, Kopulieren. Wie Tiere sind sie und die einzige Möglichkeit, sie einigermaßen im Zaum zu halten, ist der Appell an ihre Vorstellungskraft. Riten, wozu auch Gerichtsverhandlungen zählen, sind daher unerlässlich für sie.«

Roger und Myriam schauten sich an, während man draußen vor der Tür den Lärm der Menge hörte, die von der Hinrichtungsstätte zurückkehrte. Keiner von den beiden war überzeugt.

»Auf jeden Fall, mein junger Freund, weißt du jetzt, wie gefährlich es ist, anders zu sein als die anderen«, sagte Michael. »Überlege es dir also gut, bevor du dich auf einen Weg abseits der ausgetretenen Pfade begibst. Es besteht nur ein schmaler Grat zwischen denen, die durch die Wissenschaften die Welt zu begreifen versuchen, und den anderen, von denen es heißt, sie hätten ihre Seele dem Teufel verkauft.«

Drei Tage später verkündete Maître Jacob, dass er die für das Experiment notwendigen Ingredienzen beisammen habe. Allerdings müsse man noch einen Tag warten, bis zum Donnerstag, damit das Unternehmen unter Jupiters Schutz stand. Roger, der nach wie vor zusehen wollte, hatte feierlich beim Evangelium geschworen, dass er niemandem etwas davon erzählen würde.

Früh am Morgen fanden sich die drei Männer und Myriam im Labor ein. Jacob setzte einen glänzenden Kupferkessel aufs Feuer und gab einen Messbecher Bilsenkrautessenz hinein, dann einen mit Spierlingsfruchtsaft, schließlich einen mit Granatapfelsirup und fügte noch eine Prise normales Salz und zwei Prisen Alkalisalz hinzu. »Das ergibt reines Soda«, bemerkte er tonlos. Myriam nahm einen Holzlöffel und begann die Mixtur umzurühren.

»Die Flüssigkeit muss ständig in Bewegung sein, damit sich alle Säfte richtig durchmischen. Die Kochzeit dauert lange, mehr als eine Stunde«, erklärte Jacob. Sorgfältig notierte Michael Scot auf einem Wachstäfelchen die Zutaten und Vorgänge, auch was Myriam gerade machte. Während sie weiterrührte, legte Jacob drei Brocken Zinn von je einem Pfund bereit.

»Hier ist nun das Zinn, dessen kristallähnliche Bestandteile wir entfernen müssen, um es zu bleichen, damit es so rein wie Silber wird«, sagte er.

Als die Flüssigkeit auf etwa ein Drittel eingekocht war, filterte er sie durch ein weißes Tuch und fing sie in einem Glasbehälter auf. Dann legte er die Zinnbrocken in ein Tonschälchen und gab Salz und Alkalisalz hinzu. Die Brocken begannen sich aufzulösen. Als sie flüssig waren, nahm er das Tongefäß vom Feuer und übergoss den Zinn mit dem Kräutersud. Zweimal wiederholte er diesen Vorgang, dann nahm er einen großen Mörser aus Bronze und schüttete verschiedene Pülverchen aus bereitstehenden Gefäßen hinein.

»Das hier ist der brennbare Teil von Menschenblut«, flüsterte er. »Man nennt es auch Eisenstaub oder Schwefel. Es wird aus einer Arsenverbindung gewonnen. Jetzt gebe ich Kolophonium hinzu, ein Harz, das ich aus Terebinthenholz destilliert habe.«

Er fuhr fort, alle verwendeten Substanzen aufzuzählen: Talkstein, Markasit, mehrere Alaunen verschiedener Herkunft, Korallenwurzel, Bodenproben vom Roten Meer, aus Zypern, Armenien, Tunis. All dies mischte und zerstieß er sorgfältig, strich es anschließend durch ein Sieb. Dann setzte er das Tongefäß wieder aufs Feuer und bereitete einen weiteren Sud: Orangensaft, wilde Gurke, Urin von einem jungen Dachs, den er drei Mal aufgekocht und ebenso oft destilliert hatte. Diesen Sud fügte er vorsichtig dem zuerst zubereiteten Extrakt hinzu und ließ das Ganze bei niedrigem Feuer langsam einkochen. Dann goss er diese Substanz über das Zinn und siebte das Gemisch erneut.

Stunden waren vergangen. Vor Aufregung hatten sie gar nicht gemerkt, wie müde sie wurden. Jetzt näherte sich das Experiment seinem Ende. Maître Jacob setzte das Zinn mit drei Drachmen des neu gewonnenen Pulvers aufs Feuer. Wieder gab er Alkalisalz und normales Salz hinzu und goss die Mixtur, als sie sich schließlich aufgelöst hatte, in drei Formen und beträufelte sie mit Salmiakgeist.

»Diese Flüssigkeit habe ich so lange gekocht, bis sie beinahe vollständig verdunstet ist, dann habe ich sie destilliert.«

Alle schwiegen. Das Zinn war ganz weiß geworden. Als es hart war und Jacob die Gussformen stürzte, hatte es sich in reines Silber verwandelt. Roger nahm als Erster einen der Barren in die Hand.

»Das ist tatsächlich Silber! Niemals hätte ich das für möglich gehalten!«, rief er.

»Man hat mich also nicht belogen, es ist machbar!«, sagte Michael Scot verblüfft.

Maître Jacob war zufrieden.

»Das Pulver, das wir gerade zubereitet haben, ist ein kostbares Gut, es bleicht Zinn und verwandelt es auch in Silber, es lässt Quecksilber gerinnen und reinigt Kupfer. Ich beschwöre euch nun beim allmächtigen Gott, niemandem beizubringen, wie es sich herstellen lässt, und das Geheimnis in eurem Herzen zu bewahren, es allenfalls einem verschwiegenen, weisen und vorsichtigen Menschen zu enthüllen.«

»Ich verspreche es«, sagte Michael.

»Und ich«, sagte Roger, »ich wäre gar nicht in der Lage, es jemandem zu erklären, weil, was ich hier sah, so außergewöhnlich war, dass ich mich nie und nimmer an Einzelheiten erinnern könnte!«

»Dann nehmt dies hier als Erinnerungsstück und vergesst niemals, dass alles, was wir gemacht haben, nur durch die Gnade Gottes und im Einklang mit den Naturgesetzen geschehen ist«, mahnte Jacob und hielt ihm einen der Silberbarren hin.

Am darauf folgenden Montag reisten sie noch vor dem Morgengrauen nach Marseille. Die breite Römerstraße führte an den Hügeln entlang. Michael Scot und Jacob Anatolio ritten an der Spitze, Roger und Myriam hinter ihnen – er auf seinem herrlichen Pferd, sie auf dem Esel Brunet. Peter und Rémi gingen zu Fuß und bildeten den Schluss. Sie kamen im Schritttempo voran und Flambeau lief von einem zum andern und machte hin und wieder einen Abstecher seitwärts in die Felder, um Kaninchen nachzujagen.

Roger war ganz ausgelassen. Sein Pferd, das sich wochenlang in Jacobs Obstgarten hatte ausruhen können, freute sich über den Auslauf. Er selbst hatte gut gegessen und getrunken und zudem bei einem bemerkenswerten alchemistischen Experiment zugeschaut. Nun musste er nur noch ein Versprechen einlösen.

»Dame Myriam, ich habe bei Euch eine sehr angenehme und anregende Zeit verbracht und werde einem teuren Freund davon erzählen. Er heißt Robert Kilwardby und hat mich gebeten, Euch zu sagen, dass er an Euch denkt, mit ebenso viel Liebe und Respekt wie früher.«

Myriam erschrak. Seit Rogers Ankunft hatte sie fast ständig an Robert gedacht und nun erfüllte diese Nachricht ihre geheimsten Hoffnungen. Vor Erregung konnte sie nicht sprechen.

Roger, der dies bemerkte, ging darüber hinweg, als wäre nichts geschehen.

»Wenn Ihr Robert noch als Euren Freund betrachtet, so würde er sich sehr freuen. Er hat mich um ein Zeichen Eurer Sympathie gebeten, ein Band, eine Blüte oder auch nur einen Grashalm.«

Die Worte kamen Myriam so unwirklich vor, dass Minuten verstrichen, ehe sie mit gefasster Stimme antwortete:

»Das stimmt, ich kannte Robert, als ich noch nicht verheiratet war, ein sehr netter Junge. Was ist aus ihm geworden?«

»Er studiert fleißig und ist ein brillanter Schüler. Wahrscheinlich macht er nächstes Jahr seinen Bakkalaureus. Ansonsten ist er noch genauso arglos und naiv wie früher.«

»Was wollt Ihr damit sagen?«, fragte Myriam. »Ich glaube, er war nur noch nicht so verdorben wie viele andere.«

Roger brach in Gelächter aus.

»Dann sollt Ihr erfahren, was diesem Idioten passiert ist! Bei der Hochzeit von Maître Audrys Tochter Rose, die ihr, glaube ich, auch kennt, hat sich die ältere Schwester Blanche unter einem so leicht zu durchschauenden Vorwand an ihn herangemacht, dass nur Robert die Sache nicht kapiert hat: Sie hat ihm einen Liebestrank eingeflößt. Das Mädchen wurde schwanger, doch zum Glück schaltete Geoffrey, Roberts Cousin, sich ein. Robert hat dann bei den Mönchen von Saint-Victor Buße getan und seitdem braucht er ein Mädchen nur zu sehen und sucht schon das Weite!«

Belustigt von seiner Geschichte, hatte Roger gar nicht bemerkt, was für einen Schock er dadurch bei Myriam ausgelöst hatte. Sie sah Robert vor sich, nackt in Blanches Armen, wie er sich auf und ab bewegte, der anderen die gleichen Zärtlichkeiten zuflüsterte wie damals ihr. Ein Schauder überlief sie. Sie sah und hörte nichts mehr, so sehr hatte die Eifersucht sie gepackt.

Roger, der endlich aufgehört hatte zu lachen, war überrascht über die plötzliche Blässe und die tiefe Verstörung in ihrem Blick.

»Fühlt Ihr Euch nicht wohl?«, fragte er. »Soll ich Euch beim Absteigen behilflich sein?«

»Nein, nein, es geht schon wieder.«

Sie klammerte sich an Brunets Mähne. Tausend widersprüchliche Gedanken rasten ihr durchs Hirn. Sie fühlte sich verraten, dabei war sie die Verräterin. Sie hätte Robert vergessen müssen, vor langer Zeit schon, das hatte sie Jacob versprochen. Hatte Robert ebenso empfunden, als er von ihrer Heirat hörte? Sie hatte sich vermählt, freiwillig, während er Opfer eines bösen Zaubers geworden war. Dennoch spürte sie einen schier unerträglichen Schmerz! Als sie gegen die Tränen ankämpfte, musste sie sich eingestehen, dass sie mit ihrer Liebe auch sich selbst verraten hatte.

Sie näherten sich Marseille. Immer mehr Karren kreuzten ihren Weg und häufig mussten sie an den Straßenrand ausweichen. Der Lärm der Hufe und der Räder war so laut, dass sie sich kaum mehr unterhalten konnten.

Überall roch es nach Meer. Das Gewimmel von Menschen und Tieren innerhalb der Stadtmauern erinnerte an das Gedränge in Paris, doch ertönten die Rufe in den verschiedensten Sprachen und auch die Leute wirkten fremd. Roger und Myriam blieben lange stehen, um einen hochgewachsenen Schwarzen anzustarren, der in eine grellorange Toga gewickelt war. Jacob und Michael amüsierte ihr Staunen.

»Du wirst noch ganz andere seltsame Leute am Hof unseres Kaisers sehen«, sagte Jacob zu Myriam.

»Hier gibt es schon genug«, erwiderte sie, als sie einen Mohren mit einem riesigen weißen Turban vorbeigehen sah.

»Diese Stadt beherbergt Leute und Waren aus der ganzen Welt«, bemerkte Michael. »Sie ist kleiner als Genua, aber unabhängig und wohlhabend.«

Je näher sie dem Hafen kamen, umso schwieriger war es, beieinander zu bleiben. Endlich gelangten sie zu Samuel Ibn Tibbons Haus. Maître Scot hatte ihn unbedingt treffen wollen, in der Hoffnung, dessen Bibliothek besichtigen zu dürfen. Sobald man ihn benachrichtigt hatte, kam Samuel, um seine Gäste zu begrüßen. Jacob und Myriam wohnten bei ihm, Michael und Roger dagegen bezogen ein Zimmer in der nächstgelegenen Herberge. Gleich für den nächsten Tag vereinbarten sie eine Zusammenkunft bei Maître Samuel.

Am Samstag war Michael Scot bereits an Bord des Schiffes, das ihn nach Neapel bringen sollte. Er hatte einen guten, geschützten Platz erworben, wo ihm Wind und Wellen nichts anhaben konnten, und sich außerdem reichlich mit Vorräten eingedeckt. Mit dem nächsten Wind würde er abreisen. Während er Marseille aus der Ferne betrachtete, dachte Maître Michael zufrieden an seinen kurzen Aufenthalt dort. Jacob und Samuel, beide überaus zuvorkommend, hatten zwei Schreiber für ihn ausfindig gemacht, die er schließlich in seinen Dienst genommen hatte, damit sie ihm den ersehnten Text kopierten. Er hatte Pergamenthefte gekauft und noch vor Jacobs Abreise würde alles erledigt sein. Jacob würde sich auch um die Bezahlung kümmern. Alles lief bestens, der Kaiser würde zufrieden sein. Er tastete nach den zwei Silberbarren, die er bei sich trug. Ein Glück, dass es Ungläubige wie die Muslime und die Juden gab, dachte er bei sich.

Zur gleichen Zeit ritt Roger im Galopp nach Norden. Auf dieser Reise hatte er mehr gelernt als in den zwei Jahren an der Universität in Paris – vor allem, dass die Alchemie eine Askese erheischte, die ihn überforderte. Er sah sich nicht das ganze Leben in irgendwelchen finsteren Laboratorien verbringen und Stunde um Stunde mit abgezirkelten Bewegungen Experimente veranstalten, den Blick stets auf die Sanduhr gerichtet. Er brauchte Bewegung, lebhafte Gespräche und fröhliches Lachen um sich und im Alter würde er wie sein Vater ein echter Genießer sein, der Freund von allen, und noch immer mit den jungen Dingern durchs Gras tollen. Seit

Beginn der Reise hatte Roger nicht mehr mit einem Mädchen geschlafen, sein Blut kochte!

»Da ich nur der Diener und nicht der Herr bin, habe ich es mit einigen Dienerinnen getrieben!«, rief Peter ihm zu.

»Warte nur, gleich bei der ersten Herberge werde ich alles wieder aufholen«, erwiderte Roger und versetzte seinem treuen Kammerdiener einen Seitenhieb, der diesen beinahe aus dem Sattel warf. Vor allem dachte Roger vergnügt an den Silberbarren in seinem Gepäck, der in ein sauberes Hemd gewickelt war und neben dem winzigen zusammengefalteten Taschentuch lag, das Myriam ihm beim Verlassen der Bibliothek Maître Samuels für Robert zugesteckt hatte. Es war mit Eisenkraut getränkt.

BUCH III

Das Gesetz Gottes

Rom 1239

1

Gerade war das fröhliche Grüppchen englischer Kaufleute, das zur Messe von Lendit unterwegs war, im Châtelet gegenüber der Ile de la Cité an Land gegangen. Ohne Zwischenfälle hatten sie den Ärmelkanal überquert und waren dann die Seine hinaufgefahren, wofür sie nur eine Woche gebraucht hatten. Pater Richard, der sich durch sein blütenweißes Gewand und die Tonsur auffällig von den anderen unterschied, reiste mit ihnen. Er war groß und beleibt, ein dicker Bauch wölbte sich unter seinem Talar. Nachdem er sich von seinen Landsleuten verabschiedet hatte, stieg er langsam und feierlich ans Ufer.

Um zum Kloster von Notre-Dame zu gelangen, musste er den Petit Pont überqueren, was gar nicht so einfach war. Nachdem er sich an respektlosen Passanten, Eseln und Hunden vorbeigezwängt hatte, bog er in die Rue Neuve-Notre-Dame ein und befand sich bald auf dem Kirchhof. Die Kathedrale war beeindruckend hoch. Der Bau war zwar noch nicht vollendet, aber die beiden Türme überragten bereits die gesamte Umgebung. Als er den Kopf in den Nacken legte, um bis zur Spitze des Gerüsts sehen zu können, wurde Pater Richard ein wenig schwindelig. Zudem herrschte hier ein schrecklicher Lärm, da sich in der Rue Neuve-Notre-Dame der Geflügelmarkt befand. Hähne, deren Füße zusammengebunden waren, stießen ihr ohrenbetäubendes Krähen aus, und Hennen gackerten empört, wenn sie getreten wurden. Die Rufe der Verkäufer mischten sich mit dem verzweifelten Quaken der Enten, die dem Schlachtmesser zu entkommen versuchten. Der Staub aus dem Gefieder der Vögel, die gerade gerupft wurden, kitzelte in den Augen und ein Geruch nach frischem Blut und Exkrementen lag in der Luft. Zwar war Pater Richard an starke Gerüche gewöhnt, beeilte sich aber dennoch.

Als er die erzbischöfliche Residenz erreicht hatte, kehrte wieder Ruhe ein. Man empfing ihn mit dem Zeremoniell, wie es sich für einen Gesandten des Erzbischofs von Lincoln am römischen Hof geziemte, und er wurde in einer großen Zelle untergebracht. Ein Laienbruder benachrichtigte Geoffrey und Robert, dass ihr Onkel gekommen war, der sie, als er sie schließlich sah, in die Arme schloss.

»Wie viele Jahre mögen es her sein, seit ich euch nicht mehr gesehen habe! Du, Geoffrey, hast dich kaum verändert, aber du, Robert, bist ein richtiger Mann geworden!«

Der Heranwachsende, der vor zwei Jahren sein Elternhaus verlassen hatte, war größer geworden und seine Schultern wirkten nun viel breiter. Zugleich war er drahtiger, so dass die feinen Züge deutlicher hervortraten. Sein offener Blick aber hatte seine Unschuld bewahrt.

»Wie geht es unseren Eltern?«, wollte Geoffrey wissen. Onkel Richard berichtete ihnen die Neuigkeiten aus dem Familienkreis und fragte schließlich nach den Fortschritten im Studium.

»Dieses Jahr werde ich die Bibelkunde abschließen«, antwortete Geoffrey, »und so Gott will, wird man mir nächstes Jahr eine kleine Gruppe von Studenten anvertrauen, mit denen ich dann die *Sentenzen* des Pierre Lombard lesen werde.«

»Hervorragend. Und du, Robert?«

»Nun, wie ich meinem Vater bereits geschrieben habe, bereite ich mich auf das Examen zum Bakkalaureus vor, Maître Pierre wird mich dafür vorschlagen.«

»Sehr schön«, erwiderte der Onkel zufrieden. »Dann kann ich dir ja auch verraten, dass dein Vater mir die für dein Examen nötige Summe bereits mitgegeben hat. Ich werde solange hier bleiben. Danach könnt ihr mir vielleicht bei einem Auftrag behilflich sein. Aber nun wollen wir erst einmal gebührend das Wiedersehen feiern, wie es sich für zwei brave Studenten und einen zufriedenen Onkel gehört. Auf dem Weg vom Châtelet hierher habe ich jede Menge Wirtshäuser gesehen, bringt mich in das beste von allen! Ihr müsst mich aber in eure Mitte nehmen, um mich vor dem Pariser Pöbel zu schützen, der keinen Respekt vor ehrbaren Kanonikern hat.«

Nachdem Hunger und Durst mit gegrilltem Fleisch und Wein aus der Bourgogne gestillt waren, stieß der Onkel einen zufriedenen Rülpser aus.

»Nein wirklich, hier in Paris isst man vortrefflich und der Wein ist vorzüglich. Jetzt aber erkläre mir, was du tun musst, um Bakkalaureus zu werden.«

»Nun, wie ich meinem Vater bereits geschrieben habe, habe ich im Dezember als Kontrahent an den Streitgesprächen von Maître Pierres Schülern teilgenommen. Mein Meister war zufrieden mit mir, so sehr, dass er mir die Erlaubnis gegeben hat, mich für die Prüfung zum Bakkalaureus anzumelden.«

»Und wie läuft das ab? Ich bin nur Priester und habe nie eine Universität besucht...«

»Lieber Onkel, Ihr macht wohl Witze? Ich kenne keinen Geistlichen, der beschlagener wäre als Ihr.«

»Es geht bei euch ja weniger um die Kenntnis von Gottes

Wort als vielmehr um die Regeln und Statuten der Fakultät der Künste.«

»Maître Guillaume und Maître Pierre d'Espagne müssen mir zuerst meinen Fleiß und mein gutes Betragen bescheinigen, was sie ohne Zweifel tun werden, aber üblicherweise erhalten sie dafür ein Geschenk, meistens eine kleine Geldsumme. Dann stellen mir die Prüfer Fragen zu den Texten, die wir festgelegt haben, wofür ich eine Prüfungsgebühr zahlen muss, und schließlich folgt eine große Zeremonie, bei der ich zum ersten Mal die Rolle des Lehrers übernehme, indem ich das Streitgespräch leite und eine abschließende Beurteilung abgebe.«

»Sieh mal an, dann wirst du also Lehrer!«

»Nicht ganz, ich muss noch zwei Jahre studieren, bis ich die Lehrbefähigung habe, aber ich werde aktiv an den Streitgesprächen der Lehrmeister teilnehmen und außerdem Anfänger unterrichten.«

»Und was hat es mit dieser Zeremonie auf sich?«

»Ich muss mit dem Pedell der Engländer verhandeln und einen Termin festlegen, an dem ich mich lobend über die Schule Maître Pierres äußern werde. Natürlich muss ich ihm etwas geben und dem Pedell der Fakultät ebenfalls. Die Streitfrage wird gemeinsam mit Maître Pierre bestimmt. Den beiden Studenten, die als Gegner auftreten, muss ich auch ein kleines Geschenk machen. Im Anschluss an das Streitgespräch erhalte ich dann den Umhang eines Bakkalaureus umgelegt, den ich mir vorher kaufen muss. Außerdem findet am Abend ein großes Bankett für die Lehrer, die Studenten, sämtliche Bedienstete der jeweiligen Nation und alle Freunde statt – das kostet ein hübsches Sümmchen!«

»Mir scheint, dieses Bakkalaureat ist vor allem eine Gelegenheit, um einen Haufen Geld auszugeben! Ich habe mich schon über die Summe gewundert, um die du deinen Vater gebeten hast. Jetzt begreife ich allmählich, weshalb. Bei dir war es nicht so teuer, Geoffrey, oder?«

»Da ich meine Examensfeier zusammen mit einem reichen Freund veranstaltet habe, musste ich nur für einen ganz geringen Teil der Kosten aufkommen.«

»Zum Glück hat mir dein Vater ausreichend Geld mitgegeben, Robert!«

Onkel Richard zog einen ledernen Beutel aus der Tasche und ließ die schweren Silbermünzen darin klimpern.

Bereits früh am Morgen waren Strohballen für die Assistenten am Boden verteilt worden. Außerdem hatte man die Stühle für die Lehrer und das Pult für Robert aufgestellt. Er würde eine Frage aus dem Bereich der Dialektik disputieren, der ihm ganz besonders lag.

Onkel Richard und Geoffrey fanden sich zeitig ein, denn wer zu spät kam, musste stehen. Dann strömten die Studenten herein und schließlich zogen die mit ihrer Toga bekleideten Lehrer ein, denen die Pedelle den Weg bahnten. Es folgten die Kandidaten für das Bakkalaureat im schwarzen Umhang, für die zwei Bänke in der ersten Reihe reserviert waren. In dem allgemeinen Stimmengewirr nahmen alle Platz. Die Pedelle klopften mit ihrem Stock auf den Boden und es wurde still, woraufhin der Prokurator der englischen Nation feierlich die Sitzung eröffnete und die Namen der Teilnehmer des Disputs verkündete.

»Sehr beeindruckend«, raunte Onkel Richard Geoffrey zu.

Robert nannte das Thema: Sollte das Wort *idem* als Beifügung zur Begriffsbestimmung oder als Beifügung zu allen Prädikaten verstanden werden? Für jede der beiden Hypothesen legte er verschiedene Argumente dar. Der Kontrahent sprach sich für die erste Hypothese aus und zählte eine Reihe von Argumenten auf, die seine Meinung stützten. Dann ergriff der Opponent das Wort: »Die zweite Lösung ist die richtige«, bekräftigte er und widerlegte eines nach dem anderen die Argumente des Kontrahenten.

Der setzte zu einer nur kurzen Erwiderung an, womit der Disput jedoch keineswegs beendet war, denn nacheinander meldeten sich nun die Lehrer der anderen Schulen zu Wort und brachten Gegenargumente vor. Stunden vergingen. Der Onkel fand all diese Kritiken, Erwiderungen und Widerlegungen äußerst langweilig.

»Was mühen die sich denn nur so ab!«, entfuhr es ihm.

»Aber das ist ja die Kunst!«, entgegnete Geoffrey, »der Disput hat ein sehr hohes Niveau.«

In diesem Moment begann Robert mit seiner Schlussrede, indem er die Frage vom Anfang wieder aufgriff und seine eigene Antwort gab, wobei er die Argumente, die seine These stützten, mit einer solchen Klarheit darstellte, dass sogar Onkel Richard die Wichtigkeit des Problems begriff. Dann widerlegte er die gewichtigsten Einwände, die der Kontrahent nicht hatte entkräften können, und schließlich knöpfte er sich eine nach der anderen unter Zuhilfenahme verschiedener Zitate von Boetius, Aristoteles und seiner Kommentatoren die Kritiken der Lehrer vor. Je ausführlicher er seine Argumente vor den Zuhörern ausbreitete, umso lauter fiel die Zustimmung aus. Geoffrey frohlockte bereits.

Als Robert schwieg, stand Maître Pierre d'Espagne auf.

»Es ist Brauch, auf den Kandidaten eine Lobrede zu halten«, begann er, »und die Glückwünsche sind Teil der Zeremonie. Heute aber halte ich meine Lobrede nicht aus Gründen der Höflichkeit oder der Konvention. Selten habe ich einen so gebildeten, methodisch gewandten und ernsthaften Schüler wie Robert Kilwardby erlebt. Er hat die Fähigkeit bewiesen, mit der Dialektik umzugehen und sie einzusetzen, um Probleme zu begreifen und zur Wahrheit zu gelangen. Ich freue mich, einen so begabten Lehrmeister in meiner Schule zu wissen.«

Gerührt und geschmeichelt von den Worten seines Lehrers, schwor Robert mit belegter Stimme dem Rektor der Universität, der Fakultät und der Nation den Eid. Nachdem ihm der Umhang eines Bakkalaureus umgelegt worden war, wurde er unter freudigen Zurufen zur Bank begleitet, wo er Platz nahm. Onkel Richard konnte sich nicht mehr zurückhalten und stürzte auf Robert zu, um ihn zu umarmen. Nur mit Mühe gelang es den beiden Pedellen, die Anwesenden zu beruhigen. Begeistert wurde die Nachricht aufgenommen, dass in einer nahe gelegenen Herberge in der Rue de la Juiverie zur Vesperstunde das Bankett stattfand. Unter Jubelrufen wurde Robert auf den Schultern seiner Freunde hinausgetragen.

In der Herberge liefen die Vorbereitungen für das Bankett bereits seit zwei Tagen. Brot, Pasteten und Gebäck waren schon seit langem bestellt. Im Hof hinter der Gaststube drehte sich ein Schwein am Spieß, während über glühenden Kohlen im Kamin Gänse und Kapaune brieten. Mehrere Jungen halfen bei der Feier aus und hatten Tische auf die Straße gestellt, weil nicht alle Gäste im Saal Platz fanden. Der Wirt, ganz rot im Gesicht vor Aufregung und Geschäftigkeit, kommandierte seine Gehilfen herum, lief hierhin und dorthin. Alles musste rechtzeitig fertig sein, damit alle das Fest genießen konnten.

Die Krüge mit Wein aus Beaune standen bereits auf dem Tisch, als die Gäste unter Singen und Rufen ankamen. Der Ehrentisch im Saal stand den Lehrern und den wichtigen Gästen zu, die sich als Erste setzten. Dann drängelten die Studenten zu ihren Tischen, und da sich nicht wenige Schmarotzer unter sie gemischt hatten, war jeder Platz heiß umkämpft.

Der Prokurator der englischen Nation saß am Ehrentisch zwischen Pierre d'Espagne und Maître Roger Bacon, dem berühmten englischen Gelehrten, der in Paris lehrte. Er kannte Pater Richard und dessen Familie gut, seine Anwesenheit verlieh dem Bankett eine besondere Bedeutung. Onkel Richard setzte sich neben ihn, während Robert, zusammen mit Geoffrey und Maître Guillaume, gegenüber von ihnen Platz nahm. Die anderen Lehrmeister und die Assistenten verteilten sich um sie herum.

Am Ende des Tisches blieben zwei Plätze für Rose und Pierre frei, die Robert unbedingt hatte einladen wollen, sowie einer für Hugues d'Asnières, der sicher ebenfalls kommen würde.

Maître Pierre d'Espagne erhob sich und sogleich wurde es still. Er sprach das *Benedicite* und brachte dann Robert seine Glückwünsche dar. Die ersten Gerichte wurden aufgetragen und während einiger Momente hörte man nur Essgeräusche, bis Roger Bacon die Familie Kilwardby beglückwünschte, zu ihrem ehrenwerten Vertreter Richard of Leicester und dem hoffnungsvollen Spross, Robert.

In Maître Guillaume sah Onkel Richard einen Geistesverwandten und so fing er mit ihm ein Gespräch an. Viele junge Engländer hatten bei ihm studiert und der Onkel erkundigte sich nach etlichen von ihnen. Der Prokurator hatte inzwischen mit Pierre d'Espagne über Feinheiten der Dialektik zu philosophieren begonnen. Die beiden diskutierten in bester Gelehrtentradition und Roger Bacon amüsierte sich sehr über ihre lebhafte Debatte.

Als Pierre und Rose hereinkamen, stand Robert auf, um sie den Ehrengästen vorzustellen.

»Wenn Ihr eine gute Buchmalerin und einen tüchtigen Buchbinder sucht, seid Ihr bei den beiden an der richtigen Adresse, Onkel!«

Gerade als das Fleisch hereingebracht wurde, betraten zwei Mönche den Saal. Lehrer und Studenten sahen sie feindselig an. Was wollten die Predigermönche hier, beim Bankett eines Studenten der Künste? Die Mönche hassten die Universitäten und ihre Verachtung schlug sich in ihren Predigten nieder. Die Studenten machten sich über sie lustig. »Wie? Zwei Mönchlein, die sich sonst mit Bohnen und Brot begnügen, wollen sich hier an fettem Fleisch gütlich tun?«, rief einer von ihnen.

»Wir sind nicht wegen des Essens hier«, erwiderte Hugues, »wir wollen einem jungen Freund gratulieren, der die erste Etappe einer hoffentlich langen und gottgefälligen Laufbahn absolviert hat!« Hugues d'Asnières hatte Robert eingeladen, nicht aber den anderen Mönch, der niemand anders als Nicolas Donin war, ein in der Tat ungebetener Gast. Robert war verärgert. Schlecht konnte er Donin vor die Tür setzen, hatte jedoch überhaupt keine Lust, ihn zu sehen, und noch viel weniger, ihn zu hören. Geoffrey dagegen freute sich sehr über sein Kommen und bat die Studenten, näher zusammenzurücken, damit die beiden Mönche sich setzen konnten.

Robert meinte, sich rechtfertigen zu müssen.

»Wisst Ihr, Maître Hugues d'Asnières ist mein Lehrer, er hat mir Hebräisch beigebracht.«

»Ich wusste gar nicht, dass du Hebräisch studiert hast!«, rief Onkel Richard erstaunt.

»Wir wussten es auch nicht!«, sagten Maître Guillaume und Maître Pierre im Chor.

»Ich habe Robert lediglich das hebräische Alphabet beigebracht, es war also kein richtiges Studium«, meldete sich Hugues zu Wort.

»Schlimm genug«, warf Geoffrey ein, »nicht wahr, Maître Donin?«

»Ein guter Christ«, versetzte Nicolas Donin mit schnarrender Fistelstimme, »braucht die Sprache derjenigen nicht, die Christus verleugnen!«

»Maître Donin hat Recht und Geoffrey auch. Ich war auf einem Irrweg und folgte darin einem von mir sehr verehrten Lehrer, Maître Étienne Langton. Aber ich habe meinen Fehler eingesehen und im Übrigen beschlossen, Dominikaner zu werden, um meine Sünden im Kampf gegen all jene zu büßen, die sich nicht an die einfache christliche Wahrheit halten.« Hugues warf Nicolas einen Blick zärtlicher Dankbarkeit zu.

»Bliebe nur noch zu klären«, bemerkte Maître Pierre herablassend, »was denn die einfache christliche Wahrheit ist!« Und mit diesen Worten setzte er seine Unterhaltung mit dem Prokurator fort.

Das also verband die beiden Mönche: Bruder Hugues hatte endlich jemanden gefunden, dachte Robert mit leichtem Widerwillen – und war zugleich erleichtert. Er blickte zu Rose und Pierre hinüber, die über ganz andere Themen sprachen, über die Preise für Pergament und die neueste Mode in der Buchmalerei. Onkel Richard wollte seine Meinung dennoch vorbringen:

»Die einfache christliche Wahrheit ist für mich diejenige, die unsere Mutter Kirche verkündet und die doch wohl auch für Franziskaner und Dominikaner gilt!«

»Da habt Ihr Recht, genauso ist es. Nur sind die Kinder des heiligen Dominik Soldaten Christi, die ihre Feinde angreifen, wo immer sich eine Gelegenheit bietet. So haben beispielsweise vor ein paar Monaten, am Samstag nach Matthäi, die Dominikaner die Anweisungen unseres guten Königs Ludwig befolgt und in den Synagogen die Bücher des Talmud beschlagnahmt. Unser tugendreicher König folgte dabei den Empfehlungen unseres Heiligen Vaters. Es sei nicht verschwiegen, dass der hier neben mir sitzende Maître Donin es war, der dem Nachfolger Petri die Augen geöffnet hat. Ihm ist es zu verdanken, dass dieses Gefecht ausgetragen wird. In einigen Wochen soll bei einem offiziellen Streitgespräch die Spreu der ewig Gestrigen vom Weizen der Rechtgläubigen getrennt werden«, erläuterte Hugues, doch schon fiel ihm Nicolas ins Wort:

»Ständige Wachsamkeit ist geboten, der Kampf dauert an. Nachdem ihre Bücher beschlagnahmt waren, beschwerten sich die Juden beim Erzbischof von Frankreich. Man hat ihn, den Ratgeber des Königs, bislang für einen guten Christen gehalten. Sie boten ihm jedoch Geld, damit er ihnen die Bücher zurückgebe, und er hat sich bestechen lassen. Er suchte also unseren König auf und nutzte seinen Einfluss schamlos aus. Mehrere jüdische Bücher wurden zurückgegeben. Doch der Geist Gottes war stärker. Genau einen Monat nach diesem Verrat nämlich bekam Gautier Cornut, der Erzbischof von Frankreich, heftige Schmerzen und starb in Vincennes, an eben jenem Ort, an dem er den Juden die Bücher zurückgegeben hatte. Dieses Wunder hat unseren König überzeugt und er beschloss, in Anwesenheit des Herrscherpaares einen Prozess gegen die Juden und ihre Bücher zu führen, worin er dem Wunsch des Papstes Gregor folgte, dem ein langes, friedliches Leben beschieden sei!«

Nicolas Donin hätte wohl noch lange weitergeredet, wäre er nicht von einigen Studenten unterbrochen worden, die in Begleitung Martins und eines Spielmanns hereinkamen. Als Martin die Mönche sah, huschte ein diebisches Lächeln über sein Gesicht. Er stimmte ein Spottlied an:

Soldaten Christi, seid gegrüßt!
Der Kampf das Leben euch versüßt.
Auch Speis und Trank seid Ihr ergeben
und wollt gar oft die Fleischeslust erleben,

Nicht streitet Ihr für Gottes Königreich,
tut Ihr's doch eh'r den Eseln gleich.

Nicolas und Hugues sahen sich an. Das verhieß nichts Gutes, es war Zeit zu gehen. Sie bahnten sich einen Weg durch die Studenten, die sie mit Spott und Beschimpfungen überhäuften und sich umso mehr ereiferten, als gerade ihre Freundinnen, mit Kronen und Blumenkränzen geschmückt, hereingekommen waren. Man hatte ihnen die besten Bissen aufgehoben. Wieder machten die Weinkrüge die Runde. Martin und der Musiker verließen den Saal und die jungen Leute folgten ihnen nach draußen auf die Straße, um dort zu tanzen.

Drinnen wurde es verhältnismäßig ruhig. Frisches Obst und Waffeln wurden aufgetragen, während Pierre d'Espagne und der Prokurator noch immer in ihr gelehrtes Gespräch vertieft waren. Robert nutzte die Gelegenheit und zog Rose mit sich nach draußen.

»Danke für die Einladung«, sagte sie. »Wir Buchmaler sind gern mit den Lehrern und Studenten zusammen. Schade nur, dass die Geschichte mit Blanche dich und meinen Vater entzweit hat. Das Kind ist ja tot und Blanche hat sich endlich entschlossen, den jungen Flamand zu heiraten, aber trotzdem ... Ich finde das Ganze ziemlich traurig.«

Robert wollte nicht weiter darüber reden und fragte sie geradeheraus, ob sie etwas Neues von Myriam gehört habe.

»Aber ja, sie hat mir einen langen Brief geschrieben. Im Augenblick müsste sie auf dem Schiff nach Italien sein. Sie schreibt, sie würden aufbrechen, sobald das Wetter günstig sei und die Frühjahrsstürme sich gelegt hätten.«

»Fantastisch! Auch ich werde nämlich bald nach Italien reisen.«

»Robert, du bist verrückt! Myriam ist eine glücklich verheiratete Frau, und selbst wenn sie dich nicht vergessen hat, solltest du ihre Ehe nicht gefährden, was dir im Übrigen auch gar nicht gelingen würde!«

»Ich breche mit meinem Onkel Richard zu einer Pilgerfahrt nach Rom auf! Er muss am Hof des Papstes den Zehnten seiner Diözese entrichten und Geoffrey und ich werden ihm das Geleit geben.«

»Unverbesserlicher Robert! Italien und Rom sind groß. Bist du denn so naiv zu glauben, dass du Myriam an der ersten Straßenecke begegnen wirst?«

»Wenn Gott es will, Rose, wenn Gott es will...«, antwortete er und drückte dabei das mit Eisenkraut getränkte Taschentuch ans Herz.

2

Es ging auf den Abend zu und das Wetter war herrlich. Onkel Richard hatte beschlossen, vor der Vesper ein wenig spazieren zu gehen. Er trat aus dem Kloster Notre-Dame und wandte sich nach Norden, in Richtung der Kirche Sainte-Croix, die er noch nicht gesehen hatte. Auf dem Weg dorthin kam er zum Grand Pont, doch diese Brücke war noch mehr bevölkert als anderntags der Petit Pont. Zu beiden Seiten bedrängten Häuser die schmale Straße und die Karren, die vom rechten Seine-Ufer herüberfuhren, drängten sich unter Räderquietschen und dem Geschrei der Kutscher aneinander vorbei. Endlich erreichte er die Chaussée Saint-Lazare. Er fühlte sich bereits erschöpft und hielt nach einem gemütlichen Plätzchen Ausschau.

An der Ecke einer kleinen Straße, die nach links abging, standen die Bänke und Tische einer gut besuchten Taverne. Fahrende Sänger gaben gerade eine Vorstellung. Richard fand dennoch einen Platz. Gaukler trugen fröhliche Lieder vor und ließen ihre Schellen klingeln, während sie Tanzschritte andeuteten. Der Wein war frisch und angenehm, trotzdem bekam Onkel Richard Kopfschmerzen, was wohl auch an der Hitze und seiner Erschöpfung lag.

Als er sich wieder etwas von seiner Benommenheit erholt hatte, bemerkte er neben sich eine noch junge und artig aussehende Frau. Sie lächelte ihm hin und wieder zu und sang zur Musik mit.

»Ihr seid nicht aus Paris, stimmt's?«

»Doch, zumindest vorübergehend«, antwortete Richard treuherzig.

»Was führt Euch denn zu so später Stunde noch auf die Straßen?«

In der Tat läutete es schon zur Vesper. Richard zog die Börse aus der Tasche und stand auf, doch ihm schwindelte, er musste sich wieder setzen und steckte die Börse ein. Besorgt fasste die Frau ihn beim Arm.

»Ihr fühlt Euch unwohl. Legt Euch doch drinnen einen Augenblick hin, dort ist es kühl. Danach begleite ich Euch zu eurem Kloster.«

Sie führte ihn zu einem Alkoven, wo er sich auf eine Bank an der Wand legen musste, zog einen Hocker heran und setzte sich lächelnd zu ihm. Er schloss die Augen. »Wartet, ich bringe Euch etwas, bei dem es Euch gleich wieder besser gehen wird.«

Sie verschwand nur wenige Minuten und kehrte mit einem gefüllten Becher zurück; behutsam hob sie seinen Kopf, damit er trinken konnte. Die Hand der Frau fühlte sich kühl und weich auf seinem Nacken an. Das Getränk roch nach einer reifen Frucht und schmeckte bittersüß, wie Mandelmilch. Richard trank voller Genuss und auf einmal spürte er eine größere innere Ruhe. Jener seltsame Geschmack im Mund war sein letzter Eindruck, bevor er das Bewusstsein verlor.

Er fehlte bei der Vesper und bei der Komplet. Bei der Matutin stellte man beunruhigt fest, dass Richard noch immer nicht zurück war. War er bei seinen Neffen? Der Abt schickte einen Mönch zu Maître Guillaume.

Der Tag brach an und der Mönch fand die beiden Cousins in tiefem Schlaf.

»Wacht auf und sagt mir, wo Pater Richard steckt! Seit gestern Abend haben wir ihn nicht mehr im Kloster gesehen.«

»Was, Onkel Richard wird vermisst? Hier ist er nicht und wir haben ihn seit zwei Tagen nicht mehr gesehen.«

Sie sprangen aus dem Bett und zogen sich in aller Eile an. Dass ihr Onkel nicht da war, beunruhigte sie zutiefst. Alle beide hatten sie ihn vor Bettlern und Räubern gewarnt, die nach Einbruch der Dunkelheit die Straßen von Paris bevölkerten, und ihm erzählt, was Bruder Hugues passiert war und wie sie ihn gerettet hatten.

Zuerst einmal musste man die Königliche Nachtwache um Auskunft bitten. Wenn der Onkel verletzt oder gar getötet worden wäre, hätten sie ihn vermutlich gefunden. Onkel Richard war jedoch nicht unter den Ermordeten oder Ertrunkenen der letzten Nacht. Der Hauptmann der Nachtwache befragte die Bürgerwehr, doch auch hier hatte in der vergangenen Nacht niemand einen Kanonikus in ehrbarem Alter gesehen.

Was konnte ihrem Onkel nur zugestoßen sein? Er kannte niemanden in Paris, Maître Roger Bacon hatte die Hauptstadt bei Ferienbeginn verlassen. Blieb noch Bruder Hugues.

Vielleicht war er ja im Kloster in der Rue Saint-Jacques? Doch auch dort suchten sie ihn vergebens.

»Hm, Onkel Richard liebt Spaziergänge. Womöglich wollte er eine Kirche besichtigen, die er noch nicht kannte«, schlug Geoffrey vor.

»Das erklärt nicht seine Abwesenheit. Man besucht nach Einbruch der Dunkelheit keine Kirchen, umso weniger, als sie sich dann in Schlupfwinkel für Räuber und Freudenmädchen verwandeln«, erwiderte Robert.

»Freudenmädchen ...«, wiederholte Geoffrey nachdenklich. »Sollte Onkel Richard etwa der Versuchung erlegen sein, eine Nacht mit einer Dirne zu verbringen?«

»Unser Onkel ist ein heiliger Mann, so etwas würde er niemals tun!«

»Hast du eine bessere Idee? Ich begreife sein Verschwinden nicht. Versuchen wir trotzdem, auf dem Weg zum Kloster Notre-Dame meiner Hypothese nachzugehen.«

Und so machten die beiden einen Umweg und fragten Madchen und Wirte, jedoch ohne Erfolg.

»Ich hab's dir ja gleich gesagt«, meinte Robert, »das bringt nichts.«

»Lass es uns noch am anderen Seine-Ufer probieren.«

Geoffrey ließ nicht locker, aber auch dort blieb die Suche ergebnislos. Erhitzt und ermüdet gaben sie schließlich auf.

»Komm, wir trinken hier etwas und dann schauen wir im Kloster vorbei, vielleicht ist Onkel Richard ja inzwischen zurück.«

Die beiden setzten sich ins »Gasthaus zum Bären« und bestellten einen Krug Bier.

»Ihr habt nicht zufällig gestern einen älteren Mönch gesehen? Das ist unser Onkel und wir suchen ihn bereits seit dem Morgengrauen.«

»Ich weiß nicht, aber da hinten im Saal liegt ein Alter mit Tonsur, splitternackt. Er schuldet mir zwei Krüge von meinem besten Wein«, versetzte der Wirt.

Robert und Geoffrey sprangen auf und gingen nach hinten. Onkel Richard lag splitternackt auf einer Bank und schnarchte. Zunächst waren sie sprachlos, dann brach Geoffrey in Gelächter aus:

»Der ist mehr als lebendig, der Gute: liegt da im Adamskostüm und schläft einen mordsmäßigen Rausch aus! Geh rasch ins Kloster und hole Kleider, ich passe einstweilen auf ihn auf.«

Bald kam Robert mit einem Hemd, einem Gewand und Sandalen zurück. Der Onkel schnarchte immer noch. Robert und Geoffrey zogen ihm das Hemd über, doch Richard wachte nicht auf.

»Geoffrey, ich glaube, Onkel Richard ist nicht betrunken, sondern man hat ihn betäubt.«

»Da hast du vermutlich Recht. Selbst wenn er gestern Abend vollkommen betrunken war, wäre es jetzt nicht so schwer, ihn zu wecken.«

»Bestimmt hat man ihm einen Betäubungstrank verabreicht und ihn dann bestohlen. He, Ihr seid verantwortlich für das, was hier passiert ist!«

»Ich?«, rief der Wirt. »Aber ganz und gar nicht! Ich habe ihn so hier vorgefunden, nachdem er zwei Krüge Wein geleert hatte. Ist schließlich nicht meine Schuld, wenn er nichts verträgt!«

»Als er in Eure Schenke kam, hatte er ein feines Leinenhemd und sein wollenes Gewand an. Außerdem trug er Sandalen und hatte eine Börse bei sich. Es ist unmöglich, dass Ihr nichts gesehen oder gehört habt!«

Bei Geoffreys Gezeter und dem Protestgeschrei des Wirts wurde Richard schließlich wach. Er öffnete die Augen, richtete sich auf und übergab sich. »Seht Ihr, er ist krank!«, brüllte Geoffrey und packte den Wirt am Kragen. Der sah ein, dass er besser den Mund hielt. Die beiden Burschen hier waren groß und kräftig. Sich mit ihnen anzulegen, konnte üble Folgen haben. Die Hälfte des Geldes, das er für das Priestergewand bekommen hatte, hatte er bereits ausgegeben. Nur schade um die beiden Krüge Wein!

Robert hatte Richard geholfen, sich aufzusetzen. Er reichte ihm das Gewand und kniete sich hin, um ihm die Sandalen anzuziehen. Dann brachten die beiden jungen Männer ihren Onkel, der sich auf sie stützte, zurück zum Kloster, wo er in seiner Zelle erneut einschlief.

Erst am folgenden Morgen kam er wieder richtig zu sich und dann erzählte er seinen Neffen und dem Abt, was vorgefallen war. »Ihr wisst nun, dass die Pariserinnen tausend Mal gefährlicher sind als die Engländerinnen«, meinte der Abt spöttisch. »Diese Erfahrung habt Ihr mit Eurer Börse und einem kompletten Gewand bezahlt!«

Der Prozess gegen den Talmud begann im königlichen Palast mit einer feierlichen Eröffnungszeremonie. Einflussreiche Personen zählten zu den handverlesenen Gästen, darunter auch Pater Richard. Geoffrey und Robert wären ebenfalls gerne gekommen, waren aber als Studenten ausgeschlossen.

Bei Tagesanbruch hatten sich die Juden vor dem Portal eingefunden. Yehiel, Sohn des Joseph de Paris, stand der Abordnung vor. Rabbi Juda, Sohn des David, war aus Melun gekommen, Sire Morel aus Falaise und Moïse, Sohn des Jacob, aus Coucy. Auch Maître Davin war aufgrund seiner langjährigen Freundschaft mit Étienne Langton anwesend. Alle hatten den Spitzhut auf und trugen das Abzeichen der Vogelfreien.

Kurz darauf kamen die Vertreter der Kirche, nämlich der Erzbischof von Sens sowie Guillaume d'Auvergne, Erzbischof von Paris, und schließlich Eudes de Châteauroux, der Kanzler der Universität. Ihnen folgte der Hauptkläger, Nicolas Donin, begleitet von Hugues d'Asnières. Zunächst ließ die Wache die Christen hinein. Die Richter setzten sich zur Rechten der für das Königspaar reservierten Sessel, während die Gäste in den aufsteigenden Sitzreihen an der Wand Platz nahmen. Danach wurden die Juden hereingeführt, die sich links von den Thronstühlen setzten.

Einen Augenblick später erklangen Trompeten und alle Anwesenden erhoben sich. König Ludwig, der Neunte seines Namens, betrat den Saal. Er kam aus seinem Gemach, gefolgt von der Königin Blanche von Kastilien, deren Herrschaft zwar bereits vor vier Jahren zu Ende gegangen war, doch sie hatte noch immer Einfluss und beaufsichtigte den Prozess. Dahinter sah man den Kastellan Geoffrey de Belleville und andere Höflinge hereinkommen. Nun war der Saal voller Menschen.

Der König war von mittlerer Statur, hatte schöne Gesichtszüge und blonde Haare. Sein himmelblaues Gewand war einfach und schmucklos und bildete so einen Kontrast zum Prunk der Höflinge.

Königin Blanche sah viel beeindruckender aus. Sie war noch immer sehr schön – und vor allem elegant. Ihr mit Pelz umsäumtes Brokatgewand lief in einer langen Schleppe aus, die Ärmel hingen beinahe bis zum Boden. Sie setzte sich als Erste und forderte den König mit einer anmutigen Handbewegung auf, sich ebenfalls zu setzen. Wieder hörte man die Trompeten und mit raschelnden Gewändern nahmen die Anwesenden Platz.

Richard hatte sich währenddessen im Saal, der mit himmelblauen Wandbehängen mit Lilien darauf geschmückt war, in aller Ruhe umgesehen. Die Vertreter der Kirche waren in ihre Festtagsgewänder gehüllt, deren lebhafte Farben und goldene Tressen im Licht der Sonne schimmerten, die durch die hohen, offen stehenden Fenster schien. Im Vergleich zu dieser schillernden Aufmachung wirkten die mausgrauen jüdischen Gewänder äußerst unscheinbar. Nicht nur ihre Gewänder schienen grau, dachte Richard, auch ihre Haut, ihre Bärte, ihr Untergewand, so dass das Gelb ihres Abzeichens auf diesem grauen Hintergrund nur umso deutlicher hervorstach.

König Ludwig gab seinem Kaplan ein Zeichen, woraufhin dieser mit lauter Stimme einen Brief verlas.

»Ich, Gregor, Nachfolger des heiligen Petrus, richte eine offizielle Warnung an die Herrscher und Bischöfe der Christenheit, die durch meinen lieben Sohn Nicolas, ehedem Jude, überbracht wird. Man berichtet mir, die Juden des französischen Königreichs und anderer Länder begnügten sich nicht mehr mit dem alten Gesetz, welches der Herr ihnen durch seinen Mittler Moses gegeben hat. Sie sagen, der Herr habe Moses noch ein weiteres Gesetz mitgeteilt, den Talmud, was so viel bedeutet wie Lehre. Sie behaupten, dieses Gesetz sei so lange in ihrem Gedächtnis bewahrt worden, bis eines Tages Männer, die sie Weise und Schriftgelehrte nennen, es aufgeschrieben haben. Sein Umfang überschreitet den der Bibel bei weitem. Es enthält eine Menge Irrtümer und schändliche Dinge, welche das Schamgefühl verletzen und demjenigen, der sie liest, ein Abscheu sind. Sollte all dies wahr sein, wäre keine Bestrafung ausreichend noch ihrer geziemend.«

Nachdem der Brief verlesen worden war, erteilte die Königin Nicolas Donin das Wort. Gehässig, bösartig, ganz in seinem Element, dachte Richard.

Nicolas verlas die Namen der Hauptkläger, ganze fünfunddreißig. Dann erhielten die Juden das Wort. Yehiel de Paris erhob sich und verneigte sich tief vor der Königin.

»Meine Herrin, ich bitte Euch, verlangt nicht von mir, auf die Worte dieses böswilligen Mannes zu antworten. Der Talmud ist sehr alt, über tausend Jahre, und nie hat jemand etwas Schlechtes über ihn gesagt. Der Mönch Hieronymus kannte unsere ganze Tora und den ganzen Talmud und er war nicht der Einzige. Wenn sich etwas Schändliches darin gefunden haben sollte, hätte er es gesagt. Juden sind zum Christentum übergetreten und keiner von ihnen hat irgendetwas Negatives über unseren Talmud geäußert. All diese Anschuldigungen wurden von diesem Menschen erfunden, der erst Christ wurde, nachdem wir ihn aus der Gemeinde ausgeschlossen hatten, denn er hatte die Gesetze übertreten. Seit seiner Konversion ist er von einem einzigen Gedanken besessen: wie er es uns heimzahlen und uns vernichten kann. Ich bitte euch: Habt Erbarmen mit Euren Dienern.«

Königin Blanche schienen diese Worte nicht zu rühren.

»Wenn Ihr Euch keiner Schuld bewusst seid und wenn keine dieser Anschuldigungen wahr ist, dürfte es Euch nicht schwer fallen, dies zu beweisen. Morgen werden wir den Prozess wieder aufnehmen und dann könnt Ihr einen Vorwurf um den anderen klären.«

Im Saal erhob sich zustimmendes Gemurmel. Das Prinzip schien ausgewogen, die Anschuldigungen waren gerecht oder nicht. Außerdem handelte es sich um einen geschriebenen Text, welcher also leicht zu bestimmen war. Allerdings musste man dazu Hebräisch können, überlegte Richard in seiner Ecke, denn die Übersetzung von Nicolas war mit Sicherheit darauf angelegt, den Juden zu schaden. Was aber würde geschehen, wenn sie sich nicht zu verteidigen wussten?

Der König und die Königin erhoben sich und verließen den

Saal. Richard ging als einer der Ersten nach draußen. Die Stunde der Abreise nach Rom rückte näher.

Nach seinem Examen hatte Robert keine Zeit zum Verschnaufen gehabt, da er mit den Vorbereitungen für Streitgespräche und Seminare beschäftigt war. Richard und Geoffrey hatten sich um die Reisevorbereitungen gekümmert, sich erkundigt, wo sie unterwegs übernachten konnten, was an Verpflegung mitzubringen war. Ihr Freund Roger hatte sich dabei als große Hilfe erwiesen; da er einen Teil der Reise im vergangenen Frühjahr gemacht hatte, war er voll guter Ratschläge und hatte ihnen zu einem günstigen Preis drei anständige, gesunde Pferde nebst Ledersätteln und Satteltaschen besorgt.

3

Immer wieder tauchten die Bilder des Alptraums vor ihren Augen auf. Die Reise übers Meer war zur Schreckensfahrt geraten. Der Gestank, die Unmöglichkeit, sich zurückzuziehen, der Seegang. Dann bekam Jacob auf einmal hohes Fieber, doch die Heilmittel, die nach seinen Angaben zubereitet wurden, konnten das Fieber nicht senken. Er hatte heftigen Durchfall, und jegliche Fürsorge schien vergebens.

Am dritten Tag fiel das Fieber plötzlich. Maître Jacob verlangte nach Juda ben Hillel. »Ich werde sterben«, sagte er zu ihm, »und will so gut wie möglich vor dem Gericht bestehen, das mich in der künftigen Welt erwartet. Nach meinem Tod wird meine Frau in großer Gefahr sein und Rémi wird es nicht gelingen, sie zu beschützen. Eine junge und schöne Witwe kann nicht in einem fremden Land überleben, dessen Sprache sie nicht spricht. Bei der Liebe Gottes beschwöre ich Euch, sie nach Rom zu begleiten, wo meine Verwandte Paola, die Tochter Abrahams, sich um sie kümmern wird. Das ist gewiss eine große Bitte, aber ich werde den Herrn in inbrünstigem Gebet darum anflehen, Euch für Eure gute Tat zu entlohnen.«

Am selben Abend starb Jacob. Der Kapitän bestand darauf, den Leichnam sofort ins Meer zu werfen. Jacob wurde in seinen Gebetsmantel gehüllt und Juda ben Hillel sprach das Totengebet. Myriam hatte nicht die Kraft zuzusehen, wie die Leiche ihres Mannes über Bord geworfen wurde. Den Kopf in Gentilias Schulter verborgen, hörte sie, wie der Leichnam auf dem Wasser aufschlug, um dann in die Tiefe zu sinken. Sie brach in heftiges Schluchzen aus, das sie vergeblich zu kontrollieren versuchte. Sie weinte um einen hochintelligenten Mann voller Tugenden. Sie weinte um sich selbst. Bald würde sie in einem ihr völlig fremden Land leben, ohne den Mann, der zwei Jahre lang das Zentrum und die Stütze ihres Lebens gewesen war.

Der Alptraum ging weiter. Nur undeutlich nahm Myriam Lärm, Hitze und Staub bei der Ankunft in Italien wahr, doch dann lag sie plötzlich in einem Zimmer mit einem großen Bett. Dort schlief sie lange Zeit. Eine Frau saß an ihrem Bett. Eine Frau, die sie beruhigte, wenn der Alptraum wiederkehrte.

Mehrere Tage vergingen, bis das Delirium aufhörte. Als sie endlich die Augen wieder öffnete, sah Myriam, dass neben ihr tatsächlich eine schöne, hochgewachsene Frau saß, die ein wenig beleibt war, sich aber überraschend grazil bewegte. Ihre Augen und Haare waren sehr schwarz; sie hatte einen kleinen Mund, der zu Myriams Erstaunen angemalt war. Paola nahm ihre Hand.

»Mein Kind, ich weiß, wie schwer es ist, wenn man seinen Gatten verliert, vor allem unter den Umständen, die du erfahren musstest. Auch ich habe vor über einem Jahr meinen Mann verloren, aber ich spüre den Verlust immer noch ganz stark. Deine Familie und dein Heim sind weit weg, aber du kannst hier bleiben, solange du willst. Maître Jacob war ein Cousin von mir, vor allem aber war er ein Freund, und ich tue für dich, was ich auch für ihn getan hätte.«

Myriam biss sich auf die Lippen. Da war kein Alptraum mehr und auch kein Fieberwahn, sondern nur die einfache, grausame Wahrheit, dass sie sich in die Abwesenheit und den Schlaf geflüchtet hatte. Gerührt von so viel Güte, küsste sie Paolas Hand.

»Wir haben Freitag, die Trauerwoche ist bald vorüber. Wenn du dich dazu in der Lage fühlst, kannst du ein Bad nehmen und mit mir zur Synagoge kommen. Die Gemeinde will Jacob Anatolio ehren und eine Gedenkrede halten lassen.«

Ein großer Bottich wurde hereingetragen. Gentilia und eine weitere junge Frau, die Djamila hieß, füllten ihn mit lauwarmem Wasser. Myriam atmete den Duft der Eisenkrautzweige ein, die man hinzugegeben hatte, und wunderte sich über ihr Wohlbefinden. Als ihr einfiel, dass sie das Taschentuch für Robert mit ihrem Lieblingsduft getränkt hatte, schämte sie sich sogleich. Jacob war doch gerade erst gestorben! Beim Gedanken an ihn schossen ihr die Tränen in die Augen, aber sie versuchte sie zurückzuhalten, während Djamila und Gentilia sie wuschen, ihr das lange Haar kämmten und die Fingernägel schnitten.

Danach bettete Djamila sie auf eine breite Liege und massierte sie am ganzen Körper mit Olivenöl. Myriam ließ alles geschehen. Sie dankte Djamila auf Französisch und Hebräisch, doch diese lächelte nur, offensichtlich hatte sie sie nicht verstanden.

Myriam schätzte Djamila auf etwa zwanzig Jahre, so alt wie sie selbst also. Das Mädchen war so groß wie Paola, aber gertenschlank, und ihre Bewegungen waren geschmeidig wie bei einem wilden Tier. Sie hatte kupferblondes langes Haar, matt schimmernde Haut und blaue, fast graue Augen. »Ich verstehe Italienisch und ein wenig Berberisch, aber kein Hebräisch«, sagte sie.

Myriam dankte ihr in einem provenzalisch durchmischten Italienisch und ließ sich ihr rotes Kleid mit dem bestickten Gürtel anziehen. Auch Gentilia zog ihre schönsten Sachen an. Dann kam Paola herein, um sie abzuholen. Sie trug ein mit Blumen und Vögeln besticktes Kleid aus gelber Seide. Ihr durchsichtiger Schleier war ebenfalls gelb und mit einer blauen Borte besetzt. Sie war außerordentlich schön. Myriam sah sie bewundernd an und musste unwillkürlich an Bellas Porträt denken. Da nahm Paola sie in die Arme und küsste sie auf die Stirn. »Du bist wunderschön, Myriam, ich weiß jetzt, weshalb Jacob dich gewählt hat. Komm, wir werden erwartet.«

Sie verließen das Zimmer und Myriam stieg eine Treppe hinunter, die heraufgestiegen zu sein sie sich nicht erinnern konnte.

Sobald sie auf der Galerie der Synagoge saßen, verspürte Myriam den Drang zu beten. Sie wickelte ihr Buch aus dem Tuch, das ihr Vater ihr geschenkt hatte, und begann inbrünstig mit dem Gebet. Dann hielt Rabbi Juda Anaw die Trauerrede, zuerst sagte er ein paar Worte auf Hebräisch, danach sprach er auf Italienisch weiter. Ziemlich schnell verlor Myriam den Faden. Durch den Spalt im Vorhang sah sie in das von zahlreichen Öllampen erleuchtete Innere der Synagoge. Der Widerschein der Lampen fiel auf den heiligen Schrein, die in die Wand gemeißelten Bibelsprüche. Zahlreiche Frauen um sie herum waren prächtig gekleidet. Ihr Blick fiel auf Paolas Gebetbuch. Die Buchstaben waren in einem Stil geschrieben, den sie nicht kannte, und sie sah ein wunderschönes und glänzendes Bild darin, ähnlich denen von Rose. Paola fing ihren Blick auf. »Ich bringe dir bei, wie man so schreiben kann«, flüsterte sie ihr ins Ohr. Da fiel Myriam plötzlich wieder ein, dass es in Jacobs Familie eine Dame gab, die viel besser schreiben konnte als die meisten Kopisten. Das musste Paola sein, von der er damals gesprochen hatte.

Der Gottesdienst ging weiter. Myriam wollte wieder beten, hatte aber Mühe, sich zu konzentrieren. Die Aussprache, die Gesänge waren ganz anders als die ihr bekannten. Erneut überkam sie Müdigkeit. Es hatte keinen Sinn zu beten.

Im Anschluss an den Gottesdienst sollte bei ihnen das Sabbat-Essen stattfinden, aber vielleicht konnte sie sich auf ihrem Zimmer eine leichte Mahlzeit servieren lassen. Bestimmt hätte Paola Verständnis dafür, dass sie nicht den Mut aufbrachte, an dem Essen teilzunehmen. Dann auch konnte sie in Ruhe überlegen, was nun aus ihr werden sollte. Rémi würde zu seiner Familie in die Provence zurückkehren. Und sie? Fina mochte sie, Samuel auch, aber Bonora und Fresquetta verachteten sie. Dann würde sie also zurück zu ihrem Vater ziehen, der sie mit Freuden empfangen würde. Und Gentilia, ob sie mit ihr kam? Sicherlich. Für nichts auf der Welt würde das Mädchen sie verlassen.

Womöglich sah sie dann schon bald Paris wieder, ihren Vater und Rose! Was aber war mit Robert?! Mit einem Schlag war sein Gesicht wieder in ihrer Erinnerung aufgetaucht. Ob er immer noch dort lebte? Ob er noch an sie dachte? Vielleicht hatte er ja eine andere Frau geheiratet. Selbst wenn er noch immer in sie verliebt war, änderte sich ihre Situation dadurch nicht. Sie sah alles wieder ganz nüchtern, schließlich war sie in der Synagoge, um für die ewige Ruhe Maître Jacobs zu beten.

Am nächsten Morgen, als sie die Bettvorhänge zurückschlug und die Sonne erblickte, die durch die beiden schmalen Fenster hereinschien, fühlte sie sich wie neu geboren. Sie hatte Hunger, zog ihr Untergewand und ein Kleid an und überlegte, was sie tun sollte. Ging man hier um diese Uhrzeit zum Morgengebet in die Synagoge? Paola hatte nichts dergleichen erwähnt. In diesem Augenblick kamen Djamila und Gentilia herein.

»Madonna Paola hat uns auf ihr Zimmer eingeladen«, sagte Gentilia.

Myriam folgte den Mädchen ins Erdgeschoss hinunter, wo sie zunächst einen Säulengang entlangliefen, der an einen Garten grenzte, um dann Paolas Schlafzimmer zu betreten. Dort stand ein riesiges Bett, in dem bequem vier Personen schlafen konnten, und worin Paola jetzt, auf Kissen gestützt, allein lag. Die Vorhänge waren zurückgezogen.

»Komm her, mein Kind, und setze dich zu mir«, forderte Paola sie auf. »Du hast bestimmt Hunger.«

Auf einem Tablett standen eine Schüssel mit in Honig getränktem Gebäck sowie zwei Gläser und eine blaue Flasche, aus der Paula eine rote Flüssigkeit in die Gläser schenkte.

»Das ist mit Gewürzen gekochter Wein. Er wird dir gut tun«, sagte sie und reichte Myriam das Glas. »Nimm auch von dem Gebäck. Du musst wieder zu Kräften kommen!«

»Aber wir haben noch nicht gebetet und die Segnung des Sabbats gesprochen«, stammelte Myriam.

»Das weiß ich wohl, aber was du hier siehst, ist eine Art Medikament. Dir geht es nicht gut und mir gestattet mein Naturell nicht, mit dem Frühstück zu warten, weder am Sabbat noch an den anderen Tagen. Wenn ich erst am Vormittag esse, werde ich krank. Daher nehme ich auf Anraten der Ärzte früh am Morgen diese leichte Mahlzeit zu mir.«

Das klang umso überzeugender, als Myriam großen Hunger hatte. Das Gebäck und der Wein schmeckten vorzüglich. Myriam ließ den Blick durch den Raum schweifen. Die gewölbte Decke war in der Farbe des Himmels ausgemalt und man hatte so das Gefühl, in einem Garten zu sitzen, denn Bäume und Blumen zierten die Wände.

»Man könnte meinen, die seien echt«, murmelte sie.

»Ja, das stimmt. Sie waren schon da, als Yehiel und ich das Haus gekauft haben, allerdings in schlechtem Zustand, und wir haben sie restaurieren lassen. Ein Weiser hat uns gesagt, sie seien sehr alt und stammten aus der Zeit der alten Römer.« Paola rekelte sich in ihrem bestickten Nachtgewand und ließ sich tiefer in die Kissen sinken. »Mein Mann war sehr viel älter als ich. Wir waren an die zehn Jahre verheiratet. Er liebte mich leidenschaftlich und überhäufte mich mit Geschenken. Das schönste Geschenk war Djamila.«

Als sie ihren Namen hörte, kam das Mädchen näher, kniete auf dem Fußschemel nieder und legte den Kopf auf Paolas Schoß, die dem Mädchen zärtlich übers Haar streichelte.

»Sie ist seit acht Jahren bei mir und entstammt einer Berberfamilie. Als ihr Vater sie an einen Sklavenhändler verkaufte, war sie gerade im heiratsfähigen Alter. Zuerst wurde sie nach Alexandria gebracht und dort hat der Geschäftspartner meines Mannes sie für mich gekauft.«

»Und jetzt ist sie frei?«, fragte Myriam vorsichtig.

»Frei, was heißt das schon? Hier hat sie zu essen und trinken, bekommt Kleider und wird geliebt. Wäre sie frei, würde niemand sie beschützen. Vielleicht würde es ihr gelingen, sich ihr Brot selbst zu verdienen. Aber wahrscheinlicher ist, dass sie in einem Hafenbordell landen würde.«

»Sie könnte ja heiraten«, entgegnete Myriam.

»Vielleicht, doch dann müsste sie vom Islam zum Christentum übertreten. Übrigens stellt sich diese Frage gar nicht. Djamila will mich nicht verlassen.«

Als hätte sie verstanden, gab Djamila Paola einen Kuss und streichelte ihr den Arm. Myriam wusste nicht, was sie erwidern sollte. Die Freundschaft, die sie mit Gentilia verband, war ganz anders! Aber sie wusste ja so wenig über das Leben und die Sitten einer römischen Dame wie Paola!

»Auch Maître Jacob war wesentlich älter als ich«, sagte sie schließlich, »er war mein Philosophielehrer und zugleich mein Mann.«

»Bei einem derart belesenen und kultivierten Mann wie Maître Anatolio spielt das Alter kaum eine Rolle. Er kam ja aus einer vortrefflichen Familie, wie Bella auch.«

»Das haben die Töchter Maître Jacobs nicht vergessen. Einer der Gründe, weshalb sie mich verachten, ist die Armut meines Vaters, was mich nicht sonderlich erstaunt, denn in der jüdischen Glaubensgemeinschaft gibt es nun einmal diesen breiten Graben zwischen den großen Familien und den einfachen Leuten. Den einen stehen Reichtum, Einfluss und eine gute Ausbildung zu, für die anderen bleibt nur Armut und Verachtung übrig«, sagte Myriam voller Bitterkeit.

»Das stimmt. Es gehört sich nicht, aber ich bin stolz auf meine Familie. Mein Vater war der Schreiber Rabbi Abraham, Sohn des Joab, und wir stammen von Rabbi Yehiel ab, dem Vater Rabbi Natans von Rom. Unser Stammbaum lässt sich dreihundert Jahre zurückverfolgen. Außerdem ließ mein Vater mir dieselbe Erziehung wie einem Jungen zukommen, was mir eine Freiheit verschafft, die andere jüdische Frauen nicht haben.«

»Ich stamme zwar nicht aus einer großen Familie, aber auch mein Vater war auf eine anständige Erziehung bedacht, und so kann ich mir meinen Lebensunterhalt als Kopistin verdienen. Solange ich nicht ernstlich krank werde, ende ich nicht in der Sklaverei.«

»Du hast nicht nur eine ordentliche Ausbildung erhalten, sondern auch einen starken Charakter, und eine Schönheit bist du außerdem! Es ist noch zu früh, sich darüber Gedanken zu machen, aber ich wette, die römischen Freier werden bald vor deiner Tür Schlange stehen!«

»Ich möchte nicht wieder heiraten«, erwiderte Myriam und errötete.

»Ich wollte es auch nicht und trotzdem werde ich es in ein paar Monaten tun. Es wird auch Zeit, wenn ich ein Kind haben möchte! Komm, wir wollen uns fertig machen. Bald endet der Gottesdienst in der Synagoge und wir erwarten zum Mittagessen Gäste.«

Paola saß an der Stirnseite. Zu ihrer Rechten nahm ein noch junger, sehr eleganter Mann Platz, der ganz offensichtlich in Paola verliebt war, und Myriam begriff sofort, dass es sich um den zukünftigen Ehemann handeln musste. Er hatte sich auf Hebräisch vorgestellt, Ser Salomone, Sohn des Moïse, seines Zeichens Arzt, sprach dann aber Italienisch. Er schien sehr humorvoll zu sein, denn immer wieder brachte er die anderen mit seinen Bemerkungen zum Lachen. Am unteren Ende der Tafel saßen einige ärmlich gekleidete Personen. Paola selbst hatte sie an der Tür empfangen und richtete das Wort ebenso oft an sie wie an die anderen Gäste. Die beiden kleinen Diener, die sie am Vortag zur Synagoge begleitet hatten, servierten nun bei Tisch, wobei sie zunächst Paola und erst dann Salomone bedienten! Myriam hatte noch niemals erlebt, dass eine Frau so bevorzugt wurde. Auch die Gerichte waren ganz anders, nie zuvor hatte sie etwas Ähnliches gegessen – Fleisch wurde mit Soße gereicht und war wie ein Kunstwerk angerichtet und es war so reichlich vorhanden, dass die Teller und Platten halb voll wieder hinausgetragen wurden.

»Nun, wir sind nicht die Einzigen, die Margheritas Kochkünste zu schätzen wissen, der ganze Hausstand genießt ihr Essen. Frage nur Gentilia und Rémi, was sie von dem Sabbatmahl halten«, sagte Paola.

Myriam errötete, weil sie überhaupt nicht an die beiden gedacht hatte. Paolas Verhalten machte sie neugierig, ihre Freizügigkeit und Freundlichkeit gefielen ihr, so dass sie sie gerne näher kennen gelernt hätte. Dann aber gab es Momente, in denen Paolas Benehmen sie schockierte und der ganze Luxus, den sie weder bei Jacob und erst recht nicht bei ihrem Vater kennen gelernt hatte, sie eher abstieß.

Gastgeberin und Gäste unterhielten sich angeregt. Salomone und Paola diskutierten voller Leidenschaft. Myriam verstand nicht, worum es ging. Paola bemerkte es und unterbrach, um ins Hebräische zu übersetzen.

»Wir streiten über eine ziemlich peinliche Geschichte. Salomones jüngere Schwester ist in einen Nachbarn christlichen Glaubens vernarrt. Beide sind sehr jung. Eine Heirat ist ausgeschlossen, worüber sich alle einig sind, sowohl Salomone, der Vormund seiner Schwester, als auch die Familie des jungen Mannes. Also muss man sie auseinander bringen, nur wie? Salomone hält Gewalt für das rechte Mittel und will seine Schwester nach Perugia schicken, wo er sie standesgemäß verheiraten will. Ich bin damit nicht einverstanden, man soll sie in Frieden lassen. Haben sie erst mehrere Nächte voll rasender Leidenschaft zusammen verbracht, werden sie zu Gefühlen zurückfinden, die ihrer Erziehung und Herkunft eher entsprechen.«

Sie wandte sich erneut Salomone zu und die Debatte wurde fortgesetzt. Myriam glaubte ihren Ohren nicht zu trauen, hielt Paola es doch für gut, dem sinnlichen Vergnügen freien

Lauf zu lassen, während sie es zugleich als unwichtige Sache abtat, die sich von selbst erledigte, nachdem man sie genossen hatte! Außerdem vertrat sie die Ansicht, man könne Liebe nicht erzwingen. Myriam schwankte zwischen Bewunderung und Empörung.

Nach dem Essen gingen die Gäste im Garten spazieren, den Myriam bereits am Morgen gesehen hatte. Jetzt war sie erstaunt, wie sehr sie den Spaziergang in dem Wechselspiel aus Licht und Schatten genoss. Die Bäume schützten die duftenden Kräuter und Blumen am Boden vor zu viel Sonne; Buchsbaumhecken grenzten eine verschwiegene Ecke ab, in der die Spaziergänger eine Bank erwartete. In der Mitte des Gartens spritzte eine Fontäne aus dem Maul eines Meerestieres – eines Delphins, wie Paola erläuterte – Wasser in ein Becken.

An der Biegung einer Allee entdeckte Myriam eine golden schimmernde Bronzestatue, die eine barbusige Frau mit einem Bogen in der Hand und einem Köcher auf dem Rücken darstellte, daneben stand ein Hirsch. Paola strich über die Wade der Statue.

»Diese Figur hier, Myriam, ist eine Göttin. Diana war die Schutzpatronin der Jäger, da sie ihrem Vater Jupiter das Versprechen abgerungen hatte, sie niemals zu verheiraten. Er gab ihr Pfeile und eine Schar Nymphen zur Seite und machte sie zur Königin des Waldes. Eines Tages, so heißt es, wurde sie beim Bad von Akteon überrascht. Sie verwandelte ihn in einen Hirsch, worauf ihn seine eigenen Hunde zerfleischten.«

»Ich hoffe, Ihr lasst mich nicht das gleiche Schicksal erleiden!«, sagte Salomone und küsste Paola die Hand.

»Sicherlich nicht, solange wir beide unterm Hochzeitsbaldachin stehen, bevor Ihr mich beim Bad überrascht habt!«

Diese Interpretation des Judaismus passte hervorragend zu

Paola. Was für eine verwirrende Frau! Im Grunde war Myriam neidisch auf ihre Freiheit. Eine Freiheit, die sie sich erst erkämpfen musste.

4

Cîteaux und seine Geschichte hatten die englischen Mönche nachhaltig beeindruckt: Der heilige Bernard hatte diese Abtei verlassen, weil sie ihm zu schön und zu reich schien, um das bescheidene und nüchterne Clairvaux zu gründen. Onkel Richard hatte die vorgesehene Route von Kloster zu Kloster aufgegeben, denn er wollte schneller vorankommen, auch wenn es mehr kostete. Den Umweg zu der bedeutenden Stätte jedoch nahm er gern in Kauf.

Gleich bei ihrer Ankunft in Burgund hatten die drei begriffen, wie gut es sich hier leben ließ. Die Landschaft war lieblich, sanfte, bewaldete Hügel wechselten sich mit saftigen, blumenbestandenen Wiesen ab. Im Umkreis der Abtei sahen sie immer mehr Weizenfelder, die von Weinbergen durchsetzt waren, und mehrmals mussten sie am Straßenrand anhalten, um Gemüsekarren vorbeizulassen.

Die Sonne ging bereits langsam unter. Lange bevor sie die Mauern erblickten, hörten sie schon das Glockengeläut und dann sahen sie auch die ersten Mönche. Sie hatten auf dem Feld gearbeitet und machten sich nun auf den Rückweg. Dabei sangen sie Psalmen. Onkel Richard grüßte sie in einem überaus feierlichen Latein, singend zogen sie daraufhin weiter: *Narrabo omnia mirabilia tua*, Herr, ich werde alle deine Wunder künden.

Die Reiter hielten die Pferde kurz am Zügel, damit sie sich an die Esel anpassten, die schwer mit Obst und Gemüse beladen dahintrotteten. Als sie am Tor der Abtei angekommen waren, eilte der Abt auf sie zu, um die Besucher zu begrüßen. Er war in makelloses Weiß gekleidet und auch sonst war alles an ihm weiß, Haare, Gesicht und Hände. Tief verneigte er sich vor Onkel Richard. »All unsere Gäste werden empfangen, als wären sie Christus«, sprach er die alte Formel, »denn er hat gesagt: ›Ich war ein Fremder und ihr habt mich empfangen.‹ Und wie gut passt dieser Satz auf Euch, der Ihr den Nachfolger Petri treffen werdet!«

Onkel Richard war peinlich berührt, er fand diese Höflichkeit übertrieben. Er verneigte sich seinerseits, sogar noch tiefer, hatte aber Schwierigkeiten, sich wieder aufzurichten, was zum einen an seiner Leibesfülle, zum anderen am langen Reiten lag. Galant half ihm der Abt auf und gab ihm den Friedenskuss. Dann wies er einen Laienbruder an, die Gäste zu ihrem Quartier zu begleiten und ihnen alles zu geben, was sie brauchten. Sie überquerten den riesigen Hof und schritten an mehreren langgestreckten Gebäuden entlang, bis sie endlich das Gästehaus erreichten. Die bunten Kirchenfenster leuchteten im Abendlicht. Alles war bemerkenswert sauber und geschmackvoll; es herrschte eine Atmosphäre des Behagens und der Schönheit.

In dem geräumigen Zimmer standen mehrere Betten. Zwei Diener kamen herein und stellten einen Bottich bereit, den sie mit lauwarmem Wasser füllten. »Hier wird man viel besser bedient als im Kloster Notre-Dame«, bemerkte der Onkel leise. »Die Zisterzienser verstehen wahrhaftig zu leben!« Als die beiden Diener ihn dann mit Asche einrieben, ihm den Kopf wuschen und ihn anschließend in ein großes weißes Tuch wickelten, sah er sich in seinem Urteil vollkommen bestätigt. Die beiden jungen Männer wurden sich selbst überlassen. Sobald Onkel Richard ein sauberes Gewand angezogen hatte, ging die Tür zum großen Zimmer auf, in dem ein gedeckter Tisch stand. Geoffrey schaute seinen Onkel an: »Na, mit Brot und Bohnen wird man hier nicht gerade abgespeist. Die haben wohl vergessen, dass Ihr ein Kirchenmann seid!«

»Umso besser«, erwiderte Richard, als er die Speisen und Getränke sah, unter denen der Tisch sich bog, »ich habe großen Hunger!«

Anschließend wurden die Gäste zum Abt bestellt. Nachdem er sie gebeten hatte, sich zu setzen, fing er zunächst eine vorsichtige, kirchentreue Unterhaltung an, indem er sich nach dem Verlauf ihrer Reise, nach ihrer Gesundheit, ihren Familien erkundigte, bis er auf das zu sprechen kam, was ihn interessierte: Was dachte man in Lincoln über den Konflikt zwischen Kaiser Friedrich und dem Papst?

»Wir mischen uns nicht in die Politik ein. Wir sind auf dem Weg nach Rom, um unserem Heiligen Vater den Zehnten der Diözese von Lincolnshire zu bringen.« Onkel Richard hatte seinen Neffen einen scharfen Blick zugeworfen. Der Abt stieß einen erleichterten Seufzer aus.

»Ich sehe mit Freuden, dass man mich falsch unterrichtet hat. Ich dachte, die Engländer, auch die gläubigen, ergriffen allesamt Partei für den Kaiser, obwohl er bereits zum zweiten Mal exkommuniziert wurde, nämlich letztes Jahr.«

»So einfach sind die Dinge nicht. Ich selbst bewundere, wie meine Landsleute auch, den Kaiser sehr. Zum ersten Mal seit Karl dem Großen wird das heilige Reich von einem begabten Herrscher regiert. Seinen Großvater, Friedrich Barbarossa, übertrifft er bei weitem, ja, das Reich ist heute größer denn je – das Deutsche Reich, Italien, Sizilien gehören dazu und es ist beileibe kein Land voller Barbaren. Der Kaiser selbst ist ein höchst gebildeter und kultivierter Mann. Ich weiß, dass er exkommuniziert wurde, aber meiner Meinung nach ist er kein schlechter Christ. Er hat am Kreuzzug gegen die Ungläubigen im Heiligen Land teilgenommen und sogar Jerusalem betreten!«

»Der Heilige Vater weiß besser als Ihr, wer ein guter Christ ist und wer nicht!«, entrüstete sich der Abt.

Er war aufgestanden und ging nun auf und ab, ohne sein Missfallen zu verhehlen: »Wie soll man jemanden entschuldigen oder gar loben, der die Exkommunikation durch Gottes Stellvertreter auf Erden verhöhnt?«, schrie er wutentbrannt.

Geoffrey nickte in stummer Zustimmung. Er hatte Verständnis für die Bettelorden, die sich nun einmal als Parteigänger des Papstes sahen, und für sie war der Kaiser der Antichrist. Robert hingegen war nicht unzufrieden. Vielleicht konnte er, nachdem sie den Auftrag in Rom erfolgreich ausgeführt hatten, den Onkel bitten, ihn die Universität von Neapel besuchen zu lassen, wo Roger zufolge Jacob Anatolio jetzt lebte. Auch Michael Scot befand sich dort. Und Myriam.

Die Atmosphäre wurde ungemütlich. Während Onkel Richard wortreich seine Kirchentreue beschwor, beruhigte sich der Abt allmählich und gab wieder seine salbungsvollen Sätze von sich, blieb aber nach wie vor verärgert und hielt sie daher nicht zurück, als Richard die Dringlichkeit ihrer Mission vorschützte, um die Abtei so bald wie möglich zu verlassen.

Man roch bereits das Meer, bevor die Stadt in der Ferne auftauchte. Immer stärker wurde der Geruch nach Fischen und Meeresfrüchten. Die drei Reiter passierten die Stadttore, ohne dass ihnen allzu viele Fragen gestellt wurden, denn man war hier an Fremde gewöhnt.

Nach den Wochen auf dem Land wurde ihnen vom Lärm,

dem Gewimmel von Menschen und Tieren und den durch die Sonne verstärkten Gerüchen ganz schwindelig. Anstatt die Pferde am kurzen Zügel durch das Gassengewirr zu lenken, stiegen sie lieber ab und gingen zu Fuß. Sie wollten in der Herberge »Zum Löwenherz« Quartier beziehen, wo auch alle englischen Kaufleute übernachteten. Überall waren fremde Klänge zu hören. Sie hatten sich an das volltönende Provenzalisch gewöhnt, doch hier war es nirgends zu vernehmen. Dies hier hätte auch Griechisch oder Arabisch sein können!

Ein Mann in einem langen violetten Gewand mit einem dazu passenden Turban sah ihre Verwirrung und fragte in tadellosem Französisch, ob er ihnen helfen könne.

»Wir suchen den Hafen und die Herberge ›Zum Löwenherz‹.«

»Ich bringe Euch dorthin«, sagte er liebenswürdig.

Er ging langsam und machte stets einen Bogen um die ekelerregenden Pfützen und die Abfallhaufen. Seine Sandalen waren noch sauber, als er vor der Herberge stehen blieb. Onkel Richard wollte ihn zum Dank auf einen Becher Wein einladen, doch lächelnd wehrte der Mann ab. »Wir sehen uns bestimmt wieder, ich habe auch öfter mit den englischen Kaufleuten zu tun.« Und damit verschwand er.

Die Herberge wirkte vertrauenerweckend und in dem Zimmer, das man ihnen gab, stand ein Bett, das ausreichend Platz für drei Leute ihrer Größe bot. Sie machten sich ein wenig frisch und gingen nach unten, um sich auf die Terrasse zu setzen und ein Glas frischen Roséwein zu trinken. In der Ferne sah man den Hafen, in dem mehrere große Schiffe vor Anker lagen, dazu eine ganze Flottille Barken, die hin und her fuhren, um Waren zu entladen. Dicht drängten sich die kleinen Boote aneinander, bunte Tupfen auf dem blauen Meer. Die Bewegungen der Menschen und Tiere am Quai, die Rufe und Farben vermittelten den Eindruck eines großen Durcheinanders. Dennoch kehrte bald schon Ruhe ein. Die Möwen stürzten sich auf die Fisch- und Gemüseabfälle, während die Sonne als roter Feuerball im Meer versank. Hier und da brannten nun Fackeln, Fische wurden im Freien gegrillt und Weinkrüge machten die Runde.

»Denkt daran, dass wir jetzt sehr vorsichtig sein müssen«, flüsterte Onkel Richard. »Wir pilgern nach Sankt Peter in Rom, um ein Gelübde zu erfüllen, nichts weiter. Hoffentlich finden wir ein Schiff, das uns auch wirklich nach Rom bringt. Auf keinen Fall dürfen wir den Anhängern des Kaisers in die Hände fallen, die nämlich würden dann nicht nur das Geld für den Papst in Beschlag nehmen, möglicherweise müssten wir auch im Gefängnis schmachten. Die Situation ist so unsicher, dass wir außer in Rom bei niemandem sicher sein können, zu welcher Seite er gehört. Wir müssen genaue Erkundigungen einziehen, bevor wir unser Schicksal in die Hände eines Kapitäns legen!«

Nach und nach füllten sich die Terrasse und der Saal mit Kaufleuten und Matrosen, die an den Tischen Platz nahmen. Neben die drei Neuankömmlinge setzten sich drei Engländer, die sie an ihrem Akzent als Landsleute identifizierten. Bald stellten sie fest, dass sie sogar gemeinsame Bekannte hatten, und rasch schlossen sie Freundschaft, die mit Wein besiegelt wurde. Angenehm klang der Abend aus.

Am nächsten Morgen machten sich die drei Pilger auf die Suche nach einem Schiff, indem sie am Quai auf und ab gingen und sich bei Leuten, die nach Reisenden aussahen oder einen Kahn beluden, nach dem Ziel der Reise erkundigten. Man beachtete sie kaum. Als die Sonne allmählich brannte, erblickten sie ihren Führer vom Vortag, dessen Sandalen und violettes Gewand immer noch tadellos sauber waren. Onkel Richard grüßte ihn höflich und bat ihn, mit ihnen in die nächstgelegene Taverne zu gehen, wo der Mann im Gespräch erzählte, er sei Maure, habe aber mehrere Jahre in London gelebt. Er importiere Gewürze aus Alexandria und exportiere Wolle.

»Ich habe einen Gehilfen in London zurückgelassen und wohne jetzt in Marseille. Dort findet man Waren aus Frankreich und der Provence, aus Spanien und Italien. Leder, ziselierte Schwerter, Stoffe aller Art. Ich kaufe, wenn sich eine Gelegenheit bietet, und ein Gehilfe begleitet die Waren nach Alexandria. Er kommt dann mit Seide aus China, mit Pfeffer oder manchmal auch mit hübschen Sklavinnen aus Indien oder Afrika zurück.«

»Pfeffer, schön und gut«, ereiferte sich Pater Richard, »aber Sklavinnen!?«

»Glaubt nicht, ich würde diese armen Kreaturen, die den Piraten entrissen wurden, weiterverkaufen! Im Gegenteil, ich habe sie oft losgekauft. Ich suche mir schöne, gesunde Frauen aus, die gebildet sind und häufig sogar ein Instrument beherrschen. Zwei davon habe ich dem Kaiser überlassen, schwarz wie Ebenholz waren sie und vorzügliche Tänzerinnen, mit und ohne Schleier!«

Geoffreys Augen weiteten sich vor Begierde. Pater Richard unterdrückte ein Lächeln und überlegte sich, dass es bei Hofe sicherlich nicht langweilig zugehe. Robert dagegen hatte nur den Anfang mitbekommen. Zwar hatte er sich die Gefahren lebhaft vorgestellt, denen Myriam auf einem Schiff ausgeliefert war, die Stürme, einen Schiffbruch, aber an Piraten hatte er niemals gedacht, geschweige denn an Gefangenschaft oder Sklaverei.

»Also, wir sind nur Pilger«, sagte Richard schließlich. »Wir wollen nach Rom, das ist alles, doch scheint es gar nicht so einfach zu sein, ein Boot zu finden.«

»Ich kann euch vermutlich helfen«, erklärte der Maure.

»Meine Ware wird zwar nicht nach Rom geliefert, aber ich habe Kollegen, die regelmäßig in der Ewigen Stadt anlegen. Es sind Italiener und auch Juden, die ja in Rom eine große Gemeinde haben. Ich müsste mich sehr irren, wenn die ›Wölfin‹ nicht schon beladen ist und man nur noch auf den ersten Windstoß wartet, um die Taue zu kappen.«

»Kennt Ihr den Kapitän? Wir müssen sichergehen, auch heil anzukommen, und dazu braucht es jemanden, der nicht nur auf hoher See erfahren ist, sondern auch ein guter Diplomat.«

»Da tut Ihr gut daran. Die politische Situation ist verworren, und das machen sich die Piratenschiffe zunutze. Aber wir Kaufleute sind vorsichtige Menschen und überlassen unsere Ware nur Leuten, denen wir vertrauen können. Ihr werdet es nicht bereuen, mit einem Frachtschiff zu reisen anstatt mit einem Pilgerboot! Kommt, ich bringe Euch zum Kapitän.«

»Wie heißt er?«, erkundigte sich der Onkel.

»Giovanni Orlandini.«

»Gut. Wenn Ihr so freundlich sein wollt, dann könnten wir uns ja heute noch mit ihm treffen.«

»Sehr schön, dann hole ich Euch in der Dämmerung an der Herberge ab.«

Sie hatten drei Plätze unter dem Schutzsegel bekommen, worauf Pater Richard bestanden hatte, weil er fürchtete, sonst in der Sonne braten zu müssen. Sie waren rasch handelseinig geworden, und das zu einem anständigen Preis. Und so fanden sich Geoffrey, Robert und ihr Onkel schon zwei Tage später, ausgerüstet mit Proviant und Getränken für einen Monat an Bord der »Wölfin« ein. Die Waren lagerten im Frachtraum; die Besatzung wartete an Deck. Viele Leute waren auf dem Schiff und man zeigte ihnen, wo sie sich hinlegen konnten, wenn sie es wünschten, wobei ihre Reisesäcke ihnen da als Kopfkissen dienten.

Der Mistral hatte sich erhoben und noch am selben Abend brachen sie zu einer Reise auf, die zehn Tage, aber auch einen Monat dauern konnte. Es fiel ihnen schwer, sich einzugewöhnen. Das Durcheinander und der Gestank waren entsetzlich, die Planken des Schiffes völlig durchtränkt von Rattenurin. Sobald der Wind sich legte, stieg der Gestank aus dem Laderaum nach oben. Ständig war das Trippeln der Nagetiere zu hören und dieses Geräusch vermischte sich mit dem Knarren der Planken, dem Tosen der Wellen. Geoffrey litt an der Seekrankheit, immer wieder rannte er zur Reling, um sich zu übergeben.

Onkel Richard und Robert bemühten sich, die Unterhaltungen ihrer Reisegefährten zu verstehen. Die meisten von ihnen waren Italiener, aber innerhalb weniger Tage gelang es den Engländern, den Geschichten zu folgen, die sie erzählten. Einige der Passagiere versuchten, ein Gespräch anzufangen. Was konnte man hier sonst schon tun, außer um Geld zu spielen?

»Pilger?«

»Pilger«, antwortete Pater Richard auf Französisch.

»Und Geistliche?«, fragte, ebenfalls auf Französisch, ein anderer.

»Ja, Geistliche.«

»Dann reden wir lieber von etwas anderem als von Religion«, sagte der Kaufmann, »ich bin nämlich Jude, mein Name ist Juda ben Hillel.«

Geoffrey sah ihn misstrauisch an.

»Ihr sprecht aber auch Französisch. Habt Ihr in Frankreich gelebt?«, wollte Robert wissen.

»Nein, meine Mutter war Französin und hat mit mir Französisch gesprochen, als ich klein war. Da mein Vater aus Rom stammt und auch ich dort aufwuchs, kenne ich zudem den römischen Dialekt. Aber ich lebe in Marseille, spreche also auch Provenzalisch. Im Alter von fünf Jahren habe ich angefangen, Hebräisch zu lernen, und das spreche ich mit denjenigen Juden, die keine meiner übrigen Sprachen beherrschen.«

»Dann ist also Hebräisch für Euch, was für uns Latein ist. In Rom werde ich wohl lateinisch sprechen, denn ich gewöhne mich zwar langsam an den Klang des Italienischen, könnte mich aber noch nicht in dieser Sprache verständlich machen.«

»In Rom werdet Ihr keine großen Probleme haben«, beruhigte der Jude Robert, »es gibt dort sehr viele Geistliche und jedermann versteht ein bisschen Latein.«

Sie erfuhren eine Menge über die Sitten und Gebräuche der Heiligen Stadt, über die Sehenswürdigkeiten und andererseits die Viertel, die man besser mied. Trotzdem wurde Robert unruhig. Wo waren sie wohl gerade? Wann würden sie ankommen? Weder der Kapitän noch die Matrosen hatten eine Antwort darauf geben wollen. »Wer weiß?«, erwiderten sie schicksalsergeben.

»Man weiß nie, wie eine Reise enden wird«, warf der Jude ein. »Lasst mich Euch erzählen, was mir auf meiner letzten Fahrt widerfahren ist. Ich sollte Damaszenerschwerte aus Toledo und Leinenstoff nach Neapel bringen, wo ich wiederum bestimmte Perlen und Edelsteine für England an Bord nehmen wollte. Das Schiff durfte natürlich nicht den päpstlichen Truppen begegnen, weil wir in eine kaiserliche Stadt fuhren. Auf demselben Schiff nun fuhr ein jüdischer Gelehrter mit, der an den Hof Kaiser Friedrichs eingeladen war; ein weiterer Grund, nicht in die Hände Papst Gregors zu geraten. Doch dann erkrankte der Gelehrte und starb nach drei Tagen, obwohl er ein großer Arzt war und seine Frau ihm reichlich Arznei gab! Ich hatte mich mit diesem Mann angefreundet. Er war nicht nur sehr klug, sondern auch ganz bescheiden und freundlich. Als er den Tod nahen fühlte, musste ich ihm versprechen, mich um seine Frau und die beiden Bediensteten zu kümmern, die ich jedoch nicht nach Neapel, sondern nur nach Rom begleiten sollte, wo eine Verwandte sich ihrer annehmen würde. Anstatt also nach Neapel zu reisen, musste ich den Kapitän mit einem hübschen Sümmchen bestechen, damit er mich und meine drei Schützlinge in Civitavecchia an Land gehen ließ! So also kam ich nach Rom, während meine Ware zwei Tage später nach Neapel gelangte. Ich hatte dann größte Schwierigkeiten, selbst dorthin zu kommen, und brauchte eine ganze Woche dafür!«

Wie gebannt hatte Robert zugehört.

»Dass der Kaiser einen jüdischen Gelehrten an seinen Hof kommen lässt, ist nichts Ungewöhnliches«, bemerkte Geoffrey. »Angeblich soll er ja auch arabische Gelehrte um sich scharen.«

»Natürlich«, erwiderte Robert, »aber es finden sich dort auch zahlreiche christliche Gelehrte. Vergiss nicht, Maître Michael Scot ist ebenfalls nach Neapel gereist!«

»Ja, richtig«, sagte der Kaufmann, »mein Freund Maître Jacob Anatolio sollte diesen Michael Scot dort treffen, damit sie zusammen wissenschaftliche Bücher aus dem Arabischen übersetzen.«

Robert hatte mit der Erwähnung Michael Scots ins Schwarze getroffen. Er war sprachlos. Jacob Anatolio war tot, Myriam demnach Witwe, und sie war in Rom! Er versuchte, sich nichts anmerken zu lassen. Geoffrey sah ihn scharf an. Würde Robert wieder der alten Versuchung erliegen? Onkel Richard hatte von dem Blickwechsel seiner Neffen nichts bemerkt.

»Ich frage mich, ob die christlichen Gelehrten, die für den

Kaiser arbeiten, ebenfalls von unserem Heiligen Vater exkommuniziert werden«, sagte er. »Es werden ja wohl Geistliche sein, oder?«

Damit setzte sich die Unterhaltung zwischen Richard, Geoffrey und dem jüdischen Kaufmann fort. Robert aber hatte den Kopf zwischen die Knie gelegt, als fände er all dies ermüdend. Jacob war nicht mehr am Leben – und Myriam war allein in Rom, als Witwe! Nun war er sicher, sie ganz bestimmt wiederzusehen.

Am elften Tag tauchte die Mündung des Tiber auf. Das Schiff ging vor Anker und schon wurde es von einer Flottille von Barken umkreist. Matrosen kletterten über die Reling, mehrere Kaufleute wurden von ihren Handelsgehilfen empfangen. Die drei Engländer mussten nun einen Kahn finden, der sie nach Rom brachte. Nach kurzer Suche verhandelten Richard und Geoffrey mit einem kraftstrotzenden jungen Mann, der ihnen versprach, sie zusammen mit seinem Kompagnon sicher nach Trastevere zu rudern.

Robert war allein in einer Ecke geblieben, als sich plötzlich unverhofft die Gelegenheit bot.

»Verzeiht, wenn ich Euch unterbreche.« Überrascht drehte der Kaufmann sich um. »Wisst Ihr«, fuhr Robert fort, »ob die Bücher, die Maître Anatolio bei sich hatte, auch nach Rom gebracht wurden? Michael Scot, den ich dort treffen werde, wird das bestimmt interessieren.«

Der Kaufmann war erstaunt, hätte der junge Mann ihn doch schon vorher danach fragen können.

»Von irgendwelchen Büchern weiß ich nichts. Maître Anatolio hatte aber mehrere Gepäckstücke bei sich«, antwortete er.

»Was ist aus den arabischen Büchern geworden, die er übersetzen sollte?«

Der Kaufmann zuckte mit den Schultern. »Fragt doch seine Witwe, die wird es wissen«, antwortete er kurz, er wollte sich wieder seinen eigenen Angelegenheiten zuwenden.

»Wo finde ich die?«

»Ich habe sie ins Haus von Madonna Paola gebracht. Sie ist die Witwe Yehiels, Sohn des Salomone, und wohnt im Viertel von Sant'Angelo in Pescheria.« Er hob die Hand zum Abschiedsgruß und nahm dann seine Unterhaltung mit den zwei jungen Männern wieder auf. Was für ein seltsamer Mensch, dachte er, sich in dem Alter schon so für verstaubte Manuskripte zu interessieren!

5

Jeden Morgen nach dem Gebet ging Myriam in Paolas Zimmer, die dann oft schon ihre »Medizin« zu sich genommen hatte, eine Scheibe geröstetes Brot und ein Glas Süßwein. Bis zum Mittagsmahl blieb Paola auf ihrem Zimmer und erledigte die Haushaltsgeschäfte. Als Erste wurde Margherita vorstellig, nahm das Geld für den Einkauf auf dem Markt in Empfang und machte sich sogleich mit ihren beiden Jungen, die ihr den Korb trugen, auf den Weg. Dann wurde Paola von Djamila gewaschen, massiert, frisiert und geschminkt, was alles viel Zeit in Anspruch nahm. Einmal schrieb Myriam währenddessen einen Brief an ihren Vater, schließlich sollte auch er die traurige Nachricht erfahren. Wenn es dann Zeit zum Essen war, stellte Margherita den Tisch an die zum Garten geöffnete Tür, wo der Boden mit frischen Kräutern bestreut war. Gegessen wurde nur sparsam, denn die Hauptmahlzeit gab es erst abends. So vergingen zwei Wochen.

»Myriam, möchtest du mir nicht die Bücher zeigen, die du mitgebracht hast?«

Myriam holte sie aus ihrem Zimmer und die beiden Frauen setzten sich auf eine Steinbank unter dem Säulengang. Zuerst zeigte sie ihr die Bibel, die sie für Maître Anatolio angefertigt hatte. Paola staunte, wie klein das Buch war.

»Es passt genau in meine Hand – das ist wirklich unglaublich!«

»Schlagt sie nur auf, es sind alle achtzig Bücher der Bibel darin enthalten.«

Paola war begeistert, als sie die winzige und dennoch vollkommen lesbare Schrift sah.

»So etwas habe ich noch nie gesehen! Hast du das geschrieben?«

»Ja, nachdem mein Mann mir den provenzalischen Stil beigebracht hatte. Die Pergamenthefte jedoch kommen aus Paris. Mein Vater hatte sie Maître Anatolio zur Hochzeit geschenkt.«

»Unbedingt musst du mir auch so eines kopieren, aber lieber in römischem Stil.«

»Ich würde ihn gern lernen.«

»Wir müssen nur noch das passende Pergament auftreiben. Solches gibt es nämlich weder in Rom noch im restlichen Italien, nur in Paris, von wo wir es kommen lassen müssten. Damit werde ich meinen Cousin Menahem beauftragen, wenn ich ihm den Brief für deinen Vater mitgebe.«

Dann zeigte Myriam ihr das arabische Buch, das Maître Jacob in Marseille von seinem Schwager bekommen hatte. Weder Paola noch Myriam konnten Arabisch lesen, aber sie bewunderten die runden, ausdrucksvollen Buchstaben.

»Dieses Buch gehört Kaiser Friedrich. Maître Michael Scot hat es im Voraus bezahlt. Jetzt muss man es ihm irgendwie zukommen lassen.«

»Natürlich. Doch sieh einmal, was ich im Augenblick lese. Dieses Buch habe ich geliehen, es gefällt mir sehr gut. Es handelt von Alexander dem Großen, einem einflussreichen König, der viele Länder erobert hat. Er war schön wie ein Gott – und dazu weise wie König Salomo! Wenn du magst, könntest du es für mich kopieren. Ich würde seinen Lebensbericht gerne immer wieder lesen.«

»Zuerst muss ich den römischen Stil erlernen.«

»Fangen wir gleich damit an.«

Sie stand auf und ging hinaus. Als sie wieder hereinkam, hatte sie ein Schreibzeug bei sich, ein Tintenfass und verschiedene Federhalter.

»Zuerst zeige ich dir, wie man den Federhalter schneidet«, sagte sie und nahm das Taschenmesser, das an ihrem Gürtel steckte. »Aber ich habe nur ein Schreibzeug. Wir müssen noch eines kaufen und auch ein zweites Tintenfass.«

»Rémi ist recht geschickt und könnte vielleicht eines herstellen. In unserem Haus in der Provence hat er es auch immer gemacht.«

»Hervorragend. Schicken wir ihn gleich los, damit er das Nötige besorgen kann. Und wir beide, wir setzen uns unter den Säulengang und du schaust mir erst einmal zu, wie ich schreibe. Für den Rabbi unserer Gemeinde kopiere ich gerade ein Wörterbuch mit den Begriffen aus der Bibel. Mein Vorfahr, der berühmte Rabbi Natan, Sohn des Yehiel, hat es verfasst und ich besitze ein von seiner Hand korrigiertes Exemplar.«

Paola deponierte ein riesiges quadratisches Buch, das noch in alten Lettern geschrieben war, auf einem Pult. Sie setzte sich auf einen niedrigen Hocker, nahm die Schreibutensilien zur Hand und stellte das Tintenfass auf dem Boden ab. Dann begann sie zu schreiben. Aufmerksam schaute Myriam zu und merkte sich die runden Formen der Buchstaben, die Bewegungen der Hand, die Position der Finger. Als sie eine halbe Seite kopiert hatte, stand Paola auf. »Jetzt versuchst du es«, forderte sie Myriam auf.

Myriam nahm den Federhalter in die Hand und kopierte den Text weiter.

»Ausgezeichnet«, sagte Paola erstaunt. »Achte nur noch etwas genauer auf die Richtung einiger Schriftzüge.«

»Ich sollte auch noch schneller schreiben lernen, im Augenblick muss ich mich noch viel zu sehr konzentrieren.«

»Lass dir Zeit. Du willst mich doch nicht schon wieder verlassen, oder?«

Es wurde immer heißer und Paola und Myriam ruhten sich über die Mittagsstunden aus. Am späten Nachmittag bekamen sie das Abendessen serviert, zu dem wie stets ein guter Wein gereicht wurde. Salomone besuchte sie und zu dritt gingen sie im Garten spazieren. Herrlich duftete der Jasmin und in der milden Luft, die vom Tiber herüberwehte, raschelten die Blätter. Zum ersten Mal seit dem Tod Maître Jacobs war Myriam in gelöster Stimmung und hatte nicht mehr ständig die schrecklichen letzten Augenblicke vor Augen. Als sie Salomone und Paola Hand in Hand durch den Garten spazieren sah, ertappte sie sich sogar dabei, wie sie träumerisch an Robert dachte.

Myriam war von Paola aufgefordert worden, das Bad mit ihr zu teilen. Die Wanne, die man aufs Zimmer gebracht hatte, war für zwei Personen und Djamila und Gentilia hatten das Bad bereits vorbereitet. Paola und Myriam stiegen in die Wanne, während Djamila sich mit einer Viola in der Hand auf die Bettkante setzte.

»Sie ist eine hervorragende Musikerin«, erklärte Paola. »Ich habe sie bei einem berühmten Lehrer Unterricht nehmen lassen. Sie spielt regelmäßig bei Hochzeiten in der Gemeinde. Ein Lied, Djamila, eines von den fröhlichen!«

Die junge Frau hatte gerade mit ihrer kristallklaren Stimme zu singen begonnen, als Gentilia ihnen einen Becher Süßwein und Mandeln brachte. Myriam kam das Ganze unwirklich vor. Das große Zimmer war voller Wohlgerüche, das Badewasser umschmeichelte ihren Körper, Djamilas Stimme weckte Vorstellungen von Sonne und Regen. Ein Paradies, dachte sie.

»Wie ich dir schon gesagt habe, war mein Mann sehr alt und daher nicht mehr in der Lage, eine junge, sinnliche Frau, wie ich es damals war, zu befriedigen. Und so schenkte er mir eben all diese Reichtümer hier – und Djamila.«

Myriam war sprachlos.

»Du bist sehr schön«, fuhr Paola fort. »Beginnst du allmählich, die angenehmen Seiten des Lebens wieder zu genießen?« Sie strich Myriam durchs Haar.

»Ich hatte nie Gelegenheit für diese Art Vergnügen«, erwiderte Myriam.

»Bestimmt wirst du dich schnell daran gewöhnen.« Sanft berührte sie die Spitzen ihrer Brüste.

Plötzlich hörte man einen Missklang. Bei einem heftigen Bogenstrich war Djamila eine Saite ihrer Viola gerissen. Paola drehte sich um, das Mädchen war bleich vor Wut.

»Komm her, Djamila, komm!«

Zögernd trat Djamila näher. Paola nahm ihre Hände und küsste sie. »Das ist aber nicht lieb von dir, mein Kleines, wenn du auf Myriam eifersüchtig bist.« Zärtlich streichelte sie ihr erst die Wange, dann die Brust.

Myriam war völlig verwirrt, hatte sie doch bei Paolas Geste fast so etwas wie Lust empfunden. Zugleich aber sträubte sich etwas in ihr und sie verschränkte die Arme vor der Brust. Ihr Gefühl hatte sie also nicht getrogen, zwischen Paola und Djamila bestand mehr als nur Freundschaft, die Beziehung war auch eine körperliche. Das fand sie ziemlich skandalös. Djamila hatte wieder angefangen zu singen, ein trauriges und leidenschaftliches Berberlied, das von Eifersucht zu handeln schien. Auch Gentilia war entsetzt. Sie wusch Myriam, dann half sie ihr aus der Wanne, trocknete sie ab und kleidete sie an.

Djamila hatte inzwischen die Viola beiseite gelegt, kniete vor dem Bottich und bat Paola um Verzeihung. Die gab ihr einen Kuss und ließ sich von ihr waschen. Myriam, die bereits fertig war, wollte hinausgehen.

»Myriam, sei doch nicht so töricht wie Djamila. Setz dich hier aufs Bett und warte, bis ich aus der Wanne steige. Wenn du glaubst, es sei etwas passiert, täuschst du dich. Gentilia, schenk deiner Herrin ein Glas Wein ein, damit sie sich entspannt!«

Die beiden jungen Frauen sahen sich an und gehorchten. Myriam zwang sich, ein freundlicheres Gesicht zu machen. Gleichzeitig schwor Gentilia sich im Stillen, Myriam keine Sekunde lang allein zu lassen.

Paola sprach erst wieder, als sie angekleidet und geschminkt war.

»Mein Kind, diese Welt hier ist nun einmal ganz anders als die, die du bisher kanntest. Rom und seine Bewohner sind die Erben Athens, die Juden ebenso wie die anderen Römer. Juden gab es in Rom seit der Zeit von Romulus und Remus. Unsere Zivilisation räumt der Schönheit einen wichtigen Platz ein. Im Talmud heißt es, die Bezeichnung der Griechen, *Yefet*, bedeute Schönheit. Die Statue der Diana im Garten ist wunderschön und jedesmal, wenn ich daran vorbeigehe, streichle ich sie. Auch du, als du gerade in der Wanne gesessen hast, warst schön und so habe ich dich gestreichelt. Meine Geste hat dich schockiert, weil du sie falsch gedeutet hast. Doch da du kultivierter als die meisten Frauen bist, solltest du auch einen breiteren Horizont haben, was bedeutet, die Augen vor der Schönheit der Welt nicht zu verschließen und anzuerkennen, dass der Körper für den Geist nicht nur ein Hindernis ist.«

Paola versetzte Myriam immer wieder von neuem in Erstaunen. Anstatt sich zu entschuldigen, hielt sie ihr nun einen Vortrag über Sittlichkeit und breitete ihre Sicht der Dinge vor ihr aus, wodurch Myriams Weltbild doch ein wenig ins Wanken geriet.

»Darüber muss ich erst nachdenken«, sagte sie. »Das alles ist so neu und so anders.«

»Natürlich. Oft noch werden wir Gelegenheit haben, uns über diese Dinge zu unterhalten. Und nun lass mich dir einen keuschen Versöhnungskuss auf die Wange geben!«

Die darauf folgenden Tage verliefen ruhig. Immer mehr lernte Myriam Paolas ungewöhnliches Wesen schätzen, ihre Schönheit, die Fähigkeit, alles zu genießen, ihre Großzügigkeit und Toleranz. Sie beobachtete jede ihrer Gesten und achtete auf jedes ihrer Worte. An Paolas seltsame Beziehung zu Djamila hatte sie sich gewöhnt. Dennoch war Paola sehr gläubig: Sie ging in die Synagoge, betete inbrünstig und respektierte die Ruhe des Sabbat ebenso wie die Ernährungsvorschriften, las die Bibel und die Kommentare dazu. Sie kopierte das Wörterbuch mit den biblischen Begriffen und anderen religiösen Texten. Vor allem aber zeigte sie sich den Armen gegenüber ebenso barmherzig wie ihren eigenen Verwandten und so beschloss Myriam eines Abends, sich ihr anzuvertrauen.

»Ich weiß nicht, was ich tun soll. In die Provence zurückzukehren, ist gar nicht so einfach. Ohne Maître Jacob würde ich mich nicht heimisch fühlen, ich habe keine Freunde dort, denn man hat mich nur deshalb aufgenommen, weil ich seine Gattin war. Mein Vater würde sich sehr freuen, wenn ich nach Paris zurückkehrte, und für mich wäre es ebenfalls eine große Freude. Mit meiner Freundin Rose verstehe ich mich bestens, außerdem liebe ich Paris.«

»Was hindert dich denn daran, dorthin zurückzugehen? Vermutlich ist das Haus, in dem du aufgewachsen bist, nicht so komfortabel wie dieses hier, ja vielleicht nicht einmal so sehr wie das in Aix. Aber dein Gatte hat für dich vorgesorgt, und wenn du dein Geld umsichtig anlegst, kannst du ein bequemes Leben führen.«

»Das stimmt, aber ...«

»Was aber? Du kannst mir alles sagen, das weißt du doch, oder?«

»Ich bin nicht sicher, ob der junge Mann, den ich vor meiner Heirat kennen gelernt habe, noch in Paris lebt. Auf jeden Fall fürchte ich mich davor, ihn wiederzusehen.«

»Warum das? Ist er verheiratet?«

»Nein, er ist Student, aus England.«

»Also ein Christ.«

»Ja, trotzdem habe ich Maître Jacob nicht betrogen und ihn auch nicht angelogen, denn seit meiner Heirat habe ich Robert nie mehr wiedergesehen. Allerdings habe ich erfahren, dass er vor einem Jahr noch in Paris war. Vielleicht lebt er immer noch dort, denn damals war er mitten im Studium. Wenn er mich vergessen hat oder in eine andere verliebt ist, wäre das zwar ungeheuer schmerzlich, aber dann könnte auch ich ihn vergessen. Wenn er mich jedoch so liebt wie früher, dann ... Dann wäre ich wieder in genau der Situation, aus der mein Mann mich gerettet hat.«

»Du warst also mit einem Christen zusammen, den du

auch nach zwei Jahren der Trennung noch liebst. Das muss ein schöner junger Mann sein!«, sagte Paola nach einer Weile.

»Ja, er ist schön... Rotblonde Locken hat er, wie König David, und azurblaue Augen. Außerdem ist er absolut aufrichtig und voller Zärtlichkeit.«

Große Tränen liefen ihr auf einmal über die Wangen. Paola streichelte ihre Hand.

»Nun sei doch nicht so traurig, mein Kind. Natürlich ist eine solche Liebe im Königreich Frankreich undenkbar. Wie es scheint, solltest du also nicht nach Paris zurückkehren. Bleib bei mir, gern hätte ich dich hier an meiner Seite. Dann würden wir einen Gatten für dich suchen, der deiner würdig ist.«

»Ich möchte nicht wieder heiraten.«

»Vielleicht änderst du ja deine Meinung. Die Liebe, die du für deinen Studenten empfindest, kannst du durchaus auf eine andere Person übertragen. Jedenfalls musst du im Augenblick keine Entscheidung fällen. Dein Vater hat den Brief ja noch nicht erhalten, in dem du ihm von dem Tod deines Mannes berichtest. Einstweilen solltest du das Leben genießen. In ein paar Tagen fahren wir aufs Land. Ich besitze ein Landgut in Grottaferrata, wo ich jeden Sommer verbringe. Übrigens kommt Margherita von dort. Es wird dir bestimmt gefallen. Wir werden Obst pflücken und lange Spaziergänge machen. Die Luft ist dort so viel gesünder! Vielleicht nimmst du dir die Dinge dann nicht gar so zu Herzen.«

6

Die Fahrt den Tiber hinauf dauerte mehrere Stunden. Die Strömung war stark und die Ruderer mussten sich sehr anstrengen, um das Schiff voranzutreiben. Endlich tauchte der Ponte di San Pietro auf und die drei verschwitzten und ermüdeten Reisenden sahen die Engelsburg vor sich. Keine Sekunde ließen die beiden Neffen ihr Reisegepäck aus den Augen, denn immer wieder hatte man ihnen eingeschärft, dass die römischen Beutelschneider noch dreister waren als die in Paris, und so presste auch Onkel Richard die in sein Gewand eingenähte Börse mit dem Zehnten an die Brust. Die drei Engländer verscheuchten die Kinder, die sich an ihre Fersen geheftet hatten und ihnen in einem Kauderwelsch aus Englisch und Französisch alle möglichen Dienste anboten. Sie mussten das Hospiz finden, dazu aber brauchten sie einen kundigen Führer. Einen Geistlichen? Onkel Richard wandte sich an den ersten weiß gekleideten Priester, der vorüberging und einwilligte, sie bis zum Hospiz Santo Spirito zu bringen, wo man sie bereits erwartete. Es lag ganz in der Nähe, doch die vielen Menschen in den engen Gassen behinderten sie und sie klammerten sich so sehr an ihr Gepäck, dass sie, als sie schließlich an der Pforte angekommen waren, noch überhaupt nichts von der Ewigen Stadt gesehen hatten.

Nachdem sie sich ausgeruht und ein wenig erfrischt hatten, machten sie sich auf den Weg zur Kurie. Der Abt hatte ihnen einen Laienbruder als Begleitung mitgegeben, wussten sie doch nicht genau, wo die Kardinäle der Kurie derzeit residierten. Für gewöhnlich fand man sie im Lateranpalast, wie ja auch den Heiligen Vater. Als jedoch die kaiserlichen Truppen näher gerückt waren, hatten sie es vorgezogen, sich in die

Engelsburg zu flüchten, die als uneinnehmbar galt. Der Papst hatte sich nach den jüngsten Entwicklungen nach Anagni zurückgezogen.

Sie beschlossen daher, zuerst zur Engelsburg auf der anderen Seite des Flusses zu gehen. Ihr Weg führte sie an der Kirche Sant'Agostino vorbei, aus der ein starker Weihrauchduft drang, der sich mit den üblen Gerüchen auf dem Platz vermischte. Die ausgestreckten Hände der Bettler, die um das Portal kauerten, beachteten sie nicht weiter.

Am Ufer des Tiber angekommen, schauten sie zu den hohen Backsteinmauern der Zitadelle hinüber, die im Sonnenschein rötlich leuchteten. Die Zugbrücke war hochgezogen. »Der Friede sei mit dem Heiligen Vater!«, rief der Laienbruder dreimal, woraufhin die Brücke langsam heruntergelassen wurde. Die schweren Eisentore gingen auf und in Zweierreihen schritten Soldaten heraus, die mit riesigen Hellebarden bewaffnet waren. Diese furchteinflößende Truppe führte Pater Richard und die ihm folgenden Neffen hinein, während der Laienbruder draußen auf sie wartete.

Die Pracht des unterirdischen Saals, in den sie gebracht wurden, versetzte sie in Erstaunen. Purpurne Wandbehänge schmückten die Mauern und die Fackeln waren so zahlreich, dass man sich beinahe im hellen Sonnenlicht wähnte. An der Wand standen Kirchenstühle aufgereiht und in der Mitte, auf einem dreistufigen Podest, befand sich ein geschnitzter vergoldeter Thron. Auf den ersten Blick schienen alle Stühle leer zu sein. Als sie aber näher traten, bemerkten sie, dass auf einem der Stühle eine Gestalt kauerte, gekleidet in ein Gewand von der Farbe der Wände. Der schmächtige, winzige Mann wirkte ungeheuer alt und schwächlich. Mit der Hand umklammerte er ein goldenes Kreuz. Sie fielen auf die Knie und erhoben sich dann wieder, um erneut niederzuknien und dann den Hirtenring zu küssen, den der Kardinal ihnen hinstreckte.

Pater Richard hatte sich genau zurechtgelegt, was er sagen wollte, und trug nun das auswendig Gelernte in elegantem Latein und mit feierlicher Stimme vor.

»Ich bin Pater Richard, Kaplan des Erzbischofs von Lincoln, Robert Grosseteste.«

Der Kardinal hielt die Augen geschlossen, als würde er schlafen. Als jedoch das Wort »Zehnt« ausgesprochen wurde, hob er die Hand, um Richard zu unterbrechen. Er klingelte mit einem Glöckchen und auf der Stelle kamen zwei Notare mit Wachstafeln und Griffeln herein und setzten sich auf zwei Hocker. Erneut hob der Kardinal die Hand und gab das Zeichen, nochmals von vorne anzufangen, was Onkel Richard dann tat. Die Notare schrieben seine Worte so schnell auf, wie er sie sprach. »Zählt das Geld«, sagte der Kardinal zu ihm, als er geendet hatte.

Onkel Richard zog die lederne Börse, die er in den vergangenen Monaten so sorgsam gehütet hatte, aus seinem Gewand und zählte den beiden Notaren die schweren Silbermünzen einzeln in die Hand.

Als er damit fertig war, deutete der Kardinal ein zufriedenes Lächeln an. Er verabschiedete die Notare und forderte Richard auf, sich auf einen Hocker ihm gegenüber zu setzen. Erst erkundigte er sich nach ihrer Reise, dann nach dem Leben in der Diözese.

»Ich würde gern den Segen des Heiligen Vaters empfangen«, sagte Onkel Richard, »und ihm meinen Neffen Geoffrey vorstellen.«

Der Kardinal nickte. Immer war eine Geldübergabe mit Wünschen verbunden.

»Legt Euch jetzt ein wenig zur Ruhe und esst eine Kleinigkeit. Wenn der Notar Euch die auf Pergament geschriebene Quittung überbringt, wird er Euch mitteilen, wann die nächste Abordnung nach Anagni reist.«

Auf ein weiteres Klingeln mit der Glocke kam ein Diener herein, der die Engländer in einen wesentlich schlichteren Raum mit Tischen und Bänken führte. Domestiken breiteten ein Tischtuch aus und legten einen Laib Brot, verschiedene Käsesorten, Honig und Trauben vor sie hin. Wie die Soldaten waren auch sie in unglaublich prächtige, bunte Livreen gekleidet. »Langsam begreife ich, weshalb wir alle den Zehnten entrichten müssen«, bemerkte Richard auf Englisch, während er, wie immer, mit herzhaftem Appetit aß. »Im Vergleich zu dem, was wir hier sehen, lebt der König von Frankreich wie ein armer Schlucker. Seine Höflinge sind nicht so prächtig gekleidet wie hier die Diener! Und der Palast, in dem wir uns befinden, ist viel prunkvoller als der Louvre.«

Sie glaubten schon, man hätte sie vergessen, als die beiden Notare endlich wieder hereinkamen und Onkel Richard eine Pergamentrolle reichten. Die Schrift war so reich verziert, dass Richard sie nicht entziffern konnte. Daher las der Notar die schwülstigen Formulierungen vor, in denen sein Name, die erbrachte Summe und das Datum schier untergingen.

»Am nächsten Dienstag wird eine Abordnung der Kurie zum Hof des Heiligen Vaters reisen«, verkündete er dann. »Findet Euch im Morgengrauen hier ein. Fünfzig Soldaten werden den Zug beschützen, der sich aus maximal zwanzig Personen zusammensetzen wird. Ihr, Pater, werdet daran teilnehmen und mit Euch die Person, die Ihr dem Heiligen Vater vorstellen wollt. Man wird Euch zwei Maultiere zur Verfügung stellen.«

Bei diesen Worten errötete Robert und seine Augen füllten sich mit Tränen. Der Notar war gerührt, er hielt die Tränen für ein Zeichen der Enttäuschung.

»Seid unverzagt, junger Mann, sicherlich werdet auch Ihr eines Tages vom Nachfolger des heiligen Petrus gesegnet werden. Während Ihr auf Eure Reisegefährten wartet, könnt Ihr vor allen Reliquien Roms beten. Es sind viele, das dürft Ihr mir glauben. Kein Tag vergeht ohne eine Prozession oder eine feierliche Messe.«

Mit dem gleichen Pomp wie bei ihrer Ankunft wurden sie zurück zum Tor der Zitadelle gebracht. Geduldig wartete der Laienbruder auf sie, daran war er gewöhnt. Es war Mittag geworden und die Sonne brannte auf ihre Tonsuren.

»Du musst dir ein Kloster suchen«, sagte Geoffrey plötzlich zu seinem Cousin. »Allein kannst du nicht in Rom bleiben. Du hast die freie Wahl: Alle Orden sind hier vertreten.«

»Aber was soll ich denn da? Ich folge dem Rat des Notars und werde die Reliquien besichtigen«, entgegnete Robert.

»Warum willst du denn Robert unbedingt ins Kloster stecken?«, fragte Onkel Richard. »Er kann doch auch hierbleiben. Er passt schon auf. Rom ist gefährlich, aber bestimmt nicht gefährlicher als Paris.«

Geoffrey wollte seinem Onkel nicht widersprechen. Und hatte Robert ihm nicht versichert, er würde Myriam nicht wiedersehen? Aber er hatte wenig Vertrauen und nahm sich vor, auf seinen Cousin so lange Druck auszuüben, bis dieser von sich aus erklärte, er wolle sich der Versuchung nicht aussetzen.

Am nächsten Tag begannen sie mit der Besichtigung der römischen Kirchen, die ein Pilger gesehen haben sollte. Als sie aus der Kapelle traten, in der sie die Matutin gesungen hatten, bemerkte Robert genau vor ihnen eine Gestalt, die ihm vertraut vorkam. »Roger Bacon«, rief er erfreut, »was für eine Überraschung, Euch hier zu treffen!«

Richard und Geoffrey waren ebenso erstaunt wie Robert.

»Wie das, Master Bacon, haben wir uns nicht kurz vor unserer Abreise noch beim Bankett aus Anlass der Examensfeier meines Neffen getroffen? Ihr habt uns verschwiegen, dass Ihr auch nach Rom reisen würdet!«

»Ich wusste es ja selbst nicht«, erwiderte Bacon. »Unser Heiliger Vater hat mir einen Boten geschickt, der mir die Nachricht überbrachte, im September würde in der Kurie eine Universität eröffnet. Dass er mich eingeladen hatte, ehrte mich sehr, und so musste ich meine Angelegenheiten in Paris ganz rasch erledigen und auf dem kürzesten Weg hierher kommen, um meinen Unterricht vorzubereiten.«

»Was werdet Ihr denn unterrichten?«, fragte Robert.

»Mathematik und Naturwissenschaften, aber einstweilen halte ich schon Einführungsvorlesungen für die Studenten, denn all dies ist Neuland für sie. Wenn ich ihnen jetzt die Grundkenntnisse vermittle, kann ich im September mit der Art von Unterricht beginnen, wie er sich für eine anständige Universität ziemt.«

»Über Mathematik weiß auch ich so gut wie nichts«, sagte Robert. »Man bringt uns bei, dass es sieben Wissenschaften gibt, darunter die Mathematik, die Musik, Arithmetik, Geometrie und Astronomie. Aber eigentlich erfahren wir nur das Allernötigste darüber ...« Dann setzte er hinzu: »Mein Onkel und mein Cousin werden dem Heiligen Vater vorgestellt. Während sie fort sind, würde ich gerne an Eurem Unterricht teilnehmen.«

»Aber selbstverständlich«, erwiderte Roger Bacon, »wenn Ihr für die Mathematik ebenso begabt seid wie für die Logik, würde ich mich sehr geehrt fühlen!«

Onkel Richard war ebenso zufrieden, wie Geoffrey enttäuscht war. Doch was konnte er schon sagen? Roger Bacon war eine moralische Autorität und ein anerkannter Wissenschaftler. In Paris sympathisierte er mit den Franziskanern. Geoffrey beschränkte sich daher darauf, ihn zu ermahnen: »Passt gut auf ihn auf, verehrter Master Bacon!«

»Verzeiht, wenn wir uns so rasch verabschieden, aber wir wollen heute mit der Besichtigung der Reliquien beginnen. Wir werden Euch heute Abend zur Vesper wiedersehen«, erklärte Onkel Richard.

»Ich verstehe. Bestimmt fangt Ihr bei Santa Petronilla an?«

»Natürlich, das muss so sein. Bruder Matteo Rosso wird uns begleiten. Er hat sich schon gestern um uns gekümmert und kennt uns nun bereits recht gut.«

Sie mussten die ganze Stadt durchqueren. Zuerst besichtigten sie das Pantheon.

»Unglaublich! Wie ist es nur gelungen, ein so rundes Gebäude zu errichten?«

»Zunächst war es ein heidnischer Tempel, jetzt aber ist er der Muttergottes geweiht.«

Bruder Matteo Rosso begann eine lange Geschichte zu erzählen, in der antike Götter, römische Konsuln und christliche Kaiser vorkamen. Als er geendet hatte, wandte er sich mit ernster Miene an Pater Richard.

»Wir sind nun schon geraume Zeit unterwegs und ich habe Euch lediglich die Geschichte eines einzigen römischen Bauwerks erzählt. Doch müssen wir durch die ganze Stadt und werden noch sehr viele sehen. Wenn Ihr daher über jedes einzelne Bauwerk Bescheid wissen wollt, kommen wir erst in einer Woche bei der Kapelle von Santa Petronilla an! Ihr solltet daher eine Auswahl treffen.«

Pater Richard antwortete, natürlich sei das Gebet an den Gräbern der heiligen Märtyrer ihr eigentliches Ziel, schließlich seien sie nicht hierher gekommen, um römische Geschichte zu studieren. An Kapitol, Palatin und Aventin gingen sie daraufhin recht zügig vorbei, bis sie an der Porta San Paolo vor die Stadt traten. In der Basilika San Paolo Fuori le

Mura begann die Pilgerreise zu den sieben Hauptkirchen Roms. Sie wandten sich zunächst in Richtung San Sebastiano und kamen durch das Viertel, in dem die ersten christlichen Friedhöfe lagen, bis sie schließlich die Katakomben der Domitilla erreichten, wo sich die Kapelle der Santa Petronilla, der Tochter des heiligen Petrus, befand.

Sie stiegen in die Kapelle hinab. Zahlreiche Öllampen erleuchteten die Katakombe, so dass man an der Wand das Fresko erkennen konnte, auf dem die junge Heilige inmitten von Blumen dargestellt war. Wie es Brauch war, fing Pater Richard in einer Ampulle einige Tropfen von dem Lampenöl auf, das als wundertätig galt und angeblich vor Gefahr schützte.

Als sie aus dem Dunkel der Katakomben wieder ans Tageslicht kamen, blendete sie der grelle Sonnenschein. Der lange Fußmarsch und die Hitze hatten alle vier ermüdet. »Zeit für eine Pause«, verkündete Richard. »Lasst uns in einer Schenke einkehren, um ein wenig auszuruhen und etwas zu trinken.«

Bruder Matteo Rosso führte sie zur nächstgelegenen Taverne, die natürlich nach Santa Petronilla benannt war. Sie wurden sehr freundlich empfangen und man bediente sie rasch. Der Wirt setzte sich zu ihnen und stellte alle möglichen Fragen: wann sie angekommen seien, woher sie kamen, wie lange sie blieben. Bruder Matteo gab recht ausweichende Antworten, die Fragerei fing an, ihn zu beunruhigen.

»Zeit zu gehen«, sagte er zu den drei Engländern, woraufhin Onkel Richard seine Börse hervorzog.

»Einen Augenblick«, hielt der Wirt ihn zurück, »ich lade Euch noch zu einem Gläschen ein.«

Bruder Matteo war trotzdem aufgestanden, doch Onkel Richard wollte nicht einsehen, warum sie bei der Hitze so rasch aufbrechen sollten. »Weshalb so eilig, mein Bruder?«

Matteo Rosso blieb keine Zeit für eine Antwort, denn schon war der Wirt wieder hereingekommen, jetzt mit einem Knüppel in der Hand, in Begleitung von vier Kerlen. Blitzschnell hatten zwei von ihnen den Laienbruder gepackt, ihn nach draußen geschleppt und verprügelt, um ihn dann am Straßenrand liegen zu lassen.

Die beiden anderen Männer, offenbar Diener, bedrohten die drei Engländer, die zu verblüfft waren, um zu reagieren. Der Wirt wandte sich in zuckersüßem Tonfall an sie. Er sprach langsam, damit die drei ihm folgen konnten.

»Wir haben eine große Schwäche für Pilger. Leute wie ihr sind hier immer willkommen. Ich verlange nur einen Sterling pro Tag und gebe euch ein schönes Zimmer, mit einem sauberen Bett. Da seid ihr viel besser aufgehoben als im Ospizio dello Santo Spirito.«

»Wenn Ihr glaubt, dass ich mich auf diesen Vorschlag einlasse, habt Ihr Euch getäuscht. Eure Kerle werden mich sicher nicht dazu bringen, meine Meinung zu ändern«, sagte Richard aufbrausend.

»Das werden wir ja sehen«, versetzte der Wirt.

Die beiden Diener, die Bruder Matteo hinausgeschleppt hatten, waren wieder hereingekommen und zu viert versperrten die Handlanger nun den Ausgang, als Geoffrey und Robert mit einer plötzlichen Bewegung die Bank, auf der sie saßen, packten und Onkel Richard den Tisch umkippte. Doch es war ein ungleicher Kampf. Die Angreifer, in der Überzahl und zudem bewaffnet, stürzten sich auf sie. Wenig später wachten sie, grün und blau geschlagen, in einem Keller wieder auf, dessen Tür mit einem eisernen Riegel verbarrikadiert war. Onkel Richards Börse war verschwunden.

»Meine Lieben, da sind wir aber in eine missliche Lage geraten! Die weite Reise, nur um in Rom umgebracht zu werden! Lasst uns zum Herrn beten, damit er ein Einsehen hat!

Santa Petronilla wird sich für uns einsetzen, wenn unsere Gebete heute Morgen nur ausreichend inbrünstig waren. Die Ampulle mit dem heiligen Öl ist jedenfalls noch da. Das ist unsere einzige Hoffnung.«

Alle drei begannen sie zu beten, abwechselnd das Vaterunser und das Ave-Maria.

Langsam verstrichen die Stunden.

Während er betete, dachte Robert unablässig an Myriam. Nun war er ganz in ihrer Nähe und würde sie womöglich doch nie mehr wiedersehen! Er hatte sich den Moment so sehr erträumt und so kurz vor seiner Verwirklichung sollte sich dieser Traum nun doch nicht erfüllen. Vielleicht stand er bald seinem Schöpfer gegenüber.

Plötzlich hörten sie Hufgeklapper.

»Das sind mehrere Pferde, die herangaloppieren!«, rief Geoffrey. Alle drei spitzten die Ohren. Schwere Schritte, Schreie und Befehle waren zu vernehmen, dann ging die Tür auf und sie wurden nach draußen gezogen.

Bruder Matteo Rosso war in jämmerlichem Zustand. Er hatte den Kopf bandagiert und trug den Arm in einer Schlinge, sein zerrissenes Gewand gab den Blick auf zahlreiche blaue Flecken frei. Der Wirt, den die Wachen umringten, war sichtlich wütend. Die Diener waren verschwunden.

»Sie haben geglaubt, ich sei tot«, seufzte Matteo, »aber ich hatte Glück, weil Gott eine solche Gräueltat nicht zugelassen hat. Er hat einen barmherzigen Samariter zu meiner Rettung geschickt, damit uns allen Gerechtigkeit widerfahre.«

»Genau«, stimmte der Hauptmann zu. »Die Stadt Rom verfährt sehr streng mit den Bürgern, die glauben, sie könnten Fremde einschüchtern und sogar umbringen. Sie denken nur an ihren Profit und fügen dem Ansehen Roms großen Schaden zu. Dieser Schurke dort wird jedenfalls seinen gerechten Lohn erhalten. Wenn Ihr in einem Monat noch hier seid, werdet Ihr sehen, wie die Raben an seiner Leiche picken.«

Der Hauptmann durchsuchte den Wirt. »Ist das Eure Börse?«, fragte er. Die drei Pilger und Bruder Matteo nickten. Richard nahm seinen Geldbeutel wieder in Empfang und steckte ihn ein. Es wurde Abend. »Wir geben Euch bis zum Hospiz Geleit«, verkündete der Hauptmann.

Man ließ den Karren des Wirts anspannen und so begaben sich die Pilger und Matteo Rosso auf den Rückweg. Sie fuhren durch dunkle Gassen. An den Türen der Herbergen brannten Fackeln. Fröhliche Gesänge, angeregte Gespräche und die lockenden Rufe der Prostituierten vermischten sich. Die beiden Wachen, die sie begleiteten, antworteten den leichten Mädchen voller Gutmütigkeit.

»Also wirklich«, bemerkte Pater Richard, »Rom ist ja noch lasterhafter als Paris. Robert, versprich mir, dass du während unserer Abwesenheit vorsichtig sein wirst und abends nicht aus dem Haus gehst!«

Alles Mögliche hätte Robert ihm versprochen, nur eines bereitete ihm Sorgen: Onkel und Cousin würden nur wenige Tage fort sein. Die Zeit drängte!

7

»An der Tür steht ein Mann, der Euch zu sehen wünscht, Madonna Paola!«, verkündete einer der beiden Knaben.

»Wenn es ein Bettler ist, sage deiner Mutter, sie soll ihm eines von den Broten geben, die heute gebacken wurden.«

»Nein, es ist kein Bettler. Er ist gekleidet wie ein Geistlicher, sieht aber eher wie ein Soldat aus. Ich verstehe nichts von dem, was er sagt.«

»Führe ihn herein und du, Djamila, bring einen Hocker.«

Paola und Myriam standen auf und legten das Schreibzeug beiseite. Sie wandten sich zur Tür, um den Besucher zu empfangen. Als er aus dem Schatten trat und ein Sonnenstrahl auf seine rotgolden schimmernden Locken fiel, die seinen Kopf wie ein Helm umrahmten, glaubte Myriam, einen Geist vor sich zu sehen. Ihr wurde schwindlig und sie musste sich an eine Säule lehnen, um nicht das Gleichgewicht zu verlieren. Doch da lief Robert schon auf sie zu und nahm sie in die Arme. Erstaunt beobachtete Paola die Szene und wurde zur Zeugin, wie Myriams verrückter Traum sich erfüllte. Voller Leidenschaft hatte Myriam ihr von ihrem christlichen Geliebten erzählt, doch nie hätte Paola geglaubt, ihn eines Tages zu sehen – und dass er ebenso in Myriam verliebt sein würde wie sie in ihn. Zwei Jahre nach ihrer Trennung suchte er sie in Rom auf! Ja, das konnte nur er sein. Gerührt schaute sie die beiden an. Myriam, der das schwarze Haar auf die Schultern fiel, wirkte so winzig und zerbrechlich in den Armen dieses kräftigen jungen Mannes, der seinen Kopf auf den ihren gelegt hatte. Beide schluchzten.

Rémi stand auf seinen Besen gestützt da, den Mund geöffnet. Djamila, Gentilia und der kleine Junge, alle so verblüfft wie Paola, umringten das Paar. Nach einem Augenblick der Ratlosigkeit bat Paola Djamila, einen Krug Wein und Becher zu holen. Das Wiedersehen musste gefeiert werden.

Endlich wurden Robert und Myriam sich bewusst, dass sie nicht allein waren und alle sie neugierig anschauten. Myriam trat zurück, nahm Robert bei der Hand und wandte sich an Paola.

»Das ist Robert«, sagte sie mit zitternder Stimme.

»Das dachte ich mir. Kommt, setzen wir uns. Djamila, schenk uns einen Becher Wein ein, damit dieser junge Mann uns erzählen kann, wie er hierher gekommen ist.«

Robert, zumindest äußerlich etwas ruhiger, setzte sich neben Myriam, die ihn unverwandt anblickte, und berichtete von seinem Onkel und dessen Auftrag in Rom, von der Reise nach Marseille, der Begegnung mit dem jüdischen Kaufmann. Myriam übersetzte für Paola. »Dann war es Juda ben Hillel, der Euch hierher gebracht hat«, rief sie.

»Nicht direkt. Ich hatte Schwierigkeiten, Euch ausfindig zu machen. Zwei Tage habe ich in Trastevere gesucht, bis ich erfahren habe, dass Ihr ganz in der Nähe von Sankt Peter wohnt. Mein Onkel, mein Cousin und ich sind nämlich auf der anderen Seite der Brücke untergebracht, im Hospiz Santo Spirito. Mein Onkel und mein Cousin sind gestern nach Anagni aufgebrochen, um den Segen des Heiligen Vaters zu erhalten. Nächsten Dienstag kommen sie zurück. Ich werde einstweilen am Unterricht von Roger Bacon teilnehmen und kurz nach ihrer Rückkehr aus Anagni treten wir dann die Rückreise an.«

Plötzlich schwieg er und beugte sich zu Myriam herab.

»Siehst du, ich habe mein Versprechen gebrochen, indem ich dich hier aufgesucht habe, aber ich bin ja bald wieder fort und hoffe nur, du hast nichts dagegen, wenn ich dich während der nächsten Tage besuche.«

Mit Tränen in den Augen sah er sie an. Myriam nahm seine Hand.

»Ja, ich habe dir dieses Versprechen abgerungen. Und leider hat sich an unseren Lebensumständen nichts geändert. Doch dein Besuch freut mich sehr und ich bringe es nicht übers Herz, uns beiden diese kurzen Augenblicke des Glücks zu verwehren. Wenn daher Paola es gestattet, können wir uns von Zeit zu Zeit sehen, solange du in Rom bist.«

Es war klar, dass sich ihre Wege in weniger als einer Woche wieder trennen würden. Robert würde sein Studium fortsetzen, Myriam in Rom bleiben. Und da sollte sie, Paola, einem kurzzeitigen Vergnügen im Wege stehen? Allerdings musste Myriam Vorsorge treffen, doch darauf wollte Paola schon Acht geben.

»Kommt heute Abend zum Essen«, sagte sie zu Robert, dessen Augen vor Freude blitzten. Einen solchen Empfang hatte er nicht erwartet, nur verschiedene Möglichkeiten in Betracht gezogen, aber nun waren seine sämtlichen Erwartungen übertroffen worden. In gebrochenem Italienisch stammelte er ein paar Dankesworte und küsste Paola die Hand, bevor er sich zurückzog.

Das rote Gewand – ihr schönstes und zugleich ihr Hochzeitskleid! – lag ausgebreitet auf dem Bett. Paola kam herein und bemerkte Myriams Zögern.

»Warum solltest du dieses Kleid nicht anziehen dürfen? Du willst schön sein und das verstehe ich. Zuerst aber setz dich einen Augenblick. Einerseits freue ich mich für dich, andererseits bin ich verärgert. Dass dein Freund dich hier ausfindig gemacht hat, ist ein schöner Liebesbeweis. Nun bist du aber hierher gekommen, weil Maître Jacob dich in Sicherheit bringen wollte. Er hat dich mir anvertraut und daher habe ich eine gewisse moralische Verantwortung seinem Andenken, aber auch der jüdischen Gemeinde gegenüber. Liebesgeschichten zwischen Juden und Christen sind immer ausweglos und so bemüht man sich immer von beiden Seiten, ihnen rasch ein Ende zu bereiten. Ich bin nicht mit den Mitteln einverstanden, die man gemeinhin dafür einsetzt, das weißt du ja ...«

Sie machte eine Pause.

»Zum Glück ist dein Freund nur kurze Zeit hier«, fuhr sie

dann fort. »Wir wären am Sonntag aufs Land gefahren, nun aber werden wir hier bleiben, bis er Rom verlässt, das wird uns nur zwei Tage kosten. Auf diese Weise kannst du ihn noch mehrmals sehen, bevor ihr euch endgültig trennt. Ich für meinen Teil schließe die Augen und hoffe, dass nichts davon nach draußen dringt. Meinen Leuten, denen ich absolut vertraue, habe ich bereits Stillschweigen auferlegt. Du musst nur auf eines achten: nicht schwanger zu werden.«

Sie machte eine neuerliche Pause. Myriam war rot geworden. »Weißt du, was du zu tun hast?«

»Nein, das weiß ich nicht«, stammelte sie, nunmehr purpurrot.

»Nun, Djamila wird dir blütenreine Baumwolltücher und Olivenöl bringen. Die Prozedur ist nicht sehr angenehm, aber man muss eben vorsichtig sein. Am besten benutzt du es sofort, das ist sicherer.«

Myriam war sprachlos. Roberts Ankunft hatte sie so gefreut und zugleich mit einer heftigen und doch fast vergeistigten Begierde erfüllt, hatte sie sich doch überhaupt nicht vorstellen können, dass sie je einmal allein sein würden. Die brutale Art, auf die Paola ihr Zusammensein vorbereitete, verwirrte sie – und schockierte sie von neuem, was Paola verstand.

»Du bist wirklich eine Träumerin, mein Kind«, sagte sie, »und genau deshalb droht dir Gefahr.«

In ihrem roten Gewand war Myriam schöner als eine Madonna und nur mit Mühe gelang es Robert, seine Ungeduld zu zügeln und sich auf die guten Manieren zu besinnen, die man ihm beigebracht hatte. Tief verbeugte er sich vor Paola und fiel dann vor Myriam auf die Knie. Paola machte ihm ein Kompliment und bat ihn, rechts von ihr Platz zu nehmen. Myriam setzte sich ihm gegenüber.

Die beiden Jungen brachten den Wasserkrug, damit er sich die Hände waschen konnte, und das Mahl begann. Indes nahm die ganze Hausgemeinschaft Anteil an den Vorgängen im Saal und man hörte von Zeit zu Zeit aufgeregtes Flüstern hinter der Tür. Nur Paola schien unbefangen, Robert und Myriam hingegen war es peinlich, aller Augen auf sich gerichtet zu wissen.

Paola bediente sich von der mit Feigen gekochten Geflügelleber und begann ein Gespräch.

»In Rom redet man viel von der neuen Universität, die bald in der Kurie eröffnet wird. Sie nimmt sich die Universität von Paris zum Vorbild. Wie wird denn dort unterrichtet?«

Welches andere Thema hätte Robert die Unterhaltung so leicht gemacht? In allen Einzelheiten beschrieb er den Ablauf des Unterrichts in Paris und wie die Universität aufgebaut war, mit ihren vier Fakultäten, den Versammlungen der Maîtres und den verschiedenen Nationen an der Fakultät der Künste.

»Ich gehöre natürlich der englischen Nation an, welche die älteste und auch am höchsten angesehene ist. Gerade habe ich mein Examen zum Bakkalaureus gemacht, was immer auch der Anlass für eine sehr schöne Zeremonie ist. Am interessantesten bleiben jedoch die Streitgespräche, die ich seitdem leiten durfte. Übrigens, Myriam, zu meiner Examensfeier ist auch deine Freundin Rose mit ihrem Mann Pierre gekommen. Sie haben jetzt zwei Knaben, und Süßmäulchen ist immer noch so hübsch und ein guter Jäger.«

Myriam übersetzte vom Hebräischen ins Französische und umgekehrt. Die ganze Zeit sah sie Robert voller Bewunderung an. Wie gerne wäre sie bei seiner Examensprüfung dabei gewesen! Paola fragte, wer Süßmäulchen sei, und Myriam erzählte ihr rasch, wie sie das Kätzchen gerettet hatte.

»Meinen Vater hast du nicht mehr gesehen, stimmt's?«, wandte sie sich dann wieder an Robert.

»Nein, aber vor kurzem habe ich von ihm gehört. Wisst Ihr über den Streitfall Bescheid?«

»Was für einen Streitfall?«

»Bruder Hugues d'Asnières begeistert sich neuerdings für die Ideen eines gewissen Nicolas Donin, eines sehr zwielichtigen Menschen, der konvertierter Jude und nun Dominikaner ist. Unter dem Deckmantel eines öffentlichen Streitgesprächs hat er einen Prozess gegen den Talmud angezettelt, der augenblicklich in Anwesenheit König Ludwigs und seiner Mutter Blanche stattfindet. Mein Onkel hat nur der Eröffnungszeremonie beigewohnt. Vier Rabbiner haben den Talmud verteidigt, Maître Davin war ebenfalls anwesend. Ich weiß nicht, wie der Disput enden wird, aber es ist ziemlich unwahrscheinlich, dass die Sache günstig für die Juden ausgeht.«

»Das also ist die Fortsetzung der Geschichte, die ich vor etwa einem Jahr hörte! Im französischen Königreich waren Franziskaner in die Synagogen eingedrungen und hatten sich aller hebräischen Bücher bemächtigt, die sie dort finden konnten! Das ist kein gutes Zeichen. Hoffen wir, dass sowohl unsere Glaubensbrüder als auch ihre Bücher respektvoll behandelt werden!«, bemerkte Paola, die auf einmal ganz ernst geworden war.

Das Mahl ging weiter. Der Wein half Robert und Myriam, die Scheu abzulegen. Mit funkelnden Augen und geröteten Wangen schauten sie einander an. Robert wurde selbstsicherer und gesprächiger und jetzt erst bemerkte Myriam, wie sehr er sich verändert hatte. Er war nicht mehr schüchtern und jungenhaft mit unbeholfenen, linkischen Gesten. Seine Gesichtszüge waren noch ebenso klar und aufrichtig, seine Locken glänzten noch genauso golden wie früher und seine blauen Augen strahlten noch immer jene Unschuld aus, die sie seinerzeit so für ihn eingenommen hatte. Aber er war größer, sein Körper muskulöser, kräftiger, seine Stimme klang sicherer. Auch Robert betrachtete sie genau. Myriam war nun eine Frau, kein junges Mädchen mehr, aber er konnte nicht feststellen, was sich an ihr verändert hatte, ihre Schönheit nahm ihn ganz gefangen.

Schließlich hatten sie nur noch Augen und Ohren füreinander. Es war Zeit, sie allein zu lassen. Paola erhob sich und fragte sie, ob sie nicht in den Garten gehen wollten. »Ihr könnt dort eine Weile bleiben, ich ziehe mich auf mein Zimmer zurück.« So viel Großzügigkeit machte Robert sprachlos.

Zärtlich umarmte er Myriam, doch sie machte sich sanft von ihm los. »Lass uns zu der Bank dort hinten gehen«, flüsterte sie. Der Vollmond tauchte die Bäume in mildes Licht und ließ das Wasser im Becken des Springbrunnens schimmern. Im Schutz der hohen Steinmauer von Sankt Peter setzten sie sich auf die von Büschen umstandene Steinbank. »Hier sind wir ungestört«, sagte Myriam, nahm dann Roberts Kopf mit beiden Händen, sah ihn lange an und küsste ihn schließlich auf die Lider. Robert drückte sie an seine Brust, bedeckte ihr Gesicht mit Küssen, streichelte sie im Nacken.

»Myriam, ich begehre dich, nie habe ich aufgehört, dich zu begehren, an dich zu denken und davon zu träumen, dich eines Tages wiederzusehen.«

Anstelle einer Antwort legte sie ihren bestickten Gürtel ab und zog Roberts Kopf an ihre Brust. Die Leidenschaft übermannte ihn und er küsste ihre Brüste, zeichnete mit dem Finger ihre Schulterlinie nach, fuhr den Rücken entlang, ihre Hüften, liebkoste ihren Bauch und zog sie dann sanft ins Gras. Er zog sich aus, sie sich ebenfalls, und schon umschlangen sie einander, spürten nichts anderes mehr, weder die Kühle des Grases noch die nächtlichen Insekten, die durch die Luft schwirrten. Myriam seufzte und presste ihren Mund auf den von Robert, um ihr Stöhnen zu dämpfen. Robert wollte sie zum Höhepunkt bringen, doch sein Verlangen war so stark, dass er ihm schließlich nachgab. »Verzeih mir, Myriam ...«, sagte er voller Bedauern, als er wieder normal atmen konnte.

»Keine Sorge, mein Geliebter, du hast mir so viel Freude bereitet.«

Erfüllt von einem süßen Glücksgefühl, kraulte sie sein Haar, küsste ihn auf den Mund. Dann legten sie sich nebeneinander, hielten sich in den Armen und sahen einander im Halbdunkel tief in die Augen. Neben vielen anderen Gerüchen trug eine Brise Lavendelduft zu ihnen herüber. Die ganze Welt bestand aus Glück und Frieden, war eine Sphäre voller Harmonie und Schönheit. »Robert, ich habe so sehr gehofft, dass du mich finden würdest. Obwohl ich es immer wieder versuchte, konnte ich dich niemals vergessen.« Myriam streichelte seine muskulösen Arme, seinen straffen Bauch. Erneut spürte sie ein Verlangen nach ihm, berührte ihn und merkte, dass es ihm ebenso ging. Er küsste sie auf den Bauch, die Beine und vergrub sein Gesicht in ihren dunklen Locken. Sie zitterte vor Erregung. Vorsichtig drang er in sie ein und diesmal kamen sie gemeinsam zum Höhepunkt, der sie zu zersprengen schien. Mit schweren Gliedern lagen sie danach da und hielten sich umschlungen, dann schliefen sie wie Adam und Eva im Garten Eden ein.

Die Kühle der Nacht weckte sie wieder.

»Myriam, noch nie war ich so glücklich. Ich liebe dich mehr, als ich es für möglich gehalten hätte. Ich will nicht mehr ohne dich leben.«

»Ich auch nicht ohne dich, Robert, nie habe ich ein ähnliches Glücksgefühl empfunden.«

Da läutete die Glocke von Sankt Peter zur Matutin.

»Bald wird es Tag, du musst jetzt gehen.«

Ihr fiel ein, dass es ja Freitag war, was sie ganz traurig machte.

»Heute Abend beginnt der Sabbat und wir werden viele Besucher im Haus haben. Da kannst du leider nicht kommen.«

»Dann warte ich eben, bis sie wieder fort sind! Vom Ufer des Tibers aus werde ich Ausschau halten, bis du mir die Tür öffnest. Ich kann nicht einen Tag vergehen lassen, ohne dich zu sehen.«

Sie küssten sich ein letztes Mal. Myriam nahm seine Hand und führte ihn durch den Garten, das Haus, in dem alle friedlich schliefen, und dann über den Hof. Als sie das schwere Tor hinter Robert geschlossen hatte, dachte sie erleichtert daran, dass niemand ihr Stelldichein mitbekommen hatte.

»Ich hätte nicht für möglich gehalten, dass Myriam so wie alle anderen Frauen ist, und nun siehst du, Gentilia, sie ist genauso liederlich wie nur irgendeine!«, rief Rémi empört.

Die beiden Jungen hatten, in den Büschen versteckt, das Rendezvous belauscht und ihnen alles berichtet. Die Myriam, die sie kannten und liebten, war die warmherzige Gattin Maître Anatolios, die sich nach dessen Tod so sehr gegrämt hatte, dass sie schon befürchtet hatten, sie würde sterben. Und nun verbrachte sie die Nacht in den Armen eines jungen Mannes, der erst vor wenigen Stunden hier aufgetaucht war!

Gentilia wollte ihre Herrin nicht verdammen.

»Du weißt nichts über sie und diesen jungen Mann. Du kannst es gar nicht beurteilen«, gab sie zu bedenken.

Gentilia wollte ihre Verwirrung verbergen, doch weshalb hatte Myriam sich, sonst so ehrbar, diesem Mann im Garten hingegeben, nicht anders als eine Bäuerin? Hatte er sie etwa verhext? Hatte er Myriam einen Liebestrank eingeflößt? War es Satan, der menschliche Gestalt angenommen hatte?

»Du darfst sie nicht verurteilen«, schärfte sie ihm ein. »Als sie Maître Anatolios Gattin war, hat Myriam sich stets untadelig benommen und ist immer ihren Pflichten nachgekommen. Jetzt ist sie Witwe und damit frei. Wenn dieser junge Mann sie glücklich macht, kann ihr niemand deshalb etwas vorwerfen. Das einzig Dumme ist nur, dass er Christ ist.«

»Du scheinst zu vergessen, dass sie noch nicht einmal seit einem Monat Witwe ist. Der Respekt vor ihrem Gatten hätte sie zurückhalten müssen. Außerdem untersagen sowohl die Kirche als auch die Juden selbst Beziehungen zwischen Christen und Juden. Wenn ich, als Christ, dich fragte, ob du mit mir schlafen würdest, würdest du mir doch genau dasselbe sagen«, erwiderte Rémi voller Entrüstung.

»Du hast mich ja nicht gefragt!«, gab Gentilia zurück.

Rémi schwieg. Zwar hatte er mit dem Gedanken gespielt, wäre aber niemals so weit gegangen. Er ließ sie stehen, um sich an einem einsamen Ort über seine Gefühle klar zu werden.

Das Abendessen an jenem Tag zog sich lange hin. Salomone, noch gesprächiger als sonst, fand kein Ende. Paola würde bald aufs Land reisen und da wollte er jede Minute ihrer Anwesenheit auskosten. Sie unterhielten sich bis in die Nacht hinein und Salomone verabschiedete sich erst, als die Lampen verlöschten. Als er das Haus verließ, bemerkte er eine Gestalt, die sich in einiger Entfernung an eine Mauer drückte. Da brauchte man nicht auf der Hut zu sein, denn ganz offensichtlich war das ein Verehrer. Von Neugier getrieben, tat Salomone, als würde er gehen, kam aber heimlich zurück, um diesen Mann auszuspionieren. Nur kurze Zeit musste er warten, bis ein Tor aufging und der Mann hineinschlüpfte, in Paolas Haus.

Vor Eifersucht krampfte sich sein Herz zusammen. Paola war frei, das hatte sie ihm oft genug gesagt. Aber sie hatte ihm auch ein Versprechen gegeben, und zwar aus freien Stücken. Wenn sie sich nun mit einem anderen Mann einließ, dann brach sie dieses Versprechen. Wer war dieser Mann überhaupt? Er wusste nur, dass er jung, groß und schlank war. Salomone musste Gewissheit erlangen und so kehrte er nach Hause zurück und weckte seinen Diener.

»Du musst vor Madonna Paolas Haus Wache stehen«, befahl er. »Wenn ein Mann herauskommt, folgst du ihm heimlich bis zu seiner Wohnung.«

Gähnend zog der Diener von dannen. Nur mit Mühe fand Salomone in den Schlaf.

8

Robert hörte das heftige Pochen an der Tür nicht. Er war tief in einen Traum versunken, in dem er die Begegnung mit Myriam in der Nacht zuvor nochmals erlebte, ihre Unterhaltung, nachdem das erste Verlangen gestillt war, ihre Besorgnis angesichts der bevorstehenden Trennung. Und er dachte an seinen verrückten Plan: sich in Rom niederzulassen, wo viele Geistliche in Gesellschaft von Frauen lebten. Manchmal hatten sie sogar Kinder mit ihnen, die sie auch anerkannten. All dies widersprach den Gesetzen der Kirche, doch war es allgemein bekannt und niemand nahm mehr daran Anstoß. Außerdem würde es in Rom ja bald eine päpstliche Universität geben und somit bestand Aussicht auf eine Lehrtätigkeit, mit der er sich den Lebensunterhalt verdienen konnte.

Das heftige Pochen setzte wieder ein. Im Traum hörte Robert die Bedenken nicht, die Myriam geäußert hatte. Lebten diese Geistlichen nicht mit Christinnen zusammen? Ja, aber er, Robert, hatte von einem Kardinal gehört, der mit einer Mohammedanerin zusammenlebte. Eine rechtsgültige Heirat blieb ihnen freilich verwehrt. Ja, er musste noch zwei Jahre in Paris studieren, um die Lehrbefähigung zu erhalten. Nein, sie würde ihn nicht begleiten, sondern hier bleiben und Bücher kopieren. In Paris war die Situation zu gefährlich, aber er würde so bald wie möglich wieder mit ihr zusammentreffen.

Das Pochen an der Tür weckte ihn schließlich. Er tastete nach seinem Hemd und öffnete.

»Gerade habe ich eine unangenehme Neuigkeit erfahren«, begann der Abt. »Die Abordnung, die unseren Heiligen Vater in Anagni besuchen sollte, wurde von kaiserlichen Truppen aufgehalten, mehrere Soldaten fanden den Tod. Alle Reisenden, also auch Pater Richard und Euer Cousin Geoffrey, wurden gefangen genommen und nach Neapel ins Gefängnis gebracht. Ihr Schicksal ist ungewiss. Wie man weiß, sind die Haftbedingungen abscheulich.«

Deshalb hatte man ihn also geweckt. Das Erste, was Robert in den Sinn kam, war, dass er Myriam nun weiterhin sehen konnte. Erst dann dachte er an das Schicksal seines Onkels und seines Cousins.

»Was kann ich tun?«

»Leider nichts im Augenblick, Ihr könnt lediglich Fürbitte einlegen. Gott allein entscheidet über Leben und Tod. Wir hoffen, dass der Kaiser seinen Zorn nicht an unschuldigen Pilgern auslassen wird, die nur den Segen des Heiligen Vaters empfangen wollten, doch er ist ein rachsüchtiger Mensch, bei dem man nie sicher sein kann, wie weit er in seinem Hass und seiner Gewalttätigkeit gehen wird. Die Kardinäle der Kurie haben einen Boten zu ihm geschickt, der über die Freilassung der Gefangenen verhandeln soll, und wir werden für den Erfolg dieser Mission beten, obgleich er nicht sicher ist. Möglicherweise führt sich der Kaiser, der dringend Geld braucht, wie ein Pirat auf und verlangt Lösegeld. Sollte es dahin kommen, werdet Ihr nach England reisen müssen, um die Summe aufzubringen.«

Robert zog sich zurück. Er glaubte nicht, dass der Kaiser das Ungeheuer war, als das ihn die Parteigänger des Papstes darstellten. Vermutlich würden sein Onkel und sein Cousin nach ein paar Tagen freigelassen werden und diesen unverhofften Aufschub empfand er als wahren Segen.

»Ihr scheint mir sehr ausgelassen heute Abend. Freut Ihr Euch so, mich wiederzusehen?«, neckte Paola ihn. Der junge Mann sah nicht nur gut aus, fand sie, sondern besaß auch noch Klugheit und gute Manieren. Zu gern hätte sie gewusst, weshalb er heute Abend so blendender Laune war.

»Ich freue mich ungemein, Euch zu sehen. Dabei sollte ich eigentlich traurig sein«, erwiderte Robert galant. »Mein Onkel Richard und mein Cousin Geoffrey sind dem Kaiser in die Hände gefallen, zusammen mit all den anderen Würdenträgern der Kirche, die auf dem Weg zur päpstlichen Residenz waren. Der Abt des Hospizes sieht in Friedrich den Antichristen in Person und bangt um ihr Leben. Ich halte das für übertrieben. Vielmehr glaube ich, dass man sie in ein paar Tagen wieder freilassen wird, wenn sich herausgestellt hat, dass sie nicht zum päpstlichen Hof gehören.«

»Was wirst du tun, Robert? Hier auf sie warten?«, fragte Myriam.

»Ja, natürlich, so lange, bis sie zurück sind.«

Das also war der Grund für seine Fröhlichkeit, dachte Paola.

»Schön und gut, Robert, aber Ihr müsst wissen, dass wir deshalb unsere Pläne nicht ändern und wie vorgesehen aufs Land fahren werden – zumal wir unsere Abreise ja bereits verschoben haben. Übermorgen fahren wir.«

Robert und Myriam sahen sich an und schwiegen. Wer hätte gedacht, dass Paola, sonst so freizügig, sich auf einmal so unnachgiebig zeigen würde? Paola bemerkte ihre Enttäuschung.

»Versprochen ist versprochen«, sagte sie. »Ihr habt ja noch den morgigen Tag.« Damit stand sie auf und schritt würdevoll hinaus.

»Paola ist uns wohlgesonnen, allerdings unter der Bedingung, dass dies hier nur ein Abenteuer bleibt«, erklärte Myriam. »Sie hat nicht begriffen, was du für mich bedeutest, und glaubt, dass ich, sobald du fort bist, wieder zu einer gesitteten Dame werde. Paola will, dass ich wieder heirate.«

»Und könntest du das, Myriam?«, murmelte Robert mit gesenktem Blick.

»Nein, jetzt nicht mehr. Ich bin nicht mehr das furchtsame Mädchen, das ich war, als wir uns kennen lernten. Ich weiß um die Vorzüge, aber auch um die Nachteile des Ehelebens. Letztere lassen sich überwinden, indem man aufeinander eingeht und seinem Mann Respekt und Zuneigung entgegenbringt, doch das, was ich für dich empfinde, ist etwas ganz anderes.«

»Ich war eifersüchtig auf Maître Jacob. Als ich euch aus der Synagoge kommen sah, nach der Hochzeitszeremonie, hatte ich das Gefühl, mir würde das Herz zerspringen. Noch einmal würde ich einen solchen Schmerz nicht überleben.«

»Davon ist auch überhaupt nicht die Rede. Wir gehören nun einmal zusammen, und wenn du nur willst, wird es auch so sein. Ich werde nicht mit Madonna Paola nach Grottaferrata reisen, sondern in Rom bleiben, solange du da bist. Wenn Paola nicht möchte, dass ich weiterhin hier wohne, miete ich mir eben ein Zimmer.«

»Du ahnst ja nicht, wie froh du mich machst! Ich liebe dich mehr denn je«, erwiderte Robert und drückte sie ganz fest an sich.

»Niemand hat Madonna Paolas Haus verlassen«, wiederholte der Diener ängstlich.

»Gib es nur zu, du bist wieder eingeschlafen!«, schrie Salomone.

»Nein, nein, ich habe die ganze Nacht Wache gestanden, aber jetzt fallen mir die Augen zu.«

Salomone überlegte. Kein Zweifel, der Diener log ihn an. Oder sollte etwa doch er selbst sich getäuscht haben? Vielleicht war der junge Mann ins Nachbarhaus gegangen? Er verzehrte sich vor Eifersucht.

Der Schuhmacher und der Goldschmied, die in den Arkaden im Erdgeschoss ihre Läden hatten, waren bereits in Paolas Zimmer. Myriam setzte sich auf das Podest vor dem Bett und wartete, bis ihre Besprechung ein Ende gefunden hatte. Dieser müde, aber glückliche Ausdruck steht ihr gut, die Liebe scheint ihr zu bekommen, dachte Paola, als sie die Besucher entließ.

»Wir werden einen herrlichen Monat auf dem Land verbringen«, sagte sie. »Ich freue mich schon darauf. Mitten in der

Natur werden wir leben, lesen und unsere Freundschaft genießen!«

»Bitte verzeiht mir, Madonna Paola, aber ich muss Euch enttäuschen. Meine Dankbarkeit Euch gegenüber kennt keine Grenzen, meine Liebe zu Robert jedoch ebenfalls nicht. Ich werde bei ihm bleiben, solange er noch in Rom ist.«

Darauf also wollte sie hinaus! Sie würde ihr Abenteuer mit Robert auskosten, solange es ging. Paolas Miene straffte sich, ihre Stimme nahm einen eisigen Tonfall an.

»Das kommt nicht in Frage. Du scheinst nicht zu wissen, was gut für dich ist. Sich zwischen einigen Tagen des Vergnügens und dem wahren Leben zu entscheiden, dürfte dir jedoch nicht schwer fallen. Ich werde nicht zulassen, dass du dein Leben verpfuschst!«

»Aber nur Robert gibt meinem Leben einen Sinn! Er wird sein Studium beenden und dann hierher kommen, um zu unterrichten. Wir werden zusammenleben.«

»Arme Myriam! Ich zweifle nicht an der Aufrichtigkeit deines Geliebten, aber da sind so viele Hindernisse, die ihr aus dem Weg räumen müsstet! Ein gemeinsames Leben ist für euch ausgeschlossen. Sei doch vernünftig und lasse dich nicht von deinen Gefühlen in die Irre leiten. Ich werde bei dir bleiben und dir dabei helfen, Ruhe und Ausgewogenheit wiederzufinden.«

»Madonna Paola, Ihr seid so gütig und ich hänge sehr an Euch, aber mein Entschluss steht fest. Ich werde für diese Liebe leben. Lieber will ich daran zugrunde gehen als Robert verlassen!«

»Du bist verrückt, Myriam. Ich weigere mich, deinen Entschluss anzuerkennen.«

»Das kann ich gut verstehen, Madonna Paola, und zweifellos würde ich an Eurer Stelle dasselbe sagen. Vermutlich könnt Ihr mich nicht länger bei Euch beherbergen. Schließlich gibt es keinen Grund, weshalb Ihr Ser Salomones Missfallen erregen solltet oder das der Gemeinde. Ich beabsichtige, ein kleines Zimmer zu mieten und meinen Lebensunterhalt mit dem Kopieren von Büchern zu verdienen.«

»Du machst es mir wirklich nicht leicht! Es stimmt, mein Verlobter wird toben, wenn er erfährt, was hier im Hause vorgeht. Andererseits möchte ich dich auch nicht auf die Straße setzen. Ein Zimmer und Arbeit zu finden, ist keine einfache Aufgabe. Schenk mir ein Glas Wein ein und lass mich nachdenken!«

Lange Zeit schwieg Paola.

»Wir können Folgendes machen«, sagte sie dann. »Ich kann dich nicht zwingen, mit mir aufs Land zu fahren. Wenn ich aber nicht hier bin, weiß ich auch nicht, was hier vorgeht, und kann also keine Verantwortung dafür übernehmen. Ich lasse dich daher mit deiner Dienerin und deinem Diener hier, wenn sie das wollen, und hoffe, dass nichts Schlimmes passieren wird!«

Dankbar gab Myriam Paola einen zärtlichen Kuss.

»Ihr seid die wunderbarste Frau, die ich je kennen gelernt habe.«

»Warum zum Teufel bist du nur so starrköpfig?!«, flüsterte Paola ihr ins Ohr, als sie den Kuss erwiderte.

»Hör zu, Rémi. Myriam will nicht mit Madonna Paola aufs Land fahren, weil ihr Freund Robert länger als vorgesehen in Rom bleiben wird. Sie hat mir von ihm erzählt, von dem, was früher in Paris war, und ich kann sie verstehen. Also, ich bleibe bei Myriam. Und du?«

Rémi, den Gentilia beim Holzhacken angetroffen hatte, setzte sich auf einen Schemel und überlegte.

»Hm, ich weiß nicht recht. Möchtest du denn, dass ich bleibe?«

Gentilia strich ihm sanft übers Haar.

»Rate doch mal!«

»Auf jeden Fall werde ich nicht mit Madonna Paola gehen«, sagte er und nahm die Axt wieder zur Hand.

»Unsere Herrin ist auf ihrem Zimmer. Kommt, ich bringe Euch dorthin.«

Sie stiegen die Treppe hoch und blieben vor der verschlossenen Tür stehen. Rémi war die Sache peinlich. Er hätte nicht erwartet, Robert schon so bald zu sehen, wo doch Madonna Paola erst vor wenigen Stunden, im Morgengrauen, aufs Land gefahren war, zusammen mit Djamila, Margherita und ihren beiden kleinen Jungen. Robert lächelte ihm zu und dankte ihm, dann klopfte er dreimal vorsichtig an. Gentilia kam heraus. Als sie Robert erblickte, errötete sie. »Ich werde ihr Bescheid sagen«, stieß sie hervor.

Myriam hatte Roberts Stimme erkannt. Sie ließ den Kamm sinken, mit dem sie sich gerade durchs Haar fuhr, warf sich ihr Hemd über und rannte zur Tür. »Es ist alles in Ordnung, Gentilia, du kannst wieder nach unten gehen, und du auch, Rémi.« Robert hatte bereits die Tür hinter sich geschlossen. Vom Balkon her drang helles Sonnenlicht in das kleine Zimmer, umgab Myriam wie eine Gloriole und brachte ihr welliges schwarzes Haar zum Glänzen. Robert ließ ihr weißes Hemd zu Boden gleiten und blieb bewundernd vor ihr stehen. »Wie schön du bist«, flüsterte er.

Sie errötete vor freudiger Erregung, als hätte er sie gestreichelt. Sanft berührte er ihren Kopf, den Hals und die Schultern, dann kniete er nieder und küsste sie auf den Bauch und die Schenkel, während sie seine rotblonden Locken kraulte und ihn näher zu sich heranzog, um ihn auf den Mund zu küssen.

»Ich will dich auch sehen dürfen«, sagte sie, woraufhin er

sich entkleidete. Sie hielt ihn auf Armeslänge von sich, betrachtete seinen muskulösen, weißen Körper und umfasste seine Brust, schmiegte sich an ihn. Er streichelte ihr den Rücken, hob sie schließlich hoch und legte sie aufs Bett. Bewegt schaute er sie an.

»Genauso habe ich dich in meinen Träumen gesehen, aber eigentlich bist du noch schöner.«

»Ich wagte nicht, diesen Traum zu träumen. Was wir hier erleben, ist ein Wunder.«

Die Sonne stand hoch am Himmel. Als es an der Tür klopfte, gelang es ihnen nicht, sich voneinander zu lösen. Hastig bedeckten sie sich mit dem Laken. Gentilia kam mit einem Tablett herein, mit einer Flasche Wein und einem Becher darauf, mehreren dicken Scheiben Weißbrot und blauen Feigen. Ohne den Blick zu heben, stellte sie das Tablett aufs Bett und ging nach draußen.

»Ich habe großen Hunger«, sagte Robert.

»Ich auch«, erwiderte Myriam.

Sie setzten sich einander gegenüber. Myriam füllte den Becher mit Wein. »Trinken wir auf unsere Zukunft!« Sie tranken beide aus dem Becher und aßen voller Appetit, bis Robert das leere Tablett nahm und es auf die Truhe neben dem Bett stellte.

»Komm doch noch mal zu mir.«

Arm in Arm lagen sie da, und als Gentilia wiederkam, um das Tablett zu holen, atmeten sie im gleichen Rhythmus und schliefen tief und fest. Erstaunt und neidisch zugleich betrachtete sie die beiden lange.

Der Nachmittag verstrich auf dieselbe Weise, und erst als die Sonne unterging, zogen Robert und Myriam sich an und gingen Hand in Hand nach unten zu Rémi und Gentilia.

»Gentilia, gibt es noch etwas zu essen? Wir haben schon wieder großen Hunger!«

»Das dachte ich mir bereits«, sagte Gentilia, »es dauert nur einen kurzen Moment.«

»Dann gehen wir einstweilen ein wenig im Garten spazieren.«

Sie setzten sich auf die Bank, begleitet vom Gesang der Vögel. Die Luft war vom Summen der Insekten erfüllt. Er hatte ihr den Arm um die Schultern gelegt, während sie seine Taille fest umschlungen hielt. »Nie hätte ich geglaubt, dass man so glücklich sein kann«, murmelte Myriam.

»Ich auch nicht. Dieser Augenblick ist so vollkommen, dass man eine Ahnung vom Paradies bekommt.«

Als Rémi sie zum Essen rief, saßen sie immer noch Arm in Arm da. Sie gingen zurück ins Haus, wo ein köstlicher Duft ihnen das Wasser im Mund zusammenlaufen ließ. Ein goldbrauner Kapaun stand auf dem Tisch, umrahmt von Pflaumen und Mandeln, und auf dem Servierbrett türmten sich in Öl gebratene Brotscheiben.

»Wie hast du es nur geschafft, ein solches Festmahl zu zaubern?«, fragte Myriam.

»Den Kapaun hat Rémi heute Morgen besorgt und ich habe ihn zubereitet, mit einer Soße aus Sardellen und Kapern«, antwortete Gentilia und schob ihnen eine kleine Schüssel mit einer grünen Tunke zu. »Das Rezept habe ich Margherita abgeschaut, es ist eine römische Spezialität.«

Robert tranchierte den Kapaun und bediente erst Myriam, dann sich selbst, wobei er die Hälfte des Kapauns für Rémi und Gentilia übrig ließ, wie Myriam erfreut feststellte. Als Gentilia wieder hereinkam, gratulierte Robert ihr zu ihren Kochkünsten.

»Ich wusste gar nicht, dass du so gut kochen kannst«, fügte Myriam hinzu.

»Bislang habe ich auch immer nur zugesehen, es ist das

erste Mal, dass ich selbst koche«, erwiderte Gentilia und stellte eine Schale mit reifen Trauben auf den Tisch.

Robert und Myriam verloren keine Zeit und stiegen wieder ins Zimmer hinauf. Auch Rémi dankte Gentilia für das vorzügliche Essen und räumte dann den Tisch ab. Gentilia hatte immer bei Myriam geschlafen, heute Nacht aber musste sie sich eine andere Lagerstätte suchen. Rémi breitete die Matratze aus, auf der Margherita und ihre Jungen sonst schliefen. Für sich selbst warf er, wie er es gewohnt war, einen Strohsack in die Ecke und wartete draußen, bis Gentilia sich hingelegt hatte. Dann trat er wieder ins dunkle Zimmer, tappte auf sein Lager zu und zog sich aus. Seine Kleider rollte er zu einem Bündel zusammen, das ihm als Kopfkissen dienen sollte. Unschlüssig blieb er stehen und lauschte auf Gentilias heftigen Atem. Schließlich ging er auf sie zu und schlüpfte unter das Laken. Sie klammerte sich an ihn. Als sie aufwachten, war es tiefste Nacht. »Ich bleibe bei dir, Gentilia. Ich verlasse dich nicht.« Da schlief Gentilia, den Kopf an seiner Schulter, wieder ein.

Es folgten Tage ungetrübten Glücks. Jeden Morgen erwachte Myriam in Roberts Armen und vergaß darüber sogar das Morgengebet. Eines Morgens aber, der noch strahlender und fröhlicher als alle bisherigen war, nahm sie die lebenslange Gewohnheit wieder auf und sprach die Segnungen. Robert, der noch im Bett lag, sah sie erstaunt an.

»Ist heute ein besonderer Tag?«

»Nein, das ist das Gebet für alle Tage, nur habe ich es nicht mehr gesprochen, seit wir zusammen sind. Zum ersten Mal ist mir das passiert und ich hoffe, Gott wird mir verzeihen.«

»Aber du bist doch keine Nonne, warum betest du dann so viel?«

»Das machen alle Juden so, jede Geste des täglichen Lebens wird von einem Segensspruch begleitet. Wir nennen es ›das Joch des himmlischen Königreichs‹. Alle Juden beugen sich ihm gern und sind stolz darauf.«

9

Rémi öffnete die vergitterte Luke in der Tür und sah zwei Gestalten. Zwei Männer. Sie also hatten an die Tür gepocht!

»Hier ist niemand«, sagte er auf Provenzalisch.

Einer der beiden Schatten befahl ihm aufzumachen, woraufhin Rémi die Luke verschloss und Gentilia zu Myriam lief, die oben im Zimmer war.

»Da sind Leute an der Tür!«

Robert und Myriam sprangen erschrocken auf.

»Bleib hier, Robert, ich sehe nach, wer es ist.«

Sie zog sich an und flocht die Haare zu Zöpfen. Die beiden Männer waren inzwischen ziemlich ungehalten. Unten angekommen, bat sie Rémi, die Tür zu öffnen.

»Mach dir keine Sorgen, Rémi, es wird schon werden.«

An jenem Morgen hatte Ser Salomone beschlossen, vor Madonna Paolas Haus, dessen Herr er in gewisser Weise zu sein glaubte und wo man ihn immer so gastfreundlich empfing, Wache zu stehen. Er hatte beobachtet, wie Myriams Diener Rémi mit Vorräten auf dem Arm hineingegangen war, und sich sehr darüber gewundert. Paola hatte ihm gar nicht gesagt, dass jemand auf das Haus aufpasste. So war er in den

Laden des Schuhmachers gegangen und hatte mit ihm geplaudert, über das Wetter, das Geschäft, die Politik.

»Und, passt ihr mir auch gut auf Madonna Paolas Haus auf, der Goldschmied und du?«, wollte er schließlich in ungezwungenem Tonfall wissen.

»Diesen Sommer ist das nicht nötig. Zum einen wohnt ja die junge Dame mit ihrem Dienerpärchen hier, die Madonna Paola aufgenommen hat, und zum andern ist da dieser eifrige Besucher!«

Schon war der Schuhmacher im Begriff, ihn in alle Details einzuweihen, als Salomone ihn unterbrach, weil er ihn geschwätzig fand. Lieber wollte er den Goldschmied aushorchen, dessen Wohnstube im ersten Stock zudem an Myriams Schlafzimmer stieß. Salomone war also zu ihm gegangen.

»Es scheint, das Haus ist bewohnt«, sagte er.

»Das stimmt, Madonna Paola ist mit ihren Dienerinnen aufs Land gefahren, aber die junge Witwe und ihre zwei Bediensteten hat sie hier zurückgelassen. Also, wenn Ihr mich fragt, ist das eine recht lustige Witwe. Ständig hat sie diesen jungen Geistlichen um sich und in der Küche herrscht immer Hochbetrieb – offenbar wird da jeden Tag ein Fest gefeiert! Und von den Geräuschen, die in mein Zimmer dringen, will ich gar nicht erst reden!«

Salomone hielt sich zurück, erst als er allein war, ließ er seiner Wut freien Lauf. Der junge Mann, den er in jener Nacht hatte herumstehen sehen, hatte also tatsächlich den Eingang zu Paolas Haus beobachtet. Begonnen hatte die Geschichte noch vor Paolas Abreise, sie musste also im Bilde sein. Die Witwe Maître Anatolios benahm sich wie eine Straßendirne, trieb es noch dazu mit einem Christen, und Paola hatte mit ihrem öffentlichen Ansehen das Ganze gedeckt. Ein Skandal, dem so rasch wie möglich ein Ende zu setzen war. So hatte er sich auf den Weg zu Rabbi Juda

Anaw begeben, der seinerzeit die Trauerrede auf Jacob gehalten hatte.

Die beiden Männer hatten sich drohend vor Myriam aufgebaut. Dennoch ließ sie sich nicht einschüchtern und hieß die beiden auf Hebräisch willkommen. Sie hatte nicht einmal mit der Wimper gezuckt, als sie Salomone und den Rabbi erkannte.

»Bring zwei Hocker für unsere Gäste«, sagte sie zu Rémi und Gentilia bat sie: »Hol den gekühlten Wein und Becher!«

Dass sie sich als Dame von Welt gab, verunsicherte die Besucher einen Augenblick, allerdings nur kurz.

»Wir werden keinesfalls hier Platz nehmen und mit Euch ein Glas Wein trinken«, versetzte der Rabbi. »Wir sind vielmehr hier, um Euch zu warnen. Euer schamloses Betragen ist eine Schande nicht nur für Euch, auch für das Andenken Maître Anatolios und die ganze Gemeinde. Noch wissen nicht alle über den Skandal Bescheid, aber das wird bald der Fall sein, wenn Ihr nicht auf der Stelle aufhört, Euren Geliebten hier zu empfangen. Ihr bringt das Haus einer Frau in Verruf, die als äußerst tugendreich gilt und eine solche Behandlung sicherlich nicht verdient hat!«

Myriam schwieg, sie zitterte. Nun ging Salomone zum Angriff über.

»Auch an meiner Großmut vergeht Ihr Euch, denn alles, was Paola betrifft, berührt auch mich. Niemals hätte ich geglaubt, dass eine gebildete Frau, die Tochter Maître Davins und die Witwe Maître Jacobs, sich wie ein Freudenmädchen aufführen könnte!«

Myriams Gesicht war aschfahl, immer noch schwieg sie.

»Wir können Euer Verhalten nicht dulden«, meldete sich der Rabbi wieder zu Wort, »und werden alle notwendigen

Maßnahmen ergreifen, damit diese Schande, die gegen die Sittlichkeit ebenso verstößt wie gegen die jüdische Religion, ein Ende hat.«

Unter diesen drohenden Worten verließen die beiden Männer das Haus. Rémi schloss die Tür hinter ihnen. Weder er noch Gentilia hatten den Inhalt des Gesprächs mitbekommen, doch der Tonfall ließ keinen Zweifel. Bestürzt sahen sie Myriam an, die noch immer kein Wort herausbrachte und sich nach oben ins Schlafzimmer schleppte, wo sie sich in Roberts Arme warf und in Schluchzen ausbrach. Er flüsterte ihr zärtliche Worte zu und trocknete ihr die Tränen. »Was ist geschehen, Myriam? Erzähl doch!«

Ein langer Augenblick verstrich, bis sie endlich reden konnte:

»Das waren der Rabbi und Salomone, der Verlobte Paolas. Sie haben alles entdeckt und mir gedroht. Sowohl Paola als auch uns beiden können sie schaden, sie brauchen uns einfach nur anzuzeigen. Ich hatte geglaubt, die Leute hier würden eine Liebe wie die unsere verstehen. Das war ein Fehler, nicht alle sind so tolerant wie Paola. Es reicht, wenn eine Person uns Böses will, und schon wird unser Leben zur Hölle. Diese beiden Männer können uns weder verstehen noch uns verzeihen. Was sollen wir nur tun?«

»Dass sie anders als Paola sind, erstaunt mich nicht, eher ist mir jemand wie Paola noch nie begegnet.«

»Sie ist nicht die Einzige, auch Rémi und Gentilia akzeptieren uns, wie wir sind, aber sie haben keinen Einfluss. Der Rabbi wird mich aus der Gemeinde ausstoßen, denn kein Jude darf ohne die Einwilligung des obersten jüdischen Geistlichen in Rom leben. Damit werden unsere Pläne für die Zukunft hier ebenso undurchführbar, wie sie es in Paris wären.«

Robert überlegte. Er dachte an das, was Paola von Kaiser Friedrich erzählt hatte.

»Ich frage mich, ob wir es nicht möglicherweise in Neapel ein wenig leichter hätten, wo sich der kaiserliche Hofstaat am häufigsten aufhält. Auch dort gibt es eine Universität, an der ich möglicherweise unterrichten könnte, und wenn der Kaiser tatsächlich so tolerant ist, wie man ihm nachsagt, sind womöglich auch die Bewohner Neapels aufgeschlossener als die Menschen in Paris oder Rom.«

»Maître Jacob und ich wären dorthin gereist, wo er mit Michael Scot zusammengearbeitet hätte, der an der Universität von Neapel Naturwissenschaften lehrt, dein Freund Roger hat dir bestimmt von ihm erzählt.«

»Ja, er hat oft von ihm geredet. Er scheint sich für sehr viele Dinge zu interessieren.«

»Das stimmt. Aber ich mag ihn trotzdem nicht.«

»Dennoch ist er der Einzige, der uns helfen kann. Übrigens habe ich allen Grund, nach Neapel zu reisen, mein Onkel und mein Cousin sitzen dort im Gefängnis. Ich könnte Michael Scot bitten, sich für sie einzusetzen, und bei der Gelegenheit ...«

»... und ich könnte ihm die arabischen Bücher zurückgeben, die mein Mann zusammen mit ihm hätte übersetzen sollen. Wer weiß, vielleicht darf ich für ihn arbeiten. Ich würde Bücher für den Kaiser und seinen Hof kopieren. Es gibt nicht viele Leute, die hebräisch und lateinisch zugleich schreiben können.«

»Ausgezeichnet! Worauf warten wir noch? Ich werde im Hospiz Bescheid geben, dass ich nach Neapel reise, um Maître Michael zu bitten, sich für die Freilassung meiner Verwandten einzusetzen. Sonst würde man sich wegen meiner Abwesenheit Sorgen machen. Anschließend können wir dann alle notwendigen Reisevorbereitungen treffen.«

Myriam schöpfte wieder Hoffnung.

»Erkundige dich im Hospiz auch nach der Reiseroute!«

»Der Seeweg ist ausgeschlossen. Die Schiffe, die in Rom anlegen, meiden Neapel, bleibt also nur der Landweg, doch wir dürfen uns auf keinen Fall einer Reisegesellschaft anschließen. Ich werde versuchen, so viele Informationen wie möglich zu sammeln. Hab nur Geduld, Liebste.«

Als Robert gegangen war, berichtete Myriam Gentilia und Rémi, in welcher Gefahr sie schwebten und dass sie beschlossen hatten, zu Maître Scot zu reisen. Sie schärfte ihnen ein, äußerst vorsichtig zu sein, während sie allein waren, und gut auf das Haus aufzupassen. Wie lange die Reise dauern würde, konnte sie ihnen nicht sagen.

Gentilia und Rémi blickten sich an. Roberts und Myriams Schicksal war nun auch ihres, auch sie mussten ihre Liebe verheimlichen. Gentilia schwor, sie würden ihre Anweisungen befolgen, und hielt dabei fest Rémis Hand. Da begriff Myriam, dass die beiden ein Paar waren, und umarmte sie zärtlich, wünschte ihnen viel Glück und erinnerte sie zum Abschluss daran, wie eng ihre Schicksale nun miteinander verknüpft waren.

Einige Stunden später kam Robert zurück. Nur als Bauer verkleidet konnte man ungehindert nach Neapel gelangen. Am besten war es, niemandem unterwegs zu begegnen, denn ihr Akzent konnte die ganze Sache verderben. Mit dem Esel würden sie vier Tage brauchen, den notwendigen Proviant mussten sie mitnehmen. Es war ratsam, unter freiem Himmel zu schlafen, da die Übernachtung in einer Herberge zu gefährlich war – bestimmt lauerten überall Spione. »Diese Reise ist nichts für eine Frau. Du bleibst besser hier, in nur acht Tagen bin ich wieder zurück.«

»Acht bis zehn Tage, das dauert ja eine Ewigkeit, keine Sekunde will ich auf dich verzichten. Wir werden gemeinsam auf die Reise gehen und zusammen allen Gefahren ins Auge sehen. Und wir werden gemeinsam Gottes Beistand erbitten!«

Am nächsten Morgen ging Robert in Begleitung Rémis auf den Markt. Im Unterschied zu England gab es in Italien nur wenige Pferde. Allein Ritter besaßen welche, nicht aber Bauern, und so musste er Esel kaufen. Rémi wusste, woran man ein sanftes und gesundes Tier erkannte. Während er die zum Verkauf stehenden Esel musterte, erzählte er Robert von Brunet.

»Er ist bis nach Paris gelaufen, mit Maître Anatolio und mir, dabei ist er schon ziemlich alt, niemals war er bockig, er ist das sanftmütigste und gehorsamste Tier, das ich kenne. Zum Glück bekommt er jetzt auf der Wiese hinter Maître Jacobs Haus sein Gnadenbrot.«

Schließlich fand Rémi zwei Tiere, die ihm geeignet erschienen. Außerdem kauften sie zwei große Brotlaibe, ganz trockenen Käse und zwei Kürbisflaschen für das Trinkwasser. Robert und Myriam waren auf der Piazza Navona verabredet, denn Robert durfte Paolas Haus nicht mehr betreten und die Esel hätten ihn im ganzen Viertel verraten. Myriam hatte ein altes Gewand von Gentilia angezogen, ihre Haare steckten unter einer Haube. Robert trug eine gebrauchte Hose, die zu kurz für seine langen Beine war, und sein Hemd war ebenfalls ziemlich zerlumpt. Niemand hätte in diesem hochgeschossenen Bauernlümmel den eleganten Geistlichen vermutet, der am Vortag das Hospiz Santo Spirito verlassen hatte. Als sie einander sahen, brachen Myriam und Robert in Lachen aus. Die gefährliche Reise verwandelte sich in ein aufregendes, unerwartetes Abenteuer.

Das Wetter zeigte sich freundlich, die Esel schritten zügig voran und waren mitunter sogar zu einem kleinen Trab zu bewegen. Sie mussten nur der breiten, gepflasterten Römerstraße folgen, die sie nur verließen, um sich in den Feldern zu verbergen, wenn sie in der Ferne eine Schar Reiter sahen. Nachts schliefen sie eng umschlungen, in ihre Mäntel gehüllt; die aus Brot und Käse bestehenden Mahlzeiten vervollständigten sie mit Feigen und Trauben, die überall zu finden waren. Ihr Glück schien vollkommen.

Ewig hätte die Reise dauern können, so fanden sie, doch am vierten Tag erblickten sie plötzlich von einem Hügel aus das Meer und die Stadt Neapel, deren Bucht sich wie eine riesige blaue Muschel vor ihnen erstreckte, mit unzählig vielen Schiffen darauf. Die zahlreichen Türme der Stadtmauer glänzten im hellen Licht und so erblickten sie von ihrem Aussichtspunkt ein herrliches Gemälde in lebhaften Farben. Dann ritten sie zur Stadt hinab und standen schließlich vor der noch ganz neuen Stadtmauer. Die Soldaten der Garnison hatten sie kommen sehen. Sie misstrauten ihrem armseligen Aussehen und ließen sich weder durch Lächeln noch durch andere Liebenswürdigkeiten beeindrucken. Da sie sich nicht verständlich machen konnten, ließ der Hauptmann einen Dolmetscher rufen, und so durfte Robert nun auf Lateinisch erklären, dass er Michael Scot besuchen wollte. Der Dolmetscher war beeindruckt von der Eleganz seiner Sprache, seinem Titel und der Erwähnung von Maître Pierre d'Espagnes Namen und damit schnell überzeugt, dass Robert tatsächlich Geistlicher und die ärmliche Kleidung nur eine Vorsichtsmaßnahme auf der Reise war. Man ließ sie in die Stadt herein.

Nach der reinen, frischen Landluft war der Gestank in den dunklen, übel riechenden Gassen, der aus den Abflussrinnen kam, kaum auszuhalten. Zwar hatte Robert die Adresse eines Pilgerheimes, wo er bequem hätte nächtigen können, doch mit Myriam musste er eine Herberge suchen. Die allerdings wirkten wenig einladend und so durchquerten sie beinahe die ganze Stadt, bis sie endlich, wieder in der Nähe der Stadtmauer, ein ganz kleines Gasthaus fanden, das ihnen sauberer als die anderen zu sein schien. Sie banden ihre Esel vor der Tür an und gingen hinein, um sich zu erkundigen. Man bot ihnen ein Zimmer mit einem schmalen Bett ohne Vorhänge an, ohne Laken oder Matratze, dafür aber mit frischem, sauberem Stroh. Und dort verbrachten sie ihre erste Nacht in Neapel.

Michael Scot unterrichtete im Kloster von San Pietro in Martire. Gleich früh am Morgen des nächsten Tages ging Robert dorthin. Als alle Studenten, die sich um ihren Lehrer geschart hatten, fort waren, trat Robert auf ihn zu. Michael Scots Aussehen erstaunte ihn, hatte er ihn doch als einen bescheiden gekleideten Mann von unauffälligem Äußeren in Erinnerung. Der jetzt vor ihm stand, schien jedoch mehr als ein berühmter Gelehrter, das war ein in schillernde braune Seide gekleideter Höfling, enger Vertrauter des Kaisers, den der Ruhm des kaiserlichen Hofes beschien.

Michael Scot erkannte Robert nicht, als er sich ihm vorstellte. Und so rief Robert ihm die Unterrichtsstunden in Paris ins Gedächtnis und Roger, der ihn in die Provence begleitet hatte.

»Roger habe ich in sehr guter Erinnerung«, bestätigte der Gelehrte. »Doch sagt mir nur, was macht ein Student aus Paris in Neapel?«

»Ich bin hergekommen, um mich an Euch zu wenden und weil ich hoffe, dass Ihr meiner Bitte gewogen seid und einwilligt, mir zu helfen.«

Robert erzählte von der Gefangennahme seines Onkels und seines Cousins, gemeinsam mit einigen Anhängern des Papstes. »Wenn Ihr die Güte hättet, Euch für die beiden einzusetzen, wäre ich Euch auf immer zu Dank verpflichtet«, schloss er seinen Bericht.

Michael überlegte, ob es von Nutzen war, zwei Engländern zu helfen, die in Kirchenkreisen eine gewisse Bedeutung hatten und vielleicht noch an Einfluss gewinnen würden. Natürlich, sie hatten nur den Papst sehen wollen, waren weder in die italienische Politik verstrickt noch dem Kaiser feindlich gesonnen. Mehr durch einen Zufall waren sie seinen Soldaten in die Hände gefallen, sie weiterhin gefangen zu halten, war den Plänen Kaiser Friedrichs daher eher abträglich.

»Ich werde sehen, was ich tun kann. Kommt übermorgen bei mir vorbei, gegen Abend. Dann weiß ich, ob Eure Verwandten tatsächlich hier im Gefängnis sind und ob es eine Möglichkeit gibt, ihre Freilassung zu erwirken. Ich wohne im Borgo Santa Maria al Monte, direkt gegenüber der Kirche.«

Die zwei Tage, die Robert und Myriam bis zu diesem Treffen blieben, verbrachten sie mit Spaziergängen und Besichtigungen. In der Menge konnten sie gefahrlos Hand in Hand nebeneinander gehen. »Wenn wir erst in Neapel wohnen, wird es immer so sein!«, sagte Myriam immer wieder. »Keiner schert sich um uns und wir können frei und ungezwungen leben.« Auch Robert war äußerst zuversichtlich, er setzte große Hoffnungen auf das Gespräch mit Michael Scot.

Der Saal, in den man sie eintreten ließ, war sehr prächtig. Den Boden bedeckte ein Mosaik aus farbigen Arabesken, und an den Wänden waren Szenen aus dem Landleben abgebildet.

»Maestro Michele lässt bitten«, sagte der Diener in tadelloser Livree und öffnete eine samtbeschlagene Flügeltür. Michael Scot kam ihnen entgegen, blieb jedoch, als er Myriam sah, stehen.

»Ich dachte, ich hätte einen Studenten aus Paris zu mir gebeten. Nun aber sehe ich die Witwe Maître Anatolios vor mir«, stellte er nüchtern fest. »Wie habe ich das zu verstehen?«

Ihre Intuition hatte sie also nicht getrogen, das begriff Myriam sogleich. Für sie würde Michael Scot nichts unternehmen. Wortlos reichte sie ihm das arabische Buch, woraufhin sein Blick sich aufhellte; er blätterte wohlwollend in dem Band, bedankte sich aber nur mit spärlichen Worten. Myriam schwieg nach wie vor. Robert ließ sich aber dennoch nicht entmutigen.

»Wir werden Euch alles erklären, doch seid bitte zuvor so gütig, mir zu berichten, was Ihr über meinen Onkel und meinen Cousin in Erfahrung gebracht habt.«

»Tatsächlich werden beide im Castel dell'Ovo festgehalten. Die Verhandlungen mit der Kurie in Rom machen aber gute Fortschritte. Zudem habe ich mich für sie eingesetzt und man hat mir eine wohlwollende Behandlung des Falles zugesichert. Ihre Gefangenschaft dürfte somit bald zu Ende sein.«

»Ich weiß nicht, wie ich Euch danken soll. Weder mein Onkel noch irgendeiner unserer Verwandten wird je vergessen, was Ihr für uns getan habt. Und ich hoffe, Ihr werdet Euch bald selbst davon überzeugen können.«

»Nun aber zu Euch, Dame Myriam, was führt Euch zu mir?«, fragte Michael und wandte sich von Robert ab.

Einen so unverschämten Empfang hatte Myriam nicht erwartet. Kein Wort des Bedauerns über den Tod ihres Gatten hatte er geäußert und ihr auch sonst nicht die geringste Ehrerbietung entgegengebracht, obwohl sie ihn doch mehrere Wochen beherbergt hatte.

»Ich hatte geglaubt, Maître Anatolio sei Euer Freund gewesen, und diese Freundschaft hatte ich im Sinn, als ich beschloss, hierher zu kommen. Mein Gatte ist auf hoher See gestorben, mich hat man nach Rom gebracht. Aber ich beabsichtige nicht, dort zu bleiben, möchte jedoch auch nicht in die Provence zurückkehren. Vielleicht könntet Ihr mir helfen, hier Arbeit zu finden. Wie Ihr wißt, schreibe ich sowohl hebräisch als auch lateinisch.«

»Daß Euer Gatte tot ist, weiß ich nur zu gut, und glaubt mir, es tut mir sehr Leid, denn er war ein vortrefflicher Mitarbeiter. Ohne ihn wird es nicht leicht sein, die Übersetzung anzufertigen, die der Kaiser in Auftrag gegeben hat. Doch das erklärt nicht Euer Kommen: Weshalb wollt Ihr in Neapel leben und nicht zu Eurem Vater zurückkehren?«

Myriam zögerte. Was sollte sie diesem Mann antworten, der eine solche Kälte ausstrahlte? Michael Scot musterte sie streng. Da sie nicht antwortete, blickte er zu Robert hinüber, der ziemlich nervös zu sein schien. Auch Robert war jetzt klar, dass dieses Gespräch bald in eine Katastrophe münden würde, und er fragte sich, ob es wohl einen Sinn hatte, ihre persönlichen Schwierigkeiten zu erklären. Michael Scot würde sie nicht verstehen und ihnen womöglich sogar schaden, überlegte er weiter.

Aber Michael Scot brauchte keine Erklärungen mehr. Das verwirrte Schweigen der beiden jungen Leute sprach Bände.

»Ach so, Ihr seid ein Paar!« Er grinste höhnisch. »Die untröstliche Witwe Maître Anatolios hat sich ja rasch zu helfen gewusst. Zugegeben, der junge Mann hier ist recht hübsch. Hattet Ihr im Ernst geglaubt, der kaiserliche Hof sei der richtige Ort, um Eurer sündigen Liebe zu frönen? Nun, Ihr habt Euch getäuscht. Dass der Papst den Kaiser und seine Familie exkommuniziert hat, bedeutet noch lange nicht, dass wir sämtliche Gesetze der Kirche und der Synagoge missachten! Ich bestreite ja nicht, dass in Neapel Menschen unterschiedlicher Religion zueinander finden und mitunter sogar zusammen ins Bett steigen. Unser Herrscher findet schließlich selbst Gefallen an arabischen Tänzerinnen und anderen exotischen Frauen. Aber Ihr«, sagte er und sah Robert dabei an, »Ihr seid nur ein Student und habt nicht das Recht, Euch dem allgemein gültigen Gesetz zu entziehen. Wenn Ihr wenigstens ein mächtiger Mann wäret, ein Kardinal oder ein großer Soldatenführer, dann könntet Ihr Euch in aller Ruhe eine Maitresse halten – niemand würde Euch einen Vorwurf machen. Euer Fall aber liegt ganz anders. Und was Euch betrifft«, wandte er sich zu Myriam, »so würde die jüdische Gemeinde niemals akzeptieren, dass Ihr einen Christen zum Geliebten habt! Außerdem, wovon wollt Ihr überhaupt leben? Der Hof hat keinen Bedarf an einer Kopistin, die weder Arabisch noch Griechisch beherrscht. Es gibt genügend konvertierte Juden, die alle von uns benötigten hebräischen Texte ins Lateinische übertragen.«

»In zwei Jahren werde ich hoffentlich meinen Magistertitel haben und kann dann vielleicht an der Universität unterrichten«, erwiderte Robert.

»Nicht auszuschließen«, versetzte Michael Scot, »wenn Ihr ein hervorragendes Examen abgelegt habt. Doch auch damit wäre die Sache noch nicht bereinigt.«

Myriam war bleich vor Zorn. Sie hob den Kopf und sah Michael Scot scharf an.

»Ja, wir scheinen uns getäuscht zu haben. Komm, Robert, wir haben hier nichts mehr verloren«, sagte sie in schneidendem Tonfall, drehte ihm den Rücken zu und ging. Robert folgte ihr wortlos. Michael Scots höhnisches Gelächter drang ihnen bis auf die Straße nach.

In dieser Nacht konnte keiner von beiden schlafen. Das Gespräch mit Michael Scot hatte Myriam ebenso sehr verletzt wie der Besuch ihrer Glaubensbrüder in Rom.

»Ich kann einfach nicht glauben, dass diese Menschen meinen, sie würden Gottes Gesetz gehorchen«, sagte Myriam.

»Es ist doch das Gesetz der Menschen, das sie anwenden. Gott ist Liebe und eine aufrichtige, reine Liebe wie die unsere kann ihn nicht beleidigen. Die Menschen sind unfähig, es zu begreifen, aber Er sieht alles. Er kennt unsere Herzen und weiß, dass darin nichts Böses vorgeht.«

»Priester und Rabbiner sind sich insofern einig, als beide diejenigen ausschließen, die sich nicht an ihre Regeln halten. Diesmal sind wir ganz auf uns gestellt.«

»Ja, aber Gott ist mit uns«, entgegnete sie lebhaft.

Robert fühlte sich traurig und erschöpft, sein freudiger Überschwang war der Verzweiflung gewichen. Er blieb still und suchte nach einer Lösung, die es aber nicht gab. Am Morgen würden sie nach Rom zurückreisen müssen – unter ganz anderen Umständen als bei ihrer Ankunft!

»Weißt du«, sagte Robert schließlich zu Myriam, »wir könnten als Vagabunden übers Land ziehen und uns von Feldfrüchten ernähren. Aber was wird im Winter? Und wie schützen wir uns vor wilden Tieren und Räubern? Wenn wir unser Verhalten nicht ändern, wird man uns nirgendwo dulden. Vielleicht sollten wir uns einfach nach außen hin an das Gesetz der Menschen anpassen. Wärest du denn bereit, zum Christentum überzutreten oder zumindest so zu tun?«

»Man kann nicht so tun, als würde man konvertieren. Jude zu sein, bedeutet, am Gemeindeleben teilzunehmen. Es ist nicht möglich, gleichzeitig Jude und Christ zu sein, sondern man muss sich entscheiden. Ich jedenfalls kann trotz der großen Liebe zu dir nicht einfach beschließen, Christin zu werden – ich wäre dann nicht mehr ich selbst. Viele Juden sind zur Kirche übergetreten, einige aus Überzeugung, andere, weil ihnen die Religion gleichgültig war. Ich aber liebe und respektiere meinen Glauben und kann ihn nicht einfach verleugnen. Würdest du denn Jude werden wollen? Etliche Christen, Adlige und Geistliche, sind zum Judentum übergetreten und haben in Ägypten, wo der Islam herrscht, eine sichere Zuflucht gefunden.«

»Nein, Myriam, ich glaube nicht, dass ich in einer jüdischen Gemeinde leben und so tun könnte, als respektiere ich alle Gebote. Dazu müsste ich ja die Existenz von Christus leugnen und dabei bin ich zutiefst überzeugt, dass er Gottes Sohn ist, der die Menschheit von ihren Sünden erlöst hat.«

»Ich verstehe dich, Robert. Etwas vorzutäuschen, läuft deiner Natur zuwider. Ich liebe dich so, wie du bist. Nur die göttliche Gnade kann uns retten und deshalb müssen wir aus ganzem Herzen zu dem einen beten, der für Juden und Christen derselbe ist. Sein neues Gesetz hebt schließlich das alte nicht auf. Bei einem Philosophen habe ich gelesen, dass es nur einen einzigen Gott gibt, für die gesamte Menschheit. Religionen unterscheiden sich voneinander, weil es ja auch verschiedene Völker gibt. Gott hat jedem Volk das passende Gesetz gegeben, in seiner jeweiligen Sprache.«

»Das stimmt, Myriam, wenn wir beten, dann richten wir uns an ein und denselben Gott.«

10

Gentilia half Myriam aus den Sandalen. Sie hatte Wasser bereitgestellt, um ihr die Füße zu waschen. Ihre Herrin sah so traurig und niedergeschlagen aus, dass sie ihr keine Fragen zu stellen wagte, sondern den versiegelten Brief aus der Truhe holte, den einer von Margheritas Jungen vorbeigebracht hatte.

Besorgt brach Myriam das Siegel, entrollte das Pergament und begann vorzulesen:

»Liebe Myriam,

soeben habe ich von meinem Verlobten, Ser Salomone, eine für mich äußerst betrübliche Nachricht erhalten. Er teilt mir mit, dass er während meiner Abwesenheit in mein Haus eingedrungen ist. Er und der Rabbi haben dir Vorwürfe gemacht und Drohungen ausgesprochen. Ich schicke ihm mit demselben Boten ein Schreiben, in dem ich ihn wissen lasse, wie sehr mich sein Verhalten empört. Noch sind wir nicht verheiratet. Er hat kein Recht, sich in meine Angelegenheiten zu mischen. Dem Rabbi werde ich ebenfalls schreiben, damit er sich darüber klar wird, dass ich mich nicht einschüchtern lasse. Du bist in meinem Haus und wirst dort so lange bleiben, wie es dir beliebt. Ich bete zum Herrn, dass er dir Frieden und Ruhe schenken möge. In Freundschaft, Paola.«

Während des Lesens hatte Myriams Miene sich immer mehr aufgehellt, und als sie geendet hatte, lief ihr eine Träne über die Wange. Robert, dem sie den Brief ins Französische übersetzte, glaubte seinen Ohren nicht zu trauen.

»Paola ist also immer noch auf unserer Seite!«, schloss sie. Erleichtert begannen Rémi und Gentilia mit den Vorbereitungen für das Essen.

Als er Paolas Nachricht erhielt, geriet Ser Salomone in Zorn. Er hasste ihren hochmütigen Charakter und ihre Unabhängigkeit, die er jedoch nach der Eheschließung zu bändigen hoffte. Hatte Paola erst einmal ein paar Kinder, würde sie ihn schon für sich mit entscheiden lassen, wie sich das für eine anständige Gemahlin gehörte. Einstweilen musste er sich eben gedulden und dafür sorgen, dass die geistlichen Würdenträger an seiner Stelle handelten. Den Rabbi zu überreden, sollte nicht allzu schwierig sein, überlegte er – was sich jedoch als Irrtum erwies.

Rabbi Juda Anaw war ziemlich verärgert, und nachdem er den Brief von Ser Salomones Verlobter gelesen hatte, fühlte er sich in seinem Ärger nur bestätigt. Denn anstatt sich in dieser Sache von dem erforderlichen Taktgefühl leiten zu lassen, hatte er seiner Empörung freien Lauf gelassen, ohne viel nachzudenken.

»Vielleicht haben wir da einen Fehler begangen«, sagte er zu Salomone, »und die Folgen unserer Ermahnungen nicht ausreichend bedacht. Madonna Paola hat Recht. Ist Euch wirklich an einem öffentlichen Skandal gelegen? Die jüdische Gemeinde wäre nicht sehr erfreut, wenn Eure Moralpredigt die feierliche Taufe der Tochter Maître Davins zur Folge hätte. Er nimmt im Übrigen derzeit an der öffentlichen Auseinandersetzung um den Talmud teil, der in Anwesenheit des Königs von Frankreich und der gesamten Universität von Paris stattfindet. Die Position des Judentums in dieser Angelegenheit könnte stark geschwächt werden, falls Myriam zum Christentum übertreten sollte, und auch die Juden der Provence und des Kaiserreichs, die den Namen Maître Anatolios respektieren und schätzen, wären von einer Konversion seiner Witwe betroffen. In einem solchen Fall hat das Wohl der jüdischen Gemeinde vor der Überzeugung eines jungen Paares, wie es sein Leben verantwortungsvoll zu gestalten habe, Vorrang. Um diese unselige Geschichte zu beenden, sollte man daher Einsicht zeigen und die Schuldige nicht der Verzweiflung in die Arme treiben.«

Zähneknirschend beugte Ser Salomone sich dieser Argumentation.

Mit verlausten Haaren, abgemagert, die schmutzigen Gewänder voller Flöhe, kamen Onkel Richard und Geoffrey ins Hospiz zurück. Seit fast einem Monat trugen sie dieselben Kleider und hatten sich weder waschen noch rasieren können! Dass Robert nicht da war, um sie zu empfangen, verunsicherte sie.

»Euer Neffe Robert lässt sich nicht oft hier blicken«, versuchte der Abt sie zu beruhigen. »Er scheint Gefallen an den hübschen Römerinnen gefunden zu haben, kommt aber immer wieder her und erkundigt sich, ob Ihr schon zurück seid. Er ist sogar nach Neapel gereist, um sich für Euch einzusetzen, und wie es scheint, hat seine Reise Erfolg gehabt, denn Ihr seid ja wieder da!«

»Dann hat also Robert Michael Scot benachrichtigt! Er nämlich hat unsere Freilassung erwirkt. Wurde auch allerhöchste Zeit, denn man hat uns dort wie Hunde behandelt. Sie warfen uns in ein stinkendes Loch, in dem es von Ratten wimmelte, und gaben uns nur Brot und Wasser. So hätte man nicht einmal den größten Schurken oder einen Sklaven behandelt und den Segen des Heiligen Vaters haben wir auch nicht bekommen! Zum Glück war Geoffrey bei mir. Wir haben dem Herrn all unsere Leiden offenbart, als Opfergabe für Christus, der am Kreuz gestorben ist. Er hat uns vor dem Schlimmsten bewahrt, denn wie Ihr seht, haben wir überlebt. Einer unserer Zellengenossen ist einen elenden Tod gestorben!«, beklagte Richard sich.

Der Abt war ganz seiner Meinung.

»Ich habe mir Euretwegen große Sorgen gemacht. Man weiß, wie grausam der Kaiser ist und dass er vor Kirchenmännern keinen Respekt hat. Wenn Ihr gebadet habt und wiederhergestellt seid, werden wir in der Kapelle ein Dankgebet sprechen und Gott darum bitten, er möge auch die anderen Mitglieder unserer Abordnung aus den Kerkern des Antichristen befreien.«

Am nächsten Morgen traf Robert Onkel Richard und

Geoffrey tief und fest schlafend an. Da er sie nicht wecken wollte, setzte er sich einfach zu ihnen und machte sich Vorwürfe, als er ihre abgemagerten Gesichter sah. Er hatte nicht gerade sehr oft an sie gedacht und umarmte sie beim Erwachen voll Zärtlichkeit und Anteilnahme.

Onkel Richard freute sich über die Maßen, ihn zu sehen.

»Du also warst es, der uns gerettet hat! Wie hast du es bloß bis Neapel geschafft, ohne dich gefangen nehmen zu lassen? Das musst du uns genauer erzählen und auch, wie du Michael Scot überzeugen konntest!«

»Und dann sind wir neugierig, was du immer nachts außerhalb der Klostermauern getrieben hast!«, fügte Geoffrey weit weniger freundlich hinzu.

»Da gibt es nichts zu erzählen, du kennst das alles ja selbst! Schließlich bist du mir im Badehaus mit gutem Beispiel vorangegangen!«, gab Robert zurück.

»Hört auf, euch zu streiten«, sagte der Onkel, »wir haben alle unsere Fehler. Hauptsache, wir sind wieder zusammen, haben unseren Auftrag erfüllt und dürfen dieses barbarische Land bald verlassen ... Nutze du nur die Zeit, die uns noch bleibt, Robert. Gleich morgen werde ich mich nach einem Schiff erkundigen, das uns zurück in die Provence bringt. Um nichts auf der Welt möchte ich den Landweg nehmen, der durch die kaiserlichen Gebiete, das lombardische Reich und was sonst noch führt!«

»Natürlich, Onkel. Bitte verzeiht mir, wenn ich Euch schon wieder verlasse, aber ich habe eine Verabredung, die ich unmöglich absagen kann!«

»Sie suchen bereits das Schiff, das mich von dir fortbringen wird.«

»Ohnehin hättest du nicht viel länger bleiben können, in einer Woche kommt Paola wieder.«

Die Ankündigung seiner Abreise erschütterte Myriam ebenso sehr wie Roberts schmerzvoller Gesichtsausdruck. Sie streichelte ihm das Haar, um ihn zu beruhigen. Wie verletzlich er aussah!

»Myriam«, sagte Robert schließlich, »wir haben nur noch eine einzige Nacht vor uns.«

»Komm, tun wir so, als wäre die Zeit stehen geblieben, als würde sich die Sonne nicht mehr um die Erde drehen, als würde es niemals Tag werden. Gentilia hat uns etwas Leckeres zu essen gemacht und später werden wir ein letztes Mal im Mondschein spazieren gehen!«

Während des Spaziergangs erlebten sie nochmals die Augenblicke des Glücks, sogen den Duft nach Lavendel und Jasmin ein und fühlten sich einander so nahe, dass es beinahe wehtat. Dann gingen sie ins Zimmer hinauf und blieben eng aneinander geschmiegt liegen, nickten manchmal ein, um wieder aufzuwachen und den anderen zu streicheln, ihm zärtliche Worte zuzuflüstern und beim Gedanken an die baldige Trennung zu weinen. Allzu rasch kam der Morgen.

»Pass auf dich auf, Robert«, schluchzte Myriam und hängte ihm eine kleine Pergamentkapsel um den Hals. »Das sind Haare von mir. Du sollst sie immer bei dir tragen, damit sie dich daran erinnern, wie sehr ich dich liebe.«

»Das werden sie.«

»Ich möchte auch eine Locke von dir.«

Er senkte den Kopf und legte ihn auf Myriams Brust. Sie schnitt eine lange golden glänzende Locke ab und wickelte sie sich um den Finger.

»Nächsten Sommer komme ich wieder. So Gott will, bin ich zum Johannisfest wieder bei dir.«

»Ich werde jeden Tag für dich beten und Gott bitten, er möge dich gesund erhalten und auf allen deinen Wegen beschützen. So stark soll meine Liebe sein, dass ihre Strahlen dich erreichen und du sie spürst, ebenso stark und kraftvoll.«

Ein letztes Mal umarmten sie sich, dann gingen sie wieder hinunter. Myriam schaute ihm nach, wie er sich in der Morgendämmerung entfernte, und blieb noch lange an der Tür stehen. Vor ihren Augen verschwamm alles. Gentilia umfasste ihre Taille und führte sie wieder hinein, half ihr dann aufs Bett und streichelte ihre Haare.

»Er kommt bestimmt zurück, Myriam, ganz bestimmt.«

11

Myriam litt schrecklich darunter, dass Robert nicht da war. Sie sehnte sich nach seinen Berührungen, seiner Gegenwart. Abends beim Einschlafen malte sie sich ihr neues, gemeinsames Leben aus und am Morgen wachte sie auf und hatte das Gefühl, ihn neben sich zu spüren. Tagsüber war sie fast ständig mit Paola zusammen und hörte ihr zu, wie sie über Religion, Moral oder Wissenschaft sprach.

An dem Tag, als Paola aus Grottaferrata zurückgekehrt war, hatte es ein Gewitter gegeben. Beim Anblick von Myriams verschwollenen Augen wurde ihr klar, wie sehr die Trennung ihr zu schaffen machte. Beruhigend hatte sie auf Myriam eingeredet, sie ihrer Freundschaft versichert und ihr lachend berichtet, wie sie Ser Salomone und den Rabbi gegeneinander ausgespielt hatte. Myriam erzählte von der Reise nach Neapel. Paola bedauerte, dass sie Maître Scot nicht durch eine List umzustimmen versucht hatte, und auch den Plan, auf Robert zu warten, bis er Magister war, fand sie ziemlich weltfremd. Aber ihre Zuneigung zu der jungen Frau war noch gewachsen und ihre Entschlossenheit erstaunte sie immer mehr.

An den folgenden Tagen überzeugte sie Myriam, mit ihr zusammen Leute zu empfangen und in die Synagoge zu gehen, damit sie sich nicht versteckte. Myriam schämte sich zwar nicht, fürchtete aber eine Begegnung mit Ser Salomone – was Paola gar nicht verstehen konnte. Sie hatte erfahren, dass er während ihres Sommeraufenthalts eine erkleckliche Summe beim Spiel verloren hatte. Von zwanzig Dukaten war die Rede – in ihren Augen ein weiterer Beweis für die Mittelmäßigkeit der Männer.

»In der Genesis steht, dass Gott den Menschen nach seinem Ebenbild geschaffen hat. *Als Abbild Gottes schuf er ihn. Als Mann und Frau schuf er sie.* Du siehst also, wenn man es genau nimmt, ist Gott sowohl Mann als auch Frau, obwohl in allen anderen Texten der Bibel immer nur von *Ihm* die Rede ist. Das aber ist ein Zugeständnis an die Männer. Hätte Moses verkündet, dass Gott zugleich weiblich und männlich ist, hätte kein Mann das göttliche Gesetz angenommen. An dem Tag, an dem die Menschheit endlich so zivilisiert ist, die Gleichheit von Männern und Frauen einzusehen, werden sie auch verstehen, dass man von diesem Vers ausgehen muss – und dann endlich wird uns Gerechtigkeit widerfahren. Immer wieder sagst du zu mir, wie gut ich zu dir bin, Myriam, aber weißt du, ich habe ja auch etwas davon. Denn ich fahre ihnen gerne über den Mund, all diesen Männern, die glauben, eine Frau diene nur ihrem Vergnügen oder sei lediglich die Mutter ihrer Kinder. Dabei sind du und ich bestimmt genauso klug, wenn nicht sogar noch klüger als mein künftiger Gatte oder der Rabbi. Wir haben mehr gelesen als sie. Übrigens glauben einige Philosophen, die augenblickliche

Unterlegenheit der Frau rühre von ihrer Erziehung her und nicht von ihren Anlagen. Ich werde dir Platons Abhandlung über das Staatswesen, seine *Politeia* zu lesen geben und den Kommentar des arabischen Philosophen Averroes auch.«

Myriam lächelte. Nicht zum ersten Mal hielt Paola ihr einen solchen Vortrag, wobei sie immer wieder neue Argumente vorbrachte, um zu beweisen, dass Frauen den Männern ebenbürtig oder gar überlegen waren.

»Die wahren Philosophen denken so wie sie. Maître Jacob hat mich in die Naturwissenschaften eingeweiht und auch Robert behandelt mich als gleichwertige Partnerin. Glaubt Ihr, Ser Salomone teilt Eure Meinung?«

»Ganz bestimmt nicht, niemals würde er die Überlegenheit einer Frau anerkennen, zumindest nicht in Worten. Aber ich kenne subtilere Mittel als philosophische Argumente. Und ich achte darauf, ihn in seinem Glauben zu lassen!«

»Da scheint Ihr mir aber ziemlich optimistisch zu sein. Männer haben doch alles in der Hand, sie kontrollieren die Macht, die Politik, das Schulwesen.«

»Ja, aber zum einen gibt es heute viel mehr Philosophen als früher. Und zum andern viel mehr Frauen, die sich nicht mehr von ihren Ehemännern unterjochen lassen. Du weißt ja, ich bin nicht die einzige, die morgens betet: ›Gelobt seist du, o ewiger Gott, der mich zur Frau und nicht zum Mann gemacht hat.‹«

Diese Gespräche lenkten Myriam ab. Sie träumte von einem unabhängigen Leben, wollte selbst für ihren Unterhalt sorgen können – wie ein Mann es tat.

Die Tage vergingen, schon hatten die Festlichkeiten des Monats Tischri begonnen und es war bereits mehr als vier Wochen hat, dass Robert sie verlassen hatte. Eines Morgens in Paolas Schlafzimmer musste Myriam sich plötzlich an der Wand abstützen, um nicht zu stürzen.

»Was hast du?«, fragte Paola.

»Mir war auf einmal so schwindelig. Ich weiß gar nicht, was mit mir los ist.«

»Hast du deine Regel gehabt?«, fragte Paola ohne Umschweife.

»Vor zwei Wochen wäre sie dran gewesen. Aber schwanger bin ich bestimmt nicht, weil ich ja die Vorsichtsmaßnahmen getroffen habe, zu denen Ihr mir geraten habt.«

»Die sind auch nicht unfehlbar, aber keine Panik, es muss ja nicht gleich eine Schwangerschaft sein. Das jedenfalls hoffe ich, denn sonst würden wir wahrhaftig in eine unmögliche Situation geraten!«

Von diesem Augenblick an war es mit der Ruhe vorbei. Myriam ging es morgens immer schlechter, aber sie versuchte, es sich nicht anmerken zu lassen. Der Gedanke an eine Schwangerschaft verstärkte ihr Unwohlsein noch. Paola beobachtete sie ständig und Myriam spürte ihre besorgten Blicke auf sich lasten.

Nach einigen Tagen gab es für Myriam keine Zweifel mehr, sie erwartete ein Kind von Robert. Eine Abtreibung kam für sie jedoch absolut nicht in Frage. Sie wollte dieses Kind, wollte es aufziehen, zusammen mit seinem Vater, was Paola aber niemals gutheißen würde. Zumindest nicht jetzt, wo die Hochzeitsvorbereitungen im Gange waren. In weniger als zwei Monaten wäre Ser Salomone hier Herr im Haus. Vor lauter Unruhe konnte Myriam nicht mehr schlafen, verbrachte ihre Nächte mit angsterfüllten Gedanken.

All dies war Gentilia nicht entgangen. Um Myriams Zustand nicht noch zu verschlimmern, stellte sie sich nachts schlafend; Worte hätten nichts ausgerichtet.

»Weißt du, Rémi, wir haben wirklich Glück ...«

»Mag sein, aber wenn uns beiden das passiert wäre, hätten wir das Kind zusammen aufgezogen. Ich würde es gar nicht aushalten, ohne dich ständig anzufassen oder mit dir zu sprechen!«

»Das ist es ja eben! Wenn Myriam nicht hier bleiben darf, könnten wir mit ihr gehen, uns in einer verfallenen Hütte einquartieren und gemeinsam für den Lebensunterhalt sorgen. Dann würde sie nicht vor die Hunde gehen und wir auch nicht.«

Rémi zog sie an sich. »Du kannst dich auf mich verlassen«, murmelte er.

»Wie Ihr bereits vermutet habt, Madonna Paola, bin ich schwanger.«

»Endlich bist du auch davon überzeugt. Wir dürfen keine Zeit verlieren. Ich kenne jemanden, der eine Abtreibung machen kann, ohne dein Leben zu gefährden.«

»Verzeiht, Madonna Paola, aber ich werde das Kind nicht abtreiben lassen.«

»Myriam, du kannst später immer noch Kinder mit Robert haben. Im Augenblick wäre es glatter Wahnsinn!«

»Ihr habt Recht und das weiß ich auch, aber ich kann nicht anders handeln.«

»Wie das?«, rief Paola entrüstet. »Was kannst du denn tun außer abzutreiben? Willst du vielleicht in die Provence zurückkehren und behaupten, das Kind sei von Rabbi Jacob?«

»Nein, das wäre eine schamlose Lüge.«

»Und wer würde es ernähren? Eine allein stehende Mutter überlebt nicht lange!«

»Ich wäre ja gar nicht allein. Rémi und Gentilia bleiben bei mir, sie haben es mir selbst vorgeschlagen. Zu dritt werden wir jedenfalls nicht verhungern.«

Paola war wütend.

»Immer kommst du mit diesen selbst auferlegten moralischen Zwängen an, unter denen dann andere leiden müssen. Vor allem ich. Die Gemeinde wird ja doch erfahren, dass du dieses Kind in meinem Haus empfangen hast!«

»Ich begreife, dass Ihr zornig seid, Madonna Paola, und bitte Euch tausendmal um Vergebung. Aber Ihr selbst habt mir doch beigebracht, was Freiheit ist. Ich hoffe, bald wird sich niemand mehr an mich erinnern. Rom ist eine große Stadt und ich werde alles tun, um unerkannt zu bleiben.«

»Das wird nicht gehen! So oder so kommt alles ans Licht. Falls du auf dieser törichten Haltung beharrst, wirst du Rom den Rücken zukehren müssen.«

»Wenn Ihr meint, dass das notwendig ist, so werde ich es tun«, erwiderte Myriam mit gesenktem Kopf.

Paola befahl ihr zu gehen, so sehr war sie in Rage, dass Myriam schweren Herzens gehorchte, während Paola weiter tobte, nun mit Djamila als einziger Zuhörerin.

»Was soll man mit einer wie der da nur anstellen? Sie ist störrischer als ein Maultier, immer muss es nach ihrem Willen gehen. Wenn ich ihr nur wenigstens böse sein könnte, aber ihre lächerlichen Prinzipien machen mich nicht nur wütend, sie rühren mich auch. Was für eine Stärke und Aufrichtigkeit! Sie passt gar nicht recht in die Welt, in der wir leben ...«

Djamila streichelte sie sanft, bis Paola sich allmählich beruhigte.

»Natürlich werde ich weiter auf sie aufpassen müssen, doch sie muss von hier verschwinden, und das tut mir besonders Leid, weil ich ihre Gesellschaft schätze. Immerhin besteht noch die Hoffnung, dass sie spontan abtreibt oder das Kind stirbt. Schließlich sterben viele Neugeborenen schon in den ersten Lebenstagen.«

Den ganzen Tag überlegte Paola, wie sie Myriam helfen könnte, ohne sich selbst zu schaden. Am Abend rief sie sie zu sich.

»Ich habe eingesehen, dass es mir nicht gelingen wird, dich umzustimmen. Wieder einmal kann ich dir bei deinen Dummheiten nur zusehen und versuchen, dich vor ihren Konsequenzen zu bewahren. Hör zu: In zwei Wochen unterzeichne ich meinen Ehevertrag. Ich werde Ser Salomone entgegenkommen und einwilligen, mich von dir zu trennen. Du kannst mit Rémi und Gentilia in Grottaferrata leben und dort bis nächstes Jahr im August bleiben. Danach wird man weitersehen.«

Myriam fiel vor Paola auf die Knie und küsste ihr die Hände. Sie wusste nicht, was sie sagen sollte, die Tränen liefen ihr über die Wangen. Paola half ihr auf.

»Du weißt doch, dass ich dich sehr mag. Trotzdem hoffe ich für uns beide, dass das Kind nicht überlebt und du in Rom bleibst. Und wenn Robert nicht wiederkäme und du dich entschließen könntest, einen ehrbaren Mann aus der Gemeinde zu heiraten, wäre das noch besser.«

Myriam lächelte ihr unter Tränen zu.

»Natürlich wünsche ich mir genau das Gegenteil. Aber ich danke Gott alle Tage, dass er mich zu Euch gebracht hat.«

Ser Salomone war sehr erfreut, als er erfuhr, dass Paola sich von Myriam trennen würde. Dieser erste Sieg über den rebellischen Geist seiner Braut bestärkte ihn in der Überzeugung, er würde sie sich schließlich gefügig machen, weshalb er auch bester Laune war, als sie sich zur Unterzeichnung des Ehevertrags trafen.

Da der Kontrakt sowohl auf Lateinisch als auch auf Hebräisch verfasst wurde, waren zwei Notare anwesend, des Weiteren sämtliche Vertreter der Gemeinde, und auch der

Goldschmied, der Schuhmacher und zahlreiche Nachbarn waren gekommen.

Über die Bedingungen hatten die beiden Gatten lange verhandelt. Paola brachte ihr Haus in Rom und zweihundert Dukaten in die Ehe ein, während ihre anderen Güter – Felder, Weinberge, bewegliche Güter – bis zu ihrem Tod in ihrem Besitz blieben. Ser Salomones Brautgeschenk bestand aus zwei goldenen Armreifen, einem Perlencollier und zweihundert Dukaten. Die Schmuckstücke wurden, wie es sich gehörte, reihum gezeigt. Ihre Schönheit und ihr Gewicht beeindruckten die Anwesenden. Was nun die zweihundert Dukaten betraf, so blieb ihm ein Jahr Zeit, um sie aufzubringen. Paola wusste genau, dass ihm das nicht gelingen würde, doch war dieses Versprechen Teil dessen, was für sie Spiel blieb.

Der Vertrag wurde laut vorgelesen. Dann ergriff Paola das Wort. Man kannte sie gut genug, um sich nicht darüber zu wundern, dass sie selber öffentlich redete und nicht einem Mann das Wort überließ.

»Ich möchte dem Vertrag gerne zwei Klauseln hinzufügen. Sollte ich ohne Nachkommen sterben, vermache ich mein Sommerhaus in Grottaferrata sowie den angrenzenden Garten Myriam, Tochter des Maître Davin und Witwe des Jacob Anatolio.«

Nur mit Mühe unterdrückte Ser Salomone eine Welle des Zorns. Paola hatte ihm ihre Absicht verschwiegen und nun konnte er nichts mehr dagegen einwenden, zumal sich zustimmendes Gemurmel im Saal erhob.

»Den Ertrag der Weinberge hingegen vermache ich dem Armenhospiz der Gemeinde«, fuhr Paola fort, »damit für den ständigen Unterhalt von fünf Mittellosen gesorgt ist.«

»Ist gut, ist gut«, tönte es von allen Seiten.

Die Notare wandten sich zu Ser Salomone um. »Ich kann

meiner künftigen Gattin nur zustimmen«, verkündete er mit tonloser Stimme.

Myriam, die Paolas Erklärung völlig unvorbereitet getroffen hatte, stand ganz hinten im Saal an die Mauer gelehnt. Wieder einmal staunte sie darüber, wie diese Frau ihre Schläue in den Dienst ihrer Großzügigkeit stellte. Also würden sie, Rémi und Gentilia in Grottaferrata leben und dort würde sie auch Roberts Sohn zur Welt bringen. Wie konnte sie Paola jemals danken?

12

Die Tage waren kürzer geworden und die Temperaturen sanken allmählich. Mit den ersten Vorboten des Winters wurde es in dem Haus in Grottaferrata, wo es im Herbst noch so angenehm gewesen war, eisig kalt. Myriam hatte es vorgezogen, nicht an Paolas Hochzeit teilzunehmen. Paola hatte sie großzügig mit Mehl- und Käsevorräten ausgestattet und zudem ihren Pächter gebeten, ihren Schützling mit Wein und von Zeit zu Zeit mit Fleisch und Fisch zu versorgen. Außerdem hatte sie ihr ermöglicht, brieflich Kontakt zu ihrem Vater aufzunehmen – der Prozess gegen den Talmud drohte in eine Katastrophe zu münden –, sich ferner nach Samuel zu erkundigen, der noch immer in der Nähe von Aix auf dem Lande lebte, und natürlich Robert eine kurze Nachricht zukommen zu lassen, einem Brief an Rose beigelegt. Doch jetzt war die Kälte da und bald würden alle – sie selbst, Rémi und Gentilia – in der Stube nahe beim Feuer schlafen müssen. Myriam zog sich immer mehr in sich selbst zurück und wurde stiller und stiller. Sie kam sich vor wie eine Pflanze oder ein Tier im Winterschlaf. Die Außenwelt nahm sie nur undeutlich wahr, wie im Traum. Dieser apathische Zustand bereitete Rémi und Gentilia Sorgen, aber sie schoben ihn auf die Schwangerschaft.

Jeden Tag ging Rémi ins Dorf, um Wasser zu holen. Eines Morgens schlug er den großen Umhang zurück und ein kleines rotes Bündel sprang auf die Erde. »Dame Myriam, nun habt Ihr einen kleinen Gefährten, der auch in unserer Speisekammer für Ordnung sorgen wird!«

»Oh, wie schön, Rémi! Dieses Kätzchen wird mich ein wenig ablenken. Sieh nur, es streicht schon um meine Beine. Wie wollen wir es denn nennen?«

»Flämmchen!«, schlug Gentilia vor. »Weil es ein feuerrotes Fell hat.«

Von dem Tag an wich Flämmchen nicht mehr von Myriams Seite, blieb zusammengeknäult auf ihren Knien liegen, wenn sie es bedächtig streichelte und dabei von Robert träumte. Nachts schmiegte es sich an ihren Bauch und half ihr mit seiner Körperwärme, gegen die Kälte anzukämpfen.

Allmählich nahm der Winter von der ganzen Landschaft Besitz, von Bäumen, Wegen, Steinen und den Lebewesen. Weihnachten stand vor der Tür, als eines Abends Margheritas älterer Sohn auf einem Esel bei ihnen anlangte. Gut gelaunt wie immer, erinnerte sein fröhliches Geplauder sie an die große Stadt. Er brachte als Geschenk Paolas zu Chanuka einen stattlichen Kapaun mit, Waffeln und zwei Briefe, die er Myriam ganz zuletzt hinhielt.

Hastig las sie die Briefe. Der erste war von Robert. Ihr Geliebter war in Paris angekommen, hatte wieder angefangen zu studieren, arbeitete hart und brachte die Nächte damit zu, vom römischen Paradies zu träumen. Voller Ungeduld wartete er auf einen Antwortbrief. Der zweite kam von Paola, die nun selbst schwanger war, was sie und ihren Gatten sehr freute. Zu Ehren des kleinen Gastes hatte Gentilia mit Honig gesüßten Glühwein zubereitet. An diesem Abend schlief Myriam selig ein.

Bald darauf wurde es vollends Winter. Reif bedeckte die nackten Äste, der Boden knirschte unter den Schritten und unberührtes, unerbittliches Weiß bedeckte die ganze Landschaft. Am Morgen musste man eine Eisschicht zertrümmern, um Wasser aus dem Eimer zu schöpfen. Myriam konnte nicht mehr schreiben, nicht einmal am Feuer. Schweigend saß sie da, wie erfroren, streichelte mechanisch das Kätzchen und achtete auf die Bewegungen des Kindes, das in ihr wuchs. Sie fühlte sich kraftlos und nervös. War sie stark genug für die Niederkunft? Wenn es weiterhin so kalt blieb, wie sollte da das Kind überleben? Gentilia versuchte sie zu beruhigen, doch Myriam, die ihr mit einem Lächeln dankte, spürte tief in ihrem Innern nach wie vor eine unbestimmte Angst. Dies war nicht nur der Winter, so schien es ihr, sondern eine andere Kälte. Die Ergebenheit Rémis, die Zuneigung Gentilias und die Fürsorge Paolas, die weiterhin Fleisch und Obst schicken ließ, konnten ihre Furcht nicht mindern.

Dann aber wurde es Frühling, unter dem Raureif sprossen die ersten Triebe. Die Farben änderten sich, das Weiß machte einem zögerlichen Grün Platz. Flämmchen wagte bereits, sein Näschen nach draußen zu stecken. Kurz vor Ostern kamen mit einer neuerlichen Sendung von Paola ungesäuerte Brote und ein Brief von Robert.

»Geliebte!«, las Myriam laut vor, »auf dieses Kind, das die Frucht unserer Liebe ist, freue ich mich ebenso wie du. Ich bin Madonna Paola zu tiefstem Dank verpflichtet, dass sie dir so geholfen hat. Derzeit regle ich meine Angelegenheit hier, um so bald wie möglich abreisen zu können. Ich hoffe, ich schaffe es rechtzeitig zur Geburt. Ständig bitte ich zu Gott, alles möge gut gehen, mit dir und dem Kind. Dich wiederzusehen, ist mein größter Wunsch auf Erden.

Nur Mut, Liebste, bis bald.«

An jenem Tag hatte Myriam den Mut, ein paar Schritte nach draußen zu gehen. Die Sonne schien heller zu strahlen. Sie nahm das Schreibzeug zur Hand, das sie vor so vielen Monaten beiseite gelegt hatte, und schrieb auf ein Stückchen Pergament die glückbringenden Verse, die sie und das Kind bei der Entbindung schützen sollten.

Neues Leben regte sich ringsumher, aus dem jungen Gras lugten bunte Feldblumen hervor; Rémi sammelte frisches Laub und bestreute damit den Boden, bis das ganze Haus danach duftete; Flämmchen kletterte auf der Jagd nach Vögeln auf die Bäume und kehrte ganz erschöpft wieder, um sogleich auf Myriams Knien einzuschlafen.

Die Schmerzen begannen in der Frühe. Myriam weckte Gentilia: »Ich habe Schmerzen und ich habe Angst. Hilf mir!«

Gentilia fasste Myriam beim Arm und stützte sie.

»Du musst ganz langsam gehen und darfst dich den Schmerzen nicht ausliefern. Es wird Tag, komm, lass uns zusammen den blühenden Pflaumenbaum anschauen. Rémi, fach das Feuer an, jetzt muss es richtig warm werden. Und hol zwei Eimer Wasser, die werden wir brauchen.«

Myriam krümmte sich, als die Wehen einsetzten, sie keuchte.

»Mach dir keine Sorgen, ich habe miterlebt, wie meine Mutter und einige Nachbarinnen entbunden haben. Es ist unglaublich hart, aber die Schmerzen kommen und gehen. Man weiß nicht, wie lange das dauern wird.«

»Wenn nur Robert da wäre ...«

»Der kommt bald, aber der Weg ist weit ...«

»... und auch gefährlich. Hoffentlich stößt ihm nichts zu!«

Die Schmerzen dauerten den ganzen Tag an. Die Wehen kamen immer häufiger. Mittlerweile war es Nacht geworden. Myriam saß am Feuer, sie zitterte, so sehr litt sie. Jetzt hielt der Schmerz an und immer wieder fuhr ein Stechen durch ihren Körper, das sie zusammenzucken ließ. Sie konnte ihre Schreie nicht mehr zurückhalten.

»Dame Myriam, klammert Euch nur an meinem Arm fest, beißt in meine Faust, das hilft Euch!«, rief Rémi. Als sie nach den kräftigen Armen ihres Dieners griff, ließ das schmerzerfüllte Schluchzen ein wenig nach. Sie saß auf einem Hocker und lehnte sich gegen die Wand. Gentilia, die zu ihren Füßen kniete, spornte sie an.

»Du musst pressen, kräftig pressen, das Kind kommt! Nur Mut, einen Augenblick noch und alles ist vorbei! Da, ich halte schon seinen Kopf in Händen!«

Und dann zog Gentilia ein kleines rotes Bündel unter Myriams Gewand hervor und packte es bei den Füßen.

Das Kind schrie.

Rémi fing erleichtert zu lachen an, als er das kleine wütende Balg ansah. »Nun brüll doch nicht so, du hast ein herrliches Leben vor dir, so Gott will!«, sagte Gentilia.

Sie nahm ein Messer, durchtrennte die Nabelschnur und machte in das Körperende einen Knoten. Dann tauchte sie das Kind in ein Becken mit lauwarmem Wasser. Myriam kam langsam wieder zu Atem, vor Erschöpfung konnte sie nicht einmal sprechen.

»Na, willst du gar nicht wissen, ob es ein Junge oder ein Mädchen ist?«, neckte Gentilia sie.

»Ich weiß, dass es ein Junge ist«, keuchte Myriam. »Gleich von Anfang an habe ich es gewusst. Es ist ein Junge und er sieht Robert ähnlich.«

Sorgfältig rieb Gentilia den Kleinen trocken und wickelte ihn in Stoffbahnen ein. »Jetzt kann er weder Arme noch Beine bewegen. So bekommt er einen geraden Rücken.« Sie reichte Myriam das Kind.

Neugierig und voller Zärtlichkeit sah Myriam ihn an. Er weinte nicht mehr, nun war er eingeschlafen. Mit dem Finger streichelte sie seine rundliche, glänzende Wange, dann ließ sie erschöpft den Kopf sinken. Rémi und Gentilia halfen ihr dabei, sich hinzulegen. Sie deckten sie gut zu und auf der Stelle fiel sie, den Kleinen neben sich, in tiefen Schlaf. Gentilia setzte sich auf die Bettkante. »Rémi, schlaf auch ein wenig, ich passe auf die beiden auf und werde die Psalmen aufsagen, welche die Dämonen fern halten.«

»Und ich mache mich gleich morgen früh daran, die Wiege für das Kind zu zimmern«, sagte Rémi und gab ihr einen Kuss.

Am nächsten Morgen war es bereits helllichter Tag, als Myriam aufwachte. Zuerst erblickte sie einen großen Strauß Feldblumen, dann eine Wiege, die Rémi vorsichtig auf dem Arm hielt.

»Rémi, die hast du doch nicht letzte Nacht gebaut, oder?«, rief Myriam.

»Ich hatte schon vor Wochen alles vorbereitet und musste nur noch die Bretter zusammennageln.«

»Ich weiß gar nicht, was ich gestern und heute Nacht ohne dich und Gentilia getan hätte, Rémi. Ganz zu schweigen von den Monaten zuvor. Euch habe ich es zu verdanken, dass mein Kind und ich am Leben sind.«

»Hier, Myriam«, sagte Gentilia und hielt ihr eine große

Schale Honigmilch und eine dicke Scheibe Brot hin. »Iss und trink, damit du genügend Milch für den Kleinen hast!«

Myriam aß und trank voller Appetit und legte dann das Kind an die Brust.

»Da gibt es noch nicht viel zu trinken«, sagte sie zu ihm und streichelte es dabei, »aber dein gieriger kleiner Mund wird bald dafür sorgen, dass hier mehr Milch fließt und du satt wirst. Wenn Robert kommt, soll er doch einen kräftigen Knaben zu sehen bekommen!«

Der Tag verlief friedlich und Myriam war ganz von den Mutterfreuden erfüllt. Gegen Abend fühlte sie sich jedoch fiebrig und hatte auf einmal brennenden Durst. Gentilia wachte die ganze Nacht an ihrem Bett und gab ihr von Zeit zu Zeit zu trinken, dabei rezitierte sie unablässig Psalmen und Gebete.

Am nächsten Morgen wachte Rémi an Myriams Seite, während er das Kind in den Armen wiegte. Gentilia war vor Erschöpfung eingeschlafen. Nach einer weiteren Nacht mit Fieber hatte Myriam keine Milch mehr und das Kind schrie unaufhörlich. Was sollte man dem Kleinen nur geben? Gentilia verdünnte Milch mit etwas Wasser, wärmte im Mund ein wenig von der Flüssigkeit an, nahm das Kind und legte ihren Mund auf den seinen, um dann ein paar Tropfen Flüssigkeit hineinlaufen zu lassen. Das Kind verschluckte sich, begann schließlich aber an Gentilias Lippen zu saugen und hörte auf zu plärren.

Myriams Zustand verschlechterte sich, so dass Gentilia beschloss, Rémi nach Rom zu schicken, damit er Arznei besorgte. Bereits am Nachmittag stand er vor Madonna Paolas Haus, die ihn sofort hereinbitten ließ.

»Und, ist das Kind schon da?«

»Ja, es ist ein hübscher Junge, aber sie hat seit der Geburt hohes Fieber.«

»Ein schlechtes Zeichen. Geh in die Küche und iss etwas. Margherita soll unterdessen beim Apotheker Medizin holen, damit du dich so rasch wie möglich auf den Rückweg machen kannst.«

Während er aß und trank, beantwortete Rémi die Fragen Paolas, die alles über die Niederkunft wissen wollte. Ein Besucher wurde gemeldet und dann trat Robert bereits ins Zimmer, in Reisekleidern, ganz mit Staub bedeckt.

»Verzeiht, Madonna Paola, dass ich in diesem Aufzug bei Euch erscheine. Ich komme aus Civitavecchia und habe nirgendwo Rast gemacht. Habt Ihr etwas von Myriam gehört?«

»Ja, Gutes und Schlechtes. Sie hat einen hübsches Knaben zur Welt gebracht, aber sie hat Fieber. Djamila, sieh zu, dass man Roberts Pferd Wasser und Hafer gibt, er muss bald weiterreiten.«

Verwirrt und angsterfüllt blieb Robert stehen.

»Vielleicht sollte man einen Arzt hinschicken?«

»Damit ganz Rom erfährt, dass Myriam einen Bastard zur Welt gebracht hat? Außerdem wäre ein Arzt gar keine große Hilfe. Er würde lediglich die Einnahme der Medizin überwachen, die augenblicklich zubereitet wird. Manchmal fällt dadurch das Fieber und alles geht gut. Zuweilen aber behält es auch die Oberhand.«

Robert überlief ein Schauder.

»Ich habe so sehr darum gebetet, dass es Myriam gut gehen möge! Ich kann einfach nicht glauben, dass ihr ein Unglück zustößt!«

»Auch ich hoffe inständig, dass alles gut geht. Setzt Euch und trinkt etwas, während wir auf die Medizin warten.«

Margherita kam mit einer kleinen Kürbisflasche wieder.

»Der Apotheker hat gesagt, sie soll morgens und abends zwei Esslöffel davon einnehmen und danach einen Becher Glühwein mit Honig trinken. Sie muss möglichst warm zugedeckt werden, damit sie so viel wie möglich schwitzt, und zwar so lange, bis das Fieber nachlässt.«

Robert nahm die Feldflasche.

»Wartet«, sagte Paola und holte aus einer kostbaren Truhe ein winziges Päckchen. »Das hier ist ein Amulett, von meinem Ahnen, dem berühmten Rabbi Yehiel ben Natan aus Rom. Es ist äußerst wirksam, alle Frauen aus unserer Familie tragen es, wenn sie schwer erkrankt sind. Myriam muss es aufs Herz legen und ständig den 23. Psalm aufsagen. Vergesst nicht, sie ganz herzlich von mir zu grüßen, und sagt ihr, dass ich stets an sie denke und für ihre Heilung bete!«

Rémi wartete neben dem Pferd. Die beiden Männer umarmten sich, Robert sprang in den Sattel und Rémi setzte sich auf die Kruppe und hielt Roberts Taille umfasst. Solange sie die Stadt durchquerten, konnten sie nur Schritt reiten, doch sobald sie das Stadttor hinter sich gelassen hatten, galoppierten sie davon.

Es war bereits Nacht, als sie ankamen. Robert sprang vom Pferd und stieß die Tür des Hauses auf. Die Stube war von einem großen Feuer erleuchtet und neben dem Feuer auf einer Matratze lag Myriam. Als sie die Tür hörte, öffnete sie die Augen. Robert trat auf sie zu, seine Haare schimmerten im Feuerschein. Er kam ihr sehr groß, sehr stark und sehr schön vor, und als er auf die Knie sank, um sie in die Arme zu schließen, glaubte sie vor Freude zu zerspringen. Er drückte sie an sich, bedeckte ihr Gesicht mit Küssen.

»Liebste, nimm die Medizin, die Madonna Paola für dich hat zubereiten lassen, dann wirst du wieder gesund. Dir kann kein Leid geschehen, jetzt bin ich ja bei dir.«

»So sehr habe ich mich nach dir gesehnt, Robert! Jetzt, wo du da bist, habe ich keine Angst mehr.«

Lange Zeit lagen sie Arm in Arm beieinander. Voller Sorge betrachtete Robert ihr blasses, abgemagertes Gesicht, während Gentilia den Wein erwärmte. »Gebt ihr rasch die Medizin«, sagte sie zu ihm, »wir dürfen keine Zeit verlieren.« Robert hielt ihr den Löffel hin, dann den Wein. »Dies hier musst du auf deine Brust legen; es ist ein Amulett, von dem Madonna Paola sagt, es sei sehr wirksam. Außerdem soll ich dir ausrichten, dass sie für dich betet, aus ganzem Herzen.«

Myriam machte es sich in Roberts Armen bequem, dann bat sie Gentilia, ihr das Kind zu geben.

Gentilia kam mit einem länglichen weißen Bündel zurück, aus dem ein rundlicher roter Kopf lugte. Stolz betrachtete Myriam den Kleinen:

»Schau nur, wie schön er ist und wie sehr er dir ähnelt!«

»Ja, er ist wunderschön«, sagte Robert leise. »Jetzt aber müssen wir schlafen. Ich bin völlig erschöpft von der Reise und du bist ganz schwach und musst dich gesundschlafen.«

Er zog sein Obergewand aus und legte sich neben sie, umschlang sie mit den Armen und wärmte sie. Flämmchen, das für gewöhnlich an Myriam geschmiegt schlief, legte sich auf sie beide.

Am nächsten Morgen lagen sie noch immer in dieser Umarmung da. Myriam öffnete die Augen, sah Roberts Gesicht und vergaß vor lauter Glück, dass sie krank war. Sie küsste ihm die Lider, bis er lächelnd aufwachte. Gentilia, die das Kind gefüttert hatte, damit sein Schreien Robert und Myriam nicht weckte, kam mit der Medizin und einem Becher Glühwein herein. Der Vormittag verging wie im Traum. Sie erzählten sich alles, was während der langen Monate der Trennung geschehen war. Myriam achtete gar nicht auf ihren geschwächten Zustand und Robert schöpfte wieder Hoffnung, als er sie so glücklich und lebhaft sah.

Doch das Übel war noch nicht besiegt. Es breitete sich weiter im Körper der jungen Frau aus und gewann nach und nach die Oberhand, während gleichzeitig der Wille, es zu bekämpfen, immer schwächer wurde. Am Nachmittag konnte Myriam die Fieberschauer, die sie überliefen, nicht mehr verbergen. Bald spürte sie eine erstickende Hitze und stieß die Bettdecke von sich, dann war ihr so kalt, dass sie sich zitternd an Robert klammerte.

Bei Einbruch der Nacht begann sie im Fieberwahn zu reden. Sie stieß einzelne Worte hervor, rief nach Robert, sah ihn nicht, spürte ihn nicht mehr. Er hielt ihre Hände in den seinen und flüsterte ihr liebevolle Worte zu, versuchte den Nebel zu durchdringen, der sie umgab. Als die Medizin keine Wirkung zeigte, wurde er immer verzweifelter und fing schließlich an, inbrünstig zu beten.

»Heilige Jungfrau, Mutter Gottes, ich flehe Euch an: Wenn Myriam gerettet wird und diese Krankheit überlebt, werde ich mein Leben dem Studium der Evangelien weihen, werde in einen Orden eintreten und mit ganzem Leib, ganzem Herzen und ganzer Seele der Heiligen Kirche dienen.«

Rémi und Gentilia knieten bei ihm und beteten ebenfalls. Stunden vergingen, doch Myriam hörte nicht auf zu delirieren und am ganzen Körper zu zittern. Immer wieder schrak sie auf, weil sie etwas Schreckliches vor Augen hatte, das die anderen nicht sehen konnten, dann sank sie zurück und schlummerte für ein paar Minuten.

Ihre Atemzüge wurden kürzer, dann gingen sie in ein angestrengtes Keuchen über. Robert versuchte, ihr seinen Atem einzuhauchen.

In der Morgendämmerung begann Myriam wieder regelmäßig zu atmen. Sie öffnete die Augen und sah Robert an, dem Tränen übers Gesicht liefen.

»Liebster, ich werde sterben, ich weiß es«, begann sie leise, kaum hörbar, zu sprechen.

»Sag so etwas nicht. Das Fieber ist gesunken und du bist wieder bei Sinnen. Du darfst nicht aufgeben! Ich kann und will nicht ohne dich leben. Und unser Kind auch nicht!«

»Ich weiß, ich weiß es ja, aber ich habe keine Kraft mehr. Sei mir nicht böse, Robert. Meine Liebe ist so stark, dass sie auch im Jenseits andauern wird. Im Grunde verlasse ich dich gar nicht.«

»Wenn ich nur sicher sein könnte, dich dort wiederzufinden! Doch ohne die Taufe sind wir vielleicht für immer getrennt.«

»Nein, Robert, das glaube ich nicht. Gott ist gerecht. Ein paar Tropfen Wasser und einige Worte bewirken doch nichts. Wenn ich gesündigt habe, so will ich den allmächtigen Gott um Vergebung bitten, im Vertrauen auf seine Barmherzigkeit.«

Robert bedeckte sie mit Küssen. »Ich hoffe mit jeder Faser meines Herzens, dass du Recht hast, Myriam!«

Er nahm ihren Kopf und drückte ihn an sich, richtete sie ein wenig auf und streichelte sie. Myriam schloss die Augen, ihre Atemzüge wurden immer schwächer und seltener.

»Robert, ich liebe dich«, flüsterte sie.

Dann hörte er: »Höre, o Israel, Er, unser Gott, Er ist einzig ...«

Sie stieß einen Seufzer aus und ihr Körper sank leblos aufs Bett.

Robert wollte nicht wahrhaben, dass sie tot war, immer wieder drückte er sie an sich. Ab und zu wurde sein Schluchzen von schmerzerfüllten Schreien unterbrochen. »Myriam, ich flehe dich an, geh nicht von mir, verlass mich nicht! Ich will nicht, Myriam, ich will nicht!«

Auch Rémi und Gentilia schluchzten. Nach einer Weile nahm Rémi Robert bei den Schultern und Gentilia bettete Myriam auf die Matratze. Sie zog ihr Gewand glatt, kämmte ihr das Haar, überkreuzte die Arme auf der Brust und deckte sie mit dem Laken zu. Robert gelang es nicht, seine Tränen zu bezwingen. Seine Schmerzensschreie klangen wie die eines verwundeten Tieres.

Als er sich endlich beruhigt hatte, fragte er: »Was wird aus dem Kind?«

»Wir werden es wie unseren eigenen Sohn lieben«, sagte Gentilia.

»Rémi, dann sattle bitte mein Pferd.«

Robert hatte den Mantel umgelegt. Er trat auf die Wiege zu und zeichnete mit dem Daumen ein Kreuz auf die Stirn des Kindes. Dann schwang er sich aufs Pferd und ritt im Galopp davon.

EPILOG

Die Geschichtsbücher schweigen sich über die Jugend Robert Kilwardbys aus. Was wir über ihn wissen, lässt sich in wenigen Worten zusammenfassen.

»Robert Kilwardby lehrte an der Fakultät der Künste zu Paris. Er trat dem Orden der Dominikaner bei und unterrichtete Theologie in Oxford. 1261 wurde er zum Ordensprovinzial der Dominikaner Englands gewählt. 1273 wurde er Erzbischof von Canterbury. 1278 wurde er zum Kardinal geweiht und starb im darauf folgenden Jahr.«

List
Helga Glaesener
Im Kreis des Mael Duin
Roman